海岩作品系列
文学馆

- 平淡生活
- 深牢大狱
- 河流如血
- 五星大饭店
- 舞者

平淡生活

海岩作品系列

便衣警察
一场风花雪月的事
永不瞑目
你的生命如此多情
玉观音
拿什么拯救你我的爱人

中国工人出版社

图书在版编目（CIP）数据

平淡生活 / 海岩著. —北京：中国工人出版社，2008.9
ISBN 978-7-5008-4141-8

Ⅰ. 平… Ⅱ. 海… Ⅲ. 长篇小说—中国—当代 Ⅳ. I247.5

中国版本图书馆 CIP 数据核字（2008）第 093433 号

出版发行：中国工人出版社
地　　址：北京市鼓楼外大街 45 号
邮　　编：100011
电　　话：（010）62350006（总编室）
　　　　　（010）82075934（编辑室）
发行热线：（010）62045450　62005042（传真）
网　　址：http: //www. wp-china. com
经　　销：新华书店
印　　刷：北京铭成印刷有限公司
版　　次：2008 年 12 月第 1 版　2008 年 12 月第 1 次印刷
开　　本：700 毫米×1000 毫米　1/16
字　　数：360 千字
印　　张：16
印　　数：1—10000 册
定　　价：30.00 元

海岩自述

我出生那天家家户户都挂上了红旗，这过节般的景象我小时候每个生日都能看到。因为我和第一个社会主义国家同日而生，我印象中的童年充满了优越感和革命式的快意。我的少年时期则是在“文革”中渡过，父母被造反者隔离，我从十岁开始辍学并独自生活，起居自由但心灵压抑，而且不敢上街怕被人打，直到十五岁那年走后门当了兵才翻身变成革命大熔炉中的一员。我退役后当过工人、警察和机关干部，总的还算顺利，就是没想到我这个十五岁前就经常被送到农村接受再教育的“知识分子”，在“文革”后却因为连初中文凭都没有而险被机关清退。为这事我至今苦笑，觉得自己这辈子总是生不逢时。该长牙发育时偏逢自然灾害，跟不上营养；该上学读书时又遇文化大革命，没受到教育；该工作提拔时又刮学历风……好在我在每个单位碰到的每个领导每个同事都很关照我，给我工作的机会。有一次还让我到一家机关自办的小饭店里去帮忙，那饭店经理看我年轻又勤勉，刚好手边又缺人，因此向机关要求让我多留几天，冒充值班副经理搞搞接待，结果一留留了十五年整。我当时本来就是临时借调充充数的，没想到后来竟假戏真做当上了全国旅游饭店业协会的会长。

后来写小说则更是一时兴起，起因是看了几本在书摊上买的烂书发现烂得连我自己写写也不会比它更烂。想我虽无学历但有几分阅历，比如“四・五”运动，被派到天安门当便衣那一段可写一本《便衣警察》；唐山大地震当天即赴唐山救灾可体会一次《死于青春》；帮电影乐团找意大利小提琴那次忙可演绎出《一场风花雪月的事》；这些年混迹商界，心变冷了反倒更有《你的生命如此多情》那样的感慨。凡此种种，试着写来，赚些稿费贴补家用。

我记得在北京第二外国语学院不知怎么搞的聘我做兼职教授的发证仪式上，有人问我一生中最遗憾的是什么，我当时答的是没上过大学。现在想想答错了，没这个资格，应改为没上完小学才对。我不是炫耀我的无师自通，而是我可能将永远欠缺那种读书的习惯和文人的虚静，因为在我看来，上大学这件事对人的造就，是让你走入一个氛围，是这个经历的本身。

海岩

开篇

在这部小说的开头，先介绍一下我自己。我是一个靠挣稿费生活的人，从王朔先生始，我们这种人都自称为"码字儿"的。我虽不能与王朔先生比，但这几年也写了几篇小说，有了一点小小的名气。和几家出版社也混熟了。一些影视制作人也纷纷上门约稿，索要他们需要的东西。他们需要的东西就是在影视市场上相对好卖的东西，比如古装戏最好卖，特别是这一阵最走俏的清宫戏或武侠戏；又比如警匪戏也好卖，警匪大战多年来叱咤荧屏，高低好赖都容易出手，若再能与反腐或反黑挂钩，那就更加如虎添翼。因为一沾上主旋律就能把片子卖到黄金时间主流频道，让贴片广告的收入高上几倍轻而易举。

再比如，喜剧。写不出《我爱我家》那种隽永的，写个《还珠格格》那类闹腾的也行，也是眼下时兴的一路。电视剧本来就是大众娱乐，本来就是文化快餐，就是商品。一沾商品二字，"消费者就是上帝"的规则放之四海而皆准。这年头老百姓下了班打开电视就图一乐，所以一定要搞喜剧。

一位资深的电视节目投资商向我做了如上教诲，令我大开茅塞。但同时深感生不逢时——我的历史知识尤其是清史知识近于小学水平，性格拘泥又不擅"戏说"；对金庸古龙一类武林诸侯各派功法既不知其然也不知其所以然；公安题材的电视剧我虽也搞过，前有《便衣警察》险些成名，后有《永不瞑目》锦上添花，但前年抛出的《玉观音》已成强弩之末，再弩必是狗尾续貂。纵观这几年警匪戏一浪高于一浪，情节人物早被高手用尽用光，步其后尘还能让观众拍案惊奇，已是不可能完成之任务。当然最难的还是喜剧。写喜剧，如果不沦为《还珠格格》的话，如果让圈里圈外都叫好的话，那样的境界非我辈所能为也。我一向认为，写喜剧比写正剧和写悲剧，更需要思想智慧的博大精深！

但这位电视投资商并不缺乏他们这种商人特有的执著，他一再给我启发并出谋划策，他以我多年前一部作品的成功来鼓舞我的自信，那部作品名叫《一场风花雪月的事》，由著名的煽情大师赵宝刚搬上荧屏，把一位正在电影学院上学的新人徐静蕾捧为当时全国的头号青春偶像。投资商说：你还是写情感戏吧，小情小调你不是很拿手吗？最好写点隐私什么的，更好是写那种纪实的，情感纪实现在可是流行得很呢。

这我知道，多年以来，关于个人情感隐私的纪实文学经久不衰，很多强势媒体都辟有专栏，在我居住的北京市，就有北青报的"口述实录"和晚报的"五色土副刊"等，都有极高的阅读率和比较固定的读者群。这类文学也成就了不少"码字儿"的"腕儿"，如安顿等。但我依然心存顾虑，既然早就有"腕儿"在前，我再照猫画虎地"情感"一番"实录"一番，恐也难有新意，亦有学步之嫌。但投资商不以为然，他说：《一场风花雪月的事》发表时，形式上是小说，实际上就是“情感实录”。那篇小说最早的素材和最后的格式，确是我对一个退役女民警的采访。从作品发表的时间上看，我应当算是这类文体的前辈。那些靠这路子造化成名的作家，说不定还是跟我学的呢。

投资商的这番话与其说让我有了信心，不如说让我为之感动。我从小比较自卑，因此对一切夸奖的话、吹捧的话，总是内心渴求，情愿当真。为了不让鼓励我、推崇我、看重我的人失望，经过数日思考，终于在一个周末的晚上，我约了一位多年没什么来往的老同学，一个外号叫爷们儿的报社记者，在“谭鱼头”吃了一顿晚饭，郑重地向他请教写作情感实录的门路。

请教门路，说白了就是请他推荐介绍一点线索。他们当记者的，接触社会层面广泛，上至显贵名流，下至引车卖浆，无所不有。果然，那天晚上就着热腾腾的“谭鱼头”，我的这位老同学向我批发了一堆满腹爱恨情仇的痴男怨女，这些人大都来自报社的读者阶层，读了别人的爱情波折家庭不幸，便也提笔写信，向编辑们一述平生。第二天我的老同学还挑了几封这类读者来信给我参考，我按上面的姓名地址一一找到了那几位渴望倾诉的“苦主”。他们大多身居白领，学历较高，甚至事业有成，但感情生活颇不如意，牢骚满腹，感慨良多；或过去受过挫折，至今难以自拔，谈起往事，不堪回首。可惜他们的倾诉，主观感受太多，具体细节不够。议论和观点虽不乏精辟之处，但客观事件则相对单薄；纵有一唱三叹，当时听来满耳酸楚，无奈事后看看笔记，不过痴心女子负心汉，包了二奶设二房，或负心老婆贪富贵，跟着金钱走他乡……之类。谈了四五位，如果要写成电视剧的话，那点素材加起来也只够写两三集的，而投资商的要求很明确：二十集！电视剧不够二十集，什么广告都不愿跟上去。

无奈，只得再找老同学爷们儿，问他还有没有更好的线索。爷们儿想了想，有些迟疑地，又说出一个人来，“那你去找找她吧。”他说，并且当即给我写了一个电话号码和一个人名。写完后又主动打电话和那人联系，把我想去采访的意思说了。看来对方不太积极，爷们儿在电话里和那人拉扯半天，又唧唧咕咕说了些意焉不详的耳语，才算搞定。他替我约了那人第二天晚上在一个名叫“平淡生活”的酒吧见面。时间是晚上九点，让我们双方都到吧台，各拿一份北京晚报作为标识，跟特务接头别无二致。

我知道“平淡生活”是个“静吧”，人一向很少，比较适于谈话。

我谢了爷们儿，问：“这也是你们的读者吗，有她给报社的来信吗？”

爷们儿笑笑，说：“不是读者，是我在一家医院认识的。”

“噢，你们是病友？”我有几分意外。

“不是，她是那个医院里的护理员。”

“护理员？”

“我有一阵在医院里采访，和这人聊过。后来我又打电话约过她，跟她算是熟了吧。你去跟她聊聊，要是有你需要的东西，就聊下去，要是聊着没劲就随便扯两句然后走人，给她个五十块钱也就成了。”

“五十块钱？还要给钱吗？”

我以为耳朵听错。

“没错，”爷们儿的表情很平常似的，说，“他们这种外地打工的，你跟他们说什么都没用，给钱就行。我刚才已经替你砍过价了，要是只谈一两次或者两三次，每次就给五十，要是谈的次数多，每次给个二十三十也就行了。我记得你上次写《一场风花雪月的事》那回，不就谈了二十次么，最后写成剧本了，不多不少正好二十集吧。你这回打算写几集呢？"

我也不知道这回能够写几集，我甚至不知道这种命题文章式的剧本我到底能否写得出。我低头看看手中那张纸条，在那个毫无生气的电话号码旁边，却飘着一个精灵古怪的人名：

优优。

优优，是女的吗？

爷们儿暧昧地笑笑："当然是女的，发一男的让你谈半天还得付他钱，你还不把我骂死！"

我也冲爷们儿笑笑，顺势调侃一句："长得漂亮吗？"

爷们儿说："你到底是去情感实录呀还是情感实践呀，要想实践我给你另找别人，起码找一门当户对有共同语言的。别那么不开眼，见个外来妹就想入非非。"

我收了字条，笑着告辞："君子不夺人之爱，你只管放宽心吧。"

第二天晚上，我提前十分钟来到"平淡生活"酒吧，那酒吧暗藏在一条小街的深处，一向默默无闻。我推门进去，看到这里与往常一样，每个角落都晦暗不清，只有吧台被灯光打出一片温暖的亮色，在那片鲜橙般的亮色里，已经坐了一个人，看背影是女的。门外秋风乍起，可她仍然一身夏装，看起来有些单薄瑟缩。

她背朝着我，正在翻着一份北京晚报，听见门响，就回头看我。她的第一道目光并未投向我的面孔，而是盯住了我手中那份同样的报纸。

我向她注目，并示以微笑。

她马上还以微笑，却笑得勉强而又短促，甚至还有几分尴尬。在我看清她的面容之后，我猜测了她的岁数——也许她只有二十岁或者更小。她脸上的稚气增加了我的沉着与自信，并且让我很快找到了适合的语气："你是老余介绍来的吧，我们去那边坐好不好，那边舒服一点。"

我一边说，一边率先向里面的角落走去，语气中的成熟和主见，甚至带有一丝命令的威严。那女孩果然听话地跟上来了，亦步亦趋地随我走向最里面的一张小桌，又随我在那张小桌的面前，拘谨地坐下。

我的语气虽然严肃，但我的面容始终和善，用淡淡的笑意，竭力消除她的局促。我为她要了一杯果汁，为自己要了啤酒，然后，开始了交谈。

我先通报了自己的姓名："海岩，作家。你呢？"我问："你就姓优吗？"

女孩说："我姓丁，我叫丁优，他们都叫我优优。我知道你，你写的小说我看过。你说世界上真有你写的那种爱情吗？"

我笑笑："总归有吧，比较少罢了。"

优优老气横秋地叹了一声："也许吧，像我们这种人，就更碰不上了。"

"为什么？"

"因为穷啊。没钱，有谁爱你！"

“也许，有钱的人会爱你吧。”我这样说，口气有些玩笑，其实并非玩笑。

优优笑笑：“我宁愿爱一个我爱的人，不愿爱一个爱我的人。”

我也笑笑：“你爱的人也爱你，不是最理想吗。”

优优收了笑，没有接下去，停顿了片刻，突然问道：“今天咱们就谈这个吗？”

我把一只笔记本从包里取出来，说：“呃——我想，先谈谈你的家吧，你是哪儿人？”

优优没答，反问：“咱们要谈多长时间？”

我看了一下表：“怎么，今天你还有事吗？”

优优说道：“余大哥没跟您说吗，我只有一个小时的时间，要是时间长的话，还得加钱的。”

我不禁有点反感，看着那张年轻的脸，那脸上只化了很淡的妆，但已足够漂亮。那种漂亮所代表的气质，是宝贵的青春和朝气，与我耳中听到的话语，显得格格不入。这让我觉得那张好看的脸皮，不过是一副精美的面具。

其实我也明白，这些外来的打工妹也是因为生活所迫，才有如此商人嘴脸。就像有的少数民族人人能歌善舞一样，这些出门在外挣钱活命的年轻人，飞进大都市这片树林子，时间长了哪有善鸟。他们万事不离交易，且交易的路数，就跟当年地道战那部电影里的台词一样：打一枪换一个地方，不许放空枪！

我说：“没有啊，老余跟我说谈一次最少两个小时以上。如果谈个两三次，一次五十，如果超过三次，二十就行。要不然咱们打个电话问他。”

优优愣了一下，显然没听出我的话中有诈。心虚了片刻，退缩回去：“大哥，我看出您这人挺好的，我也不想为难你。反正我也来了，今天就先谈吧，五十就五十吧。不过大哥你能不能多谈几次，我把我的事都告诉你，我还知道好多别人的事，我都可以告诉你的。这一阵反正我也没事，可以随叫随到的，那咱们就两个小时算一次吧。”

我点了点头，于是成交，谈话重新开始。但这时候我对这场很可能仅此一次的采访，已不抱太多收获的幻想，我在记录本上未着一字便已兴味寡然。我想，这种钻进钱眼儿的女孩，还有爱情吗？这种女孩对伴侣的追求和对婚姻的态度，与她们从小就习以为常的交易心理，还能真正绝缘吗？

那天晚上的谈话依然从优优的家乡及父母开始。优优出生和成长的地方我以前去过，那是一座风景美丽的灵性小城，名叫仙泉。城中有座仙泉公园，园中有山，山脚有潭，上有明瀑，下有暗涌，为千古名胜，自始山以水传，城以泉名。不过我对这座小城最深的印象，却是城中女孩的面容。仙泉街上走的，几乎个个如水如花，粉黛不施，衣裙无华，只凭眉目动人，尽得山水之韵。

我面前的女孩优优，不仅相貌，而且声音，都如仙泉的清纯之水。使你很难，也不愿，将她在谈话之前和我进行的那场迹近敲诈的交易，联系起来。她用清澈的声音，将她不幸的童年，娓娓道来——她本不应出生的，只因父亲一心想要一个儿子，所以丁家就一连有了三个女孩。母亲在她出生的同时死去，死于难产。父亲在她刚刚懂事的时候死去，死于事故。她是靠大姐带大。因为她是计划外生育的孩子，所以一直上不了户口，因为上不了户口，所以一直进不了学校，她的小学课程全是在家自修，老师就是她的大姐。直到父亲死后，二姐被无儿无女的一对夫妇领走，她才在自己生长了十年的城市，得到了一个合法的身份，这也是父亲所在的工厂对父亲丧葬抚恤的一个最重要的部分。

我们每个人，当听到或看到别人的童年经历时，都会下意识地与自己的童年做出比较。对我来说，小时候发一次高烧，参加一次军训，可能其痛苦和磨砺都足以记忆终生。尽管，优优童年的不幸并非我采访的主题，童年的生活离我所要窥取的爱情与隐私，毕竟相隔太远，但仍有某个角度，给了我一些探究的兴趣：我想知道，童年不幸的人，自小生存艰难的人，长大后对爱情是更敏感呢，还是更麻木？是更加渴望拥有呢，还是无足轻重？

那天谈话结束的时候，我又约了第二次见面的时间。后来又约了第三次和第四次……我后来记不清我们陆陆续续谈了多少次，吸引我的并不是这女孩童年的不幸，也不是她现在的美貌，甚至，后来也不是出于追求剧本情节的需要。而是，这个看上去有些惟利是图的女孩，其爱情的经历却是我从未体验也从未耳闻目睹过的，它似乎应当发生在禁欲主义的中世纪，而不是发生在礼崩乐坏的现在。在现在这个时代，我甚至不能肯定，我所要描写的主人公能否算得上谈过恋爱，也许恋爱对她只是一个纯粹的幻想。幻想人人都有，但人人都没有像她这般痴迷和认真。

我试着将优优的故事写下来，我还准备去采访这个故事中涉及到的其他人。我没有用这类情感实录文体中最常用的问答格式，甚至没用第一人称来写。这样做的风险是可能丧失某些纪实感，从而不那么逼真。而好处则是可以自由地将我所听到的素材和感觉，全面地考量整合与重新剪裁，而且避免了与《一场风花雪月的事》写法上的重复。我在打完腹稿后才发觉这个故事有一点平淡，其情节的复杂性和刺激性，远远不能满足电视剧对戏剧性的要求，犹豫再三盘算再四我决定暂先将它写成一部小说。小说通常只为有兴趣静心阅读的人而作，不必在每一个段落都惶惶不安地担心着心浮气躁的电视观众骂骂咧咧地换台！

因为我要写的只是优优的爱情，所以那些与爱情无关的童年往事，包括优优亲生父母的生前身后，都尽行略去。这部小说就从优优与周月的第一次见面那天写起。从这一天写起时我就已经估计到那位热情的电视剧投资商可能非常失望，也许他等不到把全书看完就决定不要了。按他的要求我本来应在第一集就布下一个阴谋陷阱，令观众疑云重重，最好先死个人什么的，或者让有情人生离死别，以便到最后一集时再终成眷属。这既符合广大观众的欣赏情趣，又是商业电视剧的经典套路。但这套路与优优的真实经历实难相符，所以我还是坚持从那个看上去极其平凡的日子开始，平铺直叙。

一

如果非让优优说出一件让她一生难忘的事情，优优一定会毫不犹豫地说出这个日子。

其实和优优一样，很多人的这个“日子”，都还焦灼于青春期难免的躁动。青春期有一个最显著的标志，那就是性的觉醒。不管你承认不承认心理学家常用的那个统计——十五岁至十七岁之间，大多数人将经历他一生中最浪漫最单纯的一次探险，也就是他自己当时和日后都未必明确意识到的那场初恋。

优优的“这一次”却发生在十四岁那年。年方十四就情窦初开，对一个二十世纪末的城市女孩来说其实不算什么。不知道心理学对此如何论述，反正在生物学的观点上，早熟的东西和晚熟的相比总不免难御天灾人祸，甚至难以正常地开花结果。

那一天刚刚放学天就下雨，优优进不了家门，她的钥匙忘在了家里，必须先到体校找她大姐要去。大姐在体校的拳击馆打工，负责收拾东西打扫卫生之类。

优优就去了体校。这个下雨的黄昏就是整个故事的开始。在这个湿漉漉的黄昏之后，之后很久，优优才知道，拳击在中国，是一项竞技水平和普及程度都很落后的运动，所以她有点搞不懂，为什么在仙泉这种并不算大的城市内，在这所并不起眼的体校里，在这幢破旧得几乎像她家那座快要拆迁的危房似的建筑中，竟会卧虎藏龙般地埋伏着全省唯一的一支拳击队。

优优走进这幢房子，她没有注意这幢房子有没有窗户，也没有留心房子里的光线都是从哪儿来的，但她看到了房子的一侧，有一个用粗绳圈起来的台子。台子不高不矮，方方正正，一些宽阔的脊背三三两两围在四周，观摩着台上一老一少两个人比比画画地打拳。老的头发花白，穿一身蓝色的运动服，在教小的如何防卫和进攻。小的穿一条红色短裤，戴一顶防护的帽子，露着两只黑白分明的眼睛和一个挺挺翘翘的鼻子，但整个上身肌肤裸露。最让人触目的是皮肤上的汗珠，优优看见，那男孩很瘦，加上全身上下泼水一样的汗珠，一看就是个不堪一击的家伙。

拳击台右面有个储藏室，优优大姐就在里面干活，优优绕过台子往那里走去，进门之前台上的少年正被击倒。优优推开储藏室的小门，大姐正在屋里和一个阿姨聊天。大姐说：优优你怎么来了？阿姨说：哟，这就是你小妹呀，你小妹真好看。那阿姨很丑很胖，眼睛盯着优优，问：上高中了吗？大姐说：刚上初三，以后准备让她上个中专去，比上高中好些。胖阿姨问：中专，想学什么专业？大姐说：女孩子，学个财会吧，将来当会计。胖阿姨说：会计呀，会计好，将来工作好找。

优优自己是个女的，但她最厌女人家长里短的唠叨，她不甚礼貌地默不作声，向大姐要了钥匙，就从储藏室走了出来。她说不清从进到出时间有多久，出来时拳击台上已经空无一人，台子的四周也空空荡荡，整幢房子因为一览无余反而显得狭小起来。不知什么人在角落里正打电话，只闻其声不见其人。优优低头往门口走去，边走边往身上披挂雨布。这雨布是优优爸爸的工作单位发的，只不过是前襟后背两片透明的塑料薄膜，天晴时对折叠起，装进书包富富有余。

优优刚把雨布从头上套下，远处吵嚷的电话突然停了，身后更衣室的门开来关去，很多人进出的声音异常忙碌。但优优看不见一个人影，整幢房子好像只有她踽踽独行。直到很久以后优优才恍惚觉得，那天在她离开这座拳击馆之前的空寂，连同那些咣咣响动的门声，是她人生中的一个梦境。在这个梦境之中，她先是听到了屋外冬雨沥沥的迷乱，然后看到了独坐墙边的周月。

墙边是一排长长的条凳，凳子上堆了些凌乱的衣服——还有拳套、书包之类，也许都是周月的东西。优优一下就认出来了，他就是刚才台上那个被汗水湿透的男孩，那个瘦得一点都不像个运动员的男孩。

那男孩依然半裸着身体，靠墙坐在长凳的正中，防护的头盔已经摘掉，身上的汗珠依然发亮。那胡乱下垂的湿发让优优感觉像涂了很多发胶，和日本韩国的流行歌星造型相像。那些日本韩国的歌星也都很瘦，个个都像排骨似的，和他们相比，这男孩还算健壮。也许是斜刺而来的灯光遮掩了他的单薄，把他的两块胸肌，勾勒得轮廓起伏。优优一边走一边盯着他看，那男孩也看优优，眼睛黑白分明。那个刹那让优优觉得他真是好看极了。

也许是领会到优优的好感，那男孩咧嘴冲她笑了一下，牙齿也是雪白发亮。优优慌慌张张地，也想回敬一个笑容，但嘴还没有咧开，头却先自低下，脚下拌蒜似的，稀里糊涂地走出房子，走进那场没完没了的细雨之中。

这个梦境在周身的塑料布突然响彻了雨点的劈啪声后，蓦然结束。但男孩那黑白分明的眼睛，雪白的牙齿，和线条优美的胸脯，和胸脯上亮晶晶的汗水，却顽固地留在优优的心中，还有那男孩的表情，那疲乏不堪的样子，都像勾魂似的，让优优走错了回家的路线。她绕了弯路回到家时，雨布里的衣服已经湿了大半。穿这种塑料雨布必须缩头耸肩，还要用手揪住领子，但优优全都忘了。

优优家的这条旧巷，以及这幢年代不详的楼房，也许连优优的爸爸也说不清它们的历史。优优家还有一个很大的衣柜，也是一个陈年的古董，在优优出生之前，就摆在那个墙角，柜门镜子上的水银都漫出来了，像长了癞皮疮似的，左一块右一块地斑驳传染。也许就为这个原因，优优从不在家顾影自赏。可今天的感觉确实有些奇怪，优优自己也意识到了——她从未这样长时间地照过镜子，怀着做贼一般的心情，将屋门反锁，站在这面破镜面前，仔仔细细端详自己，端详了半天才觉出衣服还湿漉漉地糊在身上。但一脱衣服她的心情立刻变得更坏，因为她从镜中看到的肉体，竟是那么苍白细瘦，胸部平平，肋骨毕现，一点美感没有。她的坏心情让她意识到她照镜子的目的，脸上顿时有些发热，她显然是在评估自己，看是否能有足够的魅力，让那双黑白分明的眼睛，向她投来热情的一瞥。

天快黑时雨悄悄停了。优优的大姐也回到家中。和大姐一起回来的还有大姐的对象。大姐的对象姓钱名叫志富，是农村来的，原来跟着父母在城里卖菜，后来父母打架分家，他就单挑了一个摊子。论条件他其实配不上大姐的，长相不算太好，在城里又没户口，但优优看得出来，大姐还是喜欢他的。大姐喜欢他勤快能干，卖力吃苦，还说他名字起得也好，钱志富！将来一定能挣钱致富。

也许是阴天下雨的缘故，所以钱志富今天收摊很早，到家时还拎着一把芹菜，说要给大姐包芹菜馅的饺子。他和大姐揉面切菜，优优就到巷口的白天鹅饭店去找阿菊。优优长大以后才知道广州也有一家叫白天鹅的，是个五星级的宾馆，而她家巷口这家则是阿菊的老爸开的，总共只有四张餐桌。

阿菊比优优大了三岁，中专即将毕业，在优优眼里已经是个大人，社会经验比大姐还要丰富。阿菊学的是外事服务，所以接人待物很有档次，平时又帮家里盯着生意，练得说话做事煞有心计。优优从小喜欢跟着阿菊，大事小事都让阿菊做主。

还因为阿菊找了一个对象，优优叫他德子。德子长相不错，虽然与周月不能相比，却是巷里最帅的小伙。德子年纪比周月大些，块头也比周月大些，力气看上去也比周月大些。还有，胆子肯定也比周月大了很多。

那天晚上优优和阿菊聊了很久，表情始终兴奋，说话的腔调也反常地高亢，她那晚上的话题大多围绕着打拳，直到阿菊渐起疑心。

“你什么时候迷上打拳了，你看过打拳吗，你懂打拳吗？”见优优哑然发愣，阿菊“嘁”了一声，“你今天是抽什么风呢！”

优优的兴奋被严重挫伤，这于她不免有些意外。她从凳子上站了起来，嘴里还有半个饺子。她学着从前在武侠电视剧里看过的招式，以及下午在拳击馆的粗略印象，摆开架子冲阿菊打了一拳：“打拳，我怎么不懂，不就是这样的吗！”

阿菊说：“打拳是男人才玩的运动，多野蛮呀。就你这种豆芽菜，到底是你打拳还是拳打你？”

优优收了架势，依然回嘴：“我不打，我喜欢还不行吗。”

优优真的喜欢上了拳击，虽然拳击在中国是个冷门的运动，虽然拳击在全世界都是男孩子玩的，虽然拳击粗野、血腥，并且充满危险，但优优还是喜欢上了拳击。连优优的大姐，优优最好的朋友阿菊，还有优优的老师和同学，都发觉优优从此变了，不像过去那么文弱，也没有女孩都有的羞涩，她突然变得好动，变得酷爱体育，甚至变得动手动脚，越来越粗野了。连德子都咂着嘴说：我原来还以为优优是个受气包呢，没想到这家伙越大越闹！

没错，优优越大越闹，这很不配她的外貌。不论在学校还是放学回家，常常有人能看见优优两手握拳，比比画画地挥舞着，嘴里还能振振有词地讲出什么刺拳勾拳组合拳之类的名词……那都是从拳击馆现听现卖来的。常常有人戏问：优优你是男的女的？优优马上瞪眼：女的怎么啦，拳王阿里的女儿就打拳的！人家说：你老爸是阿里吗？优优就骂：滚，别提我老爸，再提我捶你！没爹没娘的孩子都忌讳别人提她父母，父母是啥模样，优优也说不清楚。

没人知道这女孩为什么变成这样了，人们只看见优优每天放了学，总是先到体校去。

开始优优还要编出些理由来，比如忘带钥匙之类的。日久天长大家也都习惯了，没人发觉哪里可疑，因为谁都知道，优优的大姐在拳击馆里上班，优优是找她大姐来的。

后来优优长大了，她真的上了中专，真的学了财会。长大后优优才渐渐明白，这就是她的初恋，这就是她的爱情，这就是她人生第一次，对一个异性的模仿追求。所有人，老师和同学，亲人和朋友，都渐渐习惯了她的豪爽性格，习惯了她的大大咧咧，习惯了她像个男孩那样争强好斗，但没人有幸看到她的内心。在她尚未发育完整的大脑的深处，迷恋着她的一个幻想，在这个幻想当中，她爱上了一个对她的痴情迷恋，始终浑然不知的少年。

二

优优每天下课以后，都到拳击馆去，在那里一直待到大姐下班。大姐干活时优优就坐在墙边的长凳上，静静地看着运动员们击打沙袋和皮球，听着老教练大声的吆喝训骂，和拳手们气喘吁吁的呐喊。她从他们彼此的称呼中知道，那个酷似韩国歌星的男孩名叫周月。她开始以为是卓越的越，后来知道是月亮的月。月亮的月听上去虽然有些阴柔冰冷，但按优优的感觉，却比卓越美好动听。月亮的清高和纯洁，很配周月那张面孔。

她始终没和周月说话，有几次周月走过她的身边，有几次就在她身边不远穿衣换鞋，有几次他迎面而来，擦肩而过……甚至，有几次他们目光相遇，但谁也没有主动开口。拳击馆来来往往的杂人很多，没人特别留意角落里这个不言不语的女孩。

这样的暗恋持续了很久，终于在某年的秋天戛然结束。因为在那年秋天到来之际，优优的生活发生了一件大事，那就是：她的大姐，从小养她，与她相依为命的大姐，要结婚了。

优优的大姐那一年刚刚二十一岁，优优没想到她这么年轻就急着结婚。一天晚上她和大姐洗完脸正要上床睡觉，大姐突然对她说了这个决定。

优优记得，她当时听完就伤心地哭起来了。因为大姐是她唯一的亲人，虽说她和阿菊的交情也相当不错，虽说她更多的时间是跟阿菊一起厮混，但那感觉是不一样的。大姐就是优优的家，就是优优的家长，是姐姐，也是母亲。

大姐也哭了。

虽然屋里的灯光很暗，虽然大姐的眼泪是悄悄流的，但优优马上看见了，于是她哭得更加难过。她意识到这是她幸福生活的最后一个夜晚，似乎明天一早，太阳升起之后，大姐就要被那个名叫钱志富的男人领走，这个家也就永远不复存在。

其实后来的情况完全不同。姐姐结婚后依然对她很好，姐夫钱志富搬进她家，实际上改善了这个家庭经济上的窘迫。他那时放弃了自己的菜摊，接管了巷口的白天鹅饭店。当时阿菊的父亲喝酒中风患了偏瘫，阿菊家的生活顿生巨变。阿菊的母亲没有能力代替丈夫张罗生意，阿菊面临毕业考试，既没法照顾父亲，也没法照顾餐馆。于是，钱志富，也就是优优的姐夫，用自己这些年的两万元积蓄，盘下了这间只不过三十米见方的餐馆。

餐馆改换门庭，装饰一新，更名为志富火锅店。钱志富当了老板，大姐辞了体校的工作，当了老板娘。钱志富自己打理店面上的迎来送往，和地方上各种关系的应酬交际，另外请来师傅主理后厨庖俎。而优优的大姐则负责采买和收账，也帮着师傅打打下手，体校的那份临时工自然是不能干了。

大姐的辞职，对优优来说，是一个关系重大的变故。她突然不能像往常一样，天天下课后去拳击馆了。因为大姐已经不在那里，她再跑过去已无正当理由。

在大姐辞工的前一天下午，优优最后一次跑到拳击馆去。她像往常一样在墙边坐着，看着周月和一个比他壮实的小伙儿在台上对打，听着台上裁判和台下教练不时发出的吆喝……她已经听惯了这种吆喝，平时无动于衷，而即将分别的一刻，听来竟格外不舍。她按照事前想好的计划，把周月放在长凳上的一件印着仙泉体校四个大字的红色短衫，偷偷拨到地上，又悄悄用脚把它踢到凳子下面，然后等着周月过来。

不知过了多久，台上的比赛终于结束，台下的观众顷刻散开。几个运动员向墙边走来，来拿自己的东西。周月也过来了，拿起了自己的背包，却不见了那件上衣。优优等别人陆续走开，才低头把那件红色的运动衫，从凳子下面拽出来。

"这是你的吗？"

她终于开了口。

这是她第一次开口，声音中透着紧张和害羞，但周月可能并没注意到这些细节，并没发觉这个女孩的脸庞和声音都在发抖。他冲她笑了一下，很短促，很随意，甚至，连优优一直期待的那一口雪白的牙齿，都露得含混不清。他淡淡地说了句："啊，谢谢你。"然后接过那件红色短衫，随手搭在背上，转身走了。

优优看着他的背影，看着他追上他的同伴，他们一起走进了更衣室那扇吱扭作响的破门。直到那扇破门拖着刺耳的长音很不情愿地关住，优优还站在墙边，冲着周月消失的方向发呆。

这是几个月来，他们之间唯一的对话，短得不能再短，好像只有一瞬，还没捉住什么感觉，就这样仓促结束。

优优心情茫然，离开了这幢又旧又破又亲切的拳击馆。离开时她才发现，刚才短促的一瞬，竟然清晰地留在眼前——他对她笑了一下，他对她说了谢谢，他接了衣服然后转身，他的后背笔直笔直，皮肤上依然镀着亮汗……

晚上，优优和阿菊坐在"白天鹅"里，望着窗外怅然而对。屋里，新刷了四壁，新换了桌椅，桌子上镶着簇新的白塑料板，中间挖了个圆圆的大洞，洞里放着吃火锅用的气炉……改换门庭后"白天鹅"已不叫"白天鹅"，而叫志富火锅店，阿菊的怅然八成由此而生。优优呢，优优在想周月，那个藏在心里的白马王子，她在想今天下午拳击馆里的黯然一别。

那晚优优一夜无眠。

在经过了反复犹豫、盘算、决定、推翻、再决定、再推翻之后，第二天，晚上，优优终于下决心去做一件事情，这件事情就是，给周月写信。

火锅店业已开张，大姐和姐夫都在忙碌，优优家小屋的晚上，只有优优一人，只有金色的灯光和雪白的信纸。优优从没写过信的，她现在突然发觉，写信的滋味原来如此神奇。

信的内容极其简单，首先介绍自己——优优没敢使用自己的真名，信的落款用了"一个喜欢你的女孩"这样俗套的写法。她说我是一个喜欢你的女孩，喜欢你的头发，喜欢你的沉默，喜欢你打拳，喜欢你流汗的样子——优优仅仅这样介绍自己。然后，就是约会。她约周月星期天早上七点，到仙泉公园的观瀑亭去。她说：你想知道我是谁吗？你想见到我的样子吗？那你来吧。

仙泉公园的观瀑亭就在悬崖飞瀑的山脚，地处清静，景色优美，在优优心中，是与心上人相会的理想之境。

信写好后，又改了两遍，换了些词句，然后，工整地抄好，错一个字都要重新抄来。再然后，放在身上犹豫了一天，终于在星期四一大早投进邮筒，寄到仙泉业余体校去了。优优在星期四放学时去体校，看到体校传达室的信件栏里，飞鸿已到。信封上那一行“仙泉业余体校拳击队周月收”的字迹，赫然在目。那行字她写了两遍才勉强满意的，此时摆在体校传达室的玻璃窗里，让她怦然心跳。

星期五，下了课，优优还是急急忙忙往体校赶，一进大门她就朝传达室摆信的那扇小窗看，她搞不清自己的心是又跳起来了还是突然不跳了——那封信已然不见！显然，信是被人取走了。有几封新来的信件占据了空出来的位置。

这一天她没有再去拳击馆，星期六也没去。在约会之前，她不想再与周月碰面。大姐奇怪地问她这两天为什么回家这么早，为什么一回家就再也不出去？她就说这两天放学早，就说她身体不舒服。大姐问怎么不舒服，她说就是不舒服。大姐以为她生理年龄到了会有那方面的不舒服了。遂笑笑不再多问。

星期天，优优早早起来，说有事找同学去，没吃早饭就离开家了。她穿了自己最喜欢的红格上衣，洗了头，梳了一个日本歌星滨崎步的发型，趁大姐还迷迷糊糊躺在床上，便闪身出了家门。

刚刚清晨六点，天上无云，街上无人。但仙泉公园已早早开门。几个晨练的老人拿着带穗的宝剑，在公园的花坛前斯文地舞蹈。红穗飘飘，剑锋闪闪，在空中温柔地飞来飞去……这是优优向我回顾她的爱情心路时，第一次放慢了叙述的速度。她谈到了天空的颜色，清晨街头的空寂，公园里舞剑的老人……甚至，她还向我描绘了仙泉山的飞瀑，在尚未散尽的晨雾中，如烟如帛，弥漫进她的视野……她站在瀑幕附近的松林里，那观瀑亭在从天而降的浩然水汽中，有如海市蜃楼般缥缈虚无。

优优说这是她第一次把清晨的冰凉和颜色，存入记忆，第一次看到那冰凉的颜色一点点变暖，由青灰而橙红，由橙红而黄白。太阳不知在什么地方升起来了，优优看不到那光芒的源头，但满眼已是金色的浪漫。阳光终于驱散迷雾，山泉、深潭、岩壁、树木、一切，都清晰起来，但这清晰却让优优的心反而越发暗淡，因为阳光把一切都暴露出来，站在林中就可看到观瀑亭柱子上的龟痕毕现；生草的瓦檐上，还跳跃着一只觅食的喜鹊，但除了飞瀑跌宕的击水声，周围静得有点不是滋味。

终于，亭子里出现了一个人，优优在剧烈的心跳之后终于看清了那不过是个普通的游人，看上去像是外地来的，背着挎包，拿着相机，在悬瀑飞雾前仰头凝目。游人逐渐多起来了。几个晨练完毕的老人，也三三两两散步过来，在亭子外面比比画画地争论着什么。还有一对年轻的情侣，挽了裤角，试探着潭水的深浅……

优优终于看见太阳了，太阳从身后懒洋洋地爬上树梢。太阳已经变了颜色，轮廓模糊，通体发白，光彩不再。优优的心也渐渐麻木起来，她步子恍惚着，走出树林。走到观瀑亭上，无端地傻站了一会儿，移步从亭子侧面的出口，下了一个台阶，又站了一会儿，抬眼看太阳，太阳的亮度刺痛了双眼，让她猛地打了一个喷嚏，然后她突然清醒了——时间早已不是诗意的清晨，已经到了该回家的时候了。

优优回到家时大姐已经不在。大姐今天要去体校，取她最后一个月的工资，还要把留在那里的一些私人物品全部拿回家来。姐夫也已出门，估计还是去操持他的火锅店。优优站在空空的屋子里，站在斑驳的衣镜前，看自己。她眼睁睁地看着两行泪水，一齐流下，而麻木的脸上，竟无感觉。

上午，优优煎了两只荷包蛋，准备快到中午时装在饭盒里送到拳击馆。给大姐送吃的是优优哭过之后灵机一动的主意，今天是大姐最后一次去体校了，也是优优最后一次合理的机会。

她赶到拳击馆时那里正进行着一场非正式的比赛，看上去像是拳击队内部的一次测试赛。对手和观众也都是他们内部的人。优优从人缝中踮脚看，看了半天也没看出所以然。她分不清台上戴头套的选手哪个是周月，抑或都不是。虽是内部观摩赛，但仍能听到教练在认真负责地大声喊：刺拳！刺拳！注意保护，不要搂，往两边闪，不要触栏！那喊声和台上沉闷快速的击打声，和台下观众不时发出的喝彩声此起彼伏，让优优对周月，对这个瘦瘦的男孩，无比爱慕。

比赛结束得很快，以一方击倒一方为胜。胜利者的头盔被摘了下来，优优终于看到了那一头飘逸的黑发。台下响起了兴奋的掌声和欢呼，但获胜的周月却一脸严肃。他直直举起双臂跳跃着奔跑了几步，然后又将双拳奋力迅猛地向空中一击，那动作因为带了些舞蹈感而魅力洋溢，两个拳头也因圆圆的拳套而显得巨大无比。这刹那间的印象多年以后还存于优优的记忆中——坚毅的面孔，高举的双臂，奔跃的肢体，表情威风凛凛，甚至带了些不可一世的狞厉！

优优看呆了。

她呆呆地看着失败者被人扶下台，扶进更衣室去了。她呆呆地看着周月被人簇拥着，走进了另一个更衣室里。拳击台下拥挤的人群皆作鸟兽散，似乎只有一瞬，便散得杳无踪迹，好像偌大的拳击馆里，只剩下了优优一人。

她呆呆的，走出拳击馆，走回家去。走到半路才发觉手上还拿着一只轻如鸿毛的饭盒。她打开饭盒，用手抓着里边的荷包蛋，大口地吃了，一同吃下去的，还有她的满足，也有一丝说不清来由的落寞。

那天夜里，优优给周月写了第二封信。在这封信中，她对早上的邀约做了回顾。她详细说了她在观瀑亭前看到的晨雾和渐渐变色的阳光，以及自己的心情——期待的感觉既欢愉又心慌，既紧张又惆怅。在这封信中，她没有再约周月出来，她只是想把她的心情做一个倾诉。能这样倾诉感觉已经很美。这样传情达意，让自己的心事，平平静静地，毫不紧张地，释放出来，感觉很美。

后来，她又写了第三封信，第四封信。在很多夜晚，优优就趴在床上写信。写信也是练字，优优的字越来越好看了。和第一封信一样，优优写每封信都没有使用自己真实的名字，信封上也没有留下什么地址，因为她并不奢望周月回信。她只是坚信周月一定能看到这些绵绵话语，除此并无其他计划，其他目的。她也没有再去体校的传达室查看那些信是否已经递到，她习惯性地，像自言自语一样，一封信接一封信地写下去。在那些信里，她告诉他关于自己的很多秘密。她向他诉说她的家，早已不在的父母，把她养大的大姐……还有她的学校，学校里的老师和校长，每一个要好的和讨厌的同学。当然，她更多地说了阿菊，甚至说了她中风的父亲和她的男朋友德子。优优反正相信，她心中的周月，肯定就在这个城市的某一幢房间里，某一盏灯光下，在结束了一天的学习和训练的疲倦中，静静地倾听着她的唠叨。

三

大姐从体校辞工以后，优优就没再去拳击馆了。她按照大姐的安排，考进了离家很远的财会中专。姐夫在优优入学的前一天对她进行了一次严肃的劝学演说，他向优优透露了他未来事业的远景规划，那规划的宏伟让优优吓了一跳。姐夫要把志富火锅店发展成一个知名的连锁店，要在仙泉的每个区都开一两家分店。然后还要去省府开大型的“火锅城”，还要把这“火锅城”开到全国各地去。他对优优说：发展是硬道理，懂吗？将来发展大了，最缺的人才就是财会，咱家自己人要有会算账的，就不怕让人家蒙骗了。他还鼓励优优学好外语，说不定哪一天，志富火锅就要烧到国外去，凡有中国人的地方，一定有爱吃火锅的，志富火锅完全可以像麦当劳、肯德基那样，烧成一个燎原之势的世界联号。

优优就是胸怀这样宏大的个人志向和家族理想，走进那所财会中专的。她每天都要早早地起床，帮姐姐和姐夫准备火锅店里的早点。然后，在第一个客人到来之前，她就要揣上一个烧饼，穿过半个仙泉，赶往城西的学校。每天，她几乎要到天完全黑下来的时候，才能回到位于城东的家里。那时候她的生活完全被学习和家里店里的各种杂活挤满，那时候她真的忘了拳击馆，忘了那个打拳的男孩，和对这男孩的一切关注和猜想。

头一个学期她学得很累，时间紧得连阿菊都难得一见。更不可能像过去那样在拳击馆的角落里，静静地坐上一个漫长的黄昏，静静地凝视着她心爱的偶像，在灯影下的举手投足、一颦一笑……

她甚至再也没兴趣像过去那样照镜子，尽管她家那个老旧的衣柜早被一个新做的衣柜取代，尽管新衣柜上的大镜子光洁如水，可以把人反映得毫发毕现。所以优优几乎没有注意到，她在不知不觉中长高了，五官也长开了，长得越来越漂亮了。

漂亮的面容对女孩子来说，也许是一笔最大的财富，但对于就要长大成人的优优来说，确实也是最大的麻烦。以沉默和臭骂将学校里那些苦苦追求的男生拒之千里还算容易，但逃避校外一些流氓无赖的骚扰寻衅就不那么容易了。优优即将毕业的那阵，她常常在放学回家的路上，被一群无良恶少拦截，她换了不同的路线依然不能幸免。后来当他们知道她是财会中专的学生之后，就总是堵在学校门口等她，要和她“交交朋友”。后来他们又知道她家住在城东，家里还开着饭店的时候，就又到家里店里纠缠不清。学校里的老师同学都不敢招惹这些人，家里的邻居店里的伙计也怕惹火上身。大姐领着优优去找过派出所，警察问优优那帮人是哪里的，叫什么名字，优优也说不出。她只知道他们少则两三个，多则六七人，不知是学生还是在哪里已有工作，为首的一个留着胡子，外号也叫胡子。警察做了简单记录，最后说：行，你们回去注意点，知道什么具体情况再来找我们。

大姐就又领着优优回来了。

问题没有解决，一切还得靠自己，后来有一阵大姐甚至让店里的伙计天天到学校门口接她回家，结果有一天在路上与那伙恶少冲突起来，连优优都动了手，双方打得口鼻流血，优优还没什么，可伙计却吓得回来坚决辞工不干了。大姐只能和姐夫商量，姐夫那一阵因为生意不好，斗志锐减，再也不提他那一套发展是硬道理了。他没精打采地说：索性换个学校吧。可仙泉市只有这么一所财会中专，而且那时优优马上就要毕业，换学校也不是办法。大姐就出了一个下下策：反正也快毕业了，那索性就不去上学了。到时候花点钱，从学校把毕业证搞回来，不影响找工作就行。

姐夫不吭声了。一提钱他就是这样，把头闷下去，一声不吭。

好歹，优优还是把最后一个学期坚持上完了。优优没用花钱就拿到了毕业证。但胡子那帮人还是来，三天两头到火锅店找优优，优优不出来他们就吃完了饭不给钱。姐夫没办法，就求优优出去陪他们，说是应付应付，但优优就是不去。大姐也不敢让她去。论脾气她去了也麻烦，一言不和能打起来。

万般无奈的时候，阿菊出了一个主意，她带着优优去找了她的男朋友德子。德子在金堡夜总会当护场的保安，阿菊到了夜总会的门口，跟门卫说找王德江，优优才知道德子的大名叫王德江。王德江第二天带上她，和阿菊一起去了北城洼，北城洼有个酒吧叫“帝豪吧”，破烂的门脸也很寒酸，家具也旧得不能看，好在酒吧都是黑天才开的，灯光一暗无所谓。

优优跟着他们走进去，窗外正有一束阳光投进来，屋里的丑陋一览无余地暴露着，桌上地上到处都是昨夜留下的啤酒瓶、易拉罐，还有烟头烟灰和呕吐物。德子和阿菊各自找了个干净些的座位坐下来，优优不想坐，就站着。

这时从里屋出来一个人，相貌和屋子一样脏，可他一出现德子和阿菊都恭敬地站起来了，德子还殷勤地叫了一声：大哥。那人并没答腔，打着哈欠坐上吧凳，张口先问德子要烟。德子赶快掏了香烟递上，还帮忙点火。阿菊平时从不怯场，此时也和优优一样紧张，目光也不知该落在哪里，才更为妥当。

那人抽了口烟，抬眼看看优优，慢条斯理地问：“多大了？”

德子替优优答：“十八了。”又转脸问阿菊，“十八了吧？”

阿菊说：“对。”

那人又问：“是胡子那帮人？”

德子说：“对。”

那人抽烟，转脸又看优优：“怎么惹着他们啦？”

德子也看优优，优优不知该怎么回答。

阿菊说：“是他们欺负优优的。”

那人说：“长这么漂亮，人家能不欺负你吗？”

阿菊也闷了声，和优优一样，不知说什么好。

那人笑笑，换了话题，跟德子说开了别的。好像在说哪里有个房子可以开酒吧，多少价钱什么的。那人还问德子前两天有两拨人在金堡夜总会打架的事，他们一问一答地抽了两根烟，优优和阿菊就站在一边发着呆，坐也不是，走也不是，只能一声不响地傻听着。

直到他们聊完了，直到优优跟着德子和阿菊走出那间有股子怪味的酒吧时，她都没搞清他们是来干吗的，那个抽烟的家伙又是谁。她听德子冲那人叫大哥，但显然，他不是德子的亲大哥。

然而从那天开始到以后，优优无论出门去还是回家来，无论在巷子里还是在火锅店，她都再没见过那个小胡子，也再没见过他那伙泼皮无赖的帮凶了。时隔很久优优才听人说，胡子和他的那帮人，在火车站附近一家餐厅吃饭时被人打伤了，胡子手下一个兄弟还被打得住了院，肚子上缝了十多针。

胡子后来是怎么把这次袭击与骚扰优优的事连在一起的，没人说得清楚。一年以后优优在向我讲述此事时，仍然心有余悸。挨打的是胡子，害怕的却是优优。这场血腥殴斗因她而起，她一直担心胡子不会善罢甘休。

而后来的事实是，她真的没有再见到胡子了，以及胡子身边的任何一个人。

那时只有阿菊宽慰她："不会有事的，你别看李文海那人长得不咋样，可是最讲义气的。要不德子也不会认他做大哥。凡是认他做了大哥的人，无论谁，他肯定会帮忙撑腰的。"

阿菊说的李文海，就是优优那天在帝豪酒吧见到的人。

阿菊对优优说："你还小，还没在社会上混过事，所以你不懂，在社会上混事非有靠山不行的。有了靠山才没人敢随便欺负你。你看王德江，人高马大的，又有蛮力气，还不是要认文海做大哥。"

阿菊既这样说，优优就点点头。她的切身经历让她对阿菊的这番话，不信也信了。那时她还想不到，这件事后来的结局并不像阿菊说的那个样，一切完事大吉了。论年龄优优肯定不知道毛泽东主席早年在他的哲学著作《矛盾论》中，曾有一段经典论述的：旧的矛盾解决了，新的矛盾开始了。对当时的优优来说，这个新矛盾，正是她的那个救命恩人。

胡子消失后，有一天晚上，优优正在火锅店里干活呢，阿菊带着德子过来了。他们问优优有没有再碰上什么麻烦事。优优说没有了。德子说：我大哥这回很帮忙，你打算怎么谢他呢？优优愣了好半天，没有答出下文来。德子说：起码你得请我大哥吃顿饭吧。

优优马上点了头，说："那请你大哥过来吧，我和我姐夫说一声，他们一定答应的。你大哥爱吃火锅吗？"

德子说："到你家这个小店来，恐怕我大哥不会这样掉价吧。吃你一顿火锅值多少钱，恐怕吃死也用不了一百块！我大哥当初要是收你钱，肯定也不是几百的数。你出门打听打听去，在仙泉摆平这种事，没个两万三万就别开口！"

德子狮子大开口，连阿菊都吓了一大跳，她说："德子，你不要吓死优优啦，你不是说李文海很讲义气吗，你不是因为他讲义气才认他做大哥的吗？"

德子说："人家又没非要钱，可帮这种忙搞不好就得吃官司，要不是我开口求人家，人家才不管这闲吊事，又不是真的缺饭吃。"

听德子言之有理，菊子也就反过来帮腔："优优，你得和你姐夫去讲，公安局都摆不平的事情，人家李文海帮忙摆平。饭总归要好好请一顿的，一顿饭多少钱总归有数。”

当天晚上优优就和大姐说了这事。大姐又对姐夫去说，夫妇俩商量了半宿，第二天一早优优正要出门，姐夫拿出五百块崭新的钞票，塞在了优优的手里。

优优用这五张新票子，在德子工作的金堡夜总会的广东餐厅里，摆了满满一桌席。四荤三素七个菜，还有一瓶“糊涂仙”，都由德子来安排。吃到一半李文海又要了一盒“万宝路”，结账时多出来的十五元，还是由阿菊给垫上的。

尽管这是优优有生以来最铺张的一顿饭，比大姐结婚都开眼。有海参、鱿鱼和牛蛙，都是优优从未吃过的。尽管在阿菊的鼓动下，优优每样每样都尝了，但每样佳肴进了嘴，似乎全都一个味。

对这桌酒菜的好与坏，李文海看来也不在乎。他的兴趣似乎全在优优身上了，表情还一本正经严肃着。他让优优敬他酒，优优只好站起来，两手端着一杯“糊涂仙”，恭恭敬敬地说了句：“谢谢大哥帮忙，我敬大哥一杯酒。”李文海也端了酒杯站起来，却让优优先喝了。优优说：“大哥我不会喝酒的，我真的一次没喝过。”阿菊作证似的帮腔道：“她大姐管她可严呢，她真的一次没喝过。”李文海当即板下脸，把酒杯放在桌子上，屁股又坐回到椅子上，眼睛斜着看德子，话却冲着优优说：

“敬酒的自己不喝，那还叫敬酒的吗？”

德子埋怨地看阿菊，阿菊也不知该帮谁，张嘴还想再解释，优优却先举了杯，一仰脸，把杯中酒一口灌下去。

那酒看上去清清白白，进了嗓子才知道像火一样厉害，优优能感觉到那股火苗从嗓门一直烧到胸腔，烧到胃脘，烧得两眼和双额都一跳一跳地疼痛起来。阿菊和德子都看得傻了，李文海也有点意外，叫了一声：“好！”随即端了酒杯，也和优优同样，豪爽地一仰而尽。

那天是优优头一次喝酒，竟连着喝了四杯。敬过李文海之后，李文海又回敬一杯，回敬的酒不能不喝，一来一往已经半醉。接下来李文海又让大家一起，为共同的友谊干杯，喝过之后他再一次把酒杯斟满，祝优优越长越美。他把酒杯端至齐眉，向优优许诺：“从今以后，不论有什么事，不论谁欺负你，你只管来找我，以后谁要再敢惹你，那算他自找没趣！”

德子也端起酒杯逢迎一番：“优优，这杯酒你可务必喝干，今天大哥既出此言，你在仙泉就有了靠山。以后你就跟着大哥，大哥这人最讲义气！你到仙泉街上问问，谁不知道北城洼的李文海！”

这杯酒优优不想喝，但大家全都站起来了，都举起了酒杯，连阿菊都满面笑容地看着她。她也只好站起来，举了杯，把杯子端在嘴边上，刚刚抿一口，德子马上托了她的胳膊肘，叫：“喝了喝了！”连推带灌的，那杯酒再一次热辣辣地杀过嗓子眼，带着一团滚烫的灼痛感，落进了优优的肚子里。

李文海说了声：“好，我说我没看错吗，我这人就喜欢痛快的女孩！”说完一仰脖子，把杯中酒咕咚一声也灌了下去。

还没怎么吃东西，四杯烈酒就下了肚，优优开始犯迷糊，后面的菜都是什么味，她已不甚清楚了，那顿饭是如何结束的，印象也很模糊了。她只记得他们扶她走出来，外面的风吹在脸上很麻木。优优一走出餐厅就吐了，吐得全身没骨头。她靠在阿菊的手臂上，隐隐约约听到德子在叫出租车。他们扶着她进了出租车，车子一开她就昏昏沉沉睡着了。

她猛然醒来时车子还在走。她意外地发现身边搂着她的人已经不是阿菊了。她闻到一阵刺鼻的烟呛味，吓得差点叫出了声，醉意立刻全醒了。虽然车里有点暗，但她还是能从那人的声音中，认出他就是李文海，是帮了她一个大忙还信誓旦旦要保护她的李大哥。

"你睡吧，没事的。"李文海在她耳边说，"一会儿你再洗个澡，洗完澡好好睡一觉。"

优优本能地，往车门边上靠。不知为什么，她对这位大恩人和对欺负她的小胡子，有种相同的恐惧心。她慌慌张张地开口问："阿菊呢，阿菊他们去哪儿了？"

"她和德子回家了，他们回家有事呢。"

优优愣了几秒钟，似乎在想阿菊回家干什么。她问："咱们是去我家吗？"

李文海说："你家远吗？先到我那里坐坐吧，我家就在这附近，还有一会儿就到了。"

李文海的声音很平和，甚至，还有几分温情的。但优优却觉得是强迫，觉得自己是被绑架了，她的反弹刹那间表现得很强烈，声音也坚决得过分了。

"我要回家！"

她说这话的同时发现车子经过的这地方，是她最熟的一条街。她过去从学校到体校，这里是条必经的路。路边有一个特大特大的大邮筒，她写给周月的很多信，都是从这里寄出的。

这条街给优优壮了胆，让她感觉进了自己的地盘内。她的声音更大了，大得司机都回了头。

"我要回家，我要下车！"她命令司机，"喂，停一下车。"

司机把车停下来，优优随即推开门，动作快得像逃命。她往她家的方向快步走了十多米，才渐渐觉得没事了，心里稍稍定了定，才意识到这样分手有些不礼貌，可能让李文海伤面子，才想起至少应该向他说声再见或者对不起。

好在李文海也下了车，并且似乎追过来。他一追过来优优又有点害怕了。她一边说："文海哥再见！"一边却加快脚步跑起来。听到李文海在身后连着叫"优优！"她的脚步也没停。

李文海大步追上来，优优估量着逃不掉，步伐犹豫地站住了。她转头看着李文海。李文海上来皱眉问：

"哎，跑他妈什么你！德子是怎么跟你说来着？"

"德子？"优优发愣，"德子跟我说什么？"

李文海说："你别他妈跟我装傻了，德子没告诉你我摆平胡子花了多少钱？"

优优更愣了："没有啊，德子没说过。"

李文海说："那我告诉你，为你这事我花了三千多。这钱是你出还是德子出？"

优优张了半天嘴，几乎找不出一句应答的话："你，你当时，也没说过要钱呀……"

李文海把脸拉下来："废话，这年头没钱你能干什么！"

优优没经过这种事，但李文海这样说她反而不怕了，她也学着样子把腔调放得很无赖，脸上也一点表情都没有。

“我没钱！”

李文海大概没想到优优也会来硬的，就像刚才在饭桌上一口一个不会喝，结果咣咣咣连着四杯灌下去。李文海愣了一下又笑了，说：“你跟我来这套还嫩点，你可以上外面去打听，我李文海……”

优优反而来劲了，她反正不想再求他，也不想让他保护她。她无欲则刚地瞪着眼，放大声音打断他：

“我知道，德子不是说了吗，谁惹了你谁要倒霉的，反正我没一分钱，要打要杀随你便！”

李文海咧嘴笑开了，这回是真的笑开了，他伸过手来拉优优：“我喜欢你还来不及，哪里舍得打你呢。你把我逗急了我杀你都没问题，但我就是不打你，打你我可舍不得。”

李文海伸手拉，优优往后躲，李文海动作快，一把抓住优优了，优优使劲挣扎了一下没有甩开，她不知怎么搞的突然使出在拳击馆看熟的那一招，冲李文海的肚子打出迅猛的一拳头——优优当初还说不清那一拳叫什么，但从她后来学给我的动作看，我断定那就是一记大致上的下勾拳。优优用拳自然没有分寸，因此打得有些重了，打得李文海立刻松手，捂着肚子蹲了下来。

优优却因此抽身，撒腿就往对面跑去，她能感觉到李文海再次追上来了，又急又猛的脚步传达出气急败坏的暴怒。优优此时的心跳和她奔跑的频率一样激烈，就像学校运动会上的百米赛跑，她发力的姿势和跳跃的步态都很专业，但再专业也没能甩掉身后的追逐，也许男女真是不一样的，从没练过田径的李文海凭着男人的爆发力，从后面大步流星地追了上来。

四

那天晚上发生的奔逃与追击，按优优很久以后的回忆，并不在于它惊心动魄的过程，而在于它意想不到的结局。它的结局与优优原先的梦境，与优优后来的幸福，天意地连在一起，有点像一个缘分的游戏。

她跑了整整一条马路，这大概是仙泉最暗的街区。街的两侧无人居住，也没有任何一家店铺，一到夜晚便寂静下来，只有昏昧的路灯高挂半空。

在这条长街快要终结的时候，优优终于跑不动了，胸口因为体力的极点，很快就疼得寸步难行。她的脚步变得踉踉跄跄，在李文海一把抓住她的同时，她两腿一软就坐在了冰凉的地上。

李文海用力踢了她一脚，骂了句："我看你跑到哪儿去！"

优优不说话，她已经说不出话来，只剩下大口的喘息。

李文海又踢她一脚："起来！"

优优已觉不出疼痛，她的眼泪不能控制地自己流出。她知道李文海这种人如果真的发怒，捅她一刀都做得出的，但她并不畏惧，也不想求饶。

李文海也在大口喘气，然后拽着优优的一只胳膊，想把她强行拉起。优优索性往地上躺去，身体被拽得原地转圈。这一圈让她的目光划过街的对面，对面的路口正巧拐出两个人来。

优优看到了机会，她本能地喊叫一声："救命！"

她看到那两个人影蓦然站住，一齐转头向这边注视，紧接着她听到他们跑过来的声音，同时发觉李文海的目光也被这两人牵制，但他仍然抓着优优的一只手臂，蔑视着那两张在街灯下眉眼不清的面孔，对他们的质问漫不经心。

"怎么回事，"跑在后面的那个人首先发问，"啊？你要干什么？"从那人的步态上看，身体还算强健，但从声音上听，年龄其实不小。

李文海并不松手，依然使劲拉着优优，冲着问话的人狠狠地回应："滚，少管闲事！"

倒是跑在前边的那人，能看出非常年轻，话也不说便冲了上来，伸手想要扯开他们："你先把她放开，放开！"

李文海猛地一掌，掴在那人脸上，出其不意，攻其不备，果断异常。随着那重重一掌，优优一下认出来了，那挨了耳光的青年，竟然就是周月，就是她夜思日想的情人。而后面的那位老者，就是那位白发苍苍的教练。

优优兴奋极了，她也知道周月挨了这样一掌，反应不难估量，其实在她做出估量之前，发怒的周月已经用一串快得令人窒息的组合拳，几乎在刹那间就让身体比自己粗壮得多的李文海趺趺绊绊，人仰马翻。

李文海打着滚地爬了起来，疯了似的向周月扑将过去，龇牙咧嘴像要拼命的样子，两人顿时打成一团。老教练似乎并不担心徒弟吃亏，他扶起优优慢慢问道："你没事吧，他是你什么人呀？你认识他吗？"

优优先是点头，后又摇头，她不知道她和李文海之间，是否属于认识，又算什么关系。这时候一辆巡逻的警车开过来了，警察的出现使他们的问话与回答，以及那两个少壮男人的厮打，全都骤然中断下来。

他们都被带到了附近的派出所里。

优优被问完情况放出来时，周月和他的教练早已离开。他们在这个事件中的角色，是一对见义勇为的市民。警察给他们做完笔录留下电话又表扬几句，就让他们走了。

优优本想当面道谢，尤其是对周月。这场英雄救美的奇遇使周月在她心中的形象，更加大放异彩。她想了很多表达感谢甚至爱慕的词藻，并且一再鼓足开口的勇气，当她终于下定决心袒露心迹的时候，却发现周月已经走了。

警察问优优家在哪里，要不要叫家里人接她回去。优优说不用了我家就在附近，我自己可以回去。她出了派出所没有直接回家，尽管天很晚了，但她还是绕道去了那所她以前几乎天天都来的业余体校。她本来幻想能在这里见到周月，但结果非常现实。体校的大门关着，里面的灯也黑着，整条街道都静静无声。优优在黑暗的门口发了阵呆，眼里心里茫然若失。

第二天优优前往一家公司招工面试，她报考了那家公司的会计部门。但她整整一天神不守舍，还在想着该找什么机会，向周月表达谢意，甚至，从此和他交上朋友。

那天面试完了，优优去找阿菊，阿菊从服务学校毕业后在一家三星饭店干了三天，因为把饭店里的毛巾带回家去，被经理发现除名，后来一直在"香港街"倒卖服装。"香港街"是仙泉最大的假货市场，德子的一个哥们儿在"香港街"支了一个摊子，平时就让阿菊看着。一条登喜路的领带十五元，一件都彭的衬衣五十元。五十元阿菊还嫌太贵，告诉优优其实不值。

优优找到阿菊的摊子，跟阿菊说了昨晚的事情。阿菊正忙着吆喝生意，因此听得心不在焉。但她看得出来，优优兴奋得两眼发直，嘴角一直挂着幸福的笑意。优优求阿菊给她出个主意，见到周月该咋表示。阿菊看出优优不大对劲，于是皮笑肉不笑地问道：哟，你不会是看上他了吧？优优连忙掩饰：没有啊，人家帮了我我不该谢谢人家吗？阿菊说：要谢你怎么不找他去？

阿菊的话一下子把优优点化，要谢怎么不找他去！问题就是如此简单。从"香港街"里出来，她并没真去体校。她还是乘了公共汽车回家。晚上，她像往常一样坐在灯下，想给周月再写封短信。给周月的信有一年没再写了，一年的话都积压在内心，但提笔茫茫却不知该写什么，开了两次头都最终放弃。

那天晚上优优很晚才睡。当屋子终于黑了，当远近万籁俱寂，优优才能进入自己心造的幻境。在这个幻境之中，想象可以任意驰骋。有无数夜晚，就有无数想象。优优想象过周月站在拳击冠军的领奖台上，接过优优送上的鲜花笑语，有很多人围在四周，向他们鼓掌祝贺……在这个想象之中，优优不知不觉，把自己也划进了受贺的范围，仿佛她和周月，已是一个公认的整体，仿佛周月是属于她的，或者反过来，她也属于周月。

她还想象过，她和周月走进一片仙境般的山水，无忧无虑地种田、放牧、做诗、画画，还大声唱歌，过着无人打扰、相依为命的生活。他们彼此的呼唤和欢笑，在山野中回响，有如天籁般空灵。优优常常在这种响在天际的笑声之中，带着嘴边的微笑入梦。

夜里的梦越美，越浪漫，早上醒来就越茫然如失。新衣柜上那面让人眼亮的新镜子里，一切如旧。整个屋子甚至显得比任何一天都要灰暗无光，和优优心里的颜色一样。

这个颜色笼罩着优优的白天，白天优优依然要为寻找工作出门奔忙。优优的学习成绩这几年在班里名列前茅，对分配却未见丝毫帮助。大姐一见到优优无所事事地待在家里就摇头叹气，姐夫也整天把脸板着沉默不语。优优也沉默不语，但那是因为她心里有了别的事情。

终于，数日之后，优优决定，到仙泉体校去找周月，她决定向他坦陈心迹。在做出这个决定之后，优优的心情出奇地平静，她相信她一定会得到命运相助，因为有无数声音在她耳边说过，这么好看的姑娘，谁能不爱？

这一天黄昏她走出家门，走出那条窄窄的旧巷，走过她家那间生意清淡的小店，她的脸上绽放着幸福的笑容。她一路笑着走向仙泉业余体校。体校的大门像往常一样敞开，一条人来人往的笔直大道，把优优的视线带向大院深处。田径场很久没有修葺了，萋萋杂杂地长着荒草。球类馆也很陈旧了，门窗的油漆都已掉光。但最旧的还是优优目光的终点，那座更旧更破的大房子。

那大房子就是拳击馆。

优优走到拳击馆，她看到门口停着许多小轿车，里面传来阵阵呐喊声，台阶上还站了个收票的，她明白正有一场比赛进行着。这场面让优优不由自主停了步。白天还蓬勃飞扬的自信心，在这个刹那却畏缩了。她仿佛看到周月一拳将对手击倒，高举起双臂迎接掌声，有人向他献上一簇簇鲜花，一条金光闪闪的腰带围在身上……优优突然省悟，她爱的男孩，是一个明星！是一个被赞扬和荣誉包围的宠儿，终日沐浴着崇拜的目光，身后追随着无数拥趸……而她呢，她算什么，一个普通的女孩，一个连工作都没有找到的女孩，一个只有胡子和李文海那种人才看上眼的女孩！

自信心就是这样一种东西。有时能自我膨胀得不可一世，有时又会糊里糊涂顷刻瓦解，就像泡沫一样空虚易变，随时都可能失于无形。

“有票吗？”

优优突然听见这样一声粗哑的喝问，这喝问显然是冲她来的，她慌乱中看到一双细小的眼睛，带着些防范的目光正投在她的眉心。这声喝问优优全然没有预料，精神上毫无准备，她下意识地摇摇脑袋，然后心里跳跳地，转身走开。

天色渐暗，路灯依稀，优优离开了拳击馆。她走过静静无声的球类馆，走过杂草丛生的田径场，走过体校门口的传达室，走过她来时走过的纵横交错的立交桥……立交桥上的合纵连横让她心绪烦扰，她甚至没有发觉自己已经快要走到自家的巷口，巷口那间“志富火锅店”遥遥在望。那简陋的店面让她自惭形秽，她不知道她要找个什么样的工作，才能稍稍配得上周月。

她家的巷口有个公交车站，恰巧有辆加长的大公交遮了站牌，直到那长长的大车子开出优优的视线，优优才意外地看到小店的门前有些异样。往常这时，还不到上客的钟点，但不知为什么门口却挤满了人。这些人显然都不是吃饭来的，他们都站在门口，一个个伸着脖子往店里张望。

优优挤近前去，也往里看，然后又满腹疑惑地挤进门脸，她隐隐约约看懂了眼前的一切，她家的饭馆，这个供养着她的大姐和姐夫，也供养着她的生活的饭馆，已经被人砸了个稀烂，几乎所有桌椅和柜子，全都断腰断腿，一面墙的正中，还被砸了个碗口般的大洞，地上全是饭碗和盘子的碎瓷。厨房里的情形更加不堪，几乎没有一样还能使用的东西。优优心惊肉跳，她没有见到姐夫，姐夫和几个伙计都让派出所叫去问话，店里只有几个街道上管事的伯伯奶奶，在七嘴八舌地安慰大姐。大姐只是抽抽噎噎地哭着，无话可说。

这天晚上大姐和姐夫围着优优，一个啼哭，一个吼叫："你到底在外面干了什么！你把这个家全都毁了！你知道吗！你知道吗！"

是的，优优知道，即使姐夫不这么声嘶力竭，她也知道，这个餐馆，这个只有六张小桌的火锅店，是大姐和姐夫集中两人的全部积蓄，孤注一掷的成果。现在，它毁了，无法恢复，这全是因为她，因为她在外面惹了是非，得罪了不该得罪的恶人，所以，给大姐和姐夫，给这个家庭，带来了大祸！

优优没有哭，没有解释和争辩。她咬着嘴唇走出家门，把姐夫失去理智的叫骂和大姐软弱无助的哭泣，把街坊四邻的探头探脑和窃窃私语，通通抛在身后。她出了家门便奔跑起来，她一路奔跑出了巷子。巷子的入口，那间火锅店仍然门窗洞开，里面败象赫然，仍然有一群闲人茶余饭后，无聊地围观。优优目不斜视，跑向对面的汽车站牌，她能感觉到身后有许多目光，许多讪笑，冲着她的脊背，指指点点……

公共汽车把优优带到了仙泉体校。体校门前的灯光尚未熄灭，还有不少穿着运动服的男孩女孩，三三两两从里面出来。优优跑到拳击馆的门前，已不见了昨天的汽车和门卫，但里面的喧闹和嘈杂依然如故，偶有一两声短促而突然的呐喊，让优优身心激动不安。

她走进这间许久未进的大屋，她看到那位鬓发斑白的教练，教练还和过去一样站在台下，两手按着台面不停叫喊："快一点，移动位置，后腿要感觉出围绳在哪儿！逼住他逼住他！注意拳速！左勾拳！你犹豫什么呢……"

拳击台上，两个拳击手你进我退的对决正难解难分，头上的头盔和手上的拳套把他们夸张得异常威猛。优优目不转睛，盯着那个略显细瘦的红裤拳手，那就是周月。他跳跃的步伐，灵巧的躲闪，果断而快速的出拳，和三年前一模一样，都让优优心驰神往。

比赛的高潮发生在终场时刻，红方一记重拳，蓝方仰面而倒。老教练爬上拳台，意味着这场没有裁判的比赛就此结束。红蓝两方拳手一边踱步喘气，一边频频点头地听着教练的唠叨，老教练讲评完了，掀起围绳跳下台子，顾自走了。蓝方拳手也随着走了，台下观战的拳手们也议论着纷纷散去。只有红方拳手还坐在台子的一角，不知是稍事休息还是在回味刚才的赛事，台下也只剩下优优自己，他们隔着暗红的围绳，彼此对视。终于，红拳手摘下头盔，晃了晃被头盔压抑很久的头发，定神再看优优，优优这一刻也同时看清，他不是周月。那双和周月同样黑白分明的眼睛上，是两道浅浅薄薄的细眉，脸盘也比周月大了一轮，看上去煞是陌生。

优优的灵魂几乎凝在了半空，她似乎需要时间来分辨自己的心情。这时老教练从更衣室里走出来了，高声呼喊那个男孩的名字。优优没听清他喊的什么，总之不是周月，那是三个字的名字，听上去甚是别扭拗口。

老教练和拳台上的男孩说了句什么，然后向拳击馆的门口走去。他路过优优身边时优优很想开口，但一时找不到开口的词句。她眼睁睁地看着老教练走出这幢大屋，才下意识地挪动脚步追了出去。

拳击馆外，夜色渐浓。环绕操场的小路，亮着半明半暗的路灯。路灯把老教练的身影拉得好长好长，优优自己的身影也随着行进的步伐，长了又短，短了又长。她的声音有些忽紧忽松，不知是紧张还是因追赶而带来的喘息，她的问话听上去有些片断不整。

"教……教练，对……对不起，请问周……周月在吗？"

老教练站下了，回过头来看她："周月？周月不在这里了。"

"他……他今天没来吗？"

"周月呀，他走了，早不在我们这里了。"

优优那一刻心跳几乎停止："他走了？他上哪里去了？"

"他去年就到北京去了，去武警拳击队了。现在在北京公安学院上学呢。"

"去年就走了？"优优不相信地看着老教练，"他，他前几天不是还和您在一起吗，那天我看见他了。"

"啊，他放寒假，回来看看，前天又回北京去了。"

老教练似乎认出她了，"你找周月有什么事吗？你那事派出所帮你处理好了吗？"

优优说不出她找周月有什么事情，她说不出那个真实的事由。但老教练的目光似乎还在等待，这让她不得不再一次从那天说起。

她说："……那天，那天的事，我想谢谢你们，谢谢你们。"

老教练和善地笑笑，说："不用谢了，你没事就行了，以后太晚了可别再一个人上街。"

优优点头，说："我想，我想当面再谢谢周月。周月真的去北京了吗，他真的去了吗？"

老教练说："啊，真的去了。这样吧，以后我要是见到他了，我一定把你的意思转告他，好吗？"

优优再也想不出别的话了，她能做的表示似乎只有一个，那就是领情地点头，然后说一句："好吧。"

老教练把优优送出体校大门，又陪她走完了那条一到天黑便冷清无人的马路，他一直把她送到热闹的街口，再次嘱咐几句才和她分手。

从老教练的口中优优终于知道，周月是一个在孤儿院里长大的孩子，后来被一个山里的表姑收养。他那样单薄的身板，本来不是个打拳的材料，但他打了，他碰上了这位父亲般的教练，老教练让这个无父无母的孩子，成了全国的少年冠军。成了武警体工队看中的未来之星。现在又成了一个大学生。优优想，他们和她一样，都没有看错，她在第一次看到周月时就觉得他像个明星，像电视和画片里那种酷酷的韩国歌星。

优优在街上一直转到半夜，还是回家去了。她太累了，从里往外，都筋疲力尽。尽管，她不想回家，也害怕回家，但她抵抗不了家里那张床的诱惑。她真想马上躺在床上，马上躺进温暖的被窝，她需要这样一个空间，一个人，静静地想心事，一个人，悄悄地哭。

于是，优优回家了。

她回到家时已是凌晨两点，整条巷子都静无一人。但优优那一夜没能上床睡觉。她走进家门看到的情形，与下午那间火锅店几乎一样，地上凌乱着砸碎的水壶和茶杯，还有弄湿的棉被和枕头。床上狼藉不堪，铺盖大多扔到地上。那面新衣柜的镜子，不知被什么砸了一下，已经四分五裂，似掉未掉地敷衍着柜门。

姐夫不在了。

大姐坐在乱糟糟的床上，脸上没有泪，表情却在哭。

姐夫出去喝酒了。这是他和大姐结婚三年多第一次真正的争吵，姐夫几乎把这个家全都砸烂，顺手能抓到的东西，都在盛怒之下摔在地上，摔在墙上，摔在镜子上，然后，摔门而去。姐夫是第二天下午才回来的，是大姐去医院把他接回来的，他半夜三更喝醉了酒不知撞在什么地方头破血流，直到第二天中午才清醒过来。他回到家时优优已经不在，她已经在那天清晨悄悄一人，登上了前往北京的特快列车。

五

为什么要去北京？

优优也说不清她究竟是为了什么，要去北京！

登上这列清晨启程的列车时优优非常激动，那激动甚至还带了一点誓不回头的伤感和悲壮，后来优优向我回忆那时的心情，她说她离开家是觉得这个家再也没有她的位置。这个家，从内容到形式，都已支离破碎。

或许，是由于她再次想到了周月，并且不可抑制地，想见到周月。因此她的远行似乎就有了某种私奔的意味，或许她心中的那点悲壮，即是由此而生。

列车载着她离开了家，离开了大姐，离开了她自生下来就从未离开过的城市。她两手空空，背包里只有几件早晚加添的衣服。买车票的钱是前一天大姐让她交给阿菊父亲的房租，她还没来得及交呢。车票并不贵，火车带着她穿越白天和黑夜，穿越高山和大河，去投奔一个美丽的希望，这场远征仅仅用去了火锅店一个月房租的十分之一。

后来优优并不讳言，当她站在仙泉火车站的售票厅里，仰望着墙上那面巨大的列车时刻表，她的目光最终投向了北京。选择北京作为终点的那个时刻，她心里想到的就是周月。

让我唯一可以理解这个选择的，是优优的年龄。她当时只有十八岁。十八岁的女孩对一切都充满幻想，把一切幻想都当做伸手可触的现实。她知道周月在北京的公安学院上学，她相信自己一到北京肯定能找到周月。

她甚至没有怀疑只要找到周月就会找到她渴望得到的同情和安慰，渴望得到的保护和爱情。她无意间把自己寒来暑往不断隐藏和积蓄于心的那份爱情，当做了他们两人彼此的共鸣。她忽略了这份爱其实仅仅是她自己的一个隐私，她忽略了这份爱的另一方从一开始就从未走进来过。尽管，这份爱在她义无反顾地离家出走时已经超越了男女之情，似乎带有了亲人的性质——优优后来向我描绘了她的下意识，她说她觉得周月是她的一个小哥哥，是她从小相知的亲兄弟。

当然她很快就会知道，她把事情想得过于简单。第二天中午列车把她带进了北京，她一走出车站就开始打听北京的公安学院，她没想到问遍沿途无人能知，仿佛在北京街上匆匆行走的，全都不是北京的人！

她从北京站正面的路口拐上了长安街，长安街比想象中的气派。她从东单口一直走到西单口，她真的看到了向往已久的天安门。天安门广场也比想象中的宽阔，似乎只有天安门暗红色的城楼不及画片上那样雄伟。她在西单口盲目地向右拐弯，沿着西单大街往西的方向走去。她没料到北京有这么广大，走到太阳西斜也没走出市中心的繁华。一路上她仍然执著地打听询问：请问您知道北京的公安学院在哪里吗？无奈男女老幼皆摇头不知。也有少数人热心好事，也都是语焉不详方向乱指。

当对北京的好奇渐渐冷却之后，一腔希望也随之渐渐破灭，优优于是开始想家，开始想念大姐和阿菊，也想念她家的那条巷子……甚至，还想念除了埋头生意很少与她交流的姐夫。

天色渐渐黑下来了。北京天黑了和仙泉真是不一样的，黑夜的北京比白天还要漂亮，到处流光溢彩，五颜六色。那望不到头的霓虹灯让优优重新兴奋起来了。北京真好啊！但当她在街边的一家饭馆里吃完了一顿饺子后，又有点懊恼了，北京真贵啊！饺子要多了，但她还是把它们都吃下去，她一顿饭就独自吃掉了十五元，是她有生以来没有的。

饺子店旁有个小旅馆，每张床铺四十元。优优犹豫半天还是住下来，因为她已实在走不动。她也不知道还有哪里的床铺更便宜，她从昨天早上到现在，已经两天一夜没合眼。

旅馆里的床板非常硬，被子也湿乎乎的有些黏。枕头有股子发霉的味，同屋还有两个女人互不停嘴一直吵了大半夜。优优真的累坏了，但她怎么也睡不着，她没想到离家的滋味原来是这样的。

好像一夜间她就长大了，懂得了要为明天去操心。

优优在这家小旅馆住了三整天，她也到处奔波了三整天，寻找着那所几乎像个传说的"公安学院"。其实北京公安学院离她已经非常近，后来我和优优乘出租车路过时她还指给我看，与那旅馆只隔了一条街道。优优是住到第三天才恍然大悟的，她上街找了个交通警察，开口一问，民警一指，才知道相距如邻。

优优终于找到公安学院了，但没能见到周月的面。那时正值一个新的学期刚刚开始，周月所在的班级全都分配到公安基层单位实习去了。优优从老师问到同学，从教员办公室问到学生宿舍，先是听说周月去了平谷县局，后又听说他去了西城分局，最后在男生宿舍里碰上周月的一位同班同学回来取东西，才确切地知道周月是分到市局××处去了。

市局××处，是后来我将所写的小说交给公安宣传部门征求意见时他们建议使用的词。优优很费了一番周折才找到了这个××处，其过程特别繁琐，乏善可陈，故而从略。何况我在写到此处时，已经忍不住急于要把优优最终见到周月的那个情形，尽快说出。

寻找的过程其实就是在胡同里乱转，北京的胡同多得就像一个老人的皱褶。那个××处就藏在这样一条最不起眼的褶子里，门脸也平实得像一座普通的旧院，虽不寒酸破烂，也不显山露水，总之与优优的想象很不相同。优优对公安机关的印象一向是威风八面，对警察的印象也是严肃有余，而且，多少还有那么一点凛然霸气。所以她想象不出周月这样一个酷似韩国歌星的翩翩少年，穿上警服会是什么模样，什么感觉。

这座旧院的门口，有间传达室似的屋子，这间屋子便是一个机关的标志。在传达室里值班的是个没穿警服的老头，正在一丝不苟地分发报纸，他头也不抬地应付着优优的询问，夹带着衙门式的漫不经心。可当听到周月这个名字之后，那老同志的态度立刻变得认真关切:“你找周月吗?你是他什么人?是老乡?啊,周月受伤住院了,公安医院你认识吗?公安医院就在……”

那一刻优优竟是喜忧难辨,她终于找到了她的爱人,但在辗转跋涉终于抵达终点的时候,她又觉得这一切竟如此简单,简单得就像一个结局圆满的俗套,令她感觉不甚过瘾。可周月怎么又受伤了?伤在了哪里?这个横生的悬念又立即成了这个俗套故事意外的续集。正当传达室那位大叔向她指点迷津之际,有个要去公安医院的车子恰巧出门,于是便拉上优优一同前往,让优优感觉时来运转一切都变得顺利和轻易。

优优是跟着××处的两位领导一起赶到医院的。到达后才知道情况比她的想象严重许多,周月是前一天刚被送到这里,他在一次堵截逃犯的行动中被一名罪犯用木棍击中头部,昏迷长达二十小时,清醒之后记忆全失。他能听懂别人的话语,也能断续说上一句两句,但对来看他的同事、老师和同学,全都视同陌路,对昏迷前的事情,一概陈述不清,甚至问他自己姓甚名谁何方人氏,亦皆反应迟钝,恍惚不知。

优优在病房外的走廊端头,看到医生与××处的领导和公安学校的老师谈论周月的病情,神态悲观。医生一再阐述此种失忆之症,确属疑难病种,一向医疗乏术,需要慢慢药治和耐心调养,包括心理治疗,均须循序渐进,虽然也有少数短期治愈的先例,但多数病症旷日持久,经年累月,急是急不得的。从医生的口中优优听到,周月头部遭此重击,除外伤较重之外,颅骨居然无损,已是不幸中的万幸。

病房外的走廊上站满了赶来探望的人,民警之外,还有不少群众。除了几个身份较高的领导被允许进入病房,其他人一律挡在门外。医生为了避免周月用脑过度,已经给他服了镇定药物,让他进入了睡眠的状态。

后来,那几位领导模样的人均被邀到医生的办公室里,商量治疗方案。优优就站在门外偷听,门是半开着的,屋里的谈话大体能够听清。医生向领导们通报了病情后又开始介绍治疗的常规,很快他们涉及到一个问题——治疗初期病人生活不能自理,需要单位出人轮流照顾,是由周月的学校出人呢还是由周月的实习单位××处出人,各方意见不一。一种意见是应由学校方面出人,因为周月是学校的学生,学校应当关心到底;另一种意见认为周月虽是在校学生,但属在实习单位参加任务时因公负伤,所以应由实习单位为主出人。看来由学校出人和由实习单位出人双方都有实际困难,所以医生建议他们不如出钱请个护理人员。照顾这种病人一个月只需出个八九百块,要是管饭六七百也就够了。关键是请的人要有责任心,因为照顾这种病人需要事无巨细……实习单位的代表——也就是和优优同车而来的领导马上表态:只要能请到人,这个钱就由他们处里来出,多点少点都没关系。他也许没想到他的话音未落马上就有人报名了,这个报名的人就是优优自己。

优优听到了他们的讨论就大胆地推门而入。她说刘处长,你们让我照顾周月吧,我现在反正没事做,钱多钱少都无所谓,我愿意照顾周月的。停了一下她又说,真的,给不给钱我都愿意。

屋里的领导都愣了,片刻之后那位刘处长才想起把优优向大家作介绍:“啊,这是周月的老乡,是从仙泉来的。哎,你姓丁对吧,你叫什么来着?……”

屋里的气氛轻松下来,谁都意识到矛盾已经迎刃而解——一个刚来北京的,暂时还没有找到工作的女孩，而且还是病人的同乡，显然也是朋友或者同学一类的关系，因为对病人的关切而自愿承担这份工作，这不是很好吗，这说明周月这小伙子真是个命好的人。

优优万万没有想到，她有生以来第一次走出家门，第一次远离大姐，在人地两生人海茫茫的北京找到的第一份工作，竟然就是照顾自己的爱人！这会是真的吗？那感觉如临梦境。

得到了这份工作，优优的幸福感来得那么由衷，她向领导们说她不要钱的那些言辞，的确发自真心。别说不要钱，就是倒贴钱，她也干的。但公安的领导们还是决定每月付她六百元工钱，加上三百元饭费，一共九百元整，比大姐在仙泉体校当临时工挣的工资，多了一倍。而且吃饭就在医院内部的食堂里吃，如果节省的话，三百元还能有余。

得到了这份工作，优优给大姐打了一个长途，她告诉大姐她现在已经到了北京，已经在北京找到了工作，让大姐放心。从电话里她听出大姐的声音是那么焦急和挂念。这说明她在大姐心里，除了姐夫之外，依然占据着重要位置。这让优优非常感动，这让优优更加想家。但是，找到周月并且即将与之厮守的喜悦，压倒了一切，包括独自远行的恐惧和空虚，以及真真切切的思乡之情。

优优真正见到周月是在三天之后。三天后周月从特护病房搬到了普通病房。也许因为他是因公负伤，所以被特地安排在单人病房，虽然只有十几平米，但据说就是这种病房，按常规也只有处级干部才配住上。

周月移到普通病房时头上依然缠着纱布，手上依然挂着吊针。不知是伤病所致还是药物作用，依然睡多醒少。正如医生估计的那样，几天来他的记忆没有丝毫恢复，也没有恢复的迹象。他搬进普通病房后单位里有好几拨人又来看他，学校里的领导、老师和同学也络绎不绝地来了，可他依然如故，谁也没能认出。

当然，他也不认得优优。

病中的周月，被厚厚的纱布缠着的周月，优优也认不得了。

他怎么瘦得这样厉害呀，脸上没有一丝血色，嘴唇没有半点光泽。他总是睡，只在需要吃饭时才被人叫醒。他吃的是医院配的流食，用吸管吸进胃里，吸的时候他的眼睛也是闭着。

优优照顾他的第一天，他只对她说了一句话，当时他刚刚吸完流食睁开双眼，目光在优优脸上停了片刻，然后用含糊不清的声音说了一句：

“尿……”

尿？

优优犹豫了一下，还是放下手中的杯子吸管，跑到外面叫来一位男性医生。男医生拿来一只小便器，塞进周月的被子里，然后说道：

“尿吧，尿得出来吗？”

周月的两只手在被子里动了半天，终于尿了。好像尿了很长时间，男医生才把小便器从被子里拿了出来，转脸对优优说：“看见没有，以后他要小便你就这样给他，让他自己尿，啊！”

优优点着头，接了小便器，跑到女厕所里，倒掉洗净。

给周月倒尿，优优不但没有一点肮脏嫌弃的感觉，反而，还觉得与周月更加亲近。甚至，她觉得自己因此就成了与周月最为亲密的女人，就像姐妹，就像……妻子。那一刻她恍恍惚惚地，感觉自己真的成了周月的妻子。

从这一天开始，优优每天都是在这样的心情下，愉快地工作着，她几乎不把这份工作当做工作，而是当做了她的生活。白天，她寸步不离地守着周月，晚上，就把铺盖铺在地上，和衣睡在病房。她发觉自己绝对是一个忠实可靠的妻子，可以比任何人都更加细心地照料着患病卧床的丈夫，这种感觉既来自她对周月的爱心，或许也来自周月的"懵懂无知"。"无知"的周月对优优表现出无比的顺从和依赖，这使得两人的配合相当默契。优优就像小时候玩过家家那样，和自己的玩伴互定了角色，认真地、幸福地、全心全意地，"生活"起来了。

她每天照顾周月洗脸、擦身、喂药、喂饭和把屎把尿，她任劳任怨地做这一切，这就是优优幸福生活的全部内容。周月似乎从一开始就习惯了她的服侍，他要什么，只要有所表示，她立刻就能领会。她要他怎样，只要提出要求，他基本都能照办，很听话的。两人之间在各种细节方面的契合，越来越浑然天配。但有一点，优优后来也感觉到了，他们越来越不像一对夫妻或恋人，而像，一对母子。

优优常常想：就算她是在照顾一个不懂事的孩子，就算周月一辈子都治不好了，就算他一辈子都糊涂着，她也愿意嫁给他。她觉得他们这样生活挺好的，感情只会越来越深。她暗下决心，她要这样照顾服侍周月一辈子，挣钱养活周月一辈子。

当然，她看得出来，周月的病情开始有了明显的好转，头部的伤口愈合得很好，精神和智力也大有长进。医生在进行药物治疗的同时，还循序渐进地实施了一些心理诱导，取得了明显的效果。周月搬进普通病房的第二天就来了两个医生，和周月说话。优优看得出，医生是在对周月的思维反应进行某种测试。一位医生说："周月，你好吗？听得见我说话吗？听见了就点点头。"周月茫然地看他们，但点了头。两个医生对视一笑。其中一个又说："周月，我问你，一加一等于几？你现在头还疼吗？能说话吗？说不了就点头，是几就点几下头。"周月没有点头，只是看医生。医生重复一遍："一加一，等于几？"周月的嘴巴一张，居然含糊不清地说了句："二。"

医生们看上去深受鼓舞，都很高兴，另一个医生进一步要求："周月，你把左手抬起来给我看看，左手！"

周月没动，皱着眉头在分辨什么。

医生又连续地，把要求重复了两遍，并且举起左手示范给他看，当他们快要失望放弃的一刻，周月突然颤巍巍地举了手。两个医生同时松了口气，微笑无言。尽管周月举起来的，是他的右手。

类似的测试和诱导，用不同的方式渐渐演进，周月反应的速度和准确度，日新月异。在他两周之后可以下床的时候，已经基本上能够做到生活自理。医生和优优与他互相交流的日常生活用语，不仅大部分可以听懂，甚至还可以用相对复杂的词组进行回应。比如，以前吃饭，优优问他味道怎么样，好吃吗？他只会点头或摇头。后来，他偶尔在点头之后，嗓子里可以发出一声"咸"字来。而现在，他已经可以在吃到一半的时候就主动地说出一句"太咸了！"或者"一点都不好吃……"之类的话来。

周月每说出一句这样或那样更加复杂的话来，优优都犹如中奖般兴高采烈。但医生们还是保守地评估，说周月现在的智慧，仅止于一个七八岁的孩子。

在周月住院的最初一段时间，到医院来的探望者很多很多，特别是公安学院的那些学生，每天都络绎不绝。其中还有一位政法大学的学生名叫小梅，据说是周月的一个网友。在所有来看周月的大学生中，优优和小梅最谈得来，因为小梅没有大学生的架子，也因为她说起话来真诚直率，不仅关心周月，同时也关心优优。优优很少敬佩女人的，尤其是和自己年龄相近的女人。也许小梅是第一个例外。她的修养、谈吐所表现出来的善意和成熟，征服了优优。后来，来看周月的人越来越少了，但小梅依然来。一到星期六或星期天，她就会出现在病房里，来看看周月，顺便和优优聊上一会儿。她告诉优优，周月以前跟她提到过他在老家还有一个姑姑，他小时候就是和姑姑生活在一起的。小梅已经把这个情况报告给公安学院的老师，如果能找到周月的这位姑姑，把她接到北京与周月相见，也许对周月恢复记忆会有好处。因为无论任何人，无论他后来经历了什么，但从大脑发育的过程来说，只有童年的记忆最难磨灭。

小梅一直来看周月，但周月一直说不清小梅是谁。

小梅来看周月，大都会带来一些吃的，一般都是水果点心一类。可这些东西大部分都让优优吃了，直到周月不用再吃那些稀汤寡水的流食，换成了需要正常咀嚼的饭菜为止。当周月可以下地行走以后，他就开始让优优扶着，自己走到卫生间去。继而，还可以在优优的陪伴下去医院的花园散步。这时候优优的职能，实际上已经从护理员变成了医生。优优对周月进行的心理诱导，无论数量还是质量，都比医院的医生强了很多。周月生活语言能力恢复得如此之快，其实主要应当归功于优优，因为正是优优一天二十四小时地和周月待在一起，除睡觉之外，始终不停地用极大的耐心，像对待一个咿呀学语的婴儿，和他唠唠叨叨地讲话，不断地引导他找到语言的记忆。

当然，最需要找到的记忆，并不仅仅是语言。

每天，优优陪着周月去花园散步，回病房休息，她反复地用各种方式、各种话语，在周月的大脑里，导入一个最重要的问题，那就是让周月不停地问自己：我是谁？

她这样问他："你知道你是谁吗？"

她第一次提出这个问题时周月无动于衷，以近乎痴呆的漠然作为回应。后来，他似乎开始思索这个问题了：我是谁？甚至，他开始苦苦寻找大脑中残存的线索："我是谁？"他的表情告诉优优，他在认真而痛苦地思索，尽管，苦思冥想之后他总是摇头。

优优说："你是周月！"

周月？

周月的表情一派茫然。

除了"你是谁"这个核心问题之外，相关的问题还有："你从哪儿来？"

优优第一次问到周月的来历时他们正在医院的花园散步，周月出乎优优意外地马上有了回答，他指指那座灰色的住院大楼朗声答道："从那里。"

优优笑着摇头："不是，你是从公安学院来的！"

公安学院？

周月愣着。

优优又说："更早的时候，你是从仙泉来的。仙泉，还记得吗？那是很远很远的一个地方，是很美很美的一座小城。”

仙……泉？……小城？

周月低头思索。

优优说：“你是从仙泉体校来的，你是个打拳的，知道吗，打拳！”

优优摆出了打拳的架势，并且真的在周月的前后左右挥舞双拳，步伐跳跃，做了一套组合套路。在优优记忆力和模仿力最好的年龄，她几乎天天要去拳击馆看周月打拳，那些基本动作、基本步伐，虽然隔了数年，但照猫画虎意思不离八九。她一边做着动作，一边在嘴里学着教练的吆喝：“嘿，移动起来！注意保护，左勾拳！右勾拳！刺拳！动作快点。咳，你太笨了！”

无论优优怎么比比画画，怎么蹦蹦跳跳，怎么吆喝叫喊，但周月总是无动于衷地看她，最后总是面带疑惑地问道：“你这是干吗？”他看上去真的搞不懂优优这样疯疯傻傻地一通折腾，究竟是干吗。优优折腾了一会儿自己也累了，也觉得那样子很傻，终于劳而无功地停了下来，除了重重地喘口气外，了然无趣。

某日，周月被接到北大医院接受专家会诊去了。整整一上午优优无事可做，她忽发奇想，一个人坐公共汽车跑到公安学院来了。她找到了周月的一位老师，那老师是周月的班主任，来医院看周月时给优优留过电话，让优优有事可以找他。优优就找他来了。他带着优优来到周月的宿舍，在他同意和在场的情况下，优优打开了周月床上卷起的铺盖，还看了周月摆在宿舍里的一些生活、学习的用品及书籍一类的物件。她是想从中挑出几样有意思的东西带回医院，说不定能使周月睹物生情，让蒙蔽的记忆瞬间开启。

优优在床上床下翻了半天，无甚收获。周月有一只皮箱，箱上有锁，优优和老师都不便、也无权，将它打开。临走，优优只拿了一件卷在铺盖里的红色运动短衫，那短衫已然很旧很小，估计是周月当内衣穿的。优优拿走它是因为那运动衫也是她自己经历中的一件旧物，优优一眼就认出它了。四年前她曾将这件红色运动衫故意塞在拳击馆的长凳下面，因此获得了与周月第一次对话的机会。

优优拿走这件红色短衫，还因为它胸前印着“仙泉体校”四个颇有纪念意义的大字。

优优回到医院时周月已经回来了，他回来见不到优优，像个孩子那样着急，见优优回来才高兴起来，但问他会诊的结果，他也不甚了了。优优也没告诉他自己去了公安学院，也没把那件仙泉体校的运动衫拿给他看，她是到了第二天上午陪周月去花园散步时，才把那件运动衫悄悄地带在身边。那一天天气格外晴朗，万里无云，园中的草坪绿得耀眼极了，草中的石板小路也显得一尘不染。优优故意装做漫不经心，带着周月沿着这条弯弯曲曲的小路行至草地深处，优优让周月转过身去，说有件东西要给他看。周月听话地转身，还问好了没有。优优从衣服里拿出那件红色短衫，快速地套在自己身上。虽然是周月十五六岁时穿的衣服，但此时穿在优优身上，还是显得肥大几分。

优优穿好衣服喊了一声：“回头吧！”

周月以为要做游戏，不料笑着刚一回头，优优一拳打上来了，周月毫无防备，胸口砰的一声，遭了重重一击！他呆呆地瞪着优优，表情既是疑惑又是吃惊——优优突然魔法大变身，变成个挥拳进攻的红衣人，那红红的运动衫在明丽的阳光下，热力耀目，灼灼逼人。那火一般的颜色显然吸住了周月的眼睛，也许他是在看那四个大字——仙泉体校！

那四个大字也许让他似曾相识。

优优继续进攻，同时口中叫喊："移动！快点，移动！不要碰围绳，出拳要快，注意拳速，左勾拳！直拳，快，直拳！"

这都是优优在拳击馆听来的词组，数不清多少黄昏，放学之后她就坐在仙泉体校拳击馆的长凳上，耳朵里总是灌满这些词组。周月依然怔怔地看她，看着她手脚并用发着神经，在他面前上蹿下跳呼来喝去。远处的行人也都停了脚步，用惊诧目光瞭望他们。周月似乎被什么神经触动了一下，慢慢把两只胳膊抬了起来，又慢慢把双手握成拳头，那姿势虽然软弱迟缓、犹犹豫豫，但，却比优优标准！

周月的反应，既是优优的期待，也是优优的意外。她被这个意外弄得几乎愣了刹那，刹那间她兴奋起来，她的喊声兴奋得忘乎所以！

"对！来，打我，来，出拳！"她用她小小的拳头，击在周月毫不设防的胸前，她一连打出数拳，还摇摆着身体腾挪躲闪，"来，来，笨蛋！"她出拳的力量越来越大，她的挑衅几近肆无忌惮。

突然，周月出了一拳，那一拳出乎优优的预料，竟快得迅猛如电。优优真的像被电击了一下，只听见砰的一声，眼前金星万点，她的身体几乎都没有趔趄半步，就一屁股坐在了地上，人仰马翻。

周月出拳的姿势，还僵滞在他那副若有所思的表情当中，而优优却早已疼得迸出了眼泪。她的一只眼眶明显地青肿了一块，整个面孔变得麻木不仁，但她的神经还能欢笑，她坐在地上大笑起来。

"对，周月，就是这样打！你想起来了吗，你是一个打拳的！"

六

优优的左眼像让墨水染了，套了一个很大的黑圈。那天晚上她不住地指着这个疼痛发胀的黑圈，竭力让周月相信：你是一个打拳的，你瞧，你的直拳打得多么有劲！

周月似乎也开始努力寻找自己的前史：我是打拳的？我在什么地方打拳？我什么时候学过打拳？我打得好吗？什么？我得过冠军？

对，你是打拳的，你打得好极了！你取得过很多很多胜利！你得过全国的少年冠军！你从仙泉被调到北京的武警拳击队，后来不幸在训练中受伤，虽然还能打拳，但再也当不了冠军。所以你考进了北京的公安学院，你现在是公安学院的一名学生，你在实习单位执行任务时英勇负伤，一个坏蛋用木棍打了你的头部……这些你都不记得了吗？

周月摇头。

优优有点恨他。恨铁不成钢那种。

周月也很抱歉似的，躺在床上仰面去看屋顶，天花板上一无所有，只有一片雪白。

优优在他的床边坐下，她和他近在咫尺，呼吸相闻。她说："那你还记得过去有个女孩总是给你写信吗？她写了很多很多信，她在那些信里，告诉你她的生活，她的心情，和她碰到的每件有趣的事情。可你呢，你连一封信也没有回她。"

周月把脸侧了过来，也许他觉得优优的样子像是在讲一个美丽的童话。但他还是配合地反问："她，那个女孩，为什么总是给我写信？"

"因为……因为她喜欢你呀。"

"她为什么喜欢我？"

"因为，因为你帅呀，因为你打拳打得好，因为你曾经特别和善地对她笑。所以她的魂就被你勾走啦。"

周月笑了，笑容和当年一样和善，而且，还有几分腼腆。他说："是吗，那他为什么不给她回信呢？"

优优也笑了："不是他，是你，是你不给人家回信。"

"为什么？我为什么不给人家回信？"

"因为你要打拳呀。也可能，因为你看不上她；也可能，你并不知道她是谁。你们本来有一次约会，但你没去。"

"她漂亮吗？"

"还行吧。"

"比你还漂亮吗？"

“比我？这怎么比。我漂亮吗？”

“你？当然漂亮。她呢？”

“呃……我们俩，差不多吧。”

“那我为什么没去？”

优优盯着他，眼睛里同样充满了笑意的疑问：“对呀，你为什么没去？”

像这样你问我答，我答你问的车轱辘话，他们每天都要说很多遍的，从早上说到晚上。自打周月能自由下床以后，优优就不方便睡在病房里了。她搬到了医院的地下室里，那里有两间专门给陪住保姆们预备的房间，每月交五十元住宿费，就可以有个铺位啦。是地铺，铺位的大小也没一定的，人多就睡挤些，人少就睡宽些，每天有多少人挤进来，都没一定的。

每天晚上，优优就和这些来自五湖四海的小保姆像沙丁鱼罐头似的睡在同一条地铺上，在这个狭小的空间里，每天都充满了粗声大嗓和吴哝软语的吵闹。但优优从不参与那些唧唧喳喳的争论，她对那些唧唧喳喳的内容漠不关心。在这些小保姆中，大概只有她是一个地道的城里人。另外，她比她们都漂亮，她比她们学历高，所以，她不愿和她们说话，不愿与她们同乐。她和她们睡在一起，心里却觉得自己和她们原本不是一路。她们来到北京，来到医院这种连气味都很难闻的地方，都是为了挣钱。而她不是。她是为了爱才住在这里。尽管，她在这里也挣一份工资，但这不是她的目的，就算分文不取，她也会来的。

从保姆们的议论中她知道，在医院服侍那些吃喝拉撒都不能自理的病人，服侍那些目光浑浊奄奄一息的病人，比起给人家带孩子、帮人家收拾屋子买菜做饭这类家政服务来，地位是不如的。在医院干的，都是“脏活儿”，只是挣钱比较多些，所以来这里干的比做家庭保姆的那些人，通常家境更差。但这于优优来说，则是不相干的。特别是在医院这种人来人往的地方干长了，优优更觉得，如果仅仅为了钱，她完全有机会找到更体面更实惠的事情做。

比如，常常有些来探望病人的人和优优搭讪，问长问短。有个男的还想请优优去他家里做保姆呢，许诺这里开什么价，他那里只高不低的。甚至还有个开公司的小老板让优优去他的公司做秘书，出手也很大方，但优优都没答应。钱算什么，她来北京，来医院，目的就是为周月，只要周月还需要她，她就一无所求啦。

还有一些人，干脆说白了，是想和优优“交朋友”。给优优留地址、留电话，约优优出去逛街吃饭看电影。还有，送东西给优优。有送吃的，有送穿的，还有送戴的。戴的就是耳环项链之类。虽然吃穿戴都没送最值钱的那一类，但优优也一样都没要，虽然她也馋嘴，也爱美，但那时她心里有周月，对其他一切都无所谓。

惟独有一次，有个叫姜帆的年轻人，要送优优一只诺基亚，而且已经装了卡，让优优有点动心啦。她想要是能经常给大姐打电话该多好，那一阵她可想大姐呢。她甚至还有点想念平时没什么感情的姐夫和他那间火锅店，那火锅店也不知是否又重新开张了。但她只是用那只亮晶晶的手机和大姐通了个话，问了声平安就物归原主了。

那个叫姜帆的问：“怎么了？这是专门送你的，这样式你不喜欢吗？”

优优说：“喜欢呀。”

姜帆又把手机塞过来:“喜欢你就拿着吧,这是8850,最新的,买一个至少四千多呢。”

优优还是把手机推回去,她的回答也尽可能不伤人家的面子,她说道:“我这一阵子也出不去,一时也用不上这东西,等用得着了再找你吧。”

姜帆只好尴尬地笑笑说:“那,也行吧。”

优优没有收下这只手持电话,但她收了姜帆的电话号码。姜帆是一家药业公司的人事经理,到医院是来办事情的。优优在公安医院碰上他好几次呢,见了面就客客气气地说一会儿话。

那一阵,优优过得既幸福又单纯,虽然她从小到大没离开过家,没伺候过人;虽然她每天早起晚睡很辛苦,但她从来没这么快乐过。她的心情全在周月身上了,爱一个人的感觉原来竟是这样好!你为他哭,为他笑,为他操心,为他牵肠挂肚,那感觉真的好。

那时她最操心的还是周月的病情,还是如何能让周月回到过去认出自己。优优经过仔细回想,她和医生对周月的所有诱导,唯有一次让他瞬间回归,那就是拳击。这说明在周月过去的生活之中,只有拳击才最能触动他的身心,他过去也许把拳击看得高于一切,甚至高于生命,当然更高于爱情。虽然最浪漫最纯洁的爱情往往缘于年轻,但现在,年轻人更看重的,又往往是事业和成就,而不在乎爱情。

猜想到拳击在周月心中的地位,优优内心并不忌妒,她甚至还有几分高兴,因为当初周月的观瀑亭失约,几年中对她的篇篇情书未有片纸回鸿,似乎一下子都有了令人安慰的解释。优优进而忽发奇想。她在一个黄昏上街给周月买擦脸油时,特意往仙泉给大姐打了一个电话。她从她大姐那里,要到了仙泉体校拳击馆的电话号码。

然后,她就拨了这个号码,接通后一问,果然是拳击馆。她记得周月的那位教练好像是叫洪什么的,她就说我找洪教练。优优知道,这个钟点正是拳击队训练的时间,所以洪教练肯定会在。

她守在插卡电话旁边,等待的时间显得很慢,她总担心那张电话卡里的钱一旦用光,电话就会立即中断。好在断电之前洪教练来了。优优与洪教练此前仅有一面之缘,交往也不过三五句话,但洪教练那威严的嗓音刚一出现,优优马上听了出来。

“您是洪教练吗?我是优优。您可能不记得我了,我就是三个月前您和周月在路上帮过的那个人,您还记得吗,后来我还去体校找过您呢……”

洪教练起初有些沉默,也许他一下子想不起谁是优优。虽然隔着长途电话,虽然隔着万水千山,但优优还是被这沉默弄得狼狈不堪。她硬着头皮继续自我介绍:“那天晚上是您送我出来的,您还答应我以后见到周月替我说声谢谢呢,您还记……”

“啊,”洪教练终于想起了,“啊,我记得。我知道你了,你还是想找周月吗?他最近还是没回来。”

优优被洪教练记起来,这让她心里轻松了,虽然洪教练看不见,但从声音中也听得出她已经笑起来:“啊,谢谢您洪教练,我已经见到周月了,我现在也在北京呢。洪教练,周月现在受伤了……不是那个伤,他前段参加公安局的一次任务,让一个坏人打伤头了,他的大脑出了问题,过去的事全都忘了。但他还记得打拳的事,还做得出打拳的动作呢。所以我想能帮他的只有您,只有您能帮他想起过去的事。医生说这种病是因为记忆系统紊乱了,可能一辈子治不好,但也可能,也可能突然被什么东西激一下,激一下说不定就全好了。所以或许拳击能帮助他，也许只有您能帮助他……”

洪教练打断了她的话：“周月现在在北京吗？我能为他做什么？”

优优也说不出洪教练到底能做什么。但她希望他能理解到：“周月从小没父母，也没有兄弟和姐妹，您就是他最亲的人……”

洪教练是在优优打完电话的第三天来到北京的。他在第三天的早上出现在周月的病房里，那时优优刚刚把周月吃完的粥碗从床头柜上端开去，就看见了站在门口的洪教练。她兴奋地叫了一声：“洪教练！”马上又转头看周月。周月也在看洪教练，优优从他的反应上，看出他和往常有些不同的，对门口那位不速之客，似曾相识又不敢相认。他皱着眉头使劲看，看来看去叫不出教练的名。

这天上午洪教练一直留在病房里，吃午饭时才告辞。他天南地北地与周月闲聊着，两人已经“混熟了”。虽然周月总是冲他叫叔叔，虽然周月始终没能记起他是何人，但他与洪教练聊得非常开心，彼此都是一见如故的样子，那样子一如他们的过去——既是师徒，又像父子。

洪教练走了，优优送他下了楼，又送到医院的门口，就和三个月前洪教练送她一样。在医院门口两人如此这般商量了半天，才互相告别分手。

下午，优优带周月到花园散步。散到一半优优突然说：周月，想不想出去逛逛？周月点头说：想啊。优优说：那跟我走！

优优把周月带到医院的门口，周月还穿着病人的衣服，这打扮让门口的警卫直直地看他，周月也看那个警卫，脸上不禁露出几分胆怯。优优一只手拉着他的胳膊，就像拉着自己的男友，目不斜视地向外走去，理直气壮地走上大街。

他们走上热闹的大街，上了一辆出租汽车，车子遵命朝城西开去，行至半途周月才想起开口打听：

“喂，咱们这是上哪儿？”

优优说：“去玩，找个地方让你散散心去。”

“黄医生同意吗？”

周月畏畏缩缩的模样就像个怕惹事的小孩子，可优优却不这样看，她觉得这说明周月至少还保留着运动员和警校学生的纪律性，这也让她更相信，医生的判断是没错的：周月十有八九能恢复，只是需要等机会，或者需要磨时间。

出租车穿过拥挤的城市缓缓向西行驶，每条街衢的模样都差不太多。当太阳开始变冷并且下沉的时候，他们才艰难地挤出了红绿灯的层层封锁。这个旅程对周月似乎有些过于漫长，他在狭小的车厢里显得有些疲倦，渐渐失去了起初的兴致和那点耐性。

“咱们究竟去哪儿？”

他的疑问越来越频繁，也越来越焦灼，优优只能不停地安抚他：“快到了，就在前面不远了。”

可前面总也不到，车子显然早已出城。前方的道路虽仍嘈杂，但看上去明显半城半乡。周月的疲乏也渐渐演变为急躁和恐慌：“咱们到底去哪儿，你到底要带我到哪儿去呀？”

他的语气几乎变成了质问，优优的安抚已经不起作用。她不得不反过来用大声的批评喝止住他："不是跟你说快到了吗，你怎么这么没耐心，坐好了！"

强硬的态度果然生了效，周月先是愣一下，直挺的上身随即软下来，他没精打采地低了头，从此再也不吭声，甚至再也不往窗外看一眼，优优也不知道他是害怕了还是生气了。

他们要去的地方就是武警体工队的拳击馆，拳击馆的地址是洪教练告诉优优的，这地方出租车的司机也没来过，绕了很多弯路又下车不断地问，才把他们带到了一个大院落。这一次光单程的车费就花去了优优一百多。

武警部队的拳击馆比仙泉体校的要好得多。虽然已是黄昏日落时，但高窗斜阳还是能让人看出这里的气派来。已经有人奉命等候在门前，他们先把周月带到更衣室，优优则被挡在门外面。她背包里特地为周月带来的那件仙泉体校的运动衫，他们也没让周月穿，而是给他换上拳击的鞋子和短裤，头上戴了防护盔，手上还套上了厚拳套，那样子真像五年之前，还是一身"红方"的打扮。

周月一被带出更衣室就四下张望优优，他一看见优优就神魂不定："你到哪儿去了，他们要让我去干什么？"

周月一脸恐惧有如怕被遗弃的孩童，优优笑笑，用命令的口气悄声嘘道："跟着他们走，待会儿告诉你。"

周月心神不宁地跟着他们走去，边走边不住回头，从人缝中寻找优优，优优用轻松的微笑和调皮的挤眼，在他身后予以安抚。她跟着他们一起穿过一条长长暗暗的走道，一路上脚步杂沓无人出声。

周月惶惶然地被众人簇拥，似乎察觉出气氛有些古怪不同。他也许以为他们又是带他看病，去做脑电图之类……优优猜不出当周月踏进那间又大又空的拳击馆时，在他孩子般单纯的大脑里，会曝光出何种图景的底片来。

虽然此地不是仙泉，不是那间老旧的拳击馆，这里也听不到任何剧烈的击打和急促的呐喊，但优优仍然觉得她又回到了憧憬美好的少年，就像走进了一张温情脉脉的老照片。因为此时，她看到了同样的黄昏，同样的空旷，屋子的当中，摆着一张同样的拳击台，围绳半红，台基暗绿，在窗外一道夕阳金晖的投射之下，习习生烟。

拳击台上，正中位置，凛然站着一条汉子，身披蓝色战袍，手戴蓝色拳套，没戴头盔，白发皓然。

那个刹那周月的脚步突然放慢，目光迷恋。优优兴奋地看到，他的眼角，竟然滚出两颗晶莹的泪珠。她兴奋地看到，周月没经任何指点，便一步一步向前走去，他自己撩开围绳，跳上了拳台。

老教练一拳突前，一拳护胸，目光炯炯，声若炸雷，冲着凝神不动的周月，大喝一声：

"来！"

周月被这一声炸雷震醒了灵魂，也拉开了架势。他的架势好看极了！真正的拳击就是这样！虎虎生气，魅力逼人！

老教练移动步伐，逼近周月，同时快速出拳，拳头击中周月的肩部，虽不重，却迅若闪电。优优听到的声音，看到的场面，连同那台上辉煌的夕阳，都让她双目湿润，恍若回到了五年之前，那个下雨的黄昏，似乎在一模一样的情境中，她第一次见到周月！

在那个黄昏，她第一次听到和今天一样的叫喊："动起来，快一点，动作快一点，注意保护，往两边闪，出拳！"

在老教练的喊声中，周月真的动起来了，他的脚步真的随着老教练的跳跃而跳跃，随着老教练的移动而移动，越来越熟练，越来越迅捷。

"出拳，出拳，进攻！"

终于，在喊声的威逼下，周月打出一记直拳，可惜打空了，但动作很好，很像那么回事的。老教练再度逼近，用拳头不住点击周月的胸口和双肩，刺激着他的斗志。周月再次出拳，是一记右勾拳，打中了，台下的人齐声喝彩。彩声未落，周月突然变成了一只睡醒的猛狮，突然用一连串快速而眩目的组合拳，刹那间将老教练逼到了台角。

咣！不知什么人，敲了一声锣。

锣声让周月的动作突然停住，怔怔地不知所措。老教练从围绳上直起上身，脸上挂着满意的微笑，他上去拥抱了周月。

"周月，好样的！你还是这么棒！"

优优看见，周月也拥抱他的老教练，然后他哭了。

他叫了一声："洪教练！"

优优听见了，这是周月受伤后第一次，叫出他过去记忆中的某个名字。随着这一声："洪教练！"优优热泪盈眶，她难以自禁地，欢声呼喊：

"周月！"

洪教练松开周月，他抓着周月的双肩，大声地问着："周月，你知道我是谁吗？你再说一遍，我是谁呀！"

"洪教练！你是洪教练！"周月的泪珠还挂在眼角边。

"你是谁！你知道吗？你叫什么？你告诉我！你大声告诉我！"

周月张开了嘴，但他张了半天却说不出。优优也跟着他张开了嘴，她终于忍不住再次呼喊出来：

"周月！你是周月！"

周月显然被这声呼喊震动，他几乎是被带动着跟了一句："我是周月！"

"大声一点！你是谁？"洪教练再次高喊，"你是谁？"

"我是周月！"

周月终于放开了声音，他大声地答道："我是周月！"

师徒相认的场面在优优心里留下的印象肯定相当深刻，以至于她后来在"平淡生活"向我描述这个场面时我也深受感染。正因为受到感染，所以那一幕人间喜剧的结尾才更让人觉出一丝悲凉的无奈。

那一天他们走出拳击馆时天都黑了。洪教练和几个武警拳击队员陪着周月一起更衣，优优听见他们在更衣室里大声说笑，中间还夹杂着彼此的谐谑和亲热的粗话。优优听见周月终于说到了仙泉，还说到了北京公安学院的一些事情。他还叫出了那几个武警拳击手的名字和外号，听上去他们曾经亲密无间。

周月出来时已经穿上了一套武警的运动衫裤，他被那一大帮人前呼后拥，走出了体工大队讲究的楼门。体工大队的领导也闻讯赶来，拉着周月问长问短。优优站在人圈外面，她也想上去祝贺一声，却总也插不上嘴。她跟着他们往门外走去，跟着他们出了大门，又跟着他们下了高高的台阶，体工队的领导还给周月和洪教练安排了一辆面包车，专门送他们回城。趁他们在车子门口依依惜别的时候，优优悄悄先自上了汽车。她选了后面的一个双人座位，心想一会儿周月上来也许会主动坐在她的身边。她觉得洪教练也该看得出来，她对周月有那个意思。她相信通过这件事情，洪教练肯定会赞成周月和她相爱，甚至会当仁不让做个月老，成全他们两人的幸福美满。

当然，优优也想到了，也许周月上车并不会马上坐过来的，毕竟碍着洪教练的师道尊严，还当着那么多武警的同伴，何况周月原本就是个正经的少年。

车下的寒暄终于结束，周月和洪教练一前一后上了汽车，在车门轰的一声关住的同时，周月一屁股坐了靠窗的一个单座。车子开动起来了，他向外挥手，车外的人也向他们挥手，直到车子开出体工大队的院子，周月才转过身来。他的目光从优优脸上划过，移向了坐于对面的教练。

“洪教练，这是您的女儿吗？”

洪教练正低头点着烟，听到周月这样问，他抬头冲优优挤挤眼，然后对周月摇摇头：“我女儿？我女儿有这么漂亮吗？”

周月再次看看优优，脸上挂着好奇的笑容：“那她是谁？好面熟啊，是我以前认识的人吗？”

七

优优说到那一天的结尾，我和她正在东直门的簋街消夜。我们坐在杯盘狼藉的餐桌面前，聊起了周月康复的那个傍晚。优优很破例地喝了一杯啤酒，脸上颜色发红，眼中泪光闪闪。

那杯酒本来是为了祝贺一件高兴的事，优优终于找到工作了。她被一家医药公司录用为记账员，每月工资八百整。据说还有其他福利和年终奖，与优优所学的专业也正对口，因此我们就约到簋街这家小餐馆，吃饭喝酒祝贺一番。

说起周月和洪教练在面包车上的那番话，优优说当时她就意识到是怎么一回事了，她说她当时很镇定，她还冲周月笑来着。洪教练也笑来着。洪教练说周月我那女儿你不是见过吗，岁数可比她大多啦。

面包车那时已经全速前进，天上零落地下了小雨。周月再一次歪过头来看看优优，声音却依然冲着教练："我是几年前见过的，我还以为她变了呢。女大十八变，越变越好看。"

洪教练在周月头上拍一下，道："她都快三十了，再变回这样不成妖精了。"

周月躲了一下狡辩道："她不是出国好几年了吗，在国外待久了气质就会变，气质一变感觉也就变了呗。"

洪教练笑笑，说："那也不能变这么年轻啊。这是医院请来照顾你的护理员，今天专门陪你从医院过来的。"

周月似乎疑惑着："医院？什么医院，我生病了吗？"

洪教练哭笑不得地说："是啊，你大脑受伤了，过去的事情都忘记了。昨天我去医院看你你连我都不认了，你忘了吗？你说我是谁？"

周月以为教练是在开玩笑，也笑着说："您是洪教练呀，您又跟我讲故事……"

但他其实也看出来，洪教练的神态是认真的，他们师徒已经多年了，彼此传情达意不难领会的，何况洪教练又说了一句："我们现在就回医院去，回去你就知道了。"周月才终于半信半疑了。

"我受什么伤了，伤在了哪里？"

洪教练摆摆手："等回到医院再告诉你，回医院让医生告诉你，让你们公安局的人告诉你。"

周月又侧目看优优，优优正愣着听他们说话呢，周月转头再问洪教练："她是医院的护士吗？"

洪教练也转脸看优优，似乎不知怎样定义优优的身份，斟酌了一下才慢慢说道：“她算是，算是医院请来的人，是医院专门请来照顾你的小阿姨，她是……”

优优打断了洪教练，她听不惯“小阿姨”三个字，她知道洪教练并没贬低她，但她还是更正道：“我是自愿的，我是自愿来照顾周月的，因为周月救过我。那天晚上在仙泉，你们一起救过我，所以我要报答你们的……”

洪教练想起这件事了，马上呼应道：“对，周月你忘了，那天咱们从体校一出来，不是碰上一个流氓吗……”

周月也想起来了：“啊，你也是仙泉的？我说你面熟呢。”说完这话周月的神态亲热了些，但依然控制在礼貌的范围内，他冲优优点点头，说了声，“啊，那谢谢你啦。”

洪教练笑着应和道：“你们一报还一报，互相帮助嘛。”然后他岔开话题说，“哎，你说起我那姑娘来，她刚刚生了个胖小子，这下我也可以退休了，和老伴一起到美国帮她带孩子，我这次到北京来，也是为了去使馆办签证……”

周月的目光很快从优优脸上移开去，和洪教练家长里短地聊起来。先是祝贺他当外公，又从他女儿聊到他老伴，又聊到仙泉体校的许多人，那些陈年往事让他们的话题多起来，长吁短叹说不完。看上去周月的记忆真的恢复了。洪教练似乎是有意地，把周月少年时期的趣事和丑态像晾尿布似的抖出来，这些事周月大部分还记得，少部分也茫然，或者干脆摇头不认账，笑着说这是什么时候的事啊洪教练，没有的事您总瞎编。他们这时都忽略了坐在面包车后排的优优了，优优故意目视车窗外，她看到灯光灿烂的街市依次匀速地向后移，和这对师徒聊到的往事很相近，让人感觉一切都是流动的，连最美好的霓虹，最壮观的楼宇，都不过是过眼的浮云，没有一样东西，能在面前停住，让你永远拥有。

优优哭了，一个人，悄悄地哭了。眼泪在眼窝里存了片刻，溢满出来。眼里的泪水和外面的雨水使她看不清窗外的流光溢彩，一切物体都只剩下些斑斓的颜色。

她想起医生曾经说过，失忆这种病虽然很难恢复，但也可能因一件小事的刺激而顿然痊愈。一件小事的刺激，一个场面的启发，一个物件的触动，甚至，一句无意的话语，都能使以前瞬间紊乱的神经系统，又在瞬间重整，使大脑在病前储藏的全部或大部分信息，恢复正常的检索。但她不记得医生是否说过，当正常的检索方式失而复得后，当大脑紊乱前储存的信息失而复得后，在大恼紊乱后储存的那些信息，那些记忆，会否同时得而复失？

从周月的话中优优已能听出，这三个月来她和周月共同经历的一切，他们共同的幸福，彼此的给予，在周月病态的大脑里，在他失常的大脑里，竟然没有留下任何记载，任何痕迹。

于是优优就哭了。

但在回到医院之前，她很快又平静下来，优优是一个喜欢幻想的人，是一个喜欢把幻想当真的人，因此，她总是习惯于把事情往好处去想。往好处想也不是没有道理：既然周月能找到以前的记忆，那也一定能，也必然，能找到现在的记忆。何况，还有公安医院的医生呢，还有护士呢，还有那么多来医院看望他的警察和公安学院的老师同学呢。还有小梅，那个来医院次数最多的女大学生呢，她和他们，都能证明优优曾经为周月而存在，他们都能告诉周月，在他生病期间，是一个叫优优的女孩在精心地照顾着他，给他喂水喂饭，扶他上楼下楼。虽然，这对优优来说也是一份工作，一份挣钱的工作，但她的真情实意，她的无微不至，她为治好他的病操的那些心，不是可以用钱来买的。

于是，优优盼着快点回到医院。

他们回到了医院。

他们回到医院时已是晚上十点。洪教练就在医院门口与周月告别，然后让面包车拉他到附近的旅馆去了。优优独自带着周月往住院楼走，进了楼又往周月住的三楼走。说优优带着他是因为周月完全不认识这里了，一路上不停地问优优：我真的住在这里吗？我住在这里多久了？优优一路上耐心地把他住院前前后后的经过都告诉他。她带他路过了磁疗室、心电图室、脑电图室……她把通向那些“室”的路口指给他，她告诉他这些地方他都来过。这些地方，都留下了她扶着他进进出出的足迹呢。

周月半信半疑地，也半是好奇地，随着优优上了三楼，在三楼的楼梯口他们迎面碰上护士长了，护士长一见他们终于回来了，立即大惊小怪地责问优优：

“哟，你带他上哪儿去了，怎么才回来呀，你真把我们急坏了！”

优优原来也没想到他们这趟出去会延至此刻，但面对护士长的严厉批评她却没有半点自责，因为她预见到他们马上就会发现她带回了一个完全康复的周月，她为自己即将一鸣惊人而沾沾自喜而喜形于色。

“我带他去看拳击馆了，他以前是个打拳的。”

护士长见优优居然顶嘴，指责的话语随即密不透风：“你跟黄医生说了吗，你跟我们说了吗，你的胆子也太大了！你看这都几点啦！弄得医生院长现在都不敢走，人家公安处和公安学院的人也都来了，你再不带他回来我们就要报警了……来来来，你们跟我到接待室这边来，有人等他一下午了。”

护士长板着脸，一路埋怨着批评着，领着优优和周月又往一楼走。在下楼的路上优优试图解释着：“拳击馆我也没去过，我也不知道这么远，我以为一会儿就能回来呢。”

“回不来你也应该打个电话回来呀，再说你领他出去就不对！你再这样无组织无纪律我们可得向病人单位反映啦，到时候人家单位另外找人换你你可别不高兴……”

优优住了嘴，因为她知道光这么解释是没用的，按道理这样带病人出去确实违了规，也因为周月不断拉着护士长，问公安学校谁来了。护士长一边批评优优一边应付周月：“谁来了待会儿你就知道了，这回你可得好好想一想，这个人你在哪儿见过的……”他们这时已经来到一楼的一间接待室，这间接待室布置得挺讲究，中间有个铺白布的长桌子，看上去又像一个会议室。优优进门时看到屋里已经坐着好些人，除了一个黄医生她认识的，还有几位公安学院的老师也面熟，还有一位是××处的人，优优见过但叫不出名。惟独当中坐着的一个中年妇女最面生，但从大家坐的位置和彼此的表情看，似乎这女人才是今晚的主人公。

他们一进屋桌边的人就全都默然站起，没人开口说话，屋里鸦雀无声，每个人都用异样的目光看着周月。周月则用兴奋的目光看着他们。优优当然看出来，这些人以前也来看周月，但周月的目光是不同的。在他今天的目光里，闪动着久别重逢的激动，还有一丝羞涩的温情。

和优优估计的完全一样，那目光的落点很快移向那位中年女人。紧接着她听到周月深情地叫了一声："姑！"然后用惊讶的表情又问："姑，您怎么来了？"

姑？优优先是吓了一跳，但一脸惊奇随即又被一腔欢喜代替。她马上意识到周月的这一声"姑"，意味着什么，这一声"姑"是在没有任何环境暗示和氛围引导的情况下，当着医生叫出来的，这意味着大家全都亲眼看到，周月真的好了，他已经恢复了正常的记忆，变成了一个健康的人；这证明优优三个月来参与的种种努力已经见效！证明她今天下午的行动完全成功！证明她的分析判断基本正确：在周月二十年的人生当中，他内心最重的不是家庭，不是学业，不是玩耍，不是衣食住行，也不是朋友的友谊，也不是，浪漫的爱情，而是他的拳击教练，是他视若生命的拳击运动！

周月的姑姑激动地流泪了，她肯定以为因为她的出现，周月才突然复原。其他人，包括护士长和黄医生，也都双目湿润。他们全都感动在这一幕姑侄相认、亲人团圆的场面中，感动在周月终于找回人生的欣喜中。他们看着周月的姑姑用发抖的声音叫了一声"小月"，然后抱住了她从小抚养的侄子，大家全都激动得鼓起掌来了。

在掌声中，在大家彼此简短的议论中，特别是在黄医生用医学的词汇所做的归纳中，优优听出来，他们全都沉醉于这样的判断——因为最亲的亲人突然出现，唤醒了周月心中的童年，童年的复苏又激活了整个记忆的年轮，使周月的大脑在瞬间复原。优优也被医生的结论感动了，已无所谓众人把周月的痊愈归功于谁，她看到在掌声中每个人都上去拥抱了周月，他们逐一相认，真诚祝贺，欢呼周月从此归来，那场面看得优优热泪双流。还是××处来的那位领导，也许和周月的交情最短，相对比较平静，听说周月还没吃饭，忙着招呼大家出去找个饭馆。"我们也都没吃呢，"他对周月说，"你姑姑下午就到了，我们陪她过来等到现在，还以为你在外面出了什么事呢。走走走，一起去吃饭，今天咱们要好好祝贺祝贺，你和你姑姑有多少年没见面了？"

大家应和着，围着周月和他的姑姑，往外走去。黄医生向××处的那人表示："科长，我就不去了，我六点多钟吃过了。"可那科长执意拉他走："一起去一起去，你不是已经下班了吗，咱们一起去喝一杯。让周月好好谢谢你，是你救了他，他得敬你一杯谢恩酒啊。"刘科长又拉护士长一起去，护士长说我就不去了，我吃过了，而且我还得值班呢。

大家一边说着话，一边走到了院子里，上了刘科长开来的一辆面包车，在黄医生终于被他们拉上车子后，车子开动起来了。护士长站在车外向他们挥挥手，目送车子走远了，然后才转身走回住院楼，这时她看到了站在楼门口，望着远去的车子还在发愣的优优。

"哟，你吃了吗？那你怎么没跟他们一起去呀。"她看一下表，说，"正好，现在十点半，食堂夜宵还没撤呢，你赶快去吃点饭，然后早点休息吧。以后注意出去要请假，要和我们说一声，幸亏今天没出事，出了事你说你负得了这个责任吗？行，你快去吃饭吧，以后注意就行了，啊。"

优优说："噢。"

护士长唠叨着进了楼。优优站在原地没有动，她站在静静无人的楼门口，好半天才机械地移动了一下脚。她没去食堂吃夜宵，她不饿，胸口和肚子，都被什么东西胀满了。她又想哭，可这一回不知为什么，竟然一点也哭不出来了。

整个晚上优优都没吃饭，她在医院附近的街上静静地走了走，找个没人的街灯下，坐在路边发了会儿愣。北京的初夏比仙泉要冷，虽然雨已停住，而且今夜无风，但她还是很快被冷透了，从前胸贯穿后背，冷得透心。

那天很晚优优才回到医院的地下室里，回到保姆的宿舍中，那间十几平米的小屋子，挤挤的住了八个人，她们都是在医院里照顾病人的“护理员”，年龄有老也有小，口音有南也有北。此时八个人全都回来了，都没睡，都在唧唧喳喳地聊着天。她们聊天的内容不外是楼上那些病人们，还有病人们的亲属们，谁好谁坏之类的，好坏不外和钱有关。优优懒得听她们聊这些，听她们聊久了会觉得这世上除了钱，就没有任何别的了。

她们也不大理优优，因为优优不合群。她们也都怕优优，因为优优太厉害。有次有个山东小姑娘因为放东西的地盘和优优打了架，连旁观的人都能看出来，优优表面上虽秀气，胳膊上可是有蛮劲，而且，优优似乎还会几套拳。

所以优优拉开被子躺下后，正说得热闹的女人们也都自动没了声。也许她们聊累了，也许怕优优嫌吵发脾气，大家也纷纷上了床，关灯之后很快就响起了呼噜声，这都是吃得饱也睡得香的女人们。

只有优优一人，一夜没有合眼。

周月的顽病好了，他可以重返“人间”，优优的辛勤耕耘，终于收获了秋天，她应该感到幸福快乐，感到称心如愿。可她幸福吗？快乐吗？称心如愿了吗？她离周月是更近了，还是更远？

清晨时候——也许是清晨吧，谁知道呢，地下室反正黑白不分，晨昏莫辨——优优睡着了。好像只迷糊了一瞬间，醒来时整个屋子只剩下她一个人。她爬起来迷迷糊糊地看手表，一看看出了一身汗。居然已是上午十点了。她脸都顾不上洗就直接往三楼周月的病房跑。每天她不到八点钟就会赶到病房的，她要照顾周月洗脸刷牙吃早饭。十点钟医生一般已经查完房，这时她通常都陪着周月去楼下花园散步了。

一楼等电梯的人很拥挤，优优等了十秒钟就有些等不及，她顺着楼梯往上跑，她不知道周月是否还在病房里等着她，还是自己去花园散步了。她跑到病房时还以为自己上错了楼，位于走廊尽头的那间单人病房里，似乎已经变了样，小桌上放着一只外表俗气的红暖壶，还有饭盒、水杯和一篮花，没有一样东西是优优见过的，连同床上躺着的那个人。那是个头发花白的老头子，床头床尾还有一大一少两个孝子贤孙伺候着，看到优优愣头愣脑冲进来，全莫名其妙地抬了头。优优吓了一跳退出来，她退出来仰头去看房门号，房门号明明白白没有错，让优优疑心自己是不是见了鬼。这时她看见一个护士从隔壁端着药盘走出来，便慌慌张张上去问：

“哎，周月呢，他是不是换房了？”

“周月？周月出院了。”护士反而很奇怪，“你不知道吗？”

“出院了？”优优只觉得自己的心口怦怦跳，“出院了？他什么时候出院的？”

“今天早上啊。你不知道吗？”护士难以置信地反问着，她看到优优惊呆的表情确实是真的，才不由停下脚步关心地问，“他们是不是还没付你工资呢？不要紧，你可以找他们学校要，你的钱是不是周月的学校出？”

护士的话优优根本没听见，她的脑袋嗡嗡响，眼泪一下子涌到了眼眶外，不知道是因为委屈和失望，还是屈辱和愤怒。她那么爱的一个人，她为他投入了自己的全身心，可他居然就这么不声不响地走掉了，连一句招呼都没打，连一声再见都没说。她就像一个被无端遗弃的小孩，从温暖的家里被突然带出，抛弃在无遮无蔽的街上。可护士从她的眼泪中，看到的也许并不是这种刺骨的伤痛，而是对金钱的吝惜和贪婪。

面对护士的关心，优优只能下意识地摇头，那位护士显然搞不清她为什么含泪摇头，为什么转身跑开。优优什么都没说就跑下楼去，跑出医院，她真的像护士教她的那样，跑到了公安学院。她在上次找到周月老师的那间办公室里，再次找到了那位姓杨的老师，杨老师显然已经知道周月出院的消息，没等她开口便先发问：

"哎，你是丁优吧，你是从医院过来的吧？××处的人把工资给你结了吗？"

优优没有回答，从护士到老师，人们见她满口都是工资。此时此刻，钱这东西让她如此厌恶。此时此刻，她想要的只是周月。他去哪儿了，他为什么这样行色匆匆，他为什么这样默无一语，就走得无影无踪？

杨老师对这些作了合理的解释："啊，周月呀，他今天一早让他姑姑接走了，接回老家去了。医生建议他继续休养一段，在医院养也行，出去养也行，所以，他就跟他姑姑回老家了。我今天上午有课，没去接他，他是自己把放在医院的东西送回来的，放下东西他就跟他姑姑走了，他们要赶中午的火车。他出院的时候你没在吗？"

优优无话可答。

是的，她不在，他就走了。可这又能怪谁呢，是她自己睡过了头，她起床的时候都十点了，周月和他的姑姑，当然没义务等她，他们还要把周月的衣物送回学校，还要去赶中午的火车，也许他们来不及和她告别。

优优也说不清自己出于什么心理，一下子就原谅了周月。她甚至还替他把一切过程都向合乎情理的方向，做出合乎情理的推论。其实，她也想过，就算他们时间来得及，也是合理的，他们没必要非和她告别不可，她算什么，不过是一个保姆而已，一个临时请来帮忙的小保姆，而已。

优优离开了学校。虽然她问了，但那位杨老师也说不清周月的老家究竟在哪座山里。杨老师再三留她在学校吃顿午饭，但优优还是走了。因为他们都以为她是来要钱的，所以她讨厌他们。她不想占他们半顿饭的便宜。

讨厌归讨厌，后来优优还是去了××处，结清了自己的工资。给她结账的老李她也认识，曾代表领导来医院看过周月两次，老李虽然没让优优费什么口舌就把欠她的工资通通结清，但言语表情之间，只是公事公办的漠然。因为最后的这个月还不足半个月，所以按实际天数只给了优优三百元，结清之前那人还负责任地打电话问了医院，看优优是否还欠着医院的伙食费住宿费之类的钱，问完了，才把那三百元一张一张地，交给优优清点。

那三百元，是新票子，捏起来还嘎嘎作响呢，一张一张数到优优的手心里，数得优优两只眼睛都湿了。好像她的那些爱，那些幸福，那些几乎触摸到了的幻想，全部化作了这几张半红不红的票子，数完了，也就完了。

钱就是这么一种东西，可以把人间的一切，全都结清！

八

结完了账，优优问给她钱的老李，知道周月的老家在哪儿吗？老李说不知道，周月不是我们这儿的人，他是实习的。你找他有事吗，是不是你有什么东西还在他那里？

优优愣了好一会儿，才不得不遗憾地摇摇头。她想：要是她真有什么东西还在周月那里就好了。

但在优优回到医院后，在她回到地下室那间宿舍收拾行李时，却发现周月还有一件东西忘在了她这里，这就是那件仙泉体校的运动衫。她看着那件半旧的红衫发了会儿呆，然后仔仔细细叠起来，藏进自己的提包里。

她提着这只提包，走出公安医院的大门，走上夏日的街头，就像寒冬时节她刚到北京一样，提包里除了一些零碎用品，除了那件红色短衫，就只有几件从家里穿来的毛衣毛裤，这就是优优的全部行装，全部财产。

这时的北京，每一条街上，都蒸发着头伏的酷暑。优优此时最大的心情，就是给大姐打个电话。她不是想找大姐哭诉委屈，只是想听听大姐的声音，只想听听大姐说上两句关心的话，让自己确信千里之外，她还有家。但她在一家邮局拨通电话的时候，眼里还是掉了眼泪，她告诉大姐她的工作已经结束，但她目前暂不回家，她想在北京再待一阵，看能否找到合适的工作。大姐如她所盼的那样说了好些关切的话，问她身体病没病，问她现在住在哪儿……她也问大姐病没病，家里好不好，火锅店开没开，以及诸如此类的……大姐说店还没开呢，也开不起来了。欠了一堆钱还不知怎么还，赶这时候肚里又怀了小孩子，我本想把孩子打了去，可你姐夫又不同意。优优惊喜得差点跳起来：什么，大姐你怀小宝宝了？什么时候怀上的，什么时候能生呢，好不容易怀上干吗要打了去？姐夫不同意，我也不同意！大姐在电话那头叹口气：现在不是你们同意不同意，是医生说我身体弱，得保胎，可保胎的药又贵得吓死人……优优说：贵就贵，我有钱，我马上把钱寄回去。

放了大姐的电话，优优就在这家邮局，把钱寄回家里。这三个月零十天她一共挣了三千整，除了饭费住宿费和外出时的乘车费(特别是带周月去武警体工队那一次，光车费就花了一百多)，还有一点点洗漱用品费，天热了还买了两件薄衣服……总共花了一千多。加上她从仙泉带出来的钱，手上还剩两千五。她寄了一千八百给家里，自己还剩七百元。她在邮局营业员的指点下填了寄款单，填好后心里洋溢着满足感，她从小到大都是花大姐的钱，后来也花过姐夫的钱。现在她自己可以挣钱了，这是她第一次，在经济上，为自己的亲人作贡献。

寄完钱，她心里轻松快乐了些。于是就在这间邮局里，又打了个电话到仙泉，这回是打给仙泉体校的拳击馆，接通后说找洪教练。优优本来想，周月跟他姑姑出了院，去向何方八成会告诉洪教练。可电话那边说洪教练去北京了没回来，他住北京哪里也不清楚。优优只好怏怏地从电话亭里走出来。

那天晚上优优花二十元住了一间小旅馆，花五块钱在旁边的饭馆里吃了一碗炸酱面。晚上睡觉前又把那件红色运动衫拿出来，摊在床上仔细看。那一夜她就把那件运动衫贴肉穿在自己身上，如此想象着与周月相拥而眠。

那一夜优优果然做了好梦，梦中的情景非常逼真，清晨醒后优优发觉，那个梦简直就像她和周月在医院里互相为伴的纪实电影——他们一起聊天，一起散步，一起游戏，他们真的就像一对相依为命的恩爱恋人。她照顾他，也爱他；他顺从她，也依赖她。每一个清晨，每一个午后，每一个黄昏，周月都属于她。那是病中的周月，梦中的周月，她的周月。

那梦的结尾不够理想，问题同样出在太过纪实，它毫不留情地表现出周月病好之后，突然对她漠不相识。她哭了，哭醒了，醒来后她急急地穿衣服下床出门，想赶到三楼的病房里去，一出门看到旅馆的走廊才发觉这已不是医院。天还没有全亮，四周静静无声。她靠在走廊的墙壁蹲了下来，心酸落泪回顾梦境，品尝着离开周月后第一个孤独的清晨。

也许她和周月，永远不会重逢。优优也不知道周月什么时候能从老家，从他姑姑那里，再回到北京，不知道他会重返学校继续读书还是回到××处继续实习。还是，根本就不回来了，就在他姑姑那里，长期养病。

她本来计划去公安学院或××处再去打听，但一直没有去成。没去成的原因既是因为她很快就找到了一份工作，那是一份需要早出晚归的劳动；也是因为，她有点灰心，缺乏自信。她给仙泉体校又打了一次电话，在电话中她知道，洪教练已经回到仙泉，但很快就又走了。这一回是去了美国，和他的老伴一起，去看他们的女儿，和刚刚出世的外孙。这个电话等于告诉优优，再也没人能向周月证明，他是怎样才在武警体工大队，度过一个重要的黄昏；再也没人能向周月描述，她在漫长的七十天里，为周月做了什么。最熟悉她和周月的人已经走了，最知晓周月康复原因和真实过程的人，已经远远地走了。

洪教练远走美国，意味着优优和周月的故事，命中注定，该结束了。他们命中注定，要各自去过各不相同的生活，投向自己新的人生，就像两条方向不同的直线，永远不再重合。

优优新的人生是什么呢，开始几天很茫然的，因为她把在北京找工作看得太难了。她在北京没有任何亲戚朋友，没有任何可走的后门，她要找工作只能自己去街上转悠，转悠不到就买份报纸，看上面的招工广告。她看到一家公司要招推销员，就按照广告上的地址找去了。人家一问她的经历学历，发现她竟然学过财会，于是让她改做记账员，干了十天后又让她做了正式的会计。原来答应每月工资五百元，干了会计又答应每月给她增加二百元，还包吃住。这对优优来说，已经大喜过望，已经非常满足。

优优能在十天之内就被提升为公司的会计，只能说明这家公司规模不大，也不那么正经正规。这家公司就开在国际展览中心的旁边，专门承做各种展览的场地布置。公司一共三间小房，也算前店后厂。十来平米的门脸房算是门市部，后面一间房是制作间兼仓库，再后面还有一间设计室兼办公室，就是这家公司的完整规模。优优就住在设计室兼办公室里，制作间兼仓库里还住着几个外地来的小工。这公司连她连小工连设计师连老板在内一共六个人，原来的会计只是兼职，每月在这里拿一千五，负责做一本能逃税的账。因为公司里的业务太简单，这种账优优也能做，所以拿一千五的就换成了拿七百的。而且，优优除了记账做账当会计，还兼做秘书、勤务和推销，每天每晚要干的活儿可杂呢，干得辛苦异常。

老板答应，如果优优干得好，工资还能涨到八百甚至一千呢，老板还许诺，如果优优能推销来"项目"，还能给她提成呢。因为公司是下发薪，所以提成和工资全一样，都要等月底才结清。优优于是盘算着，以后她每月最多只花五百块，剩下的钱全都攒下来，全都寄到家里去，去给大姐生小孩。

优优没想到北京的工作居然很好找，而且还专业对口呢。但她同样也没想到，工作虽然很好找，挣钱可是不容易。虽然国际展览中心的展会一个接着一个地举办，门口总是人来车往道路拥塞，可他们的门市部却一天到晚冷冷清清无人光顾。优优跟着老板整天站在展览中心的前后门口拉生意，还到一些公司去拉生意，但跑了十几天才跑到一单小活计，也就是给展板刷刷漆。本来那展板是不需要刷漆的，但因为那家参展公司管这事的恰好是优优在公安医院认识的人，所以人家就照顾了这点小生意。

那管事的叫姜帆，就是给优优买过诺基亚 8850 的那个人。

优优记得姜帆在一家医药公司里当头头，这个展会也恰好是个医药展。优优的老板不知从哪里搞了一份参展商的展位单，便按单子上的公司一家一家挨门串。这天恰巧找到这家信诚药业公司里，正好碰上这个叫姜帆的人。那时信诚公司一个看门的正往外轰他们，姜帆恰巧从电梯里面走出来，是他先看见优优的，而且还能立即叫出优优的名字。

"优优，是你吗，你是来找我吗？"

优优则是想了片刻才认出他。她说："啊，不是……啊，是！我们就是来找你的，我想起来了，你不是在什么医药公司当经理吗？"

姜帆指指脚下说："我就在这家公司呀，我不是给过你名片吗。"

优优说："你们公司也参加国展那里的展览会吗？你们需要展台布置吗？"

姜帆说："你现在不在医院了吗，你现在……"

优优连忙把自己的老板往前推："我现在在一家展览公司工作呢，这是我们总经理……"

如此这般，姜帆就给他们发了刷漆这样一单活儿，营业额不到一千二，利润却有六百多。

老板大大表扬了优优，不过又说，这单活是咱们俩人一起拉来的，而且价格又主要是我谈的，所以这次你就别再提成啦，反正提也提不了太多，你说行吗？

优优说：行。

老板又问优优过去在医院都做什么，优优说：我男朋友那阵生了病，我在医院照顾他。老板问优优在医院还认识什么人，还有没有做医药这行的。优优说：认识的人倒不少，但都没留电话号。老板说：笨！

姜帆因为发了这单活儿，所以又约优优去吃饭。优优没有周月了，一个人在北京很寂寞，也想有几个好朋友，所以也就没推辞。那一晚他们聊得挺好的，姜帆问优优有没有男朋友，优优说有啊，就是医院里的那一个。姜帆问：那你出来跟我吃饭他知道吗？优优说：不知道，他回老家了。姜帆问：他老家在哪儿啊？优优结巴了一下，含混地说：咳，远着呢。姜帆说：吃完饭你没事吧，要不要到我家里去坐坐？优优说不去了，明天还得早起呢，起晚了老板要骂的。姜帆笑：你这么漂亮老板还要骂，你那老板还是男人吗！优优说：我又不是靠脸吃饭的。再说我真的漂亮吗？姜帆说：当然了，我再多看一眼就该流鼻血了。优优听了哈哈笑，姜帆也跟着哈哈笑，笑完一本正经地问：想不想换个好工作？优优毕竟和姜帆不太熟，不免要面子地说：不用了不用了。

说完不用优优就后悔了，姜帆的公司她看见了，那是很漂亮的一座小洋楼，虽然只有五六层，但还装了电梯呢。这顿饭吃完一周后，优优就更加后悔了。一周后终于到了发工资的那一天，老板却突然宣布公司有个大投资，手头最近有点紧，工资缓发一个月，下个月和提成一块发。优优听得两眼直发蓝，她手上只剩下三百多，这三百多必须再维持一个月，所以优优那一个月可真是苦，除了最简单最简单的饭，什么钱都不敢花。她不由得想起姜帆来，她要是去了姜帆那种大公司，挣多挣少且不论，至少不会拖欠吧。

一个月之后优优更加更加后悔了。因为快盼到结工资的五天前，老板突然不见了，外聘的那位设计师也没再来。优优和三位小工无所事事地等了三四天，才发觉情况不对头。打老板手机手机总是不开机，直到房东骂骂咧咧地过来封房子，他们才知道公司已经破了产，老板付不起房租付不起欠账一走了之了。后来房东和债主因为争抢公司里的电脑和家具打起来，有人出去报警喊来110，警察来了还以为是优优欠了钱，让优优跟他们走一趟。优优说：我在这儿干了两个月，一分工钱都没结，正好你们带我走，要不我今天晚上没地方住。

警察一听才松了手，才知道优优苦水更加多。优优不是说笑的，她那个晚上确实没地方住。她原来仅有的三百块，这一个月连吃带用全没了。有一次和老板出去跑推销，有十块钱出租车费还是她垫的。她以为这两天就该发工资了，没想到让这家天杀的公司给骗了。

公司被封了，大家全走了。优优又一次回到马路上，手里还是那个手提包，包里还装着那件红短衫，还有她自己的几件旧衣服。她从公司里只抢到了一本会计书。

她把身上的钱全都掏出来，捻在手上一张一张地数。都是一些零散钱，一共十一块四毛五。

天黑下来，灯燃起来。国展中心那一条街上，车水马龙地拥挤起来。家乐福超市的门口，也比白天更加热闹。优优信步走进门去，看到那些勾肩搭臂的年轻男女和带着孩子的家庭主妇，大车小篮地装着各种生熟食物和家居用品，从她眼前有说有笑地徜徉走过。那些诱人的食物让优优肚子没法不饿，她走到卖面包的那片货架前，挑了一个挺大的圆面包，上面有个小标签，写的价格是三元钱。

优优陪那些债主打了一天仗，整整一天没吃饭，她在收账台交了钱，还没出门就吃起来。吃了一半又到卫生间里去喝冷水，喝饱吃饱后她才开始想今天晚上该到哪里睡。

优优找了好半天，找了四家小旅店，没有一张床少于十块钱。优优手里攥着那仅剩的八块四毛五，路过一家邮局时，她真想进门把这些钱都用去给大姐打电话，她这时太想听到大姐的声音了。

她特别想听大姐说：优优你好吗？你在干吗呢？你最近身体没病吧？大姐想你呢。

要不你就回来吧。

她会对大姐说：大姐我在逛街呢。我身体好着呢，喝自来水都没事的。我也想你呢，你吃保胎药了吗？姐夫对你还好吗？我现在先不回去啦，我想再多挣些钱。多挣些钱带回去，以后和大姐在一起，和姐夫在一起，和你们的小宝宝在一起，就再不出来啦。

优优真想这样和大姐说会儿话，八块四毛五，够说好久呢。可惜邮局关门了。

但优优还是在邮局旁边的一个饭馆里，找到了一部公用电话机，她没花一分钱就拨三个电话，那三个电话都是拨的一个号，拨了三遍才拨通了。

电话那一边，是一个男人声，懒洋洋地问："喂，谁呀？"

优优说："是我，我是优优。"

二十分钟后，那个男人赶来了，开着一辆桑塔纳，把优优接到了他的家。

在车上优优就和他说好了，她说大哥我当你是我的亲哥哥，你能像亲哥哥那样对我吗？

男人沉默了片刻说：可以呀。

于是，她就去了姜帆的家。

姜帆的家有两房一厅呢，一厅很小，两房很大。一间是卧房，一间是书房。姜帆给优优在书房里搭了个折叠床，又忙着给她拿点心削水果，还开了热水器让优优洗了澡。优优洗完澡出来后，看到姜帆已经换上睡袍了，睡袍里边是光着的，他坐在客厅的沙发上，招呼优优过来喝饮料。优优站在卫生间的屋门口，想了半天没挪步。

她想了半天最后说："我得走了。"

姜帆有些意外地看着她："你去哪儿啊？"

优优说："我不方便在这里住。"

姜帆说："我那么让你讨厌吗？"

优优说："我有男朋友，管我挺严的，所以我不能在这里住。"

姜帆低头想了想，那样子是有点生气了。然后，他抬头，对优优说："你放心，让你为难的事，我不会勉强的，我又不是找不着女人了。现在的女人一把一把的，我还不要呢。你明天再走吧，反正我把床也搭好了。你明天起床帮我收起来就行了。"

姜帆说完了，从沙发上站起来，端了自己的杯子，走进卧房去了。优优看着他关严了卧房的门，身上才慢慢松下来了，心里很不是滋味的。

优优一夜没有合眼。睡在人家的客厅里，她整整一夜没睡着。那一夜过得快极了，天色刚刚有点亮，她就从床上爬起来，穿好衣服洗了脸，又收拾好自己的手提包。等到早上七点半，听到卧室里面有响动，她才叮叮咣咣地把折叠床收好了，然后敲了敲卧室的门。

她隔着屋门轻声说："大哥，我走了。"

屋里响起脚步声，接着，门开了。

姜帆像是刚起来，头发乱乱的，还歪着，半边脸上还隐隐约约有些枕头印。他说："走啊。"又说，"你再坐一会儿，我有话对你说。"

优优就又坐下了，等着姜帆对她说。

可姜帆不说话，先找烟。点上烟抽了好几口，才在沙发上坐下来，然后开口问优优：

“你下一步打算去哪儿呀?”

“我也不知道,先出去找找工作看。”

“我们公司倒有个活儿,你想干吗?”

“想啊,什么活儿?”

“你不是学过财会吗,我们公司的财务部,这一阵子正招人呢。”

优优有几分意外地,半信半疑试探说:“招什么人,你觉得我去能干吗?”

“能啊,你不是考过会计证了吗?”

“是啊。”优优惊喜地继续问,“那一个月是多少工资啊?”

“两千。够吗?”

“两千?”

优优完全没想到,凭她那张会计证,就能在北京挣两千!她盯着姜帆的脸色看,想看看他是不是说笑话。

姜帆漫不经心地吹了一下香烟头,眼皮都不抬地说:“信诚药业公司每月付你八百,其余的钱我付。”

优优愣了好半天,她觉得自己没全听懂:“财务部也归你管吗,其余的钱为什么由你付?”

姜帆抬眼看优优,看了半天才慢慢地说:“我不管信诚的财务部,但财务部里的某些事,我需要有人能告诉我。”

九

那个上午优优一直没有走，姜帆也没有去上班。他们就在姜帆的那间客厅里，一直谈到吃午饭。

这下优优才知道，姜帆在信诚药业公司里管人事，正式的职务是人力资源部的副总监。用姜帆自己的话来说，他是玩儿人的。所以他有便利，也有权力，把优优安排进公司的财务部，或者说，是安插到财务部里去。

他让优优去财务部，是让她设法搞到一本“小账簿”。他告诉优优，信诚公司的财务部里，藏着一本秘密账簿，是信诚公司多年以来，伤天害理的重要证据。

在这本账簿里，记载着信诚公司向全国几十家医院发送的回扣账，记载着那些医院的头头们、药事委员会的委员们、药剂科和采购科的主任们、库房的管理员们，还有那些临床开方的医生们，从信诚公司手上收拿的“开发费”、“赞助费”、“礼品费”、“润笔费”、“劳务费”、“联谊费”等等好处费。优优原来不知道，她从小到大花的那些看病买药的钱，也许还包括她寄给大姐买保胎药的钱，百分之七八十都是被这些人拿走了，只有百分之二三十吃进自己的肚子里。信诚公司生产的药，是一种名叫西林霉素的抗生素，出厂价一支只有四元钱，可卖到病人手里就变成了三十五。而且还是直销的，要是通过代理商就更贵了。

优优听得呆住了。她寄回家的那些钱，那些准备给大姐买药的钱，是她用一生不会再有的幸福挣来的。她用她最真诚的爱，去服侍她所爱的人，这份工钱于她是那么有意义。要不是为了大姐的病，要不是为了大姐肚子里的小宝宝，她才不会把它们花掉呢！

更让优优吃惊的是，姜帆觊觎这份“小账簿”的目的，竟是那样不可思议。他说他要整垮他所供职的这家公司，把他们的丑恶公之于众。他说公司名为信诚，其实无信无诚，“他们太黑了，卖药的和买药的，整个就是一窝黑社会！”

姜帆的态度慷慨激昂，优优却听得似懂未懂。以她的感觉成见，姜帆并非一个满怀正义的斗士，不知为何如此嫉恶如仇。而且，他在信诚公司的职位，已经非常不错，管人事总归是很有权力的吧。而且，从他家里的陈设上看，他的经济收入，也应该不错。

但姜帆除了一腔义愤，其他动机并未泄露。他问优优：“你到底干还是不干？你要是害怕随时可以退出。”

优优说：“我怕什么！”

姜帆说：“你真的不怕？”

优优说：“谁怕谁是王八蛋，还不行吗！”

姜帆一笑，说："好，那咱们就说定了。"

优优想，管他是买药的还是卖药的，既然他们这么坑蒙人，把他们揭发出来也无妨，算是为民除害吧。再说每月两千元的收入摆在那儿，凭什么不去拿过来。至于姜帆为什么吃里扒外反了水，她可以不究不问随他去。也许他跟公司老板有了仇，也许他跟那些医生结了怨，也许他是想通过揭露黑幕出点名……也许，也许他是真的想当一名反黑英雄，真的是为正义挺身而出。

优优想：管他呢，就算是因为这中间的什么人得罪他了，他这样报复也比杀人放火要强。

两人谈定了这件事，姜帆就带优优去吃午饭。他们一起从姜帆住的楼区里走出来，那模样有点像并肩而战的一对战友了。其实在优优的感觉上，她与姜帆之间，并非结成了什么反黑联盟，而是达成了一项个人交易，她在他精心而设的计划之中，只是一个充做卧底的雇佣。

在吃午饭时姜帆又如此这般地向优优交待了若干注意事项，听得优优频频点头。在吃完饭结完账等候找钱的时候，优优没有忘记提出她唯一的要求。她要求姜帆预支她一个月的报酬，也就是应当由他个人支付给优优的那部分金额。姜帆略略想了一下，很快点头答应，并且当即从钱包里点了一千二百元现钞，很大方地给了优优。优优当着他的面又点了一遍，没错，正是一千二百元整。

出了饭馆的大门，两人随即分手，一个往东，一个往西，像两个间谍刚刚接完了头那样，马上装做互不相识，各自消失在东西贯流的人海车潮之中。

离开姜帆以后，优优先用半天工夫找到一个便宜的旅馆，租了一间地下室住。那间屋子大约只有四五米见方，一月租金二百一十。她怀里既已揣了一千二百，用五分之一住上一月，对她已是小菜一碟。只是那屋子挨着公用厕所，那股子臭味关了门也难以挡住。她只是贪图信诚公司距此仅仅两站地远近，住在这里连上班的车费都可以节省。

安顿好住处之后，优优从那个又臭又潮的地下室里爬上地面，急着到邮局去打长途。最先通话的当然是她大姐，接通后先问大姐药买了没有，后又说自己找到了新的工作，还说了这工作每月能挣二千，公司很大也很正规。她让大姐高兴放心之后，又给阿菊打了电话，她有好久没跟阿菊联络，乍一通话分外亲热。阿菊还没找到工作，还跟德子好着。优优从仙泉跑出来屈指不到半载，天堂地狱仿佛已过了几回，可阿菊似乎还是过去的模样，还在"香港街"帮人看着摊子，一点没变，不好不坏。

阿菊对优优这么快就能到大公司里工作，一个月居然能挣二千薪水，着实惊讶羡慕了一番。优优听得明白，她显然也动了出来的心思。北京城在阿菊的心中，也许一下子被想成一座金矿，随便在地上刮刮，就能刮出镀金链子。优优笑着对阿菊说道：要来你就赶快来吧，来晚了工作可就不好找啦！

也许优优并不知道在北京找工作其实不易，一月挣两千更是偶然的泡沫，所以她在极力怂恿阿菊快点过来，要不然她一个人在北京实在太闷。

那天晚上优优睡得特别安稳，第二天醒来自觉气爽神清。她在上午十点钟左右来到信诚药业有限公司，直奔人力资源部报考那份既定的职务。接待她的是一位年轻的职员，举止大方地带她去见财务总监。财务总监如此这般做了一番面试，然后优优又回到人力资源部的办公室里，填了一张复杂的表格。在填表时她终于见到了姜帆，姜帆恰巧从门外进来，优优心里不觉怦怦乱跳，脸上也紧张得有些发红。姜帆则显得从容老练，目不斜视面无表情，一边大声对那位年轻职员交待着什么，一边翻着一沓文件走进了里屋。

三天之后，优优怀着兴奋而又忐忑的心情，走进了信诚公司财务部的办公室里，并且被正正规规地，分配到一张窄小的办公桌。她知道这一天对她来说意义重大，意味着她真的跨入了正规公司的白领阶层，而且还是在国家的首都北京。这是她自考入财会学校之后就梦寐以求的理想之境，但这一刻她感受的并不完全是快乐和自豪，在快乐和自豪之外还有几分不安与沉重，几分做贼般的惊恐。对！她是因为一个不可告人的秘密，才得到了这份工作，她是受人派遣，有预谋地打入信诚公司内部，做间谍来的！

间谍这个词让优优从上班的第一天起，脸上就少有笑容，她在那张小桌前坐下来的时候，显得心事重重。而且突然有一个刹那，她也没有任何理由，脑子里还是浮现出周月的面容。

她钻心地想着，周月，他现在可还好吗？他现在，究竟在什么地方？

财务部的办公室有宽阔向阳的三大间，而在这里办公的，却仅有阴盛阳衰八九人。好在总监是个老爷们，对优优的照顾很自觉，分配她去记原料库房的三级账，这对有三年财会中专学历的优优来说显然并不太困难。偶尔出些小差错，总监也顶多指点三两句，从没认真板过脸。

其实优优出的那些错，大都无须指点的。因为并非错在业务程序上，而是错在心神不宁中。好在没人能从优优青春洋溢的眉眼上，看出她心中的“阴谋”来。

她每天格外留心的，是存放在公文柜中的那一本本账，她注意到，信诚公司的三级账、二级账、总账，以及固定资产账、流动资金账、银行存贷账、保险账和职工工资福利账等，都是各有专人负责的。比如她，她分工负责三级账，其他账想看也看不到，更不要说那种秘密账了。假使姜帆提到的那本“暗账”果真有，也绝不会被人摊在桌面上。在财务部内部的会议中，在大家平时的交谈时，从来没有任何人，提到过这本所谓的“小账簿”。

在优优“打入”财务部的第一个月份，姜帆找了优优四五次之多。开始两次是晚上下班之后，两人约个地方见面接头。姜帆问得格外详细，诸如财务部的账本都是怎么管，怎么放，有几个柜子放账本，加起来共有几本账，钥匙都在谁手里，等等，全都一一问过来。财务总监独自办公的那间屋，优优从没进去过，姜帆说，秘密很可能就在那里边，让优优务必创造机会进去看。

后两次姜帆再找优优时，他们并没有约在外头当面谈，都是在公司某个场合上碰了面，姜帆乘周围闲人不注意，冲优优做出个打电话的手势来，然后优优下班后就打电话到他的手机上。他问的也还是这些事，问优优又有什么新发现，问她最近找到机会没……

这件事让优优过得很劳累。好在一个月时间熬下来，除了得到那八百块钱工资外，财务总监又给加了一百五的奖励金。如果再加上她从姜帆手里拿到的钱，合计要有二千多，所以优优心里也就平衡了，感觉这份罪受得也值得。

优优虽然是个烈性子，但进了公司自然变得小心了，所以人缘混得还不错。而且优优天性就是助人为乐的，这样的人怎能不受欢迎呢。优优上班没多久，就跟大家都混熟了。连公司的老板都知道，财务部新招了一朵花。

那一天是老板自己推门进来的，他来找财务部的人问一个报表上的数。见到优优面孔生疏，马上猜到她是谁了。老板随意地和她聊了起来，问她什么时候进来的，问她多大岁数了，态度显得比较慈祥。老板名叫凌荣志，据说五十出头了，可样子看上去才四十不到。皮肤保养得非常之好，体态也尚未肥胖起来。

看来老板对优优的印象挺不错的。有一次优优刚刚下班，老板的秘书匆匆跑过来了，开口就问她会不会喝酒，优优也不晓得他问这个做啥。她想起以前跟李文海喝酒，她空着肚子连干四杯没有倒下，于是胡乱点头应付：凑合吧，能喝一点。秘书说：那今晚你跟我们走。优优问：去做什么？秘书说：今天董事长在深圳大厦请客，得找人陪着客人喝酒。优优连忙往后退缩：不行不行，那还不如找个男的。秘书说：有些客户只有找你们女的陪，找个不认识的粗汉子，人家哪有心情喝。秘书又不放心地嘱咐道：你到底会不会喝？喝多了可别乱说。

那天晚上优优糊里糊涂地上了车，又糊里糊涂地上了桌，也和上次同样空着胃，三杯酒糊里糊涂地下了肚，居然，这回没有醉。没醉的原因可能喝的是好酒和真酒，据说好酒真酒不易醉人。

被请的客人名叫侯局长，是东北某市卫生局的一把手。样子并不显老，说话也挺精干，酒量非常之大，酒风也很儒雅。看着优优酒上了头面，马上怜香惜玉地打住。他夸奖优优的语言也很特别："行，你们这姑娘有股子野性儿，将来一定贼能忽悠。挺好！你叫什么，丁优？"

凌老板在一边接话："小丁是我们公司新招的，现在还没训练好，等再过一年半载的，侯局长到时候过来看，这野性子准就没有了。"

侯局长听了哈哈笑："我就喜欢小丫头有点野性子，这年头就兴这玩意儿，你没看电视里那韩国日本香港台湾的 MTV 吗，那漂亮丫头疯着呢。现在的男孩都琢磨整点阴柔劲儿，女孩就寻思扮个假小子，无论男的和女的，讲究都往中性走。"

凌老板的秘书马上捧场地笑："哎哟，想不到侯局长谈起时尚来，也是这么有研究。"

侯局长当仁不让地接应道："那没错！流行文化也是文化嘛，是文化就得整明白了。"

优优忘了那天喝了多少酒，但记得那酒没醉也上了头，脸上热乎乎的很难受。她是回到小旅馆的大门口才吐的，把一肚子鱼翅鲍鱼吐了个净。后来她又奉命陪其他客户喝过酒，每次也大都就是五六杯。男人们的饭局不在乎你喝得多不多，在乎的是桌上的"花瓶"靓不靓。

几顿老酒喝下来，优优对当"花瓶"也就习以为常了。凌志荣也是在商言商，既然开公司做生意，这种应酬就免不了。优优慢慢也学会了几句应酬的套话，也懂了些场面上的路数与机巧，只是酒量依然如故，一点没有见长。

后两次吃饭，凌老板除了带上秘书和优优，还特地带上了自己的儿子。他的儿子名叫凌信诚，和公司用的是同一个名。也许这公司就是凌老板为儿子开办的，因为他儿子从小就有病。那种先天性的心脏病虽然只是偶尔发作，但身体已然弱不禁风，弱到这男孩连大学还没念完，就弃学回家休养。看得出凌老板对他这个独苗宝贝疼爱万般，连公司称号都用了他的名字，宴请重要客户也叫儿子尽量到场，那样子是怕这个阿斗儿子在他百年之后五谷不分四体不勤，所以要早些向客户明确储位，建立交情。

那位凌公子优优早有耳闻，见面才知身体果然单薄羸弱，面色也比想象的更加苍白无血，但眉目却出人意料清秀异常。和健康帅气的优优同坐一桌，正应了早先那位侯局长所言，这时代就兴阴阳倒错。丁优不仅生得英气勃勃，而且说话心直口快，而凌信诚外形柔弱如水，性格似也寡言内向。优优坐在凌信诚的对面，总在心里拿他对比周月，周月与他年岁相仿，但从内到外相差万里。看过凌信诚的这种类型，优优更觉得周月才是真正的男人，拥有男人的虎虎生气。

但不知出于什么原因，优优对这位少言寡语的少东，心里总是存有好奇。也许是因为他那张女人的面容，也许是因为他那副沉默的表情。当然，生在这样富有的家庭，凌公子尽管从不主动说话，但对同桌吃饭的主宾，还是礼貌地有问必答，就连优优也不例外。优优有一次绕着桌子给大家斟酒，绕到凌信诚的跟前，这位凌公子摆手表示不要，优优那时已带了几分醉意，坚持要给他斟满，凌公子也就随和地让她斟了。还有一次，一个客户不知凌信诚和丁优是何关系，上来就问信诚："她是你女朋友吗？"问得凌信诚当即张皇无措。凌荣志只好接过来替儿子圆场："不是，这是我公司里的人。我这个儿子还太小呢，我是不准他找女朋友的。"客人玩笑说道："咳，现在的年轻一代，家长绝对管不住了。他们思想那么活跃，社会又是这么开放，绑在身边不可能了。再说，猫儿大了哪有不偷腥的。"

那个客户是外地一家大医院的采购科长，举止谈吐没有什么文化，说出话来也比较粗俗。凌信诚虽然依旧沉默，苍白的脸孔却刹那飞红。这让优优第一次目睹他的皮肤居然也能透出好看的血色。凌老板似乎没有听出客人是在玩笑，还在一本正经地解释："他不会的，他有心脏病的，要是在外面乱搞女人，那他是不要命了。我儿子这点我最放心。他平时很少出去，都是在家陪他妈妈，他妈妈管他比我还严。"

主人说得这么认真，客人自然也就信了，也嘱咐凌信诚有病就要当心，就要自律，生命毕竟最可宝贵，然后顺势转了话题，和凌老板说起了北京冬天的天气。那几天沙尘暴去而复来，天上总是飘着几千吨黄沙，吸进肺里要生癌的……

这时他们正往餐厅的包房里走，优优和凌信诚走在后头，优优便随口向凌信诚问道："你妈真的管你很严？"凌信诚厚道地点头，答："唔。"优优笑问："真的不让你交女朋友？"凌信诚又点头，又答："唔。"无论优优问他什么，凌信诚总是这样应答一声，表情虽然友善，交流却难以为继。优优试图让他活跃一些，于是表现出活跃的口气："那你不跟你爸妈作斗争吗？"可凌信诚的回答依然简单："没有。"优优再问："为什么？"凌信诚再答："我有病。"

优优愣了一下，就此停住，不再多问。

也许是因为凌信诚从出生那天开始，就一直疾病缠身，所以他并不忌讳说自己有病。也许他对女孩从没兴趣，所以他也不忌讳在女孩面前，哪怕是在优优这样漂亮的女孩面前，说自己有病。

在信诚公司干了两个多月，优优已经跟着凌家父子，应酬了很多客户。优优确实也算见了世面，北京高档饭店的辉煌和排场，酒席宴上的奢华与铺张，都让她眼界大开，那种感受靠想象无论如何是想象不到的。她想何时见了阿菊，一定要跟她吹吹。阿菊以前在她家的"白天鹅"餐厅，和优优说起过广州的白天鹅饭店，那时的神态是多么神往。可惜那令人神往的物质天堂她俩谁都无缘见识。现在优优可以自豪地告诉阿菊：广州的白天鹅又算什么！比白天鹅更上档次的饭店她也去过，她也吃过！鱼翅鲍鱼也就这样，吃多了也会腻的。最不值的就是燕窝，三四百元一盅，吃完之后都不知吃的什么。

她真的没想到，阿菊不知是否闻到味了，突然一天，她真的来了。

那一天她下班后在街上花两块钱吃了一卷煎饼油条，回旅馆时天都黑了。一进门便有服务员叫她："嘿，你是五号房吧，有人找！"

优优顺着服务员的手指，目光往角落里瞧，角落里平时总摆着个半残的椅子，从来没人坐的。但此时那张脏兮兮的椅子上，却挤着坐了两个人，一个男的一个女的，脚下还放了两个同样大小的行李，从他们脚下的东西和脸上的疲惫来看，显然刚刚结束了一场长途跋涉。优优喜出望外地叫了一声："哟！你们怎么来啦，你们什么时候来的？"椅子上的一男一女站了起来，男的下意识地拎起了地上的两只提包，女的上来就把优优紧紧抱住。

"优优我真想你！"

优优也抱住了她，这是她离家出走几个月来，第一次见到家乡的朋友，禁不住双目湿润，她连声音都哽咽住了，想说的话一句也挑选不出。

她抱着那女孩的肩头，好半天才鼻涕拖拖地发出了声音："我也特想你们，我可想你们呢！"

她真的想念他们！想念自小和她一起长大的这个阿菊，和阿菊的男友德子。

十

阿菊和德子，不远千里，来投优优，这让优优兴奋极了。在兴奋的操纵之下，她把她两个月来攒下的钱财，一下子散得精光。

虽说阿菊早就嚷着要来，但她来得这样突然，还是另有原因。优优后来听说是因为阿菊在“香港街”帮人经营的那个服装摊子，某日不清不白少了一箱货物，阿菊和摊主打了一架之后，还是赔了一千多块。德子也因为在金堡夜总会和一个醉酒的客人大动干戈，被经理一怒开除。德子在仙泉又没什么势力，原先他的那位文海大哥，忽然一夜人间蒸发，有人说他去深圳做了生意，有人说他杀人负案在逃……总之德子和阿菊的故事一言难尽，总之他们现在身无分文。他们买了车票到达北京，找到优优的旅馆，那时两人口袋里连零毛的钱都加起来，也不足一百块了。

那天晚上优优出钱，帮他们在这家旅馆租下一个房间。又带他们出去吃饭。第二天晚上优优下班以后，又带他们到商店去买生活用品，什么脸盆肥皂牙膏牙刷洗衣粉之类。德子要抽烟，优优又给他买了五盒在北京非常流行的“中南海”。

一连好几天都是优优给他们买饭，阿菊感动得不行，发誓以后她和德子找到事做，一定分文不少偿还优优。优优说：还什么，除了我大姐，你就是我最亲的人，你就像我二姐呢。

那些天阿菊和德子也都在满城跑着找工作，每天都跑得灰头土脸的。优优又笑：怎么样，你们也知道不容易了吧，当初我一个人来北京，你们都想象不出有多难！

好在德子在仙泉认识个金堡夜总会的老客人，在北京也开了一家夜总会，德子还真找到了他，这老板也真给面子，同意德子重操旧业去当保安。但面子是面子，规矩是规矩，一千元的抵押金还是要交的。阿菊只好又来求优优，说在夜总会里当保安，小费挣得比工资多，德子不想失掉这机会，不知道优优肯不肯借一借。

优优这时已经拿不出一千元，可她也怕德子失掉这个好机会。想来想去没办法，但她想到了一个人。

那个人，就是她想躲还来不及躲的姜帆。

她主动给姜帆打了电话，说约他出来有事要谈。姜帆正好在王府井的翠华楼有个应酬，就约在了翠华楼旁边的街口见面。那街口有个古老的教堂，夜晚的感觉非常怀旧。优优站在那条承前启后的街口，这城市的来龙去脉似乎一目了然。看着川流不息的汽车和来来往往的过客，优优仿佛觉得，自己也是一个地道的北京人了。

但是，和姜帆一见面她才又明白自己完全不是北京人。她既学不出姜帆那副北京人的腔调来，也没有他那种与生俱来的优越感，更不用说，北京人的那副精明劲，让优优明白自己差得远。

姜帆刚刚喝了酒，所以说话说得有些冲，他说："你不找我我还得找你呢。这两个多月你从我这儿拿了多少钱？你会数数吗？不会我教你！"

优优说："拿你两千四。"

"两千四？不会吧，你这两个月才拿两千四？"

优优说："一共四千多，有一千六不是我的工资吗，还有一点是奖金……"

"你的工资？没我你能拿工资？没我你能拿奖金？"

优优不吭声了。

姜帆逼了一句："麻烦你再算算，你到底从我这儿拿了多少钱。"

优优感到屈辱，但她在片刻低头之后，还是答道："四千三。"

"可你给我什么了？"姜帆冷冷地问，"我让你办的事，你办了吗？"

"你要的东西我还没找到，我们总监那屋子我又进不去，其他人的账我也……"

姜帆很快打断了优优的话："你别跟我说这个，我就问你一句话，你拿我钱了没有？拿了，好，那你就别再说那么多废话了。我告诉你，这年头没有白给的钱，没有免费的午餐，你该怎么办，自己想去，我的等待是有限的。"

优优侧过脸，不说话。她的目光盲目地滞涩在那座老教堂的立面上，那栋古堡似的老房子，被灯光装饰得很动人，既像一具明暗有致的现代雕塑，又有强烈的历史感。难怪优优那么喜欢它，难怪她把自己也想象成一个北京人！好像北京的一切，都是她的经历，都和她有关。因为北京，确实有文化，北京，确实很好看。

姜帆当然不能从优优沉默的脸上解读她心中的北京情结，和关于北京的那些咏叹，也不知道他刚才的穷凶极恶，让优优生出多大的失落感，他只是觉得结束这场会面的时辰已到。

他说："我还有事呢。你还有事吗？"

优优说："没，没事。"

"没事你今天找我干吗？"

姜帆说出这话时，已经做出要走的样子来。他的那部桑塔纳，就停在教堂一侧的停车场，而且，有个 BP 机已经催了他好几遍。

"我，我是想……"优优还是厚着脸皮把她的目光抬起来，"我是想再找你预支一点钱，下个月的钱能不能先给我……"

"我一猜你找我就是为了钱。"姜帆很快再次打断她，"你说你年纪小小的，怎么花钱这么狠！"

"我有两个老乡来北京，他们有事要急用。"

优优万没想到的，姜帆居然把钱包掏出来，当场点出一千块，往优优的手上一拍说："就给你一千吧，那二百算利息了。我告诉你，这可能是我最后一次付你钱了。这世上人与人，事与事，都是交易。你不把我要的东西拿来也没关系，那你就等着走人吧，你挣不上我的钱，你也就别想再挣信诚公司的钱！我告诉你，谁也不是个傻瓜蛋。"

在最后的这句粗话前，姜帆已经转了脸，他大步走向停车场，优优虽然看不见那张脸上的表情是怎样的，但那声调已表达出明确的威胁来。

优优看着他开走了那辆桑塔纳，还看见他在路口一边拐弯一边用手机给什么人打电话。街上突然刮起了风，风把优优手上那一沓钞票吹得响起来，风把优优的脚步也拖得沉甸甸，风还让优优能感觉出这钱的分量也格外沉……尽管那天晚上她把这钱交给德子时，阿菊高兴得上来直抱她！她看着阿菊心满意足的笑脸，看着德子一张一张地数钱，她也想笑来着，却没有笑出来。

第二天优优刚刚上班，就接到姐夫打来的电话。这是姐夫第一次直接主动地打电话给她。姐夫在电话中告知，大姐肚里的那个孩子，已经没有了，大姐流产了。

优优那一刻难过得差点哭了，鼻子酸了半天最后还是把眼泪忍住。从她知道大姐有了孩子的那一天起，她就一直惦记着这个小家伙，一直等着他快快生下呢。她一直猜他是个男孩，她还给他起了好些帅气的名字，那些名字都用圆珠笔写在旅馆房间的墙上。她甚至连他的鼻子眼睛都一一揣摩想象，还想象过他可以满街欢跑的时候，她带着他到天安门去玩。

可现在，有人突然告诉她，那孩子没了，永远没了，不可挽回地没了，她一时真的很难接受，真的非常伤心。而且，她马上想到了可怜的大姐。大姐一定比她还要难过，这是她的第一个孩子，孩子没了她一定非常难过。

姐夫接着就说到了大姐，他说大姐病得相当厉害，在仙泉看了好几家医院都未见效果，所以他打算带大姐上北京求治。中央领导都在北京居住，所以北京的医院一定是全国最好的。再说优优你不是也在北京吗，你在北京这么久了，有没有认识什么有名的医生？

优优这下才搞明白，大姐、姐夫，还有阿菊和德子，他们都以为她在北京找了多么好的工作，挣了多么多的金钱，认识了多么多的名人，撞上了多大的好运，好像只要到北京投靠于她，一切都能迎刃而解。这也怪她自己过去胡乱吹牛，碰上难事从不跟家里诉苦，既怕家里着急，也是自己炫耀。可一旦有了好事，比如找到体面的工作，挣到较高的工资，包括又跟着老板上哪家饭店吃饭去了，等等，她都要迫不及待地报告回家，家里人准以为她在北京就算不能呼风唤雨，至少也是如鱼得水了呢。

但她还是马上回应了姐夫的要求，她说：大姐得了什么病啊？要是仙泉治不好，那就赶快来北京吧。但是，来北京又该去哪里治，治得好还是治不好，治病要花多少钱，姐夫现在还有钱吗，这些应该问的话她全没问。她那一刻只是太心疼大姐了，太想见到大姐了。

一周之后大姐真来了，优优参加工作三个月第一回请了假，赶到车站去接他们。大姐让姐夫搀扶着走出车厢时，几乎把优优吓坏了。她没想到大姐变成这样了，这样瘦弱，这样苍白，眼眶也泛着黑圈，连声音都没有亮音了。

在人流如潮的站台上，优优抱住大姐哭起来。大姐也哭起来。姐夫手提肩背大大小小好几个箱包旅行袋，像是彻底把家搬过来。

他站在她们身边哑声问："优优，咱们去哪里？"

姐夫的问话让优优马上把眼泪止住了，让她意识到自己此时是主人，他们是投奔她来的，是把希望寄托在她身上的。不要说没见过世面的大姐了，就是精明能干的姐夫也是第一次出远门,第一次进北京。

优优帮姐夫背了一个很重的包,搀着大姐走出了火车站。她能带他们去的地方,只有她的那间阴暗发臭的旅店。尽管她在旅店里给姐姐姐夫租下了一间略大一点的房子,但从姐夫的表情上看,还是能看出他对这个居住条件的失望和不满。

就是这个房间,优优也只付了四天租金。

优优甚至想,要是姐夫的电话早来一天的话,她也许就不把那一千块钱借给德子了。如果她手里还有这一千块钱,大姐治病的事总能有个安排。

可现在,说什么也晚了。

在我对优优后来的访谈当中,我的确发现优优有时死要脸面,她不太愿意把自己的难处向别人倾诉,自己再难也不愿拒绝别人求助。她这样大包大揽地把大姐夫妇接到北京,安顿住下后又带他们出去吃饭,再然后,再然后她该怎么办?

她也不知道她该怎么办。

和大姐团圆的这餐晚饭差不多吃光了优优钱包里最后的钱。大姐帮着她把残汤剩菜打了包,打包的时候她侧眼看姐夫,姐夫在一边低头抽香烟。

优优开口问:"姐夫,我大姐这个病,好治不好治?"

姐夫头也不抬地说:"好治还用到北京来?"

优优又问:"要治得花多少钱?"

姐夫说:"这才治了一个月,家里的存款光光的。"

优优闷了声,无话再问了。

姐夫把眼睛抬起来,现在轮到他问优优了:"你现在,一个月能挣多少钱?"

优优想了半天,才含混地说:"八百吧。"

"八百?你原来不是说挣两千?"

"两千是过去。"优优不知该怎么讲,怎么解释那两千块钱的由来,她能感觉到大姐的目光也移过来了,和姐夫一样盯着她看。她故意低头装剩菜,就像小时候做错了什么事,眼神躲来躲去的。

姐夫说:"那你现在还有多少钱?"

优优这才把目光正过来,看看姐夫,又看看大姐,她说:"没了。"

"没了?"姐夫不相信地问,"你一个月挣两千,两个月挣四千,怎么会没了?你两个月花四千?你吃钱呀!"

大姐见姐夫声气大了些,轻声慢气地调和道:"优优也很不容易,一个月挣两千肯定要送很多礼。再说她一个人在外面,点点滴滴都要钱,不比咱们在家里。再说这又快到月底了,月底谁的手里都没钱。优优,你刚才说过去挣两千,为什么现在就挣八百了?"

"两千是因为我打两份工,现在有一份工我做不了,所以我以后只能拿八百。八百还不一定拿多久呢。"

大姐转头悄悄看姐夫,姐夫闷头抽着烟屁股。

优优心里很难过,她觉得这一切都是她造成的。大姐的尴尬,姐夫的失望,他们一家现在这种进退两难的境地,都是她造成的。她很想说两句什么话,或做些解释之类的,来挽救全家的心情,来减轻自己的压力,但她说出来的话,反而把气氛弄得更坏了。

她说："我前两天，前两天手上还有一千多呢，后来借给德子了。因为德子找了个好工作，要交一千块押金的……"

"什么？"姐夫扔了烟头叫起来，"你好大方啊，你不知道我们要来吗！是我们跟你亲，还是德子跟你亲？德子不是阿菊的男人吗，你凭什么要给他钱！"

"那时候我还不知道你们要来呢，我要知道了……"

"那你不知道你姐姐有病吗，你姐姐病得要死了你不知道吗，你姐姐养你这么大她要死了你管不管？"

姐夫的声音越来越大了，大得周围的人都停下咀嚼看他们。大姐拉扯姐夫不让他再说了，但没用。姐夫继续说下去，内容还是重复的，重复则是表达气愤的。

优优哭了。她不知是哭大姐，还是哭自己。

因为周围人太多，优优没有哭出声。她心里原来没想哭，是眼泪自己流出来。

优优的眼泪让姐夫停了嘴，老气横秋地叹了口气："我也是为了你大姐，我也是实在没法子。"

大姐再次劝姐夫："那你别怪优优嘛，她也没法子，谁让我得了这个病。我们这次到北京，能见到优优就行了，就放心了。我这病我自己最清楚，治不治都不要紧，我自己心里最清楚。"

姐夫又瞪了眼，骂大姐："你讲这个啥意思。你不治能站着走到北京来？你不治你就不要再这里疼那里疼地磨牙齿，我听也听得烦死了。"

大姐说："我不是没再说疼了吗，我不是一直没再说疼了。"

大姐又转脸对优优说："我们这次来北京，也不完全为治病。病嘛，有钱就治治，没钱就养养，不是了不得的事。我们来北京也是为了你姐夫，咱们家的店办不下去了，你姐夫又跟人打官司，人家天天上门来逼债，我们索性躲出去。我也是觉得你姐夫这样能干的人，应该到北京来闯一闯，只要这边有事做，你姐夫一定能挣到钱，他以前挣过很多钱你都知道的。优优，你相信你姐夫能干吗？"

优优头也没抬地说："相信。"

大姐好像说累了，深深地深深地喘口气，优优以为她说完了，刚要开口说什么，不料大姐又接着说下去：

"优优，那你能给你姐夫介绍个工作吗，或者你们这里有什么老板要投资个餐厅什么的，他可以去给他当经理。"

优优愣了好半天，她知道姐夫在大姐眼睛里，是个最能干的好男人。她也知道大姐虽然从小没父母，但骨子里还是要靠男人。自从嫁给姐夫后，她什么事都是听姐夫的，但优优这回不得不把话照实说：

"经理？经理哪有那么好当的……"

大姐马上接了她的话："一时找不到经理的事，先干个别的也可以。你可以去跟他们说，你姐夫过去是当过经理的。不过现在，没有经理也没关系，你知道你姐夫干什么都肯出力的，你可以去跟他们说……"

"我去跟谁说呀？"

优优不得不打断大姐的话，可大姐反倒奇怪了："你不是在北京认识很多大老板吗，大老板不是经常请你去吃饭吗?”

优优不知该怎么解释了:“老板人家是请客户,我去是陪着喝酒的,老板怎么会请我。”

“老板让你陪着,就说明对你不错,你为了你的姐夫,不能求他一次?”

姐夫也说:“我原来在菜场做,做得算很大了。后来开火锅店,我懂不懂做你也看到了,要不是你在外面惹了事,现在那个店应该也做得很不错。你跟你认识的老板去讲一下,他要想用我,我可以跟他先见见面。”

优优没再跟他们争什么,她心里知道是怎么回事但有口说不出。她想人家信诚公司那么大的老板怎么会有兴趣见你呢。你在仙泉开那么个小店以为了不得,人家说不定连仙泉这个地方都没听说过。可这些话优优说不出口,说了又怕姐姐姐夫不高兴,以为她办不成事还要找理由。

这本来是亲人团聚的一顿饭,是幸福快乐的一顿饭,优优孤独了几个月,终于见到大姐了,但这一刻,她,她大姐,还有她姐夫,三个人都不开心。

那天晚上她让大姐睡在她的屋子里,她特别想陪着大姐聊聊天。她们那天一直聊到后半夜,直到大姐聊着聊着自己睡着了。优优看着大姐笑,笑完她也睡着了。

第二天优优醒得特别早,醒来发现自己睡觉的姿势一夜都没变,她始终蜷缩在大姐的怀抱里,大姐也一直搂着她,睡了半宿连身子都不曾翻。

优优从大姐怀里钻出来,轻手轻脚生怕吵醒大姐了。她抬头看一眼大姐熟睡的脸,这一看可把她吓坏了。大姐的鼻子不知何时出了那么多血,那已经干掉的鲜血把优优的肩膀都染红了。

优优尖声叫起来:“大姐大姐你怎么啦!”她摇着大姐摇不醒,打开门光着脚就往外跑,一边跑一边大声叫姐夫,走道上过往的人全都惊讶地看着她,谁也不知道这孩子受到什么惊吓了。

在送大姐去医院的半路上大姐醒来了,醒来后先是惊疑地四面看,然后问优优这是哪儿。优优哭得说不出话,她还以为大姐再也醒不过来了。

在医院医生给大姐打了针,还给大姐输液开方抓了药,打的吃的一大堆,都是姐夫出的钱。优优看见他钱包里确实就剩那么几张票子了,她看着姐夫一张一张地往外掏,优优差点哭出来,她差点给姐夫下跪磕个头,谢谢他救了她姐姐!

到中午医生说大姐没事了,你们可以带她回家了。医生也看出他们没有钱,所以也不劝他们住医院。

他们带大姐回旅馆,走出医院时优优胆怯地问姐夫要不要叫个出租车,姐夫摇头说不要了。他把大姐背在肩上小步走,连公共汽车都不坐。

那天下午姐夫对优优说:你大姐这样子你也看到了,我反正该做的也都尽力了。现在我也没钱了,下次她要再这样我也只能随她了。

姐夫说这话时脸色沉沉的,想抽烟可烟没了。他的眼睛没有湿,可声音分明是有几分哽咽的。

优优下午去公司上班了,同屋的老张问她大姐接到了没。优优没说接到没接到,开口第一句就说想借钱。

她说老张我想跟公司借点钱您说能借吗?

“借钱?”老张马上摇了头,“这恐怕不行吧,公司借钱给职工用,这种事还真是没先例。”

优优不说话,也没哭。她想,在这里哭什么!

老张也马上把话题移开了,没问优优碰上了啥难处。也许怕问多了万一优优开口向她借,借与不借都难堪。

老张说:“刚才办公室李秘书过来问你在不在,说董事长晚上有个活动让你参加呢。”老张看看优优发白的脸,又跟了一句说,“你要参加不了就跟李秘书去说一声。”

大姐还病在旅馆里,这种事她怎么还能参加呢。但后来优优还是参加了,那天请的还是她最早陪过的侯局长,侯局长正巧到北京来开会,信诚公司自然不会放过他。据说侯局长虽然只和优优见过一次面,但不知为什么印象特别深,所以这次是侯局长亲自点的名,一定要优优来喝一杯接风的酒,陪他忽悠几句散散心。

十一

无论接风酒还是送行酒，优优都不是第一次。她的酒量虽然没长进，但酒风酒胆已经练得差不多，三杯五杯都是一口进，喝完之后还给人家亮杯底，她好像越来越喜欢表演出一种男人的英豪气。

但这回似乎不同了，优优刚刚喝了一杯酒，脑袋便有些昏沉沉的。凌老板见她今天的情绪不对头，便离席把她叫出去。一出门老板就把面孔板起来，问优优今天怎么啦。优优说今天家里出了点事。老板说家里出事回家说，不能挂在脸上给客户看，你接待客户也不是一次两次了，这个规矩你应该懂。优优说：董事长，我家里现在有了难，我大姐病得快死了。我是我大姐养大的，她病了我不能不管她。董事长不愧是商人，马上明白优优的意思了：你是不是缺钱啊？见优优低头默认了。董事长沉了一会儿气，说：这样吧，这个侯局长上次就说他挺喜欢你，你愿不愿意今天吃完饭再陪陪他？你只要让公司的客户高兴了，公司也不会亏待你。

优优也是个聪明人，她先说了一句感谢的话，然后又接着往下继续问："那待会儿侯局长……他需要我陪他做什么？"

董事长的面孔挺严肃，他的语气也正派得很。他说："这个我也不清楚。他想让你做什么，我想他会跟你说。你要能做你就做，你不能做或者不想做，你就不要勉强做。反正你自已看，你现在要是真缺钱，有些事也不是不可以考虑的，不过你自已定。你要对钱无所谓，那就陪他去喝喝酒，唱唱歌，然后你就说你家里有病人，跟他说一下你就可以回家了。"

董事长这番话说得很技巧，说得左右逢源上下不沾，什么都说了又什么都没说。没讲明啥意思但意思全有了。自然，优优也全懂了。

优优说："噢。"

也许优优在做出这个表态时，自已也并不明确她究竟表了一个什么态，是表示要能做我就做，还是表示不能做我不会勉强做？她心里并不明确的。在凌老板的感觉上和她自已的内心里，都是不太明确的。

但凌老板也没有再追问，他若有若无地点了一下头，就转身回到了包房里。

优优和凌老板重新坐回酒桌后，那顿饭的速度突然变得快起来。优优注意到董事长和侯局长互相交流的眼神中，显然在心照不宣地说什么，然后侯局长就吃得很潦草，酒也不再多喝了。董事长也催着餐厅快上菜，菜一上完这顿饭就匆匆结束了。众人纷纷离了座，董事长陪侯局长走在最前面，优优和李秘书，还有董事长的那位病公子，一行人跟在他后面。凌信诚这一顿饭几乎没出声,出了餐厅才与优优聊了几句天。他看上去只有和优优在一起,才有一点说话的兴趣了。

但优优此时却没兴趣,她的注意力都在前面主宾二人的背影上。她看到他们在咬耳朵,侯局长边听边点头,然后董事长突然回头叫儿子,他说:小诚你过来。凌信诚就过去了,父亲又跟他咬耳朵。优优看到,凌信诚一言不发只是听,连个点头称是的动作都没有。

他们在酒楼门口分手时,董事长招呼优优和侯局长坐一辆车,他自己则和李秘书往停车场的另一侧走。侯局长的车子开动时,优优才发觉开车的竟是凌信诚。

凌信诚一言不发地开着车,开往何处他似乎很清楚。侯局长和优优坐在后座上,慢条斯理地聊起来。侯局长问优优今年多大了,是哪里人,来北京多久了,除北京外还去过哪里呀?南方、北方、上海、广州之类的。优优简简单单地回答着,态度还是很配合。侯局长又问:现在挣钱不多吧,挣的钱一个人够花吗?优优沉默了一会儿说:我姐姐最近生病了,我还不知道能不能有钱给她治病呢。侯局长马上说:要不要我帮忙?优优沉默着没回答。侯局长说:这样吧,回头我给你办张卡,你需要钱了可以从卡里拿。

优优不知该说什么,该谢谢还是该谢绝。她局促地扭头看窗外。窗外的天开始下雨了。

他们的车开到了一家漂亮的饭店前,凌信诚到停车场里去停车,侯局长就带着优优进去开房间。他们登记完房间凌信诚也进来了,三个人便一起上了楼。

这间房是个双套间,一进屋侯局长就对优优说:这里有洗澡间你还不洗个热水澡,这洗澡间你会用吗?优优愣了一会儿说不会用。侯局长就耐心细致地教给她——淋浴盆浴各怎么用,冷水热水都怎么调,浴液发液该怎么使,教完了,他亲切地拍了拍优优的脸,说:“会了吧?”

那个澡优优洗得特别慢,慢得像在故意拖时间。她需要用时间和热水,慢慢让心静下来。

她擦干身体后对着镜子看自己。如果后来我没猜错,她那时应该是想到周月了。因为她想到了五年前,第一次见到周月后,她回到家也这样赤身裸体地照镜子。

两个镜子是不同的,酒店的镜子又大又宽又明亮,比过去她家那面老镜子强多了。镜中的优优也不一样,五年前她还是个连胸都没有的小瘦干,而现在她已经是个大姑娘。她的身材发育得刚刚好,身上没有一块多余的肉。皮肤也紧紧的发着亮,乳房挺挺的像两个圆苹果。这些本来都是留给周月的,哪怕一时找不到他,她也要为他留着的。她想万一他们重逢在某一天,她唯一能拿出来奉献的,只有这个完整干净的身体了!

她最后地凝视着这个身体,想要记住那洁净无瑕的感觉,她在镜中仪式般地与自己告别后,还是走出了卫生间的门。接下来的情景她后来并未向我细述,但我能想见她的童贞失去得非常痛苦。她说她没想到表面精明温和的侯局长上了床就成了个谁也不认识的疯子了。优优跟我说到这里,话语就变得时断时续地僵涩,几乎每一两句进展,都要跨越不堪回首的间隔。

她告诉我:“他是喜欢玩那种的。”

我隐隐猜到了,但我还是问:“哪种?”

“就是那种。”优优停下来,半天,才不情愿地解释说,“他是个虐待狂。”

然后她就沉默。

我也沉默，犹豫着该不该问下去。

后来我还是问了："那你……能接受吗？"

"我反抗了。"优优说，"我踢他，推他，我还叫。可我越反抗，他越有劲，他把我按在床上，使劲打我。我们两个人打了半天，后来我累了，没劲了，我想，就这样吧，他要怎么样就怎么样吧……"

优优停了一下，不敢看我的眼睛，但她又补充地承认："我当时想，早点完了吧，早点完了他就会给我一张卡了。我不知道他会在卡里放多少钱，但我想，既然是卡，总不会太少吧。"

"第一次，和一个男人有性关系，留给你的记忆就很不好，"我问，"对吗？"

优优没点头，也没摇头，她甚至不把目光对着我，她说："我当时就忍着，我没想到那么疼，比开始他打我还要疼。后来我哭了。"

"疼的？"

"不是，我突然一下，我也不知道怎么会突然一下，想到周月了，我就哭了。我觉得我对不起他，我再也不配他了，我再也成不了他的人了！"

优优终于说到了周月，而且控制不住地变了声音。本来她一直不想在我面前哭的，她一直试图用超然物外的口吻，平平静静讲述她的人生，就像讲述一个漠不相干的故事，讲述一群漠不相干的人。她似乎一直避免让这些过往的故事过往的人物，搅乱她现在貌似平静的心情。

我们依然是在"平淡生活"的一个角落，谈到优优初夜的经过。那天晚上我和优优分手之后，我真的难过了很久很久，几乎一夜反复思想这件事情。最令我感慨的不是优优为治姐姐的病而不惜"卖身"，也不是优优被一个道貌岸然的暴君摧残的痛苦，而是那个周月。如果不是我亲闻其事亲见其人亲睹其泪，我也许不会相信世上竟还存在这样的爱情——一个完全称得上美貌的女孩，竟会如此执著地暗恋一位对她无动于衷的少年，只因那位少年让她十四岁时情窦初开。这似乎太像一个古代的童话，或者像一个祖母睡前讲的故事。

但我不能不相信这个故事。

优优说，那天晚上侯局长折腾完了自己先去洗了澡，洗完了澡穿好了西服的侯局长又恢复了精明温和的原貌。他俯身对瘫在床上的优优说道："你也洗洗去吧，我今天有点闹心，就不陪着你了。"说完，他就离开了那间暗暗的卧房。

四周很静，优优在床上躺了半天，让调得暗暗的灯光，让没有一丝危险的宁静，包容自己，安抚自己，让自己镇定；让自己从巨大的罪恶感和卑贱感中逃脱出来；让自己从对周月的万分愧疚中解脱出来；让自己从原先头脑中那些关于贞操和男女之爱的不切实际的观念中解放出来，从对自己身体的纯洁无瑕的骄傲中清醒过来！

然后，她爬起来，去洗澡。

动作起来她才知道自己已经遍体鳞伤，每个部位都在隐隐作痛。热水冲在身上，也有些火辣辣的。她忍着疼让热水长久地冲淋，用浴液和肥皂一遍一遍地涂抹，仿佛如此便可洗刷一切不洁和罪过。

当她终于擦干身体穿好衣服走出卧室时，她吓了一跳，她没想到卧室外的客厅里，暗黄的灯光下，那位沉闷寡言弱不禁风的小老板凌信诚，还呆呆地坐在那里。他用疑惑的，甚至有几分吃惊的目光，凝视优优，优优也用吃惊的目光看他，两人彼此尴尬无话。

最后还是优优，最先低声开口："你还没走吗？"

"没有。"

"今天你要住在这里吗？"

"不，我在等着送你回去。"

凌信诚停了一下，又说："哦，今天你也可以住在这里。这间房交了一天的房费，你可以住到明天中午十二点钟。你要住吗？"

"你以为，"优优冷冷地答道，"你以为我喜欢这间房子？"

凌信诚闷了声音。

客厅里有一台电视开着，但声音低得语焉不详。屏幕上跳动不定的荧光，映射在他的脸部，让那张无血的面孔，显得更加苍白消瘦。

他说："那，你现在，要走吗？"

优优说："我自己走，你不用送我了。"

优优自己走出了这间客房的大门，凌信诚默默地跟在身后。他们乘坐电梯一同下楼，在电梯里谁也没有开口。一走出电梯凌信诚就把客房的钥匙递给了优优。

"你去结账吧，侯局长刚才开房押了三千块，房费只有两千多，退回来的钱都是给你的。"

优优看着那个钥匙牌，那只是一张小卡片，和那种存钱用的卡，和侯局长刚才说的那种卡，几乎是一样大小的。她接了那张钥匙卡，她知道这里边也有钱，但只不过区区几百元。这几百元……难道就是她的贞操吗？

她的目光在那张卡上凝滞了好半天，才抖着声音问："账……怎么结，我不会。"

凌信诚又把那张卡接过来，说："那我去吧。"

优优看着他走向服务台，看着他把那张卡递给结账员，看着结账员问了他一些话，然后又看电脑又打电话，程序似乎很复杂。终于，全部手续办完了，凌信诚转身离开服务台，向优优这边走过来。

优优看得见，他手上拿着钱。他把钱递给优优时，一句话都没有说。

优优接了钱，转身往饭店门口走。凌信诚依然默默地跟在她身后。他们一前一后出了门，出门后他带着优优往车场走，带着她上了他的车。上车后车子还没开，优优的眼泪就忽地一下涌出来。

她不让自己哭出声，她也不想让那位小老板看见她流泪，但他还是看见了。他说："你怎么了？"她怎么了他应该是知道的，他这样问也许只是想安慰。

优优哽咽着说："你……你让我下去吧，我想自己走。"

"我还是送你回去吧。你住哪儿？"

优优摇头，捂着脸擦泪，她努力让自己的泪停下来，她在心里骂自己：你他妈活该！

凌信诚说："你要不想马上回去的话，我陪你去哪里坐坐？"

优优不回答，可能是她回答不了啦，因为眼泪越擦越多了。压抑的抽泣让她说不出话。

凌信诚也不再问了，他把车子开动起来，他把优优拉到了远离这个饭店的一家小酒吧里。这时已经将近午夜，酒吧开着但没有客人。凌信诚把优优带到靠窗的一张小桌前，并且为她要了一杯热牛奶。

屋里的光线非常温暖，窗外的夜色却格外冷清。这小窗被一片高楼大厦俯瞰，显得极其渺小玲珑。从这里可以看到被群楼挤压的一个袖珍广场，还有一些毛茸茸的小块绿地，窗外的景致很像一幅不动的油画，画面中只有建筑没有行人。这宁静让优优的心终于安顿下来，让她觉得整个城市都已睡去，除了凌信诚缓缓投来的目光，四周不会再有任何危险，不会再有任何窥探。

优优喝完了那杯热牛奶，才说出一声谢谢你。这时她才开始抬起头，朝对面的男孩看过去。

十二

优优自己也难以说清，她为什么在乎这双病弱无神的眼睛，在乎它流出怎样的目光。

也许因为他是她的老板，也许因为他与自己同龄，也许因为凌信诚是第一个知道这桩丑闻的人，也许，她一向以为，凌信诚或许对她有某种好感。

她给人的感觉一向很正派，很英气，不容玷污和侵犯。而今晚，她却扮演了一个贪财的人，一个淫荡的人，一个甘受欺负凌辱的人，一个在他面前再也不值钱，再也别装纯的贱女人！

尽管，那男孩的目光不是这样的，他和以前一样温顺厚道，和以前一样沉默寡言。但优优不无恶毒地想，他也许是替他老爸在赎过，替他的公司在道歉。也许他本身就是个麻木的人，本身对女人就没感觉，对女人没有感觉的人，又怎会在乎女人的贞操呢。

也许什么都不是，只是身上和心上的创伤让优优变得太敏感，让她变得恶毒了，让她把什么事都往坏处看。

凌信诚给自己要了一杯葡萄酒，酒上来后他又问优优："你要吗？"优优很想醉一下，但她后来摇摇头。

凌信诚看看优优的脸，那脸上有一处青肿了。他让酒吧的服务员为优优又加了一杯奶，然后关切地问优优：

"你还疼吗，要不要去医院看一看？"

优优又摇头，说不用。

两个人又彼此看一眼，目光都藏了些羞愧的。凌信诚先把视线躲开了，他看窗外，然后问："有件事，我想问一下，不知道你介意吗？"

优优看着他，没说介意不介意，但那目光的含义里，是等待他继续问下去。

"刚才，在车上，侯局长说要给你一张卡，他后来给了吗？"

优优明知故问道："什么卡？"

"信用卡。他给了吗？"

优优说："没有。"

凌信诚沉默了，不再问。

优优说："我这样做，你们满意了吗？"

凌信诚皱眉问："我们？"

优优的语气又恶毒起来了："对呀，你，和你爸爸，和你们的信诚公司，你们满意了吗？侯局长不是你们公司的大客户吗。"

凌信诚眨了两下眼睛，像在猜测优优话中有无讥讽。他说：“对呀，侯局长是咱们公司的大客户，咱们的药在他们那里卖不卖得动，全要靠他起作用。”

优优有些恨恨地说：“这些大客户，你们不是都给过钱了吗，你们不是有一本……有一本账的吗！”

优优差点说出了“秘密小账簿”这样的话，但话到喉头又换了词，她仅仅用了“一本账”这样一个中性的词，这个词不那么露骨和带刺。

凌信诚并不像优优预想的那种模样，甚至没有一点被揭露的尴尬和慌张，他只是淡淡地点了点头，无所谓地承认：“好像有吧。不过公司里的账我不管的，你不是在财务部工作吗，你什么时候看见我去过财务部。”

优优说：“我原来不知道，医院里、药店里的那些药，销路全要靠钱铺。”

优优为何有胆说这些，自己当时也不清楚。也许她那时突然有种破罐破摔的心情，或者下意识地觉得眼前这位少东，百分之百不害她的。

凌信诚和善的脸上，确实没有害人之相，他甚至并不觉得优优在揭信诚公司的疮疤，因而他回答她的语气，并无多少自责。

“你爱看足球吗？”

他问优优。见优优不语，他接下去说：“我爱看的。”

优优冷笑一下，说：“我不爱看，但我知道足球有黑哨，有假球，有黑裁判！你想说卖药也和球赛一样吗？也有假球，也有黑幕，这里面除了金钱，没有什么真的？”

凌信诚面色平静，言语木讷得像在谈论别人的事情：“有没有真的我说不清楚，但我知道所有的药厂都这样干的，因为市场的规则就这么安排。现在的抗生素至少不下几十种，功效作用都差不多，谁要想自己的产品卖得好，靠钱才能使鬼推磨，谁要不这样干就只有等死了。谁也不想死。我想那些足球俱乐部也一样，他们本来都想靠着踢球好好活，但这个世界却不让他们好好活。你踢得好不好没有用，人家用五万买黑哨，就能让你输掉五百万。所以你也得给裁判钱，你给钱其实只是想买公平，只是买一个基本的生存权。只要你是个人，生存自然就是第一位，至少对大多数人来说，没有什么比生存更重要。就连你，也一样，为了生存不是也干你不愿干的事。”

这大概是优优第一次从凌信诚口中，听到如此完整的长篇大论，虽然上不了堂皇台面，却让优优无以应答。至少这番议论减轻了优优对信诚公司的憎恶，也让她对这位表面单纯无知的少东家，有几分刮目相看了。

那天晚上凌信诚一直把优优送到了旅馆的大门内，凌信诚站在门内的楼梯口，探着脑袋往下看。他不大相信地问优优：你就住这儿吗？也许在他的眼睛里，这个地方实在太脏了。但优优毫无避讳地回答说：对呀，我就住在这儿，你想进来坐坐吗？她这样说无非是谐虐，她知道这位娇公子是不会屈尊跟她钻这种地下室的，且不说那里边的气味太难闻，单说时间也已经深更半夜了。

没想到凌信诚竟然爽快地说声那好吧，紧接着就率先顺着楼梯走下去，走了几步又站住回头看，他在看优优，优优还在楼梯口愣着呢。

凌信诚有几分奇怪地问：“喂，你不下来吗？”

优优说：“太晚了，你别进去了，里边很脏的。”

凌信诚说："没事，把你送下去我就走。"

优优犹豫了一下子，终于从楼梯口下来了："那好吧，那你小心点，里边净是门坎你别绊着。"

凌信诚点头答应着，然后优优在前他在后，亦步亦趋地跟着优优往下走。他显然是第一次涉足这种贫民窟，不免东张西望四下看。那地下旅馆时至深夜也不安静，不少晚归的人还在盥洗间里涮锅擦澡洗衣服，不少房间还有人大声说笑玩纸牌，不少男人赤脚光背在走道里来回走，不少女人看见优优点头打招呼，然后又好奇地看着她身后西服革履的凌信诚。优优三拐两拐直到凌信诚肯定转了向，才走到她住的那间小屋前。优优回头说：我到了。随即掏摸钥匙要开门，钥匙刚刚插进钥匙眼，那扇门突然被人从里面拉开了。优优吓了一大跳，惊魂稍定才看清拉门的原来是她姐夫。

姐夫一脸愠怒，劈头就问："你做什么去了？怎么到现在才回来。"

优优说："我和朋友有事呢。"

她说完还回头看一眼凌信诚，好像是让凌信诚给她作证明。可她刚刚把头转过来，脸上就挨了一巴掌！

"你真是学坏了！"姐夫气急败坏地发着抖，指着优优责骂道，"你姐姐有病你知道不知道！你还有心和男人出去玩，你还要把男人带回来，你真要把你姐姐气死啊！你恨不得你姐姐死得早！"

优优被姐夫猝不及防地扇了这一下，这一下扇得她立时怔住了。然后没等姐夫责骂完，便红着脸转身跑开了。她听到姐夫还在她的身后骂，骂的对象已经移向凌信诚。

"……喂，你小子要搞清楚，我小妹可是处女哟，你别玩火玩出了事，当心我到公安局告你去！"

优优跑到地面上，她想哭但是没有泪。旅馆外的街道上，远近都静静的没有人，也听不见来自地下的吵闹声。优优对那种无休无止的吵闹已经厌透了，她觉得自己不该生活在那里的。她在信诚公司现代化的办公室里已经坐了三个月，早把自己当成了一个文明的人。可每天晚上她都要沿着那一节节水泥楼梯往地下走，那越走越近的潮气和臭味总是提醒她，她不过是生活在这个地下室里的一个打工妹，她不是白领，不是小资，不是这个城市中的社会主流！

在这个深深的地下室里，最让她悠然向往的，还是和周月厮守的时光。在医院照顾周月的那一段幸福生活，曾是那么无忧无虑。那时忧虑的只是周月的病情，但治不好病又能怎样？只要能和周月长相厮守，他病一辈子她就服侍他一辈子，这对她来说，没有什么不好。只要他对她不挑剔，只要他对物质生活不挑剔，他们一定能过得非常快活。

幻想让优优的双目含泪，让她听不到现实的声音。她没有察觉凌信诚也从地下室里爬上来了，默默无言地站在她的身后。

终于，他开口说："那个人，他喝了酒，可能喝醉了。"

优优知道他在说姐夫，也知道他是为姐夫的粗鲁做解脱，也知道他解脱姐夫是为了安慰她。可他为什么要安慰她，优优却似知非知说不清。

优优没有回头，她在等待风把眼泪吹干。她后悔让自己的这位少东，看到她住在这种肮脏的地方，看到她有这样没文化的亲人。她知道自己今天在凌信诚心中的印象，已经糟得没法挽回。

优优说："你走吧，对不起，让你见笑了。他是我的姐夫，他是怕我学坏。"

凌信诚的声音分明就在身后，但仿佛隔得很远很远，他说："我知道。"又说，"那你早点回去吧，别让他们再着急了。"

优优转了身，低头从凌信诚的身边走过去，她没有和他打照面，甚至连谢谢也没说。

优优回到地下室，她直接去了大姐的房间里，大姐没有睡，脸色也不好，正在听姐夫抱怨她。姐夫见优优进屋便住了嘴。

大姐先是满脸焦急地看优优："优优，你脸上怎么发青了，是不是在外面又和人打架了？"大姐还记着优优和小胡子和李文海打架的事，所以一看优优有伤就先责问。

优优板着脸，生硬地回答说："我自己磕的。"

大姐松了一口气，体虚气弱地埋怨道："你怎么总是不小心，总是粗粗拉拉像个男孩子。优优，你以后别再这么晚回来了，你非要把我们急死吗？姐夫骂你也是为你好，你可别好人坏人都分不清。"

优优不说话，脸上的气色缓和了些。

大姐也放缓口气说："刚才那个男的是谁啊，是不是你交了男朋友？"

优优把身上的钱拿出来，在这之前她还没数过，她都不知道本来要留给周月的少女身，今天到底卖了什么价。

她把钱放在大姐的床铺上，放在大姐盖着的被子上。看她一下子拿出几百块，大姐和姐夫都惊住了。

姐夫先问："你哪来的钱？"

大姐后问："是那个男孩子给你的吗？优优你要有大事可不能瞒大姐啊。"

优优没有看大姐，因为她不敢看大姐，因为大姐的目光像母亲！

优优抬头对姐夫说："姐夫，麻烦你，明天带我大姐再看看病，再给她买些好吃的。"她说完这句话，转身拉门就出了大姐的屋。

优优出了大姐的屋，眼泪就止不住往下掉，她低头往自己住的房间走，在走廊里碰见阿菊了。阿菊正在她和德子的房门口，探头探脑往优优大姐的门口看。

阿菊见优优从大姐屋里走出来，看见优优悄悄抹眼泪，便闪身出了自己的门，压着声音问优优："你姐夫打你啦？"她边说边看优优的脸，那脸上有块青肿很触目，"他怎么这么狠，到底是为什么？"

优优不答话，她走进自己的屋，一屁股坐在地铺上，这时她才觉得浑身疼得要散架，这时她才觉得从干完那事后就一直很麻木的身体里，正在一跳一跳地疼！

她抱着自己的两条腿，把头埋在膝盖间，她用自言自语的声音说："我想回家去。"

"回家去？"阿菊揽着她的肩膀坐下来，一脸疑惑地问，"你是说，回仙泉？你别傻了。你姐夫欠了人家一屁股债，早把你们家的房子家具都抵光了。你早就没家了。你回仙泉你住在哪儿？别说你，现在连你大姐都回不去！"

优优的眼泪又掉下来，一颗一颗掉在双脚之间的地面上。这眼泪阿菊看不见，但她看得见优优微微发抖的肩。

"怎么了？"阿菊轻轻抚摩着她的肩，"你想什么呢，你真的想家了？"

对，她是想家了。

阿菊的话让优优第一次觉得自己的命很苦，让她第一次知道自己无家可归了。她以前无论遇到什么困难和挫折，心里总能承受的，因为她总觉得她只是背井离乡在外地，一切都是暂时的，总有一天她还要回到家里去，回到那个美丽的仙泉去，仙泉还有她家的两间老房子，还有她的一个窝。

但她对阿菊摇摇头，她说："我想我的朋友了。不知道他这时候在哪里，我真的很想他很想他，我真的很想他能来看看我。"

阿菊脸上挂出淡淡的笑："朋友，是男朋友？"她见优优闷头不答话，又说，"他们说你刚才带回来一个小伙子，漂亮得都有点像女人，那是不是你的男朋友？"

优优抬头看阿菊，愣了半天才反应出她在说谁呢，她马上明确地摇摇头，说："他怎么会是我男朋友，他是我的小老板。"

"那你说的朋友倒是谁，我见过吗？"

"你没见过。"

"准是把你甩了吧？是北京的吗？我可告诉你，北京的男孩都很滑头的，你别让他们把你卖了你还帮着数钱呢。"

优优不想再说下去，她不想说出周月的名字，她不想说周月其实也是仙泉的，说了阿菊会吃惊。

优优往床上倒下去，她嘟哝着说我困了。阿菊也就站起来，拢拢头发往门口走，出门前她对优优说："要我给你关灯吗？"优优迷迷糊糊地说声行。阿菊就把灯关了。

阿菊说："你要真想朋友了，明天我带你去见一个老朋友。朋友还是老的好，新的全都靠不住。"

因为刚刚黑了灯，优优什么也看不见。她能听出阿菊的声音就在屋门口，在黑暗中能听出她的笑模样。她本想问一句那老朋友是谁呀，但周身的疲倦和睡意让她开不了口。她含含糊糊应了一声"唔"，便昏昏沉沉地睡过去。

十三

从五年前那个落雨的黄昏始，到优优的失身之夜止，优优的故事就算讲完了。我和她一共见了四次面，每次谈话五十元。整个故事讲完后，我又另给了优优五百元，还把电话号码也留给了她。我告诉她以后宁可多打几份工，最好别再用身体换钱花。

然后我开始构思我的小说了。

腹稿打了三天后，我发觉优优的经历确实只适于写成小说。因为故事的走向实际上是沿着一条心理线索，表现一个女孩从少年到青年的五年间，对一个男孩的暗恋，表现青春的纯真和伤感，幻想的优美和脆弱。那种心灵的隐秘很独特，但实际情节并不多，而电视剧本则需要一浪高于一浪的情节来支撑，不像小说那样对内心的情调更讲求。

于是我决心写小说。

我从优优十四岁的那一天开始写。那一天优优忘记带家里的钥匙了，便穿了她老爸留下的雨布去仙泉体校找大姐。她在见到大姐前，见到了那个年轻的拳击手。周月最初吸引她的也许只是那张酷似韩国歌星的脸，以及脸上和身上亮晶晶的汗，他那样子让优优忽然心动，那一刻就开始了这女孩优美的初恋。

描写初恋的过程是非常享受的。我可以让自己非常感性地想象那个下雨的天，想象那幢老旧的拳击馆。我想象那里的光线非常暗，只有拳击台被一束强光笼罩着，照亮了洪教练头上的白发和周月身上的汗。

我还想象了仙泉公园的观瀑亭，我特意用优优的视角看出去，那亭子在飞瀑化雾的轻拂下，像飘在半空行走的云。

在写完公安医院那段美好幸福的时光后，我让自己停下来。我特别想见到那位年轻的拳击手，或者是优优生活中其他重要的人。于是我放下笔给优优打电话，提出这个即兴而生的想法来。优优说周月她也找不到，那个××处和公安学院她都去过了。现在就算能找到，她也不想再找了，因为她已经没资格。还是把他留在我心里吧，优优说：我现在什么梦都不想做。

“那，”我说，“见见你大姐可以吗，我想听听你大姐和姐夫怎么说。”

“你别见我大姐了，我跟你谈的这些事，都没跟我大姐说。”

“那阿菊呢？阿菊跟你是好朋友，我和阿菊聊聊总可以吧。”

“阿菊？阿菊一点文化都没有，我现在都不想跟她聊。再说我也不想让阿菊他们知道我找你拿我的事情换钱了。”

“凌信诚呢，凌信诚怎么样？”我似乎从没这么执著过，但优优还是拒绝了，她似乎不希望我更多地介入她的私生活。

优优见我这边沉默了，似乎想允诺点什么补偿我："你要还想了解什么可以再找我，我可以再跟你聊几次，我可以免费跟你聊。"

我说："好吧，我有空会找你的，免费倒不必。"

我确实还想再去找优优。在写这部小说的过程中，我似乎对这女孩有些牵挂了。当然我必须说明这牵挂的动机很纯正，那是一种类于兄长甚至父辈的感情。因为我觉得像优优这样长时间单纯地暗恋一个人，把自己爱情固定地归属一个人，在这个现实得不能再现实的世界上，这样的精神恋情实在太鲜有。这让我感觉这个女孩很难得，她的爱情也很神圣，尽管她为金钱卖过身，尽管她跟我每见一次面，也无一例外地要收钱。

通电话的那天晚上我在家里吃完饭，看完《新闻联播》后便出了门。我打了辆车往优优住的旅馆去。我很想亲眼看看优优住的那地方，然后约上她找个酒吧坐一坐，跟她随便什么聊一会儿，然后再给她一点钱。从优优现在的状况看，给点钱也许比什么都实惠。

旅馆那条街我是去过一次的，那次是打出租车送优优，当时只是送到门口没进去，但路线还是记忆犹新的。我依然是乘出租车，很顺利地找到了目的地，找到了那个一面之交的破门脸，我顺着肮脏的台阶一步一步地往下走，走到地层的深处才见到一个服务员，问她丁优住在几号房，服务员摇头说她不清楚。旁边恰有一位过路者，主动插话说优优刚刚回来又刚刚出去了。我问她去哪儿了？插话的说是接了一个电话出去的。我又沿着原路往上走，回到地面时心情有些怅怅的。站在路边发了会儿愣，抬手叫了一辆出租车，上车后我告诉司机拉我回家去，车子起步后我突然看见优优了。

优优和一个年轻的男人在一起，他们站在街角的一处暗影里。优优正和那个男孩神情激动地说着话，那男孩则默然低头不言语。从那男孩清秀无力的外形上，我猜出那大概就是凌信诚。这位制药公司的少东家，站在一个餐厅的后门口，那门口有个凌乱不堪的垃圾站，与凌信诚那身讲究的皮上衣，彼此非常不协调。

出租车就从他们不远的路口开过去，他们谁也没有看到我。这个偶然的相遇给我的惊讶很特殊，我想不出是什么事让他俩这么晚了还能在一起，还要鬼鬼祟祟躲在路口的暗影里。他们说话的姿势和脸上的表情都很神秘，那表情让人猜不透，让人忍不住地疑惑和好奇。

那天晚上我没有再去优优的小旅馆，也没有继续写小说。我坐在我家那间狭小的书房里，一直发愣到半夜。我下意识地把电脑里的稿子打开来看，那篇半成的小说忽快忽慢地滚动着，优优、周月、凌信诚，那一个个熟悉的名字不规则地跳出来。我一直以为他们早就活灵活现在我心里，就连那位从未谋面的拳击手，也都是音容犹在呼之欲出的。时至今夜我才发觉自己离他们还很遥远，他们的面目全都忽远忽近看不清。

第二天上午我没再给优优打电话，我直接问了查号台，然后把电话打到了信诚公司去。我接通了信诚公司的总裁办，自称是凌信诚大学里的王老师，说要和信诚谈谈学历的事。我留了自己的手机号，请秘书尽快转告他。

我没想到那秘书的工作效率这么快，不到五分钟就有电话打进来。电话里的声音如我想象很年轻，还带了些气虚骨软的病模样，他问："喂，您是王老师吗?"未及报名我已确定他是谁。

我说："不是。"

他说："哦，对不起那我打错了。"

我说："你没打错，是我要找你的。"

他说："你是谁？"

我说："我姓海，我是优优的一个好朋友。"

"好朋友？"电话里的声音显然有些意外了，但还假装镇定着，"你，你找我……有什么事吗？"

"关于优优的一些事，你想听听吗？"

电话那边一下没了声，像被一只大手扼住喉咙了，半天才透出一口气："优优的什么事？"

"能和你见个面吗？"我把口气尽量放轻松，尽量减少对方的警戒心，对方也许正是受这口吻的麻痹，犹豫刹那竟一口答应。

"啊，当然能。"

凌信诚答应前虽然稍见迟疑，但接下来好像比我还要着急，"您说在哪儿见面呢，是现在吗？"

他的急切反而令我反应迟钝，我没想到这个约见如此顺利，匆忙中我约他到东华门去。东华门离我住的地方非常之近，离信诚公司也不算太远。那儿有一个卖西餐的饭店，靠窗能坐看那条古老的筒河，紫禁城暗红的墙郭也能隔河相见。

我们靠窗坐下时已经日当正午，我提议要不要一块儿吃顿午饭，凌信诚抬腕看看手表，犹豫一下表示同意。

于是我们先点菜，我点了一份蘑菇汤和一份烤牛排，凌信诚点了同样的汤和一份素色拉。他冲我腼腆地笑了一下，说："我胃不太好，吃的不多。"

他说这话时我才得以仔细端详他的表情相貌，才发觉优优的描绘相当确切。凌信诚的确生得非常瘦弱，却有一张女人般细致清秀的嫩脸。他的声音幼稚之外也略略有些脂粉味道，我心想如若相比那位打拳的周月，优优一定不爱他这类型。

菜点完了，开始说话。

凌信诚率先开口，几分试探，几分疑惑："您是……优优的朋友？"也许他以我的年龄判断，不相信优优会有这么个大龄的"男友"。

我笑笑，说："我是一个'码字儿'的，"根据他的茫然，我又解释，"就是写东西的。我因为要写一部小说而认识了优优，优优把她的故事告诉了我，给了我一些素材和感受。"

"噢。"凌信诚点了点头，一丝细细的悬疑，从他的喉咙那里慢慢卸掉，他把身子往后靠靠，态度也比刚进来时亲热了少许，"她有很多故事吗，她的故事……有意思吗？"

"有意思。"我说。

然后又问："你想听吗？"

"当然想。"

凌信诚眼里闪过一丝惊喜，虽然刻意遮掩，但极易察觉。几个回合下来我已断定，这小子不仅外表，而且内心，都还是个很不成熟的孩子。

我说："那我们做个交换，你把你知道的关于优优的故事告诉我，我再把我知道的告诉你。”

“我不知道她什么故事，我们不过刚刚认识。”

“你们两个月前就已经认识，你只讲这两个月的感觉就可以了。当然，碰上你不想讲或者不便讲的事情，尽管避开就成。”

凌信诚低头犹豫：“你到底，想知道什么？”

“随便什么，关于优优的事情，或者关于对她的看法，都行。你们是怎么认识的？”

“在一起吃饭认识的。”

“在你们招待客户的宴席上？”

“对。”

“你对优优印象怎样？”

“优优？挺好的。”

“怎么好法？”

“人好。对别人也好。对她大姐，对她朋友，都特别好。现在这个社会，替别人着想的不多。”

凌信诚虽然满脸少年稚气，但这段话却说得老气横秋。这段话让我对这个商家子弟有点另眼相看，心想也许他人品不错。

“那你……”我索性直截了当地问道，“很喜欢优优？”

凌信诚含混地笑笑，那局促的笑容立刻把那点私情全部暴露。他本来似乎试图遮掩，但笑容之后还是点了点头。

“还行吧。”他说。

和凌信诚初次见面的感觉还算不错。这孩子全然没有那种富家纨绔的狂妄轻浮。也许是因为他从小身患重病，也许是因为他个性偏于内敛，以致他的社会交际极为有限，以致社会上流行的种种通病也就传染不多，门第之见也很淡薄。从他的言谈举止方面略做观察，可以见出他的本性比较善良。从这点看我又觉得优优和他也算般配，也许他正需要找一个外向强悍的女孩，彼此采阳补阴。何况优优的外貌也很有味道。当然，对优优来说，如果真有一个老板的儿子爱上她了，在生活上也就一步登天，尽管凌信诚的心脏有严重的毛病，若谈婚论娶可能得算半个“残废”。

那天我向凌信诚讲述了优优的童年和少年，讲述了优优早逝的父母和她家那条老旧的巷子。虽然我讲述的一切并非我见，但它们在我的感知里都已栩栩如生。凌信诚听得很认真，不难看出他确实对优优上了心。当然，我没有提到周月这个重要人物，那是优优的一个隐私，也许会是她一辈子埋在心里的故事，假如优优有朝一日想要向谁倾吐，那要优优自己决定。

我当然也不能说出优优进入信诚公司的过程和目的，很难想象凌信诚一旦知道他已经喜欢上的这个女孩，竟是要置凌家于死地的“间谍”，他那颗本来就已岌岌可危的心脏，能否承受这样严酷的现实。

凌信诚也没把优优和侯局长的“丑事”透露半句，这件事我当然也不会主动提及。但我问了凌信诚优优对他是否也有好感，凌信诚摇头表示不知。我又问他他对优优的好感优优是否已经心知肚明，凌信诚继续摇头说没有没有。我问他是否需要我做一回“月老”，凌信诚迟疑片刻予以谢绝。

“她这一段情绪不好，也许没心思谈论这个。”凌信诚说这话时的情绪也很低落，“还是等等再说吧，而且过几天我还要去美国一趟，等我回来看看再说。”

“你们公司在美国也有生意？”我问。

“我到美国是去治病。公司里的事我基本不管，再说我也不懂做生意的。”

“那以后你怎么子承父业？”

凌信诚淡淡一笑：“那还早呢。我爸爸今年才四十八岁。而且我这个病，说不定会死在我爸前头。”

凌信诚把这话说得非常轻松，也许正因为他的疾病，他已习惯不把未来想太远。他告诉我他父母的身体都非常健康，而他自己二十二年短暂人生，已经死去活来好几回了。也许正因为他与死神曾数次谋面，才使他年纪轻轻便可笑谈生死，连黑发人先于白发人这类忌讳的词句，在他嘴里也是挥之即出。

和凌信诚分手的第二天傍晚，我接到优优打来的一个电话。在电话中她主动约我找个地方谈谈，我没问她突然约我都想谈些什么，心想不外和昨日东华门的那顿午饭有关。

我们仍然约在了那个叫“平淡生活”的酒吧，见面时彼此的表情都很平淡。出乎我预料的是优优并没有谈到我预料的话题，她似乎对凌信诚和我见面的事情一无所知。

落座后我为优优要了一杯果汁，优优喝了一口便低下头去。她像是独自在想着如何开口，而我则主动打破沉默率先发问：

“你大姐的病是不是又有麻烦？”

优优摇头，继而抬头看我。她突然说出这么一句前后不搭的话来：

“我今天，去我们董事长家了。”

我故作茫然：“噢，是吗，是你们董事长叫你去的？”

优优一边回答问题，一边还在凝眉思索，似乎那是一件让她百思不解的事情。

“是我们财务总监让我去的，他让我给董事长送张报表，还给我派了一辆车子。这是我第一次到他家去。”

“到谁家去？”我故意着重地追问。

优优抬头愣了一会儿，才说：“到董事长家去。”

我又故意问道：“你们董事长的儿子，那个叫什么来着，是叫凌信诚对吗，也住在那里？”

优优似乎并不明了我的潜词。她老老实实地答道：“对，他也住在那里。今天，正好有个女人找他去了，我去的时候，那女人正和我们董事长吵架。”

“吵架，为什么吵架？”

“那女人我们董事长也不认识，她今天抱来一个小孩，她说她是凌信诚的女朋友，那个刚几个月大的小孩，她说是凌信诚和她生的儿子。”

“儿子？”

优优的话让我大吃一惊，我想象不出凌信诚那样一张稚嫩的面孔，怎么会到外面背着父母偷情，而且还和一个莫名其妙的女人，活生生地生下一个儿子！

那个襁褓中的孩子优优虽然亲眼所见，但她还是不能相信：“他怎么会有儿子？他是一个特别老实的人。而且，他有病，他有严重的心脏病，怎么会出去搞女人？那个女人一看就比他年龄大，一看就是个老油子，我觉得她肯定知道我们董事长家很有钱，所以就找个孩子来敲诈。像这样的就应当送她去公安局……"

优优说这事的神态，已不仅仅是不信，她不经意中流露的，几乎是事关于己的义愤。这让我不由不提醒她道：心脏病并不妨碍娶妻生子，只是可能有些危险，她的激动才有些尴尬地戛然而止。

"这可能吗？"

她茫然地，不知是问我，还是问她自己。她这种关注促使我一针见血地追问："这种富人家的事，跟你有什么关系吗？"

优优马上愣一下，神态随即松弛。假如我昨天没有见过凌信诚，我也许看不出那松弛其实有些做作。

"没有，跟我又有什么关系，他生一百个孩子是他有本事。我是说……我是说我没想到，他那样子一点也看不出。"

"看不出什么？"我继续追问。

"看不出他还是个花花公子。"

见她这样评价信诚，我又觉得不免武断。"也许信诚就是冤枉的。"我说，"不过这类官司现在也不难办，去医院做个 DNA 检查，真假是非就都一目了然。"

优优说："所以他父母才害怕呢。那女人就说要查 DNA 去。所以我出来的时候他们已经不吵了，那女人让他父母带到里面谈去了。那女人可能就是想要钱。"

看来事情的真相已经清楚，我和优优都沉默了半晌，半晌之后我想起开口问道："你约我出来就谈这个？"优优这才从这桩奇闻当中醒过神来。

"啊，我是想告诉你，我在信诚公司的那个特殊任务，今天已经彻底结束。"

"特殊任务？"我一下想起来了，"噢，那份秘密账本，你搞到手了？"

"没有。姜帆今天正式调离信诚公司，辞职走了。"

"是吗，他去哪儿了？"

"也是一家制药公司，叫什么海运制药公司吧，也是做抗生素的公司。这下我明白他为什么要搞那份秘密账簿了，他早和那家制药公司勾搭上了，据说那公司的老板还给了他一点股份，要他把信诚的客户都带过去。哪个客户如果不转向他们的话，他们就拿这个秘密账簿威胁人家。我想姜帆的目的就是这个，他今天还给我打了一个电话，说希望和我保持联系，还说让我别把他交待给我的秘密任务泄露出去。他还说，如果我搞不到那本账簿，他付我的那些钱就算送给我了，如果我哪天搞到了这本账簿，他可以另外再付一笔钱的。"

我问："你答应他了？"

优优说："答应了，但我肯定不会做的。"

"为什么？为了凌信诚吗？"

"不是。"优优矢口否认，但停了一下又说，"就算凌信诚在外面搞女人，我也觉得他比姜帆强多了。至少他人品不错。"

"搞女人也算人品不错？"

“他又没搞我。”优优冲冲地说了一句，马上又笑一下说，“我原来还以为这小子是个假娘们呢，他能去搞女人，说明至少是个男的。”

我也笑了，却用批评的口吻指出：“你的标准这么低吗。不搞你就是人品不错？”

优优没有马上回答，她犹豫了一会儿才迟疑着说：“你不知道，凌信诚前天来找过我的，你知道他找我要干什么？”

我摇头。

优优说：“他要给我办一张信用卡，他来要我的身份证。”

“他为什么要给你办卡，他说没说要你答应什么？”

“什么都不要的，他说因为侯局长那件事情，他要替信诚公司说声抱歉。”

“哦，那他是替信诚公司的客户付这笔钱啰，”我故意点出这张卡不洁的性质，“堵了你的嘴巴，也给自己心理找点平衡。”

优优怔怔地看着我，显然在咀嚼这话，接下来她摇头否认，她说：“他人很好，他同情我，可怜我，所以我不想那么分析他。”

我笑笑：“看来你对他有好感了。”见优优没有马上否认，我又说，“我记得原来你对信诚公司用钱打通关的做法很痛恨，可凌信诚替他父亲解释了一席话，你马上改变立场不恨了。也是因为你对凌信诚有好感吗？还是你无论面对什么事，只要没有直接伤害到你，就是非曲直再也不过问了？”

“没有。我只是觉得他人不错，何况我也并没要他的卡。”优优还是习惯地先否认，继而又承认，“这年头，是非曲直说不清，人人都是为生存。就算你能说得清，你也管不过来呀，不合理的事太多了，你都管得过来吗？再说，谁又让你管了呢！”

这是一个用简单道理就足以驳斥的谬论，但我没有予以简单地驳斥。当一种谬论成为普遍的事实，驳斥反而会变成强词夺理。

优优见我没了情绪，连忙换了一个话题：“海大哥，我今天找你也不是为了这事。我还有个别的事，想请你帮我出主意。”她见我把头抬起来，便又接着说下去，“今天阿菊要我去见个朋友，说是我的一个老相识，你猜那人是谁？”

“是谁？”

“是李文海。”

“李文海？”

“李文海也到北京来了。他在夜总会找到德子，还说明天一定要见我一面。”

“李文海？”我深感意外地迎住优优咨询的目光，那目光带了几分无措的犹豫。李文海这个名字在优优的故事里面，在我的记忆当中，似乎早已过时，早被淡忘，淡忘到我不得不用重复的疑问，来证实我的印象。

“他就是那个想要保护你的‘大哥’吗？”

十四

优优第二天真的见到了李文海。

她相信这里并不是仙泉那种鸡犬相闻的小城市，这里是首善之区的北京城；她坚信北京是个有规有矩的大都市，李文海那套吃不开。况且她也不是半年前的优优了，她已经是一个见过世面的成年人。

第三天我打电话问优优，问她是否真去见了李文海。优优在电话里轻松地说："见了呀。他没敢把我怎么的。"

李文海住在城南的一间饭店里，那饭店还挂了个两颗星的铜牌呢。李文海看上去也比过去干净了，一身西服革履的。他跟优优说他到北京是来做生意，药品的买卖也能做。听说优优在制药公司里干得挺不错，所以特地约来谈一谈。过去的事就让它过去吧，离开仙泉才知道还是老乡亲。优优是跟着阿菊一起过去的，此前阿菊和李文海已经见过面，优优进屋后又看到德子也到了，正和李文海抽烟喝茶闲聊呢。德子三天前刚被那家夜总会除名了，所以白天晚上都闲着。

德子也对优优说："过去有人说文海哥在南方杀人放火蹲监狱，其实都是造谣呢。人家是开了公司挣了钱，现在主要做贸易，来北京是想找几个大公司做代理。你们公司的药不是还没打进仙泉吗，文海哥在仙泉可是熟人多。"

阿菊也帮着德子说："文海哥从一开始就喜欢你，其实没有坏意思，就是想拿你当小妹。我跟文海哥说现在优优可不同了，到了一家大公司，整天陪着老板吃饭呢，奔驰宝马都坐过。前两天送优优回来的那个车，不就是一辆奔驰吗！"

李文海显得很客气，看来做生意也能让人改邪归正的，言谈举止都熏陶得有些档次了，抽烟的姿势也比过去文雅得多。他说："优优我知道你这个人脾气倔，其实我到现在都一直喜欢你，你喜欢不喜欢我我不知道，你认不认我这个大哥也无所谓，大家都是从仙泉出来的，互相帮忙总该没问题。就算是亲兄妹咱们也明算账，只要是你优优介绍的生意赚了钱，该多少反佣我一分钱也不会少了你。有朝一日你要愿意跟着我，我挣的钱也就全都归了你。"

李文海要见优优的目的很简单，他想让优优给他引见信诚公司的大老板，他想做信诚公司在仙泉的总代理，总代理一般都赚钱。优优便向李文海介绍了一下凌荣志，她介绍他的目的也很简单，她想让李文海知道信诚是家大公司，老板也是大人物，做生意出手都是大数目。老板今天还要我们财务部给他取出三百万，明天下班前就要送到他家里。这样的老板肯不肯接见你，这个确实不好说。李文海吹捧优优说，你不是老板的红人吗，只要你能让我和老板见了面，生意不成仁义在，我都有一笔重谢的。

我在电话里问优优：你是怎么答应的？优优那边没回声。我乘机出了个成人之美的好主意，我说你不妨去找找凌信诚，让他引见一下他父亲。我告诉优优只要她肯开这个口，凌信诚一定会帮这个忙。

优优认真地问："为什么他一定会帮这个忙？"

我含糊其辞不直说："谁知道，反正我有这直觉。"

优优说："让我慢慢想想吧。"可她马上又强调，"我不想为这事去找凌信诚，我不想跟他搅到生意的事里去。我不想让他觉得我是在利用他，我觉得那样没意思。"

后来我不知道优优是怎么考虑的，她真的没有去找凌信诚，她是自己独自带着李文海，去凌家见了他父亲。

在优优去凌家的前一天，凌信诚再次约我出来谈事。他在天黑后突然打来电话，口气听上去相当着急。我那时刚刚吃完晚饭，关了电视匆忙赶去。地点还是东华门那家红墙外的餐厅。那餐厅楼上有个抽雪茄的小吧，那小吧小到只有三五个座位，看上去凌信诚已经把它全都包下，我进去后服务生给我们倒了咖啡，然后就一声不响退出去了。

这气氛似乎有点神秘，我不由点烟喝水故作镇定，而且有意沉默不问事由，静静地等他开口先说。他要说的正是那件事，他说："海大哥，我出了一点事，想请你帮个忙，优优非常相信你，所以我想请你帮我去解释。"

凌信诚说的这件事，发生在去年春节前，那时凌信诚还在上大学，他是在寒假前的一个讲座上，认识那个女人的。那女人是个外地人，属于自费的旁听生。那天她跟凌信诚恰巧坐邻肩，三句两句聊起来，彼此都觉得很投缘。凌信诚很难得与女生这样亲近的，但他听这女生说到了她舅舅，也开了一家制药厂，便一下子产生兴趣了，共同语言也多起来。凌信诚那一阵因为生病总缺课，那女生便主动帮助他。她的年纪比他大，上学前还在舅舅的药厂工作过，比起简单幼稚的凌信诚，社会经验要丰富得多。凌信诚也许因为年纪小，也许因为不成熟，也许因为太内向，也许是个性太柔弱，他突然被这个女生控制了，或者说，是他天生需要一个有胆量、有主见、有谋略，任何事都敢主动出击的女强人。总之，他和那女生好了一阵子，甚至还为她在学校附近悄悄租了个公寓住。在那所简陋的公寓里，在临时买来的一张木床上，他第一次尝到了女人的味，宝贵的初夜也就这么奉献了。虽然他看出那女生肯定不是第一次，但自己也并没觉得吃了亏。那女生不但不是第一次，而且在床上是个老手了，她很主动，很会弄，精力体能都旺盛，要不是因为凌信诚的心脏病，那女生天天都不会放过他。

他们相爱大约两周后，突然一天分了手，分手的原因很简单，是因为凌信诚知道了这女生在校外还有个男朋友。这事还是凌信诚的一个同学最先捅开的，他告诉凌信诚他这位大龄女友已经有丈夫了，她丈夫在外面一家公司当经理，学校里很多人都知道，你怎么跟她好上了，大家全当笑话传！凌信诚也曾在学校门口见过这女生上了一个男人的车，但被她事后花言巧语骗过了，他怎么也不会想到那男人就是她丈夫。他一下受不了这个刺激了，当晚心脏发了病，从此再没回过学校的门。在他正式办了休学手续后，便和所有同学都不再来往了。所以说，凌信诚休学的理由实际有两个，明面上是与生俱来的心脏病，暗地里是过于强烈的自尊心。初恋给他的感觉很神圣，那女生曾让他觉得很幸福，没想到这不过是一场骗人的游戏，游戏中只有他一人蒙在鼓里，旁观者全都洞悉奸情！

后来他又听说，这个女生其实并没结婚，但身边肯定有个男人。他还听说，她舅舅那一阵子生意惨淡，虽然也是生产抗生素的公司，但产品一直打不开市场，到期的债务又偿还不上，连供她自费上学的学费也很难维持，所以后来她也因此退学，离开学校不知去向。有关这女生的消息辗转传进凌信诚耳中，只有这些只言片语，他们分手后彼此就再也没有见过面了。

时至今日凌信诚依然承认，他曾经爱过这个女生。在分手后的一年当中，他曾经发誓不近"女色"，他没想到一年多的时间过去，那女生会突然现身在他的家里，并且出现了优优亲眼目睹的一幕。

那女生名叫仇慧敏，比凌信诚大了三岁半。凌信诚对"仇"这个姓氏一直叫不惯，总觉得里面是含了些杀气的。但姓氏是祖宗传下的，名字才是可以选择的。慧敏两字据说是她舅舅给起的，寄托慧思敏行之期望。凌信诚至此才体会到，此女果然不简单，果然慧于思而敏于行——她其实早就不爱凌信诚，但怀了他的孩子却一直不肯打了去。说不定她缠上凌信诚就是为了能怀上这孩子，一旦怀上了凌家的种，无异于抱了个金娃娃！她留下这个孩子的目的很明确，要么凌家收她做一个合法的儿媳妇，要么付给小孩一笔可观的抚养费。

抚养费她要得也干脆，一百万！付钱后她保证不再来纠缠。前情后债一笔勾销，双方从此井水不犯河水。

正如优优所见，凌信诚的父亲在与仇慧敏激烈争吵以后，还是将她延入内室密谈。他让仇慧敏写下了一张其实并无法律作用的字据，然后同意照数付钱。

当天晚上凌信诚刚一回家，就看到父母的脸色异常。好在父亲毕竟经商多年，经商之人无一不是理智大于情感，他将儿子痛责之后，很快冷静下来息事宁人。一来凌信诚是凌家唯一的后代，二来他的心脏又有毛病，所以即使严词责骂也要适可而止。他母亲甚至还想到儿子能否就和仇慧敏结婚成家，索性了却这桩让她最愁的心事。但这念头遭到丈夫的坚决反对，凌荣志坚决不愿凌家的万贯家财，有朝一日落入这种女人的掌心，但他同意再和这个女人谈谈，尝试可否用钱把孩子要来。

无论父亲和母亲，都清楚儿子的病状，也许他们早有心理准备，准备着凌家断子绝孙。他们没想到儿子还能泡上女人，而且，居然，还能为他们生个孙子。

于是这件事一下子变得复杂起来。首先需要找仇慧敏再密谈一次。谁知道她还会开出什么价码，谁知道她还会生出多少枝节。其次是这孩子一旦进了凌家，将来怎么对外公布，怎么对公司内外、亲朋好友，一一解释他的来历。谁都知道凌信诚从未结婚，平时也没有女人来往，怎么平地里突然出了一个孩子！这孩子的母亲是谁？

在编好所有来龙去脉之前，第一个麻烦还是来自他们的儿子。凌信诚出于年轻人的自尊，坚决不要这个孩子。他虽然瞒着家里把一个女人搞大肚子，但特别不愿此事传扬出去，而且他一直在感觉上把自己当做一个少年，他还接受不了一个父亲的身份。

他和父母相持了整整一天，傍晚一怒之下离开了家门。他那天甚至没再回家，一个人去了原来住过的那间公寓。那公寓他当时付了两年的房租，和仇慧敏分手后就很少再来。只是偶尔需要回忆的时候，才悄悄过来独处少时。

傍晚出门时凌信诚先给优优打了电话，从时间上算那时优优正和我在"平淡生活"。凌信诚找不到优优便独自驱车去了那间公寓，到达后又把电话打到优优住的旅馆。接电话的是优优的朋友阿菊，说优优今天还没回来。按凌信诚当时的估计，优优是因为见到了仇慧敏，见到了那个几个月大的小孩子，所以不想再见自己。于是他让阿菊给优优留了一个口信，他说他有件事需要当面向她解释，希望优优能过来找他一下。他留了那间公寓的地址和路线，他相信优优肯定会来。

那天晚上优优始终没来，她从"平淡生活"与我分手虽不算太晚，但回到旅馆的当夜并没有见到阿菊，与凌信诚的那则口信也就自然无缘。

那一夜凌信诚就睡在那间公寓的沙发上，等着优优的敲门声。他决定一旦优优出现时，他要说的第一句话就是："我爱你。"

清晨时他终于被一阵敲门的声音惊醒，他暗自庆幸自己昨夜没有脱衣。他从沙发上跳起时差点把脚崴了，但他没顾停顿就快速地拉开了屋门。

门外站着的人分明是个男的，凌信诚在失望之余更是莫名的惊疑，来人姓姜名帆与他曾有数面之缘，他就是信诚公司前任的人事总监。

姜帆的出现确实让凌信诚大吃一惊，因为除了他自己和仇慧敏之外，无人知晓这个地点。这间公寓在凌信诚简单透明的一生当中，算得上唯一的一桩个人秘密，他想不到竟有一个第三者，会突然在这里出现。

这是一个睡意未醒的清晨，太阳尚未完全露面，楼道里显得格外暗淡无光，但凌信诚还是能从对面那张视线不清的面孔，看出来者异乎寻常的镇定。

姜帆的声音和他的神态一样，带着刻意的严肃和冰冷。他对凌信诚先是简单问了一句："你还认识我吗？"然后推开屋门不请自进。

凌信诚懵懵懂懂，看着姜帆进屋。姜帆进屋之后没有坐下，甚至也未脱下大衣。凌信诚跟进屋子，疑惑万般地发问：

"你怎么知道这个地方？"

姜帆定定地看他，定定地说道："是慧敏告诉我的。"

凌信诚更是惊疑："仇慧敏？是她让你来的？"

姜帆不动声色，等于默认。

凌信诚于是继续："她让你来干什么？"

"她出事了。她让我来找你，希望你能帮忙。"

"她，她出什么事了？"

"她出了车祸。"

"车祸？她……她受伤了吗？"

"没有，她没有受伤。但她把一个女的撞了。是昨天晚上出的事情。昨天她又到你家去了，和你父母谈了孩子的问题。因为她舅舅的公司现在急需一笔现款，否则只能破产倒闭。她从小是舅舅带大，上学也靠舅舅供给，她舅舅对她有养育之恩，所以她必须回报。可她唯一能够选择的办法……只有卖儿卖女！她其实很爱那个孩子，她并不想和他分开。世上没有一个母亲，愿意离开自己的孩子，这是人之常情。可为了挽救她舅舅的公司，她做了决定，她用孩子和你父母达成了一项交易。从你家出来以后她就出了车祸……我想她当时一定是精神太悲伤了，才出了事情。出事后她很害怕，她不敢到公安局去自首，她躲起来了，然后她给我打了电话，她说这事万一被发觉就让我来找你。她说希望你能念及过去的情分，无论如何要拉她一把。而且不管怎么说，她生了你的孩子，那孩子还不足一岁，一时半会儿还离不开她。不管你是否喜欢这孩子，也不管你是否接受他，他都是你的亲骨肉。这已经没法改变了。”

姜帆用均衡的节奏慢慢道来，凌信诚却听得脉搏失控。求人的人镇定异常，被求的反倒意乱心惊。凌信诚那一刻真有些手足无措，他很想看清姜帆此时是怎样的表情，但姜帆背对窗前的晨曦，整个面部只是一个青灰的剪影。

凌信诚慌乱地问道：“她现在在哪儿，在公安局吗？”

姜帆回答：“对，昨天晚上抓的她。因为她撞的那个人伤很重，以后肯定要残废的，所以她把那人送到医院后就害怕了，她害怕坐牢，所以她跑了，躲到她舅舅那儿去了。昨天晚上，她听了她舅舅的话，上公安局去自首了。”

凌信诚皱起眉头问：“法院会判她什么呢，判她伤人罪？”

“是交通肇事罪。”姜帆在做出这样的更正后，才露出些许倦态来，他满脸疲乏地叹了一口气，说，“她真的不想去坐牢的。”

姜帆的表情让凌信诚突然想到一个最核心的问题，这问题也许才是这个清晨的全部玄机，他尖锐地盯着姜帆试图躲避的双眼，语言的锋芒和目光一样锐利：

“那你和她是什么关系，她为什么一出事就先打电话找你？”

姜帆果然如料地沉默了片刻，那片刻的无言道出了全部可疑。他有几分艰难地咽了一口唾沫，避重就轻地说道：“我是她的朋友，我们之间……朋友而已。”

“你们从什么时候开始，就是朋友了？”

姜帆再度沉默，然后他说：“这些事也许以后再谈更为合适，现在救人要紧。”

凌信诚则立即变得任性和恶毒：“好，如果你不想说的话，那就请你出去吧。你不是说救人要紧吗，那你赶紧救人去吧。”

姜帆没再沉默，他慢慢地说道：“我们认识很久了。”

“多久？”

“大概，五年了吧。”

凌信诚微微点头，轻轻自语：“我明白了，你就是那个男人。”他冷冷地笑了一下，抬高了声音，“五年了，你怎么没跟她生个儿子？”

姜帆依然表情镇定，镇定得几乎没有表情：“我本以为那孩子是属于我的，后来证实不是。”

“那你为什么不去救她？”

“我没有能力。摆平这种事情需要金钱，需要关系。”

“她要我怎么救她？”

“她希望躲过这一劫，她不想去蹲监狱，哪怕法院定了她的罪，但只要能判她缓刑就可以。她的条件是，你父亲后来答应给她三百万元，她可以让掉一百万。还有那个孩子，她愿意完全遵从你的意思。你要也行，你不要，就由她自己抚养也行。总之一切由你。”

凌信诚与姜帆在公寓中的这番对话，按凌信诚所述，大意如此。

那个清晨两人之间并未达成任何协议，但凌信诚很快回家见了父亲。他和父亲商量的结果，是双方让步妥协。父亲答应花钱托人，让仇慧敏尽量避免牢狱之苦，而凌信诚也答应父亲，收下那个横生出来的孩子。

凌信诚当天晚上找我，向我诉说此事。他希望我能替他去找找优优，向她解释这事的原委。这事似乎像一支发酵剂，催着他把一切秘密摊开，催着他迫切希望表明心迹。在他看来，这个传情达意的月老的角色，非我莫属，因为我是优优与他都能相信之人。

在这间狭小的雪茄吧里，我们谁也没有喷云吐雾，只各要了两杯浓浓的咖啡，品尝着恋与失恋的苦味。按照凌信诚的分析，他父亲应允救人也是因为那个孩子，这个孩子也许是凌家后继有人的最后机会。因为这事出来后父亲母亲又去问过医生，医生的说法近于危言耸听，他说以凌信诚心脏现在的状况，要想活命应将两性生活基本禁止，否则一旦出事后果不可控制。既然现在儿子已有儿子，千秋万代的任务已经完成，即便儿子先于父母而去，还有孙子可以承传家业。所以这个孩子事关重大，父母一再晓以家族大义，说服凌信诚认下这门血亲。

凌信诚向我表示，他之所以最终同意认下孩子，并非屈从于父母传宗接代的观念，而是意识到一个男人应负的责任，这孩子如果真是他的骨血，他就不应推卸父亲的义务。同时认下孩子也是为了正视他过去的经历，尽管他和仇慧敏的旧情已了，但无论如何，他不忍看着她成为一个披枷戴镣的罪人。

那天听罢凌信诚的倾诉之后，我决定接受他的委托。因为我被一种久已相违的真诚所感，不忍让这位天真的少年失望。尽管我知道在优优心里，还深深地藏着一个周月。但周月最终只能是她的一个幻想，凌信诚才有可能成为生活的现实。凌信诚虽然体弱多病，但从优优对周月的感情分析，她所重视的并非男人的肉体，并非具体的性爱，而是一种情感的寄托和精神的归宿。而且对优优眼下的现实来说，做凌家的儿媳绝对是一个明智的选择。

但我深知做这样一个月老将要面临的困难，困难的焦点还是那个孩子。让优优接受一个病弱的甚至丧失男性功能的青年做她的丈夫也许还算容易，但让她以自己青春蓬勃的年纪，去抚养一个别人的孩子，她能否欣然接受似乎难以估计。

可我还是知难而进地接受了这个委托，第二天晚上吃过晚饭，我就给优优打了电话。我把电话打到那间小旅馆里，旅馆的人找来一位据说是优优亲戚的男子，从那人的口气上我判断他应是优优的姐夫无疑。他告诉我优优下班后没有回来，据优优的一个朋友说今天晚上优优要带他们去见她的老板，问我有何要事需要转告。我说那就不麻烦了，我可以打电话到她老板那里。挂了这个电话我直接拨了凌信诚的手机，告诉他优优大概去他家了，问他此时是否在家。

凌信诚并不在家，而是正在回家的路上。他黄昏时去了仇慧敏舅舅那家制药厂的北京办事处，在那里见到了他的儿子。他抱起这孩子的时候孩子哭了，自此一路上始终啼哭不已。我在与他通电话时也听到了那个直直的哭声，那哭声有点像电话里那种脉冲般的噪音，忽响忽停让我们的谈话无法进行。

我不得不结束通话，我说那我也去你家吧，如果见到优优我就先约她出来谈谈。凌信诚说他已经快到家了，让我快来。

我想，恐怕优优在我到达之前，就会见到凌信诚父子。作为一个女人，她在本性上应当喜欢孩子，她也许会把孩子从凌信诚的手中接下，倍加爱怜地抱在自己怀里。她曾经对大姐腹中的宝宝，寄予那样热情的期待，她为了那个宝宝，不惜将自己最最值得留念的那笔金钱寄回仙泉。这些令人感动的情节，已在我的小说中被一再渲染，这些情节说明她对孩子充满爱心。在这样善意推断的同时，我又有些本能的保留，多年的人生经验又自然带动我向相反的方向思索，优优对大姐那个胎死腹中的宝宝固然充满爱心，但这爱心的投射却是指向自己的骨血。如果她真对凌信诚心有所属，照理就不会喜爱他和别人的孩子，这也同样属于人之常情。如果她真的从凌信诚手中接过这个孩子，如果她真的对这孩子倍加怜爱，那是否也就说明，她对凌信诚本人，实际上并无爱心。

为了这个悬念，我匆匆走出家门，乘上一辆出租汽车，催促司机开足马力。我一心希望在凌信诚和他的孩子到达之前赶到凌家，领先一步见到优优。

十五

凌信诚家住在机场路附近的瑞华别墅，那是一片树林环抱的亲水花园。优优已不止一次来过这里，柳暗花明都是轻车熟路。

那天晚上在我赶到瑞华别墅之前，优优已然到达这里。她还带来了阿菊、德子和李文海，来见她的老板凌荣志。

这次约见的时间是当天中午定下的，那时优优正和财务总监一起，把刚刚提出的三百万元现金送到凌荣志的办公室里。凌荣志当即叫来司机，让财务总监坐他的车子直接把钱送到他家，交到他的夫人手里。财务总监喏喏连声地提着钱和司机一同走了，凌荣志留下优优和她随便聊了几句，他们聊到了优优的老家仙泉，话题不外是气候特产及名胜。优优见老板此时挺高兴，脸上态度又亲切，便放胆说了李文海托的事。不料凌荣志马上答应了，让优优带她那位想做药品代理的老乡，晚上到他的家里来谈。

优优原来以为，和她一起去的，只是李文海一人，但去之前李文海请优优在外面的一家饭馆吃晚饭，把阿菊和德子也叫上了。李文海不知从什么地方弄来一辆富康轿车，让德子开着。还让德子穿了一身西装，虽然并不合体，而且还有些皱巴，但德子穿在身上，感觉还是变了模样。饭间从他们的对话当中，优优听出他们早就商量好了，让德子扮作李文海的跟班，以便让文海哥显出一些派头。谈生意总是需要撑些派头出来，不然会被对方看轻。德子让阿菊也一道跟去，他说我们三个都去，你一个人回旅馆还是在哪里等着？李文海于是笑道：阿菊，就一起去好了，去了以后你可以在车里等着。

于是，一车四人，就一起去了。

其实，在优优他们到达之前，凌信诚已经回到家中，他带回的那个孩子，已经睡进刚刚置办妥当的摇篮。凌信诚的母亲忙着照顾孩子，把小保姆支使得团团乱转。凌荣志也露出一脸荣升祖父的微笑，风趣地评价着孩子的相貌，像父亲还是像爷爷之类。只有凌信诚自己，不知此时的心情，是高兴还是无奈，是幸福还是不幸。

孩子到后大人们才发觉很多东西准备得太不充分，比如小一点的枕头没有，褥子被子也不够厚。又比如玩具之类。原来想象孩子太小，上次被他母亲抱来时大家只顾争吵未及细看，现在才知已经将满足岁，这时的孩子应当给他一些开发智力的玩具，大脑的早期开发耽误不得。凌信诚的母亲一边唠叨一边开了一张长长的购物清单，从铺盖玩具到食品药品，想到的通通写上。看看时间不算太晚，便招呼司机拉上儿子和保姆，让他们赶快到附近的商场采购。等儿子和保姆走后，大约只过了五六分钟，优优就带着李文海他们敲响了房门。而那时我乘坐的出租汽车，才刚刚从建国门的立交桥上，艰难地挤入东二环路。

讲清时间的顺序对我叙述此事非常重要，因为我们计划当晚要谈的事情终因与优优的失之交臂而没能谈成。尽管我们去的都是同一个地点，但时间上的阴差阳错，使事件后来的走向也阳错阴差得越来越远。

最先来到这个地点的是凌信诚自己，但是他很快又离开了。也许在他坐着外出购物的汽车驶出别墅区大门的时候，优优乘坐的那辆红色富康刚巧开了进来，擦肩而过的刹那谁都不晓得彼此错过了什么，两辆车向两个相反的方向各自走远。

德子还是在仙泉学会的开车，许久不练乍一上手不免开得磕磕绊绊，一直到汽车停稳在凌家那座灰瓦粉墙的别墅门口，优优和阿菊才停止了对德子的讥诮挖苦。

大家下了汽车，优优领着他们踏上花岗岩砌造的门廊台阶，敲开凌家别墅白色的大门。开门的正是信诚公司的老板凌荣志自己，大家便随着优优一起恭敬地尊了一声“凌老板”。凌荣志热情地把他们让进了高大宽敞的客厅，连阿菊都不甘一人寂寞也跟了进来，像刘姥姥进了大观园似的一路东看西看。

主人的身份不言自明，一声凌老板之后就不用再加介绍，但客人的身份让优优有些为难，她不知该怎样介绍那位其貌不扬的李文海。她既不知道李文海的公司叫什么名字，也忘了问他在公司里到底任了什么职务，她只能仓促而含混地说了句：“这是我大哥，这是他秘书。”秘书就是指德子。她想凌老板应该明白这个所谓的大哥并不是亲的。

还有阿菊，更不知道此时该如何介绍了。阿菊跟进来做什么？

凌老板看上去很随和，至少优优能感觉到，董事长今晚的心情很不错。他显然能看出优优带来的这几个人，都不是什么大角色，但他仍然让他们在客厅里那些干净贵重的沙发上坐下了，还喊自己的太太倒茶来。

凌信诚的母亲应声在卧房的门口露了面，告诉丈夫孩子醒了她走不开，凌荣志只好笑笑对客人说：“家里人刚刚都出去了，那你们就喝点饮料吧。”

凌信诚的母亲又在屋里叫丈夫，叫他赶快接盆热水来，不知是孩子吐了还是尿在床上了，卧室里的动静听上去有点乱。优优赶快站起来，对老板说了声我来吧，便跑进卧室去帮忙。她原来不知道凌信诚的母亲要盆热水是做什么，进了屋子一看到那只新买的摇篮床，当然立刻看懂是怎么回事了。

再看不懂那不成傻子了，优优后来把话说得很难听，她对我说，她当时一眼就看出摇篮里躺着的，就是凌信诚的那个私生子，看来这个命好的孩子已经登堂入室地成了凌家的人。

凌信诚的母亲是见过优优的，知道她是信诚公司的一个小职员，便不客气地指使优优到哪里去拿盆子，再到哪里去接热水。优优跑进旁边的储物间找来了一只洗脸盆，又跑进卫生间去接热水，再端着盆子回到那间卧房里，帮助信诚的母亲清理孩子的屎和尿。孩子已经醒过来，非常乖，一声不吭地看优优。优优两手托着那孩子，让信诚的母亲给孩子擦身子，她和那孩子彼此对视着，头脑中却完全是空白。

这时，她听到客厅那边砰的一声响，紧接着同样的声音连着响了好几声。凌信诚的母亲被吓了一大跳，手里还拿着毛巾便想出去看。刚刚走了一两步，卧室的门就被撞开了，优优还没看清进来的人，就听见砰砰两声响，凌信诚的母亲朝后一仰就摔倒了，摔的声音也特别重。

紧接着，优优看到了血，又浓又艳的血浆从凌信诚母亲脑袋下面漫出来，顺着每一根实木地板缝，快速地被地面吸走了。几乎同时优优也听到了自己的叫，那叫声既尖厉又刺耳，她从没听过这么恐怖的叫，那叫声让她几乎呕吐起来了。

优优手里的孩子大概是被枪声和叫声吓着了，放开嗓门哭了起来，但只哭了一下就蓦然噎住，全身上下不住地打抖，嘴里一声一声抽着倒气，瞪圆的眼睛僵直地看着优优！

孩子的模样让优优完全无措，她手足麻木地托着那个惊恐的生命，就像托着一个不停蠕动的怪胎。她的身体也随着孩子发出同样的颤抖，她的双眼直直地盯着那只已经垂下的乌黑的枪管，和立于门端满脸狰狞的"文海大哥"。

李文海转身出去了，优优还在原地发着呆，她的胸口剧烈地跳动着，双脚却像钉在了地上动弹不得。这时，她手中的孩子突然重新哭了出来，那裂帛般的哭声惊天动地，吓得优优几乎将他脱手扔掉。她不知自己此时该做些什么，是逃出去还是在这里守着孩子。

这时德子跑进来了，优优注意到他的手上没有武器。德子急急地冲优优叫了一声，叫的什么没有听清。见优优站着没动，德子冲上来要抱孩子，优优拼命地不肯撒手，但德子还是把孩子从她僵硬的手上拽了出来，胡乱地放进摇篮床里，然后拖着优优的胳膊往门外走去。

优优大声尖叫不肯移步，她的叫声和摇篮里的哭声响彻屋宇。德子给了她一个耳光，她挣扎着踹了德子一脚，那神经失控的一脚踹得很重很重，不知踹中了德子的肚子还是他的下身，德子惨叫了一声坐在地上，地上还躺着凌信诚的母亲。那个死去的女人看上去只不过四十来岁，不知是天生如此还是失血过多，脸上的颜色白如素纸。

李文海这时再次出现在卧室门口，他催了一声快走！然后上来强拉优优。德子咬着牙爬了起来，和李文海一道硬把优优拖到客厅。优优惊恐地看到客厅的沙发前面，凌信诚的父亲尸横一边，头中三枪，血溅五步，绛唇半开，双目不合。这恐怖的景象令优优不敢停步，她懵懵懂懂被李文海和德子挟持着，绕过尸体，走出大门，一直被他们拽上了那辆红色富康。

优优看到，阿菊已经坐在汽车的后座，紧张地睁着惊惶的眼睛。这回是李文海亲自开车，德子也仓皇挤进后座，汽车旋即开动起来，在灯光暗淡的林阴道中，急急地行驶。那个时辰我乘坐的出租汽车刚刚开到瑞华别墅宫殿般的社区门口，正在接受门卫啰嗦的盘查——这种社区通常只盘查出租汽车，对私家车则有些不闻不问——当时我隐约记得确有一辆红色富康，从别墅区内放缓速度，稳稳驶出，从容不迫地在我旁边擦身而过。

如果我当时不是被那两位负责的门卫横加拦阻，我必将第一个目睹那个血腥的杀人现场。门卫在拦下我后，中规中矩地打电话到我所要造访的住户家中，凌家的电话当然无人接听，门卫随即公平地告示于我："瞧，我拨了两遍，都没人接。家里肯定没人。"

主人不在，客人自然不能进入。我只好站在别墅区的门口，拨通了凌信诚的手机。这才知道凌信诚正和他家的司机保姆一道，在附近的商场购物。他听说家里电话无人接听，并未怀疑出了事情。"孩子刚接回来，可能他们都在忙吧。"他说。

他让我在门口稍等，他说他们正往商场的门外走呢。大约十分钟后，我看到了凌家那辆宽大的奔驰。那奔驰在别墅区的门口，接上我进了大门，直抵凌家别墅。

凌家的门前一片寂静，楼上楼下的每扇窗户，都泄露着辉煌温暖的灯光。司机停稳车子，又帮保姆搬运车内的货物。凌信诚则领我步上台阶，用自己的钥匙开门。

接下来的情形我不想再多渲染，细述那个场面肯定会让读者生厌，那也是我后来一直试图回避的记忆，是多次让我半夜惊醒的噩梦。凌信诚那天晚上被送进了医院，他的心脏显然不能承受这样的震恸。我似乎成了那天晚上最先进入罪案现场的人中，相对较为镇定的一个，也许只是因为我与死者并不相熟。

司机及保姆开始还试图对信诚的父母进行抢救，但死者的模样让他们几乎不约而同地放弃了这个幻想。还因为当时更需要抢救的是凌信诚自己，他抱住母亲余温尚存的尸体，未及恸哭便昏迷不醒。

在帮助抢救凌信诚之后，我因为相对镇定而第一个想到了报警。警察反应的迅速出乎我的意料之外，让我对公安机关从此好感倍增。

那天晚上我在凌家逗留了很久，接受调查询问直到凌晨。凌晨两点我被警察准许离开现场，又乘车赶往爱博医院看望信诚。信诚经过医生抢救，在他短短的人生中不知是第几次转危为安，我赶到医院时他仍在药物的控制下昏睡。我找医生问了情况之后留下了一个手机号码，告诉医生万一有事可以找我。

我本想对医生说我是信诚的朋友，开口时转念又自称是他大哥。我这样转念缘自忽然而生的怜悯，因为我忽然想到，凌信诚在这个世界上已经举目无亲。

为了叙述的清晰我不得不遵循时间的顺序，按时间顺序我早该先把笔锋转向那辆逃之夭夭的红色富康。那富康开出瑞华别墅之后随即放开车速，在夜晚无人的机场辅路上仓皇狂奔。当汽车开进市区之后，都市夜晚的繁华才让车内的气氛稍有松弛，车上每个人的心情各不相同，但从表面看他们都已惊魂略定。

李文海把车速放慢，并且开始和后座上的德子交谈。他们在议论今天的战果，有多少现金，有多少珠宝和金饰……德子说他还从里面书房里翻出一块手表，好像上面都是白钻，这种满天星的好表，少说也值几十万呢，只是变现不太容易。李文海说只要是真东西，让利换钱没啥不易，回头看看是什么牌子，带到南方自会脱手。这时他们都听到了优优的啜泣，李文海说：优优，这些东西也有你的一份，我们本想早点告诉你的，又怕你害怕不肯带我们来了。我们也是为了你好，这种事搅进来要杀头的。不知者不为罪，成可进败可退，得了钱有你的份，失了手没你的事。我他妈处处为你着想，你他妈还委屈什么！

阿菊伸出双手，搂住优优，优优似乎是第一次地，对阿菊温暖的怀抱感到陌生。她不知道李文海的冷酷无情，还能无情到哪里，而德子与他，干这事是否蓄谋已久；阿菊对这场血腥屠杀，是和她一样蒙在鼓里，还是早就串通一气。也许那一刻优优什么都没法细想，她的思维也许还处于休克状态，只剩下少数知觉神经，支配着张皇无措的情绪。

他们开近一个路口，很触目的，看到路边停着一辆警车。李文海和德子，一齐屏气息声，阿菊也全身僵硬，搂着优优的臂膀，禁不住微微打抖。优优想喊，但刚刚苏醒的一点理性，立即封堵了她的喉咙。李文海把那支手枪，就放在空着的前座上！他小心翼翼地驾车轻轻滑过路口。那辆 110 巡逻车不知何故抛锚在此，对这辆鬼鬼祟祟的红色富康无动于衷。

过了这个路口，又过了一个路口，危险似乎解除。李文海将车开进一条僻静的小巷，一直行至小巷的深处，才悄无声息地靠边停住。

李文海关了车灯，看看四周很静，便回头说道：“咱们还是分开走吧，现在警察晚上总拦车检查身份证的。德子，你先带阿菊下车，今天晚上先别回旅馆，先换个地方住一宿再说。”

德子犹豫片刻，问：“那你呢，你去哪里住？”

李文海说：“我带优优，我们另找地方。”

德子欲言又止，拉开门刚想下车，动作迟缓一下，又收回身子，试探着再问：“大哥，这里没人，要不要先把钱分了再说？”

李文海骂道：“你怕我贪了你的！妈的老子要贪早把你一枪崩了，还轮到你现在问我？我看你这样子永远干不了大事！”

德子不敢顶嘴，忍气吞声钻出车子，阿菊也手忙脚乱地跟着钻了出去。在他们关上车门之前，李文海又嘱咐一句，或者，也可以说是安慰了一句：“哎，我今天给你的那只手机可别关了，到时候我打电话找你。”

德子马上殷勤地答应：“噢。”他正要关上车门，没想到优优突然用力将门一顶，快速脱身而出，德子刚刚叫了一声：“哎！”优优已推开他撒腿就跑。

优优顺着路灯昏暗的小巷，朝巷口明亮璀璨的大街奔去。她听到李文海急促地喊了一声：“抓住她！”身后便响起了大力追赶的脚步。她拼尽全力地向前跑着，头脑麻木双脚发飘，有点像被梦魇压迫，徒劳无功地挣扎逃命。是德子最先追上来的，他的脚步又急又重，优优先是听到一声咬牙切齿的喉音：“你他妈往哪儿跑！”紧接着她的肩部就被用力拽了一下，她身子被拽得一歪，这一歪却让德子意外脱手，让他不由自主地趔趄了几步。优优也趔趄了一下，但脚步还能继续，德子又追了十余米长短，还是追上来了，他再次抓住优优的肩头，这一回他抓得很牢很牢，并且可以用足力气，将优优的整个身体扳了过来。

他当然不会想到，也完全没有防备，优优竟会突然一拳，也许还是下勾拳吧，击中了他的腹部。然后又是几拳，那几乎是一个精彩的套路组合！那从小看熟的组合拳优优并没练过，但冥冥之中似有神助，让她突然连贯地做出这样的动作。那第一个下勾拳实际上已将德子置于无法招架的地步中，而紧跟着的那一组连续的击打，则让他人仰马翻地倒了下去。

李文海也追上来了，但他离优优还远。优优离灯光通明的大街，只有几十步之遥。李文海唯一追上来的，只有他穷凶极恶的喊叫：

“优优！你他妈今天敢回去，老子就要你的命，你敢回去我要你的命！”

连这几声最后的喊叫，也渐渐被优优甩得很远，终于连同追赶的脚步，一齐消失在她的背后。优优已经冲出巷口，冲上大街，她不顾一切地飞奔着横穿马路。马路上川流不息的汽车纷纷避让闪躲，优优的前后左右，除了飞奔过耳的风声，就是此起彼伏的笛鸣！

十六

优优那天晚上真的没回旅馆去住，她在街上一直六神无主，一直徘徊到半夜三更，心里才稍稍镇定下来，在这之前她只是步伐机械地朝前走着，脑子里依然充满了血污和枪声。

此刻，她自己也说不清到底是什么念头在主导她的神经，是慌张无措还是恐惧悲伤？虽然，她从没预料自己平凡的人生，会遭遇如此惊悚，但却能预料，她刚刚在凌信诚家从进到出的短短片刻，已经毁了她的一生。

她从东直门内大街一直往前走去，漫无方向。走到鼓楼时又转向南方，一直走到了故宫的端门广场。她的双腿早已麻木，而意识却渐渐清醒。这时她记得最清的已不是凶杀发生前后的场面与声音，而是李文海那句最后的警告。他不让她再回她住的旅馆，也不知是恫吓还是关照。她真的不敢回去了，因为李文海是她带到凌家去的，所以她对这桩惊天惨案，对凌信诚父母双亡，当然有着不可推卸的责任。她甚至搞不懂自己今晚的角色，是主角还是配角，是首犯还是帮凶。

她怎敢再回旅馆，她怕见一切熟人，也怕连累大姐，但此时走在深夜的街上，她又难以承受心里的孤单。

她也曾想过报警。看到街上缓缓驶过的警车，她几次举手超过头顶，但又缓缓放下，最终还是恐慌压倒一切，理智屈从于感觉。她完全无法预测一旦她投案自首，将给她自己的未来，给大姐和姐夫的生活，带来什么后果。她一想到大姐惊愕的目光，想到姐夫气愤的面孔，就心如刀绞，无地自容。

月光冷冽，树静无风，紫禁城高大的城墙像披了一层冥界的茕装。护城河即将封冻，近岸处已结了薄冰。薄冰映在优优的眼里，让她从内往外，渗透了寒冷。

她沿着那条冻僵的河水，行至美术馆的西侧，在那里的一个夜间营业的小餐馆里，找到了一部公用电话。优优先把电话打到她住的旅馆，她让服务员帮忙去喊阿菊。她清楚地听到服务员的嗓子在走廊里回响："阿菊，阿菊，九号房阿菊！"紧接着服务员又拿起电话听筒，吼了一声，"没在！"然后不由分说随即挂断。

优优再拨过去，说找钱志富，七号房的钱志富。服务员又是一阵叫喊："钱志富！钱志富！"然后就没了声息，过了好一会儿姐夫接了电话，听声音像是已经睡了，鼻子塞塞哝哝，口齿混沌不清，他问："唔，找谁？"

优优说："姐夫，我是优优，你刚睡吗？"

姐夫说："优优，有什么事吗？"

优优说不出她有什么事情，她也说不清她打电话来是为了什么事情。如果说，她找阿菊是想证实一下阿菊和德子是否真的没有回来，那么她找姐夫，似乎只是单纯地想听听亲人的声音。大姐身体不好她不敢叫她，但听到姐夫的声音她心中同样一阵激动。

"没有，没有什么事情，姐夫……我姐，我姐在吗？"

"在呀。"

"她，她也睡了吗？"

"早睡了。"姐夫有些不耐烦了，"你在哪里呀，怎么还不回来，你打电话回来是做什么？"

优优说："没事，不做什么。我是看你们睡没睡呢。那你们快睡吧。"

姐夫似乎有些生气地："你闲得没事了吧，也不怕浪费电话费吗？这么晚了你不回来到底在干些什么？"

"没有，我，我是想告诉你们，我今天不回来了，公司里有点事情，我要加班呢。我就是告诉你们一声。"

姐夫被这电话无端叫醒，显然很不乐意。以前优优早出晚归，也并不来电通报，今天多此一举，显然不太正常。但姐夫似乎也没多想，说："那你去加班吧，后天你姐还要去医院复查，你明天记着带点钱回来。"

姐夫说到钱字，优优没了回声。她很难预料明天，明天会发生什么。挂了姐夫的电话，她交了通话的费用，同时数数身上的钱数，仅有二百出头。这时她似乎突然下了决心，她要回去！她要把这二百多元交给大姐，让大姐好去医院复查，以免万一她被警察抓住，万一这钱被警察搜去，大姐那边岂不人财两空。

后来优优对我说过，她那时还想到要打个电话给我，向我通报这件事情。她说她把一生所有的事都向我说了，包括那些从不示人的隐私。所以在她的感觉里面，我成了她的一个历史记录，成了她的一个人生见证。她的故事横空出现这样一个烂尾，她觉得也该不加隐瞒地说给我听，以便记录真实完整。但这个电话终又没打，原因是她当时心情太差。

她当时的心情几乎是在告别人生，这样的心态也许事后才能解读——因为以她有限的法律知识，她完全不能预料她将要承担什么责任。她自认为她的引狼入室，对凌家发生的血案，有着显见的因果关系，因此她就成了这个事件的罪魁祸首。但她还是迈开双脚，走出那家夜间营业的餐厅，走进初冬乍寒的深夜。深夜的街头行人稀少，她踩着凝固的灯晕踽踽独行。她决定步行走回她的旅馆，因为夜间的公共汽车踪影难觅，她也不想再把那仅存的二百元钱拆做车费，哪怕她为此可能要走上一夜。

这时的优优已不觉寒冷，她的每一步都走得有些悲壮，那一步步似乎都在走向一个终结。她的人生虽然短促，虽然乏善可陈，但回首看去，依然让她留恋万分。

最值得留恋的无疑还是周月。优优一路夜行，想的都是周月。这个离她越来越远的少年，依然是她大难临头的精神寄托——毕竟他们曾经朝夕相处，曾经形影不离。优优就敢断定，自周月懂事之后，大概没有任何一个女人，曾像她这样近切地进入过他的生活，接触过他的身体。得到这样机会的人，大概唯有优优。

那一夜优优走过大半个北京，深夜独行也最适于重温那些曾有的憧憬。她走回旅馆时天边刚刚发亮，清晨的薄雾强调了初冬的阴冷，也遮住了太阳的光芒。太阳实际上已经出来了，但城市的每一条大街小巷，都被这若有若无的雾气弄得迷蒙不醒。

旅馆的地下室里静静无声，就连需要赶搭早班火车的游客都未苏醒。门房那位守夜的老头，神色异样地看着雾中进来的优优。那目光似乎有些好奇，又有些厌恶——一个如花似玉的女孩，在外鬼混到清晨才归，能有什么好事——那老头一定这么想的。优优反正也无所谓了，她还冲那老头笑了一下，笑得老头不知如何接应。优优走过大姐的房间，驻足侧耳倾听：大姐还在熟睡，门里静息无声。于是她继续前行，行至自己的房间，发现门口的灯泡坏了，只能摸索着用钥匙开门。门开了，她还没把钥匙收起，就被一股巨大的力量，一下拉进屋里，紧接着身后一个黑影，山一样地压来，钳住她的双肩，用力往下一按。也许是角度不对，也许那人没有站稳，优优不但没有倒下，而且在她惊声尖叫的同时，本能地向外一挣，竟从黑影的怀里挣脱。同样出于本能，她紧跟着狠狠一脚，朝那黑影踹去，黑影应声而倒，屋门的出路豁然洞开。优优夺路而逃，她能感觉到身后，有好几个人从屋里追出，她听不清他们喊了什么，有一个人拽住了她的一只胳膊，她甩了一下又甩开了，甩开之后又被那人拽住。她返身打了一拳，也许又是下勾拳吧，谁知道呢，下勾拳出其不意，总是非常奏效，那人的手立即松了。但这时又有两人扑了上来，一齐将她扑倒，并且不再轻敌，不再给她任何挣扎反抗的余地，她的手脚及头部，都被巨大的力量攫住，无法再动。

他们的力量让她感到了疼痛，但她忍住没有出声。她听到头上那人低声的喘息，大概猜到发生了什么事情。

“好了好了，”头上的人连喘带说，“铐子！我操！”

手铐坚硬的质体，随着那一句骂声，撞击着优优细嫩的皮肤，优优没有带过手铐，但似乎对这冰凉彻骨的滋味，早已深知。

很多人，包括姐夫，都被走廊上的这番叫喊打斗惊醒。优优看见姐夫披衣走出来了，跟着一帮看热闹探虚实的房客，伸着脖子向这边张望。当他看到被铐的人竟是优优，连忙脸色苍白地上来过问：“哎，怎么回事，她怎么啦……”话未说完就被一个比他粗壮的便衣警察一掌推开。优优听见，姐夫的声音胆怯地抬高：“她怎么了？你们凭什么抓人，你们是哪里的？”但无人答理。便衣们拖着优优上了台阶。很快，初升的太阳便刺得优优睁不开眼睛。她没想到雾会散得这样彻底，这样迅速！

她被押上了一辆白色面包，便衣们让她在两排后座的中间，蜷缩于车厢的地面。她看不见窗外，只能用自己的身体，感受到车子的行进，感受到发动机的震动和路面的坎坷。她本以为上车后警察会动手打她，为刚才在她的拳脚下吃的亏进行报复，但意外的是他们没有。不但没有，一位年长些的便衣甚至还端详了优优一眼，惊讶地出声问道：

“你今年多大？”

优优仰头看他，没有说话。旁边的人替她回答：“也就十八九岁吧。”

“十八九岁？十八九岁跟我女儿差不多，怎么就干这事啊！”

“你女儿，你女儿有她这两下子吗，那一脚把小张蹬得现在还直不起腰呢。小张，你回去赶快上医院检查检查，要是转成小肠疝气你老婆非跟你离了不可。”

那个被称做小张的便衣反唇相讥：“我怕什么，反正有你媳妇在呢。今天幸亏踢得是我，要是轮上你，等于给你做变性手术了。”

车一开便衣们就这样互相说笑，只有车头的一个声音严肃不苟，优优看不到那人的面孔，只能隐约看到半个笔直的背部，那人一上车就开始拨打手机，在和什么人汇报刚才的战果。

车子把他们拉到一个院落。警察们把优优拉进一间屋子。进屋后把她铐在椅子上便不闻不问。她看到人们进进出出，听到有人在大声喧哗，还听到门外走廊上有人接听电话，声音中流露出压抑不住的兴奋。

"抓住啦？钱呢？也查到了，好！好！我马上报告！你们现在在哪儿……"

终于有人过问到优优了。她被带到一间正正规规的审讯室里接受审问。警察们详细地问了昨天晚上他们一行四人去凌家别墅的全部过程，每个细节都必须谈清。谈完之后他们还让她在厚厚的记录纸上按了手印，还让她在一个手印提取器上也留了手印，十个指头和两个巴掌无一遗漏。取完指纹警察们正要将她带走，优优突然开口说有事相求。

警察问："什么事？"

优优说："我在这里，你们要不要告诉我的姐姐？"

警察问："你姐姐在哪儿？"

优优说："就和我住在一个旅馆里面，她和我姐夫住在七号房间。"

警察说："七号房是吧，我们会通知他们。"

优优说："你们能快点去吗？后天我姐要去医院复查，我这里还有二百块钱，麻烦你们给我姐夫带去。"

优优被抓上那辆面包车时，身上所有的衣服口袋都被便衣翻过，她身上还有二百块钱警察已然知道，既然他们没有拿去，就说明这钱的所有权还是属于她的，她还可以自主使用，所以她才敢主动提到这钱，并且相信这钱要是托给警察，大概不会让他们贪了。

审她的警察对视一眼，见这女孩也真是可怜。但他们没有答应优优的要求，警察说："钱你先留着，什么时候可以让你大姐来了，让她自己来取。"

然后他们就走了。但他们走时脸上的态度，比他们刚进来的时候，显然和蔼了一些。

优优被带到了一个看守所里，关进一个单人的牢房。然后，吃了别人送进来的午饭。

她这时才让思绪走出惊惶和僵滞，开始胡思乱想。先想大姐和姐夫，他们要是知道她惹了这么大的祸端，该作何感想？又想自己的未来，未来的生活将会怎样？想到头疼的时候她突然疑惑：公安局是怎么发现他们的？

优优后来知道，那天晚上最先落网的是阿菊和德子。他俩在优优跑后即与李文海分手，在寻找旅馆的路上被巡逻民警叫住盘问。德子袖口沾有血迹，那是在摘取死者手上的钻戒时落下的证据。再加上他们形迹可疑，稍加质问便神色紧张，于是被巡警带回警局进行调查。警察们将两个人一分开阿菊就先慌了，很快供出了主犯李文海。她向警察们详细描绘了李文海的衣着相貌，以及那辆红色富康。她还交待出她自己的住址，交待完住址后在警察的穷追不舍之下，她又供出了优优。

李文海那天连夜驾车出京，在天津附近的新港被警方捕获。天津公安局根据紧急协查令在新港一家酒店的停车场上，发现了那辆可疑的富康，查获了富康车后备箱里的三百万现金，二十分钟后又抓住了刚刚在这里开了房间，正在洗澡的李文海，时间是在优优被押进公安机关那间办公室并且被铐在椅子上的五分钟前。

李文海的被捕，使案情大白。

优优和阿菊于是被认定无罪，德子过去曾在优优面前夸过李文海如何仗义，这次据说他果然挺身承当了一切，不仅开脱了优优和阿菊，也开脱了德子。他供认这桩入室抢劫杀人案均是他一手策划，他事先并未与同行的三人泄露杀机。进入凌家别墅后他才突然发难，拿出手枪向主人索要钱财，当凌荣志表示拒绝并想夺枪自卫的时候，他随即开枪将其射杀。然后又不由分说走进卧室杀死其妻。李文海说他是用杀人的方式迫使德子上了贼船，在李文海杀人后德子不得不与其共同对凌家实施洗劫。

李文海入室抢劫，连杀两人，情节恶劣，手段残忍。后经查实，他以前在仙泉就有犯案前科，在南方某地也涉嫌一起劫案，显然罪不容赦，因此他索性大包大揽，充个好汉，至少把德子从生死线上，拯救出来。

事后法庭审判的结果也确如李文海所求，德子因缺乏杀人的证据，只被定为参与抢劫的罪名，一为胁从，二为初犯，故被从轻发落，判处有期徒刑十五年。

阿菊和优优都没有被移送到检察院去。她们都被认定为遭到裹胁的不知情者，从而先后被公安机关释放。阿菊比优优早放了一周，因为她在本案中几乎全无过失，相比之下优优则有些不同。优优从那个小巷逃走之后，直到第二天清晨在旅馆被捕，间隔整整六个小时，在这六个小时当中，她没有报警。因此有知情不举和包庇的嫌疑。而阿菊则对警察解释她曾试图报警，但一直被德子盯死，无法脱身。所以还是阿菊聪明，能把自己脱得干干净净。而且阿菊被捕时规规矩矩束手就擒，不像优优，还给警察一拳一脚，有暴力拒捕和袭警之嫌。特别是挨了优优一脚的那位刚刚新婚不久的年轻民警，抓完优优还真在当天就到医院检查下身去了。

所以，优优比阿菊迟了几天，才被放出。

我是优优被放出来后第一个和她见面的朋友。作为本案案发后最早进入现场的证人之一，我那一阵经常配合警方采集证据，因而和他们都混熟了。我在和一位警察通电话时知道了优优当天就要释放的消息，之后即赶往看守所接她，想给她一个惊喜。不料优优走出看守所一见到我时眼圈立即发红，虽然勉强挂出一丝感谢的笑容，但其中充满的却是无尽的倦意。

那一天我用出租车送优优先回了旅馆，在那个旅馆里我见到了她的大姐和姐夫。我目睹了她们姐妹撕心裂肺的抱头痛哭，还与优优的姐夫做了短暂的交谈。

优优的大姐比我想象的要漂亮许多，也比我想象的苍老许多。她虽然眉目清秀，甚至比优优还多了几分女人的温柔，可惜病容满面，让她比二十几岁的实际年龄，大了半轮，她和优优站在一起，面色和精神，均明显不如。优优虽然这一阵饱尝牢狱之苦，但脸上的皮肤和神情上的少女之态，却依然蓬勃如初。

优优被抓时身上那两百元钱，并没来得及转给大姐，大姐这些天看病吃药的花费，全是姐夫出的。优优以后从大姐口中，听说姐夫找到了一条生财之道，那就是倒卖二手手机。这活儿人人可做，也能挣些小钱，只是比较辛苦。在优优坐牢期间姐夫回了一趟仙泉，把一只用借来的二百元钱买下的二手手机，用八百元卖掉，回来后还了借款，扣去路费，还净赚了四百多元。前后不过四天工夫，从投入产出率来说，从与卖菜和开火锅店比较来说，这生意确实事半功倍。从资金周转天数来说，也是最少。所以，优优姐夫那一天给我的印象，完全不像优优说的那样愁眉苦脸，他和我闲聊的时候，似乎心情不错。

那天见过了优优的大姐和姐夫，我又陪优优去了爱博医院，去看望尚在医院治疗的那位凌家少东。这一天距离血案发生，已有半月之久，凌信诚对父母不幸的前后过程，当然早已知晓。在这半月之中他曾两次托人把我请到医院，于病榻之侧，推心置腹。几次长谈之后我越发感觉这个男孩的内心，其实极为丰富柔软。父母骤殁让他原本封闭的心灵，更加趋于内向，他把我这个相交不久的朋友，当做病中唯一可以倾诉的对象。他对我谈了他对父母的热爱，和对家庭温暖的依赖。虽然父亲是个商人，难免"无商不奸"；母亲沉迷烟酒，而且管他太严，严得有时近于苛刻，但他还是深爱他们，因为他们不仅给了他身体发肤，还避免让他心灵孤单。他从生下来那天就百病丛生，所以和健康孩子的心理不同。他比他们更加脆弱，更加敏感，更受不了遗弃和欺骗，而只有亲生父母，才最可相信和依赖。其他人说的话、做的事、许的诺、发的愿，谁知道他们是为了你，还是为了他自己呢？

除了父母之外，他也相信过别人，至少他相信过仇慧敏的。仇慧敏让他尝到了爱情的激动和寄托，也拿走了他的信任和童贞，甚至让他离开父母和安逸的家，在外面筑起幽会的巢穴来。他曾把那个两人的小天地，当做自己未来的家，当做了灵魂的栖息地。也许他的幻想压抑得太久了，一旦萌发就太逼真，逼真得他都忘记必要的冷静了，逼真得一旦发觉是骗局，几乎等于逼他死。

和仇慧敏这场有始无终的恋爱后，凌信诚对一切异性都持有一种恐惧感。他看不透那些妩媚的微笑里，是不是都藏着一把刀。

优优也许是凌信诚无意吃下的另一剂迷幻药。她的纯真与直爽，像一道透明的阳光，打开了凌信诚封闭的心，让他每次和优优相处都被什么东西触动着。特别是优优失身的那一夜，他不知为什么不但没有鄙视感，反而满怀怜悯的心。优优以一个受虐者的形象，让凌信诚在刹那间爱上她了。

凌信诚第一次在病床前和我谈到优优时，他的确用了这样的词。他把优优形容为一剂迷幻药，他甚至认为正是因为自己误食了这剂药，才把父母害死了。我第二次去医院看他时，他的神经已趋于正常了。可能公安已经告知他，优优于此案是无辜的。他再次和我谈到优优时，思维就显得理智了，听我说到优优至今还关在看守所，他的反应显然是焦急的。他问我能不能到公安局去保她，出些钱也丝毫没问题。我告诉他公安局既然已经认定她无辜，放她出来是迟早的事。

凌信诚几乎是必然地，还和我谈到了他儿子。那个还没学会说话的孩子不仅是血案的幸存者，也是家仇的唯一见证人，也是凌信诚在这世界上最后的亲骨肉，是凌家整个产业的继承者。凌信诚说，也许明年，也许明天，他再发病就不会再醒来，那时候，信诚公司就归这个孩子了。

说到这个孩子时，孩子正在医院里，正靠在凌信诚单薄的胸前玩玩具。孩子是凌家的保姆抱来的。如果仅看凌信诚那张幼稚的脸，谁也不会相信他已是做了父亲的人。

凌信诚的伤感让我生出几分担忧的心，我悄悄跑去问医生，和凌信诚那番悲观的论调比，医生的说法还算乐观些。医生说凌信诚目前已经脱离危险了，下步还需巩固些时日，得这种病自己的心情很重要，应当既来之则安之。最好找个地方休养一阵子，自己把生活调理好，清心戒欲少操心，平时和要好的朋友聚一聚，尽量避开那些不开心的事，只要如此这般调养得好，心脏病人也有不少长寿的。

我陪着优优去见凌信诚的那一天，他的气色已经好多了。午后的阳光正明媚，凌信诚正在医院的花园里陪着孩子玩。那孩子坐着一辆手推的儿童车，让保姆推着快步跑，跑得越快他越笑，笑得大人都很开心。凌信诚开始也跟着他们跑，几步下来就累了，停了步子微微喘着气，看着保姆推着他的小儿子，笑声越来越远了。这时他无意回过头，看见我们由远而近地走过来。

这是我在凌信诚的脸上很少看到的笑，天真灿烂又有几分父辈的慈祥。那笑容与优优的目光相碰之后，才渐渐地收束起它的光芒。

凌信诚意外地看着我们，有些结巴，有些紧张："哦……优优，你，你出来了？"

优优最初没有应声，我不由从旁轻声提醒："哎，他问你呢。"我没想到优优竟会突前一步，然后扑通一声，跪在凌信诚面前，双手扶着地，重重地一头磕下去了！

这场面凌信诚显然没能料到，他甚至有点看不明白。他怔怔地站在原地没动，怔怔地说了声："优优，你干什么？"

优优的头碰在地上没有抬起，从背部的抖动上我们看出她在哭泣。我帮凌信诚把她扶了起来，我们都看到她的眼泪把整个面颊全都打湿。

凌信诚木讷地又说了一句："你别哭了。"就不知所措地沉默下来。他没说出一句安慰的话，也没有说一句宽恕的话，他没说不代表他不宽恕，而仅仅是因为他不会说。

于是我便站出来替他说，我的话其实在说给两个人听，我说过去的事就让它快点过去吧，你们应该做个好朋友。信诚的父母要是看到信诚能交到一个好朋友，他们一定会感到高兴的。

信诚微微笑了笑，他笑着对泪水未干的优优说："我们本来就是好朋友，我们算不算好朋友？"

凌信诚的这句话，似乎让优优想笑一下，但不知为何没笑出。她擦着脸上的泪水说："我做了对不起你的事，我还能成为你的朋友吗？"

"当然能。"凌信诚声音果断地说，他从刚刚被保姆推回来的小车里，抱起了自己的小儿子，他把儿子递给优优说，"你会抱小孩吗？你愿不愿意帮我抱抱他？"

优优终于笑出来，她天生就喜欢小孩子，她曾经那么盼着大姐的那个小宝宝，她曾经想象过等小宝宝长到这么大，她抱着他在北京到处玩！

她伸手去接那个小宝宝，那个小宝宝长得很可爱，与她曾经想象过的小外甥的脸，还有几分相像呢。可那孩子一见她，却像发了疟疾似的拼命抖，弄得大人们都奇怪地笑起来，可紧接着他们莫名其妙的笑，就全都僵在脸上了。因为那孩子看见优优伸出手来要抱他，居然惊恐万状地叫起来，同时手推脚踹地挣扎着，拼命抱住了他父亲。那声嘶力竭的尖叫声，让远远近近所有人，都惊诧地朝这边看过来。大家都看不出孩子因为什么受了惊，更没人看出受惊的除了这孩子，还有面色惨白的丁优优！

十七

生活常常会发生意想不到的重复，昨天和今天，现实和梦境，有时你会发现峰回路转，景色相同。

从优优决定留在爱博医院，尽心照顾凌信诚的那一天起，有种感觉便似曾相识。她想到了半年前的一个晚上，她搬进了公安医院的一间病房，带着另外一种不同的心情，开始了对周月的悉心服侍。

尽管心情相异，感觉不同，但对凌信诚的服侍优优也同样悉心，她每天很早就来到医院，给信诚带来可口的早餐。早餐每天都换花样，豆浆油条、稀饭咸菜、馄饨包子，还有面包水果、奶酪和鸡蛋，均按信诚前一天晚上的想法，一一采买准备，然后用保温罐装好，一直送到床前。虽然信诚是住在爱博医院豪华讲究的贵宾病房，但如果没有优优，也不可能如此随心所欲。

中午饭就由医院的伙房按菜单派送，简单凑合而已。医院做的饭菜，原料品种不是不好，只是吃得时间一长，口味难保不腻。晚饭还是由优优亲自送来，也是按照凌信诚的胃口，换样安排。有时是让保姆在家做好优优去取，有时优优按凌信诚的指点，直接去某家酒楼买了打包。在家做的东西均属粥面小菜一类的家常便饭，在酒楼打包的则多是鱼翅燕窝等等营养精品。凌信诚从小养尊处优，已经离不开那些珍馐细食。

因此照顾信诚与照顾周月，每天干的既相类似，又不相同。如果说优优照顾周月是出于内心的爱慕，那么她照顾信诚，则多半是为了赎过。

尽管，凌信诚已经原谅，已经不把家门不幸，算在她的头上。但优优总是本能地认为，这场悲剧的发生，与自己的引狼入室，有着逃脱不掉的干系。

除了赎过，还有感激。优优早就感觉到了凌信诚对自己的特殊情意，以前就有些诚惶诚恐，现在更其受之有愧。凌信诚不善言辞，他传情达意的方式，常常特别实惠。他听到优优讲过大姐的病状和拮据，马上表示他可以出钱，钱不是问题。但优优坚决不要，她甚至想到哪怕自己再去卖身，都不能再欠信诚的人情。她也没有依大姐所托，为姐夫讨份工作。尽管，她知道假如她向信诚开口，办这种事对已经子承父业成为信诚公司头号人物的凌信诚来说，不过举手之劳。

为这事大姐还和优优吵了几句，大姐说我的病治不治不要紧的，可你但凡有一点办法，就应该拉你姐夫一把，你姐夫不是没有本事，只是没有机会。就算你是帮你大姐，就算你大姐从小到大，没白养你，还不行吗？

优优死不吭气，她偷偷看看姐夫，姐夫只是低头抽烟，也不吭气。前一天姐夫无意中看到优优的钱包里有不少崭新的票子，就提出向优优借用，但优优不给，姐夫为此已经一天没理优优。那些钱是凌信诚交给优优给他买饭吃的，当然不能挪作他用。但在姐夫的眼里，他们这么缺钱，而优优钱包鼓鼓却不肯挪出毫厘，实在不近情理。那些大老板钱多得可以铺路，从中挪出一百二百，他还会一张一张对着买来的饭菜去数？姐夫说你别那么一本正经了，打死你我也不信！

优优知道，姐夫这阵有些恨她，恨她太不会利用自己的条件惠及家里。因为从姐夫和大姐的言谈中间不难听出，他早在猜测优优和那位躺在医院的富家子弟，有某种暧昧的关系。

优优的苦闷大概只对我一人谈过。她说她欠了凌信诚一笔难以还清的债务，她不想继续加大这笔欠债的数目。可大姐的病又确实需要赶快治疗，姐夫工作的事也是她心中的一块石头，一想起大姐的焦急和姐夫的沉默，她心里就压得透不过气来。

我劝优优：你不妨找凌信诚先借一点，只要数额不多，并且以后还他，并不白用，不就行了。而给你姐夫找个力所能及的工作，更是不必顾虑太多。他为信诚公司干多少工作，领多少工资，只要不受特殊照顾，谈不上谁欠谁的。

可优优还是摇头说道：还是让我欠我大姐姐夫的吧，他们是我的亲人，日久天长会原谅我的。我现在只想尽最大努力，照顾好信诚，我不愿再向他索取什么。

是的，优优确实在尽最大的努力，让自己的良心和灵魂得到救赎。她每天早起晚睡，为凌信诚买饭送饭，白天还要去公司照常上班。虽然凌信诚从一开始就表示过她可以不去上班，但优优不愿。

我不止一次地提醒优优：凌信诚让你帮他买饭送饭，你应该清楚他的本意何在。他并非真的缺人跑腿缺人伺候，信诚公司这么多干部职工，拍马屁也还轮不到你来。他也并非要给你将功补过的机会，他原本就没把父母死难归罪于你。他是因为喜欢你，因为对你有特殊好感，你明白吗？是那种特殊的好感。

优优低头不语。我知道，我话里的意思她全都明白。

但她说：我不想别的，我只想照顾好信诚，让自己心里好受一些，也就行了。

这事优优尽管避而不谈，其实周围早已众所周知。优优每天去财务部上班，同事们的态度已明显不同，从财务总监往下，人人对她热情有加。不光她所在的财务部，连公司的办公室、销售部、生产部、质检部，甚至，连公司的总经理副总经理们，有需要凌信诚点头认可或签字盖章的事，也都找她帮忙转达。一时间优优在公司里的地位，变得众目所瞩，非常特殊。

谁都知道这是怎么回事，优优心里能不清楚？

那时我不知道优优内心是怎么想的，不知道她对凌信诚的那个“好感”是否愿意领受。凌信诚托我转达的意思，我已妥为转达，虽然未涉求爱二字，但恋爱之意已非常明了，从荣华富贵的世俗角度，优优似无拒绝的理由。我那时估计优优除了背负赎过之心以外，可能还对凌信诚病弱的身体，有所顾忌。凌信诚因为疾病，可能已无法再过两性生活，无法再生孩子。嫁给这样的人必须随时准备守寡和绝后，并且要长期忍受性爱的寂寞。

另外，可能，我分析，优优是否还在想着那个周月？

后来，很久以后，事实证明我虽然没有完全猜对，但我的猜测也并未全错。

因为当时我并不知道在优优被公安释放不久，有一天上午，她在办公室里接到一个神秘电话，然后就立即请假匆匆走了。据第一个接起这个电话的张会计向同屋的李会计掩耳嘀咕——来电话的是个“声音好沉”的男人。由于那时优优和信诚的关系已在公司传开，所以部里对优优的管理变得极为宽松，请假不问缘由，一律照准不误。而张会计和李会计之间的小声嘀咕，以及彼此的会心一笑，也只能以不宜察觉的动作进行。

那确实是个男人的电话，但与张、李会计想象的完全不同。电话来自主办凌家杀人抢劫一案的公安分局，说有点事情还未了结，需要优优过去一趟。

优优就去了，心里有些发慌，因为那人在电话里严肃地嘱咐，让优优出来时不要声张，最多对单位里的人说有点私事出去一趟，去哪儿则千万不要明讲。

对方的口气很急，要求优优动作快点。优优请了假匆匆出门，打了一辆出租车急急赶去。信诚给她买饭的钱她都记了明细账目，其中包括一些出租车费。这大概是优优第一次将信诚的钱挪为己用，一时也顾不得内心歉意。她赶到分局找到了给她打电话的那个警察。那个警察是分局的一位刑警队长，以前一直主审她的案子，时间过去并不太久，她还叫得出他的姓氏。

“吴叔叔，您找我？”

吴队长年纪已经不小，优优叫他一声叔叔并不吃亏。她被人领进屋时这位“吴叔叔”正忙着和两个外单位的警察说话，见优优进来便即时中断话题。

“啊，丁优，你来啦。”

那两位和他说话的警察也回过头来，吴队长便向他们做了介绍：“她就是丁优。”然后转脸又对优优说道，“今天找你来，是有点事，具体什么事由这两位同志跟你说，来，你过来坐吧。”

吴队长招呼优优过来落座，可优优那一刻就像一根钉子钉在了地上，一动都动不了啦。因为她看到迎面注视着她的不是别人，竟是仅仅能在梦中出现的周月！

这是优优第一次见到身穿警察制服的周月，深蓝色的制服把周月的身材塑造得格外挺拔，镶着银边的大盖帽把他的脸庞对比得更加瘦削，而那双黑白分明的眼睛却依然那么透亮。那双透亮的眼睛只在优优脸上平平淡淡地停了一瞬，随即便向一边漠然移开。

优优的眼泪突然破眶而出，她的呼吸与心跳也随之急促，既为和周月的意外重逢，又为周月的无动于衷。周月显然没有认出优优，公安医院的那段经历，显然并没在他大脑中留下太多痕迹。

吴队长以为优优是被这场面和刚才他的什么话给吓住了。皱眉问道：

“怎么啦丁优，今天没有什么大事，待会儿谈完了就让你回去，你过来坐吧。”

他再次示意优优坐到桌前，让她坐在两位外来警察的对面，然后笑问：“是不是上次在这里把你关怕了？你放心，今天肯定让你回家。”

吴队长一边说，一边在优优和那两位警察中间打横坐下。谈话随即开始，开场白仍然由他来说。

“丁优，上次你这个案子呢，李文海、王德江我们已经报到检察院去了，估计检察院很快就要向法院起诉了。你的事呢，说大也大，说小也小，啊……”

吴队长开口说话的时候，优优眼睛一直看着周月，弄得周月不免有些奇怪，目光先是躲了两次，然后也反过来看她，他大概这时才隐隐觉得，这女孩似乎在哪儿见过。

优优被周月用力一看，看得仓促低下头去。她低了头的同时却抬高了声音，向那位吴队长表示了自己的抗辩。

"我不是已经没事了吗，我不是早就出去了吗……"

"放你出去是因为看你年轻，我们不想影响你以后的前程。我们要处理你一下，哪怕是判你个行政处罚，对你来说总不是个光彩事吧，啊？"

优优仍然用强硬的腔调表示不服："人又不是我杀的，为什么要处理我呢？既然你们已经把我放了，就说明没有我的责任。"

吴队长对优优的顶撞显然感到意外，而且当着两位兄弟单位的同事，似也关乎面子，于是他也非常不给面子地换用了训斥的口吻，用更加强硬的声音压住优优：

"我说人是你杀的吗？我要说你杀人还能让你这么轻轻松松坐在这里吗？我问你，李文海杀人你在不在场？你看见没看见？嗯！"

除了倔犟地冲吴队长瞪眼，优优一时闷了声音。似乎连她对面的周月，对他们之间突起的冲突，都有几分意外。优优甚至看见，连窗外站着聊天的几个分局民警，听见吴队长发火的声音，也都停下聊天透过窗户，向屋里张望了一眼。

吴队长显然认为打击优优气焰的声调已见成效，遂把音量逐渐放缓："你看见他们杀人你向公安机关报告了吗，啊？你为什么不报告？"

优优又回了一句："后来我不是都告诉你们了吗，后来我不是把我知道的全都告诉你们了吗。"

"后来？后来是什么时候了？你是我们抓住你以后，审你的时候你才说的。从案发到你被抓中间经过了六个多小时，这六个多小时你干吗去了？你报案了吗？我们定你个包庇罪，定你个知情不举，你觉得委屈吗？"

优优回答不出了。

吴队长带着胜利者的宽容，继续将语音放缓："再说，抓你的时候你把我们的民警打伤了你知道不知道？判你个袭警，或者判你个拒捕，行不行？"见优优理屈词穷地把头摆向一边，他又发力乘胜追击，"我还真看不出来你还学过两下拳击呢，你是在哪儿学的拳击，嗯？"

优优悄悄侧目，想看一眼周月的反应，但吴队长的话音又响了起来，而且他又开始说到了正题。

"今天叫你来，不是要跟你算这些旧账的。这些账怎么算，要不要对你进行处理，甚至处罚，那也要以后再看，看你以后的表现，你知道吗？"

优优正了脸，目光疑问：表现？

吴队长当然看得出那目光中流露的不服，但也并不恋战，佯装不见地把话题继续下去："今天他们二位要找你谈件事情，需要你做什么希望你能配合。配合就是表现，听见了吗？我先给你介绍一下，这位是王科长，这位是……哎，他叫什么来着？"

吴队长看来对周月不熟，他把探问的目光投向那位姓王的科长，谁也没料到优优会抢在王科长前面，自然顺嘴地把名字道出：

"他叫周月。"

连周月在内,三个警察全都愣了。周月很快接口问道:"你是不是公安医院的护理员啊?我好像见过你,你是不是陪我去过武警的拳击馆?"

优优的眼泪又快出来了,但她坚强地忍回去,她带着晴朗的笑容回答道:"对呀,是我和洪教练商量的,是拳击让你恢复记忆的。"

"拳击?是吗?"周月也笑了一下,却笑得不太自然。

因为这确实不是笑谈往事的场合,所以周月的笑容在脸上只逗留了片刻,收束以后他略显严肃:"对,洪教练跟我说过。"

吴队长见他们原来认识,便用调侃的语气松弛气氛:"咳,我说她怎么会打拳呢,是不是看你打过一次拳啊,啊?要不我说丁优就是聪明呢,看了一次就差点把我们小张打成小肠疝气啦,实在厉害!"

没等周月回答,丁优再次接话:"我从小就看他打拳,我从十四岁开始,就看他打拳。"

优优的语调静如止水,目光凝固在周月脸上,也不见一丝波澜,但她的胸口心尖,却荡过如歌如泣的旋律,将情窦初萌的雨中黄昏,记忆永存的清晨飞瀑,独自倾诉的灯下之夜,和拳击馆中此起彼伏的击打与呐喊,以及公安医院的阳光青草,武警体工队门前的金晖夕照,似梦似真,一一复现……除了自己寸心可感,还有谁能相信,这并不是一个虚构的故事?没人!

周月的目光同样平静,不同的是他的平静并未潜藏任何激动,以至于在优优眼中,这种平静不免有些冷酷无情……

他说:"哦,我听洪教练说过,你也是从仙泉来的……"

那位一直没有说话的王科长突然不再沉默:"好啊,既然你们是老乡,那这事你就更应该帮忙。那咱们说正事吧。老吴,我先说说?"

吴队长点头示意:"你说。"

王科长于是面向优优,严肃地开口,他先问:"你现在在信诚药业公司的财务部工作,对吗?"

优优点头。

王科长突然单刀直入:"信诚药业公司有一本秘密账簿,你是不是知道?"

优优怦然心跳,不知何以为答,怔怔地语迟半晌,她才拖拖地缓声答道:

"不知道,我没有见过。"

"你没见过,听说过吗?"

优优想说没有,张了张嘴却说不出口,她只好垂下眼睛,含糊不清地,摇了摇头。

王科长和周月对视一眼,继续循循善诱:"据我们了解,信诚公司多年来在药品经营和销售的过程当中,向全国各地多家医疗机构、管理机构,大肆行贿,有相当一部分医院的负责人,甚至是国家工作人员,接受了他们的贿赂。我们根据群众举报,受人民检察院的委托,立案调查,希望你能积极配合。"

优优呆呆地问道:"你们让我配合什么?"

王科长说:"受贿人的全部名单,都记录在一份秘密的小账簿上,那上面有人名,还有具体的金额。现在,我们希望你能帮我们拿到这本账簿。"

优优的大脑从未有过这样的慌乱无措，她最先想到的该是把她带进信诚公司的那个姜帆，他把优优安插到信诚公司也是为了得到那本账簿。现在，同样的任务再次出现，不同的只是换了买主，指使者不再是一个鬼鬼祟祟的阴谋家，而是正大光明的公安局，而且，是她可以为之献身的周月！

优优哪能想到，周月还能在她的生活中突然出现，而且出现得如此奇异偶然，他竟然主动找上门来当面求助于她，这是她连想都不敢去想的机会，是求也求不来的快乐。唯一可惜的是，这一天来得太晚。

可惜的是，她已经没法再干这事。

惋惜的心情让她不由自主沉默少顷。但她很快就郑重其事地表明态度，她对警察们说道，当然也是对周月说道："对不起，我做不了这个事情，我只是信诚公司一个普普通通的见习会计，人微言轻，我拿不到你们要的那本秘密账簿。"

三个警察都直直地看她，谁都听出这不是畏难而是拒绝。是未经犹豫，毫无余地的，断然拒绝。

王科长似乎还想尝试说服："丁优，你从小到大，生过病吗，你上过医院吗，你买过药吗，你知道你买药花的钱有多少是……"

但优优打断了他："我知道我买药的钱都被某些人贪了。但我知道了我也拿不到那本账簿……"

一直旁听的吴队长终于被优优不合作的态度再次激怒，他冷冷地插话进来截住优优："丁优，你今天这个态度，是不是觉得你自己没事了，是不是觉得我们拿你没办法了，啊？"

优优这回并不示弱，双手往吴队长面前一伸，露出了压抑已久的强悍本色："那你把我抓起来好了！有本事你今天别让我回家！"

吴队长被她猝不及防地这样一将，一腔义正辞严刹时化作满脸阴鸷。王科长和周月也彼此面面相觑，脸上呈现的不知是无奈还是愤怒！

十八

可惜，这一天真的来得太晚，可惜，优优已确实无法再干这事。

因为她已经“欠了”凌家一笔还不清的血债，因为她认为凌信诚是一个善良正直的好人。

而且，她知道凌信诚对她有了那个意思，她无论答应与否，都不该再做背叛的勾当。

那天她和三个警察不欢而散，从公安分局回到公司以后，她有整整一天魂不守舍，不是为了被她拒绝的那个任务，不是为了吴队长临走前暗含威胁的脸色，而是为了，周月！

尽管凌信诚对她很好，尽管她还在为凌家打工，尽管她有负于凌家当以毕生偿还，可周月一旦出现，爱的天平还是立即倾斜。

下午坐在办公室里优优一直想着周月，连下班后给信诚买饭的路上思念都没有停止。她眼前总是晃动着那个英气勃勃的面庞，穿了警服的周月是那么好看。在吴队长和王科长劝说、批评、斥责甚至吓唬优优的时候，优优注意到了，周月始终未发一言。

她真想走进周月的内心，她真想看看周月心中的丁优，究竟是个什么样子。周月知道她也来自仙泉，是他的一个乡亲，而且还在仙泉体校的拳击馆里，看过他的训练。但这又算得了什么？从仙泉来的人也许很多，看过他打拳的人也许更多，多得不值一提，多得没有意义。

周月还知道，她曾在医院护理过他，但那只是听人说的，具体细节并无记忆，所以这也算不了什么。护理员说白了就是小保姆而已，是实习单位为他花钱请的一个劳力，不请她也会请别人的。保姆只是挣钱干活的一个职业，谈不上谁对谁的痴心奉献，更谈不上谁对谁的厚意深情。

如此想来，优优灰心丧气，以此分析周月上午的冷漠，也就并无反常之处。她在周月的眼里，也许仅仅是一名可以利用的“污点证人”，而她时至此刻仍然不能平息的激动和委屈，才属自作多情。

退一万步来想，退一百万一千万步来想，即便周月知晓一切，对她热情有加，她又能如何？她就可以答应他们的要求回到信诚公司，去当一名奸细？

优优这时正走进一家水饺店里，那水饺店恰在爱博医院肩下为邻。凌信诚昨天晚上对优优说过，说他特想吃一顿韭菜饺子，优优下了班便去凌信诚家取了一只保温的罐子，在等候饺子出锅的时候优优看着店里进进出出的人群，目光一阵痴痴地发呆。她想命运真会捉弄人！她似乎真正体会到了这句话深藏的滋味。

优优用保温罐把饺子送到病房时饺子还是热的。一共四两饺子，优优买了两种馅的，韭菜的和三鲜的。她还带来了香醋和大蒜，醋里还调了少许味精和白糖，但凌信诚隔了一天突然又对饺子全无食欲，筷子勉强动动，饺子没吃几个，优优以为他又在想念父母，于是收了碗筷并不多问。上午公安找她谈的那件事，她犹豫了半天也没提。

饭后不久病房里就来了许多人，全是信诚公司的头头们。优优一看他们要谈公事，就到卫生间去洗碗筷，洗完了碗筷见旁边还堆着些凌信诚换下的内衣裤，就放了热水替他洗。卫生间的门并不很隔音，她能听到病房里男人们你来我往的说话声。公司的经理们正在向凌信诚报告公司的事，虽然断断续续听不全，但可以听出是忧不是喜。也许凌信诚食欲不振就缘于这些事，他还是一个半大孩子，是一个身体虚弱的病人，可现在公司事事要他操心。他说过他不懂公司的事，他说过他对经商没兴趣。可他现在想躲也躲不掉，他现在是信诚公司法定的拥有者，是这万贯家财唯一的继承人。

看来凌信诚对这副千钧重担并不适应，对经理们的汇报颇不耐烦。不知是心中不爽还是心中没底，他在听罢经理们的各项请示与建议之后并无下文。优优在卫生间虽然看不到经理们的表情，但从屋里时常出现的冷场中可以料想他们也甚是难堪。优优手上那两件内衣洗了又洗，病房里的会议才告结束。经理们告辞离去时优优没有出来，她知道公司里关于她和凌信诚的传闻已经甚嚣尘上，所以她想还是减少露面为好。

客人走了，屋里也静了下来。优优侧耳听听，不闻半点声息。她放下手里的衣服，擦擦手从卫生间走了出来。她看到凌信诚陷落于沙发沉默无语，一时不知自己该不该出声。

还是凌信诚注意到优优的存在，仓促地从沉思中醒来，脸上挤出少许笑容，问优优在卫生间干吗。

优优不答反问："他们走了?"

"啊，走了。"

"你，你喝水吗?"

"不喝。你喝吗?"

"我也不喝。"

凌信诚见优优始终站在卫生间门口，便露出一丝疲惫的笑容，用手拍拍沙发，哑声说道："你过来，坐这边来。今天我心里特别烦，本来想跟你聊聊天，谁知道他们要过来，一谈起公事总是没完。"

沙发里软弱无力的凌信诚，此时在优优眼睛里，愈发像个没长大的小孩子，好像优优和他比，还要比他大几岁。所以优优接下来的口吻里，就不免带了些大人气："你现在是公司的老板了，有事他们当然要找你。你爸留下的这摊事业，你得干得更好才行。"

凌信诚低下头去，并不呼应优优的激励。长久沉默之后，他头也不抬地说道："我想……把公司卖了。"

优优吓了一跳，以为他在说笑，可他沉闷的表情，又分明不是说笑。这时敲门声再次响起。优优不由看看手表，然后与信诚面面相觑，时间已经将近晚上十点，不知造访的又是何人。

优优过去拉开房门，房门实际上仅是虚掩，敲门不过礼貌而已。也许正是因为感受到来者的礼貌，优优在拉开门后格外吃惊，门外恭敬而立的那个男人，并非想象中的谦谦君子，而是在优优眼中早已卸去伪装，变得穷凶极恶的姜帆。

姜帆显然也没想到，开门的竟是女孩优优，他惊怔的同时语塞了片刻，那表情仿佛怀疑自己走错。

但他很快透过敞开的房门，看到了屋里沙发上的信诚。他的声音越过优优，直接飞抵这间病房的主人。

“凌老板，我是姜帆。”

优优和姜帆的目光，同样回望到信诚的脸上。姜帆的出现与刚才不速而来的几位经理相比，似乎更让信诚感到突然。

姜帆在凌信诚目光茫然之际，乘机推开优优，径直走进屋里，听到凌信诚问了一句：“你是来找我吗？”他的回答果断干脆。

“对，我就找你。你忘了我们有过一个约定？”

凌信诚说：“什么约定？”

姜帆的声音非常平静，但优优听得出来，那被字正腔圆地装饰出来的声调当中，带着公然的挑衅：“你父亲想必应该和你说过，我跟你们凌家做过一个交易。我们这一方已经兑现了承诺，可你们这一方，到现在却没见动静。”

凌信诚说：“哦，你可能还不知道，我们家最近出了些事，我爸爸……”

“我知道。”姜帆马上打断了凌信诚的解释，似乎早就断定这种解释不成理由，他针锋相对地亮出自己的立场，语气既冷淡也不无激动。

“我很同情你家的不幸，但人死不能复生。你们也应该为活人想想，你儿子的母亲，还关在牢里，你也应该为她想想。”

“我父亲怎么和你谈的，他答应过你什么事情？”

“他答应我救她出来，至少是判个缓刑出来。条件是我们把三百万元减成二百万元。一百万换一个缓刑，怎么说也不算便宜。现在孩子已经交给你了，可我到现在为止，还是人财两空。”

凌信诚说：“钱我会给的，但我不能给你。钱是付给仇慧敏的，仇慧敏没说需要外人代理。至于让法院给她减刑或者缓刑，我没有这个能力。”

姜帆冷笑：“我不管你有没有能力，这是你父亲已经认下的条件，他是商人，他应该知道什么是信用二字！”

“可我父亲已经不在了，他已经不在了！”

“可你还在。中国有句老话，叫做父债子偿！”

看着信诚目瞪口呆，脸色苍白，优优挺身冲了过来，她横在了他们两人中间，冲姜帆厉声怒斥：“人家家里刚出了这么大的事情，你还过来逼命，你还有没有人性？！”

姜帆看看优优，冷笑一下，故意对凌信诚问道：“她是谁？你们凌家和我交易，难道需要外人代理？”

凌信诚看看优优，他的话出口之快，连优优都大吃一惊。

“她不是外人，她是我的女朋友，是我的未婚妻！”

姜帆也隐隐吃惊，他不敢相信地看看凌信诚，又看看优优。他冲优优慢慢地笑了一下，倒吸凉气表示惊讶：

“啊，真怪我眼拙了，没看出你原来还有这么大能耐！”

姜帆转脸，也对信诚笑笑，他笑出了一种似笑非笑。他说：“好啊，既然是你的女朋友，你的未婚妻，当然可以代理你。不过商业交易和国家外交一样，讲究的是彼此对等，那我现在也要告诉你，仇慧敏是我的女朋友，是我的未婚妻。我，姜帆，是她的代理。钱，请你快点准备好，人，我什么时候能去接，麻烦你操操心吧凌老板。你现在是真老板了，就算是我求你，也算是我求你父亲的在天之灵，帮我这个忙，帮仇慧敏这个忙。仇慧敏毕竟生了你们凌家的儿子，对你们凌家的香火延续，后继有人，是个功臣！”

他转过脸，又对优优说：“我祝贺你丁优优，我早知道，一个人要是走了运，好事拦都拦不住。可你也得想想你的老底，想想你有没有也欠着谁的钱呢，赶快做点好事、善事，比如救个人什么的。救人也能还债的。免得让人知道你现在傍了一个大款，有一天找这个大款要他替你还钱去！我早说过，这世上人和人之间，事和事之间，全都是交易！”

姜帆话音冲着优优，目光却移向了信诚。他没容信诚开口，便收了话头，一脸冷笑出门而去，把张口结舌的优优和哑然无语的信诚，全都难堪地留在沉默的屋里。

屋里没有了声音，这让优优胆战心惊，她不知道天真单纯的信诚，是否已从刚才姜帆的话里，听到一丝端倪。好在凌信诚很快用动作打破屋里的僵闷，他走上一步轻轻抱住优优。他说：“你别理他，他是找我来的，你不用搅到这些事里。”

优优不知该说什么，慌乱中似乎说了最不该说的话，她说：“信诚，我做不了你的女朋友，我不配的。你对我并不了解。”

凌信诚反而更加用力地抱紧了她：“我知道你不喜欢我，我看得出来，你嫌我有病，你怕我活不了多久，而且，我还有个儿子，这我都清楚。可我真的很喜欢你，如果我爸妈没有出事，我早就向你提出来了。今天我也不是有意要说，可既然说了，那我问你，你能答应我吗?”

优优的眼泪都要流出来了，但她的话语却堵在喉咙。她真想对信诚说一句抱歉，她真想大声地向他，向所有的人，如实坦白：她心里一直爱着另一个男人，这个男人在她情窦初开时就深藏于心，她不舍得就在今晚，就在此时，和他一刀两断，她不舍得她的梦想被人轻易取代。

可此时面对凌信诚温柔的追问，她不能毅然决然地对他摇头。她这时的思想，已被她离家出走来到北京之后所碰到的一切生活现实，牢牢掌控。她心里清楚地知道，凌信诚的求爱，是她的一个机会，对她缺医少药的大姐，对她人生失意的姐夫，对她自己渺茫的未来，都是机会，并且千载难逢！她不能再为一个虚无缥缈的暗恋，再为一场没有结果的梦想，去选择一生的煎熬！她现在已经长大成人，应当知道自己不能活在彩色的空中！

凌信诚的追问仿佛也同样来自半空，那声音遥远得让人感觉有些失真：“你能答应我吗……”在那声音第二次出现时优优点了点头，她从喉咙里使劲地挤出她必须做出的回答，她说：“我答应。”但话音落地却伴随了两行眼泪和一声哽咽。

优优的眼泪把凌信诚也感动得眼圈发红，他不可能猜到优优是在哭别周月！他把优优脸上滴滴滚落的泪珠，全都当成幸福的果实。也许他因为幸福的降临而想起了自己一生的不幸——不幸的身体，不幸的初恋，不幸的父母……所以这场幸福对凌信诚来说，显得格外珍贵。

那天晚上凌信诚长久地拥抱优优，时至深夜才放她离去。优优在与凌信诚明确关系之后提出的第一个要求，就是希望他能够解救他儿子的那位母亲。不管怎么说你跟她好过一阵，不管怎么说她生下了你的儿子，不管怎么说，你父亲生前做过承诺，那承诺其实也是一项交易。交易不是坏事，只要公平合理。优优知道，只要凌信诚能救仇慧敏出来，哪怕让她判个缓刑，他们过去的前情旧账，恩恩怨怨，即可一揽子解脱。而优优自己，和姜帆那笔未了的债务，也就算是得到了清偿。

她和信诚如果真的相爱，她就更不希望再次见到姜帆，她不希望姜帆狗急跳墙，捅出她和他过去的那宗秘密交易。

那天晚上优优回到旅馆，她想先去大姐的房间，她想把她和凌信诚的关系，早些告诉大姐。尽管大姐身体有病自顾不暇，尽管大姐大事临头总没主意，但优优觉得她的终身大事，按规矩总要征求家长意见，总要找个家人出来，为自己拍板做主，哪怕仅仅是个程序或者习俗。

优优刚刚走进旅馆大门，就被门房的老头叫住："哎，刚刚有人找你，现在到隔壁饭馆吃饭去了，让你回来以后过去。"

优优问："是谁找我？"

门房老头隔着小卖部的柜台，递了一张字条过来："这儿，留了个名字。"

优优看那字条，是从住宿登记单上扯下的半张废纸，上面清清楚楚，写了两个有劲的黑字：

周月！

优优的心差点从嘴里跳出，兴奋得几乎不能自持，她完全忘了刚刚在爱博医院，她已经为自己订定了终身。

她像全身带电一样，飞快奔出旅馆，在旅馆右侧的隔壁，有个通宵营业的饭馆。这饭馆不过十来张小桌，推门进去便能一目了然。周月果然就坐在靠门不远的一张桌前，见优优进来便从桌前站起。

在周月站起的同时优优心里略略一冷，因为她看到周月的对面还坐着一个男人。那个男人没有起身，只是回头过来，并且率先开口，招呼优优。

"啊，丁优，你回来啦，来来来，这边坐。"

是王科长，是××处的那位王科长。

但优优还是非常高兴，因为周月能来主动找她，毕竟出乎她的意料。她脸上挂上了怎样的微笑，也许自己都未察觉。她明知他们此来，必是为了公事，但周月就在身侧，那沉默而又温和的目光，还是让优优喜不自禁，暗中羞涩。

王科长的态度也非常温和，口吻也像聊家常似的，问优优怎么这么晚才下班回来，要吃点夜宵吗？要吃咱们一块儿。

优优表示她已吃过饭了，她也没有忘记对王科长的客气表示感谢。王科长他们显然也是刚刚坐下，刚刚点了饭菜，饭菜还没上来。王科长让服务员给优优倒了一杯茶水，然后视线抬起，言归正传：

"咱们白天谈的事情，你考虑得怎么样了？"

尽管优优早就猜到他们找她，仍旧是为了这事，但王科长此话一出，与优优此刻的幸福感觉，还是有点格格不入。她的情绪不由得低沉下去，飞翔的心不得不渐渐回落，落到了现实的地面，现实的地面则是一片荒芜。

她低头，回答说："我不是道过歉了吗，我做不来这件事的。"

她说完，飞快地用余光瞟了一下周月的反应，她想看看周月有没有失望，有没有生气……她感觉周月似乎没动声色，具体表情没能看清。

王科长耐心地继续说服："我知道，上次在分局咱们没谈拢，上次你情绪也不好。分局的老吴说话可能冲了点，但老吴也是为了工作。你上次那件事没及时报警也的确有问题，我们要是揪住这事不放你也很麻烦，可我们没有这么做，还是实事求是处理的。你把分局的民警踢伤了你也是知道的，不是也没跟你较真儿吗。所以公安机关请你办的事，你力所能及还是要帮忙。你也不必有顾虑，我们会给你保密的。你过去跟公安机关打过交道吗？"

优优点点头："打过。"她的回答也许出乎王科长的意料了，口气中不免带出几分惊讶来：

"打过？因为什么事打过交道啊？"

优优用目光指了一下周月："我在公安医院替你们照顾他，照顾了三个月零十天。"

周月大概没想到话题一下子扯上他，脸上不由很尴尬。王科长的反应倒恰当，马上点头表扬道："对！这我们都知道。虽说那一阵我没在，但你照顾周月的事我也听说了，所以咱们应该算是老熟人了，打交道也不是一两天了，你对我们也应该都了解了。"

这时周月也开口说话了，他的语气虽然非常友善，但优优听来还是有些平淡。他说道："丁优我知道你照顾过我，这一点我非常感谢的。我后来问了好多人，大家对你的印象都不错。所以我确实应该谢谢你。我的病能治好，也有你一份功劳呢。"

优优抬头看着周月，这张面孔该是多么相熟，虽然他不再留韩国歌星那样的头发了，但依然帅气，依然清秀。周月平平淡淡的谢意让优优突然眼中含泪，她声气难匀地问了一声：

"你生病时候的事，你都忘了吗？"

周月笑了笑，不无抱歉地说："啊，我那时候脑子坏了，所以什么事都记不清了。"

"全都记不清了？"优优的声音有些发抖。

周月和王科长互相对视一眼，似乎对优优的激动都有些意外。优优这时真的控制不了自己，她流着泪从座位上站起，快步跑出了这间餐厅。

优优站在餐厅门口，竭力想让自己心情平静。王科长和周月谁也没有出来追她，她擦干眼泪走回旅馆。她走下旅馆阴冷的台阶，责怪自己不该失态，她不该再把周月放在心里，她已经属于另一个人了，她刚刚和那个人互许了忠贞。

她走到大姐房间的门口，说不清自己已经心静还是心死，因为她已经开始琢磨，关于她和凌信诚的事情，该怎样向大姐述说。

她没想到，大姐不在。

大姐住的屋里，屋门敞开，姐夫正在弯腰躬背，往一只旅行袋里装着杂物。优优惊疑地看着这间凌乱的小屋，心里慌慌地颤声发问：

"姐夫，我大姐呢？"

“啊，优优回来啦。”姐夫直起了身子，看着门口满面惊疑的优优，连忙堆出一副笑脸，在优优的印象当中，姐夫只是在和大姐谈恋爱的时候，才对优优这样笑过，他笑着说，“你姐姐住到医院去了，今天下午去的，我这是回来取点东西，明天一早还要给她送去。”

“住医院？”优优似乎隐隐明白，但她还是问了下去，“谁送她住的医院，咱有钱吗，住在什么医院？”

“啊，今天下午你们公司来了两个领导，带了医院的急救车来，把我们一起拉到朝阳医院去了。住院的钱肯定是他们交了。那急救车我还是头一回坐呢，里面设备非常高级，你大姐在车上可以躺着，还没到医院就吊上针了。优优，要不然我以前总说要进就进这种大公司呢，那气派就是没得好比。优优你吃过饭吗？今天你们公司的人还留了钱给我，你要不要出去吃点东西？”

优优怔了半天，不免疑问：“咱们，咱们怎么能随便用公司的钱呢，你知道以后要不要还？”

姐夫似乎早就胸有成竹：“还什么。咱们有钱就还，没钱就不还，我又没和他们立字据的。人家都告诉我了，说你现在在帮公司老板做事，说你很忙顾不上家，所以公司对你家里应当照顾。这就明摆着就是不用还的嘛。我这个人很搞得清的，不明不白的钱我一分都不会用。”

从这一刻起优优心里更加清楚，她已无法退出，她只能义无反顾！她过去欠了凌信诚偿还不清的罪责，现在又欠了他无须偿还的好处。也许她最应当告诫自己的就是姜帆的那句名言——这世上人与人之间，事与事之间，全都是交易！从来没有免费的午餐，也没有可以欠账不还的债务！

十九

后来优优对我倾诉过那天晚上她的心情，那一天是她人生中一个重要的日子，她在这个看上去平淡无奇的日子里，订了她的终身。

其实不光这天晚上，优优与凌信诚的结合，始终带有报恩还债的心理。这种心理贯穿于她与凌信诚的"恋爱"全程，是个一直难以摆脱的精神压力。这种压力让她没有自由的感觉，特别是在夜深人静的时候，在她不由自主想起周月的时候，她甚至有一种被强迫的受虐感和羞耻感，好像她是为了金钱，才被迫放弃了自己的爱人！所以优优突然而生地，对金钱厌恶无比。她有时甚至忘记她和周月之间，原本一无所有，她被迫放弃的那场爱情，只是她一厢情愿的一个幻觉。

和优优明确关系以后，凌信诚马上出了医院。其实他早就可以出院，只不过为了能让优优每天过来送饭，而故意在医院拖延。他出院后没有住在家里。父母虽然早已择吉安葬，但瑞华花园的那幢别墅，总有不吉之感，住在那里难免陷入回忆的煎熬，也难以摆脱那场悲剧的梦魇。

凌家还有一些其他房产，但不是没有装修不能住人，就是久无人住需要收拾，所以凌信诚出院后就先带上优优，一起去外地休养。同行的还有他的儿子和他家的保姆，还有一直为他父亲做事的李秘书及一个医生。

他们去的地方是南方的一个湖泊，在地图上可以查到它的名字。这个并不有名的天童湖位于浙江东部，途中要在金华下车，然后乘汽车再走三个小时，才能进入湖区外屏的山林。若不是那条进山的道路修得比较正规，优优几乎不敢相信，这样苍郁无人的深山老林，怎会屏障着一汪湖水。

汽车缓缓转过一片林子，此时谁也说不清他们已经盘桓上山还是行进在平地。他们从一个窄窄峭峭的崖口驶出，一片清蓝的湖水扑面而来，车上的人几乎全都惊叫起来，全被眼前不可思议的美景震撼。

这样的旅行让优优经验了过去只在电视剧中观摩过的享受。他们一行六人，连小保姆和孩子在内，从北京出发时全部乘坐软卧列车。他们包下了两个包厢，一个由信诚和优优独住，而秘书、医生、保姆和孩子，则住在隔壁。来车站送行的人前呼后拥，全是公司里的各级头头。头头们的脸上不仅对信诚充满关切和恭敬，而且对优优也倍加亲热，嘱咐她一定照顾好老板，让他好好调理，好好开心。

这么多人嘱咐优优，让优优自感责任重大。本来她和信诚相处，都是信诚随她。自从信诚父母死后，优优身负罪责，现在又被众人托以重任，举手投足，都有些不自然了，不知哪句话该轻，哪句话该重，哪些事应当顺从，哪些事可以自主。

旅途中的第一个晚上，信诚就挤到优优的铺上上下其手，并有进一步要求。优优记得医生说过，信诚的心脏状况已承受不了男女之欲，所以她和信诚结合，早就抱定禁色之心。现在信诚主动求欢，优优反倒手足无措。她抱着信诚单薄的身子，抚摩着他女人般细滑的肌肤，心中同样冲动难耐，但同时而生的恐惧，又让她无法纵情快乐。她声调娓娓，做了劝阻，但信诚不听。她用他的心脏吓他，反而让他恼怒，极不开心地质问："你是我女人了，难道不许我碰？"优优只好由他，但心里七上八下，生怕万一信诚发病，万一不治，她丁优优就真的灭了凌家满门，成了凌家的千古罪人！

像这样饱受惊吓的情欲春宵，优优当然感受不到真正的高潮，更何况她第一次干这事是和侯局长那种变态的男人，因而对这种事本身就怀有恐惧。好在，凌信诚做这种事有点像个孩子，动作慌张而过程简单。而且，高潮来得很快。而且，没出什么意外。

凌信诚看来非常满足，那一夜始终挤在优优铺上不肯离去。优优像哄孩子那样又开始劝他，让他以健康为重少干这事。凌信诚满足之后就变得听话起来，用一串随口而来的保证敷衍优优。不过后来事实证明他确实还算节制，每晚只和优优相拥而眠，并不过多沉迷床笫之欢。优优每天晚上上床之后都要给他做做按摩，揉揉脚心，然后用自己的怀抱哄着他慢慢入睡。凌信诚似乎对这母性的怀抱，渐渐产生了心理依赖，那是一个让他远离孤独治疗伤痛的爱的暖巢，一旦失去便显得无着无落。

整个假期优优都这样竭尽全力，想方设法让信诚开心，处处事事看信诚的脸色办事。好在凌信诚总的来说，是个极好伺候的男孩，大多数时间少言寡语，除了偶尔突发脾气，几乎从不与人争执，包括对秘书、保姆，也从不为小事呵斥。优优与秘书、医生的沟通，包括与保姆相处，也都还算开心。她本来是那种热心助人的女孩，只要别人不与她动粗，她的性格其实很得人心。再说大家一块出来度假，都是为了陪伴信诚，在这个共同的目标之下，彼此和气，从根本上说，没有冲突。

唯一和优优有所冲突的，就是那个孩子。

那孩子皮肤很白，样子很乖，平时很少哭闹，只要手中有个玩具，便能自得其乐很久。带这种孩子，连保姆都很轻松，信诚就更不操心。不过看得出他非常喜欢这个孩子，只要精神稍好，便总想抱在自己手里。他给孩子重新起了名字，叫凌健安，寓健康安全之意。但这名字多少有些俗气，而且颇为拗口，所以大家都不叫的，都随了保姆叫他乖乖。这是保姆在信诚没给孩子正式起名之前，自己叫的。那孩子也确实很乖，所以乖乖二字，就成了孩子的小名，众人百呼不厌。这孩子确实成了枯燥旅途中的一个玩意儿。

惟独优优，对乖乖另是一番感受，不是她不喜欢这个孩子，而是这个孩子不喜欢她。

优优的本性，对一切小孩，都是爱的。但那孩子对优优的恐惧，也仿佛与生俱来。一见到优优伸手抱他，便像在医院花园第一次见面时那样，拼命挣扎，号哭不止。这个条件反射让所有人惊讶不已，也让所有人，窃窃私语。凌信诚父母被杀的过程，恐怕早就不是秘密，甚至还传成多个版本，滥加演绎，但李文海枪杀凌母时孩子正在优优手中抱着，这一情节，各个版本都很一致。人们不难做出这样的推断：当孩子尚未发育成熟的大脑受到强烈的恐怖刺激之时，他眼中看到的，正是优优的面容。所以，优优的这张脸孔，已在孩子尚未建立分析判断能力的大脑内部，形成了一种顽固的条件反射，一看到这张脸孔便会触动恐怖神经。换句话说:优优在孩子的眼里,已是魔鬼的化身。

优优为此非常痛苦,和某个大人是否冲突,她并不在乎。甚至在遭遇强者侵犯的时候,她也并不退缩。比如李文海和胡子,还有姜帆之流,她和他们正面对决,绝不屈服。但被一个可爱的孩子无端抵触,却让她非常难过,也非常难堪。特别是,她从今往后将命中注定,要和这个孩子,一起生活!

对这个状况最着急的,当然还有信诚。他当然希望他的儿子,与他未来的妻子,能够和谐相处。他原来以为由于孩子还小,还没有太多记忆,因此今后完全可以把优优当做母亲,他相信优优也愿意并且也能够,承担母亲的责任。他甚至还对优优说过,实在不行他不惜卖掉公司,带着优优和孩子,离开熟悉他们的一切人,一切社会圈子,到一个谁也不知道他们底细的地方,买一处房子,重新开始他们的生活,让所有人,包括那个讨厌的姜帆,包括孩子的母亲仇慧敏,都再也找不到他们。他们将会结识很多新的朋友,会找到他们喜爱的,同时也是力所能及的工作。到那个时候,凌信诚在所有人眼里,是一个温存的丈夫和父亲,优优在所有人眼里,是一个能干的妻子和母亲,这个名叫乖乖也叫凌健安的男孩,是他们两人亲生的儿子。

当然,这都是空想。

对凌信诚的这个计划,优优先是激动了一阵,但很快就发觉其中的不切实际。离开所有的人,这怎么可能呢。凌信诚还算好办,他除了父母之外,只有上海一个远房的姑妈还有些来往,而优优却不可能离开她的大姐,包括她从小到大的朋友阿菊,一旦说从此永不相见,断是舍不得的。优优不像信诚,信诚反正没什么朋友,他那些大学中学的同学,也早就不再来往。再说,最不现实的一条还有,卖掉公司能像上下嘴唇一碰那么容易吗,这也太不现实了。能异想天开地想出这样的计划,只能说明凌信诚还是个小孩。

但乖乖的哭叫和恐惧,与大人们的窃窃私语,确实是优优和信诚共同的心病。在没有找到解决的办法之前,优优只好远离那个孩子,从一上火车就是如此。信诚要和孩子玩了,就到保姆的车厢里去,优优要跟过去,最多站在门口,与孩子保持距离。到达天童湖以后也是一样,只要是大家集体活动,游湖吃饭看风景之类的活动,优优都是这样,与孩子拉开间距。

这种近身不得的现状,让优优对孩子的感觉发生变异,她看到凌信诚越来越喜欢这个孩子,心里多少有些不是滋味。不知是孩子天生长得白嫩可爱,还是自然而然的血缘亲情,凌信诚抱起自己的儿子,脸上总是荡漾出心满意足的笑容。他和优优在一起时,也从未有过这样无忧无虑的表情,从未有过这样天真慈爱的神态。优优当然看得出来,也比较得出来,以致她一看到凌信诚和孩子在一起亲密玩耍,一看到他在孩子脸上又亲又蹭,就忍不住妒火烧心。有时她会成心故意叫凌信诚过来一下,凌信诚总是拖拖拉拉,只要让他和孩子分开,哪怕只是暂时分开一两分钟,也是很不情愿的样子——过来皱眉问优优有啥事情,脸上的笑容也会顿然收去。优优心里难过极了,仿佛那孩子是一个强劲的情敌,而自己则是黄花渐老风情不再的第三者,那种无甚理性的失落感会让她突然感到愤怒,并立即将这愤怒发泄在凌信诚的身上。

"我没啥事情,你去跟他接着玩吧。"

优优说完这句,扭身就走,弄得凌信诚丈二和尚摸不着头脑,搞不清优优突然板脸是为了什么。

时间长了以后，渐渐的，优优嘴上不说，但在心里，非常讨厌这个孩子。

渐渐的，优优对她与凌信诚的关系，也隐隐有些后悔，至少对他们的未来，心中甚感茫然。

但是，如上所说，她已无路可退。她的大姐是花了凌信诚的金钱才住进的医院，不仅打针吃药做各种治疗，都有公司的支票垫底，而且，大姐在医院里的一日三餐，日常花销，也都是往公司的支票上填的。还不包括请护理员的钱呢。护理员是公司让大姐请的，大姐请的不是别人，就是阿菊。德子被关在牢里，阿菊没有工作，一个人在旅馆住着，衣食无着。大姐就把这个差事给了阿菊，既是她帮大姐，也是大姐帮她。她这样每月可以从信诚公司的支票上领到六百元钱，还能退掉旅馆那间每月一百八十元租金的房子，和大姐住在一起，因为大姐在朝阳医院住了一个单间。

还有她的姐夫，也不用再倒手机挣那点辛苦钱了。凌信诚和优优离京之前，去朝阳医院看了一次优优大姐，谈了他和优优的事情，像履行一个求婚仪式般地，征求大姐的同意。当时姐夫也在，大姐便机不可失地向她未来的妹夫，提了一个条件。虽然是用了请求的口吻——希望信诚能帮优优姐夫解决一份工作，但这请求在求亲时提出，就成了条件。凌信诚问钱志富都会做些什么，钱志富便把他卖菜开火锅店的经历吹嘘一遍。说吹嘘是因为他把那个菜摊说成了经营果菜批发，把那五张桌子的火锅店说成了火锅城，他把他的失败归结为大姐生病——是大姐的病拖累了火锅城扩张连锁计划的进程。

凌信诚说，那这样吧，我们公司是生产经营药品的企业，恐怕没有适合你的工作，我可以出点钱算是投资给你，你再去开个火锅城好了。姐夫笑逐颜开，说那当然更好。双方一拍即合，就这样谈定。

姐夫如愿以偿，大姐也非常高兴。优优当然也很高兴。姐夫终于有了着落，而且他一旦财路顺畅，对大姐和优优就都能有些笑模样了。

大姐和姐夫高兴就高兴去了，可优优高兴之后心里却沉得要命，因为她能感觉到自己身上已不堪重负。特别是当她发觉凌信诚的儿子对她的排斥难以更改的时候，心里的压力就更加不易承受。

他们在天童湖休养期间，优优给我打过几次电话，在电话中没事闲聊。她向我描绘了天童湖的宁静和美景，以及他们在湖心小岛的那座别墅里日复一日的奢华生活。那别墅是浙东一个私企老板巨资兴建的度假乐园，专为行贿各种关系而用，这一段恰巧空着，李秘书通过关系（当然也要花钱），就把它租下来了。

这样的生活对优优来说，想必开了眼界，但从她的言语之间，我能听出她内心或有的苦闷委曲，和隐隐流露的孤独寂寞。与爱人相偕优游名山秀水，还会寂寞吗？在自己从未见识过的物质天堂中尽情享受，还会寂寞吗？优优的寂寞令人费解。除非，我想，她还在念着周月。

优优的心理压力，凌信诚毫无察觉。他因为有了优优相伴，每日心情如沐春风，又因为找到了初为人父的感觉，人也变得开朗慈祥，虽然依旧说话不多，但笑容却明显多了。爱情的滋润与天伦之乐同时作用，连他一向苍白的脸色，也前所未有地红润起来。

不知是不是由于神清气爽的缘故，凌信诚对仇慧敏的事情，也办得非常认真。有时一天要打好几个电话，催问去法院和检察院活动的情况。优优从旁听着，能听出事情办得并不顺利，案子的前景并不乐观。她从凌信诚频繁打出去和什么人不断打进来的那些电话中，陆续知道案子已被公安机关移送到检察机关，又由检察机关移送到了人民法院，人民法院已经开庭审理，不日就要宣判……那其中大概也有姜帆打来的电话，优优隔了卧室厚厚的墙壁，都能听见凌信诚和他的解释与争吵。

在他们快要结束这段悠闲假期的时候，案子的结局终于传过来了。仇慧敏被法院一审判定犯有交通肇事逃逸罪，判处有期徒刑一年，不予缓刑。

随后传来的消息是关于凌信诚父母被杀案的判决结果，李文海被判处死刑，立即执行；德子被判处十五年有期徒刑，送监收押。两人全都放弃上诉，因此这个案子就此了结。

仇慧敏也放弃了上诉。

这些消息都没有给凌信诚带来快乐，他又像以前一样心事重重。法院对李文海和德子的判决让他又想起了死不瞑目的父母，他那天晚上蜷在优优的怀里，轻声地啼哭。优优没有劝他，她只是把他搂在怀里温柔地抚摩，像在安抚一个无助的孤儿。而优优那时最担心的则是姜帆，她不知道姜帆这种人在他的要求没被满足之后，会用什么恶毒的方式进行报复。姜帆的要求非常明确，他要仇慧敏被判缓刑，结果法院判了实刑。也许现在仇慧敏正从看守所被押往服刑的监狱，也许姜帆正赶去为她送行，也许他们正用眼神互相沟通，共同圈定了他们未来的仇人。

坏心情使凌信诚对任何事的兴趣都在迅猛地减退，包括他子承父业后信诚公司的经营前途。他再一次和优优谈起卖掉公司然后隐居的想法，优优这才意识到他已经把此话当真。

如果公司真的能够卖掉，优优当然一百个赞成，因为她担心医药公司的暗账回扣，早晚会像足球黑哨那样，被记者捅将出去，最终掉进司法惩罚的恶浪旋涡。何况信诚公司行贿之事，已被有关部门盯上，优优没有去为公安卧底，未准别人不去。所以当她发觉凌信诚要卖公司的说法并非戏言或一时的气话，也就变消极为积极，极力怂恿，力劝信诚放弃医药这行生意，改行去做别的。哪怕什么都不做，也比父母留下的这份家业，在自己手里败落要强。

她当然不是贬低信诚的能力，也没有透露公安机关对公司的注意，她的论据仅限于信诚的身体，他的身体状况，显然不能支撑他投身于日益激烈的商业竞争。如果把公司全部交给父亲那些旧部，而自己从此不闻不问，那还不如现在就把公司送给他们。

于是在他们从浙江回到北京之后，凌信诚便找来律师商谈出让公司之事。律师又找来资产评估公司，对信诚药业的资产进行全面评估。根据律师的建议，评估明面上的理由是凌信诚要以信诚的资产，帮朋友的公司做贷款抵押，以免引起公司高层的猜疑。尽管有此说词，但一向不问公务的这位凌家公子，突然请来评估公司翻箱倒柜地核查资产，还是在公司内部引起轩然大波。公司的总经理和财务总监还专门跑到凌信诚的住处，言辞激烈，力陈替人乱行担保之弊，劝他为公司的资产安全着想，收回成命。但凌信诚有凌信诚的退敌之计，那就是一味地沉默寡言，以柔克刚，最后也只是表示去和朋友商量商量，别无多言。问他是什么朋友，哪家公司，也不肯透露。总经理和财务总监也没办法，以为这位少东性格如此，连点男子汉的痛快劲都没有，三脚踹不出一个屁来，只好摇头而退。他们不晓得凌信诚不肯说出那家公司的原因，是那公司实际上子虚乌有。

资产评估的结果很不得了，除了计算账面资产，还要计算无形资产和品牌价值，还要计算房产和地价的升值，信诚公司本身的品牌和其主力产品西林霉素的市场认知度，都估了可观的数目。凌荣志发家致富二十年，站着房子躺着土地，一一细数也不算少。评估报告出来以后，先密封了送给凌信诚本人过目，凌信诚自己也被吓了一跳：公司的资产竟有七亿人民币，减除负债，净资产也高达四亿之多。

律师事务所也终于找来了一家有意收购的客户，是一家做药的中外合资企业，名叫辉德瑞斯制药有限公司，这家公司历史悠久，实力雄厚，光是辉德瑞斯这四个大字，在制药界已是如雷贯耳。但对方以大欺小，收购的条件过于苛刻，第一条就是仅按账面资产的价格谈判，评估出来的资产概不算数。而对方提出的收购价，竟然只有区区几千万元，这个数目同样让凌信诚大跌眼镜。

谈判虽由律师代为操作，而且一直秘密进行，但医药行业互相勾结渗透，没有不透风的墙，凌信诚出卖公司这件事情，很快就沸沸扬扬传播开来。凌信诚从李秘书吞吞吐吐的口气当中，知道公司上上下下都已炸窝，很多业务骨干都在打算另谋出路，管理层更是人人自危，公司的业务基本停摆，这两天下面的工人也开始找碴儿闹事，工会组织也在连夜开会……凌信诚这才迫不得已，把公司几位主要负责人都叫到家里，正式公布了他要退出信诚公司的决定。

那时候凌信诚和优优住在亚运村附近一套顶层的复式公寓，那是凌家在搬到瑞华别墅之前住的房子。在他们去天童湖休假的时候，这套房子做了全面的修整，凌信诚宣布引退的会议，就在这间公寓的客厅召开。那一阵公司每次来人，优优都要自动回避，也说不上是什么心理作怪，总之她现在最怕见的，就是信诚公司的那些同事。她过去在公司里位置那么低，现在摇身一变成了老板的未婚妻，她控制不了自己的自卑心，她不知道该用什么表情，来应对那些熟悉的面孔，和那些面孔突然换上的谄媚的笑容。

凌信诚向公司的头头们宣布退出的时候优优照例躲到了楼上，她知道楼下的会议对每个人来说，都非同寻常，为此她情不自禁地站在楼梯半腰向下张望，那张望其实仅仅是一种倾听。她听到凌信诚细弱的声音，断断续续，在简单省略地讲述了他的身体状况，以及对经商的无趣和无能之后，便说出了他的决定。在他说出决定后楼下陷入一片寂静，这寂静让优优心悬在喉，这时，她突然听到身后发出一声巨响，那一瞬她狂跳的心几乎从口中蹦出！

她转回头去，整个二楼却一下变得静静无声，看不出那声巨响来自何处，她转身一步步拾级而上，渐渐看到二楼过道上的一只花架，不知何故倒在地上，一盆她最喜爱的蝴蝶兰连盆带花，全部摔得粉身碎骨，碎瓷四处散落，一地落英缤纷。

优优满腹狐疑，继续向楼上走去，在最后几节台阶却忽然放慢脚步，因为她看到了这场“事故”的肇事者，原来是不知从哪间屋里自己爬出来的那个小孩！

乖乖似乎也受了这声巨响的惊吓，一动不动地趴在碎瓷残花当中，一双惊惶恐惧的眼睛，直直地瞪着优优。优优惊魂稍定，想喊保姆，但又不愿让自己的喊声让楼下听见。她又怕花盆的碎瓷划伤孩子，犹豫片刻她向孩子走去。

孩子依然一动不动，仰着恐惧的目光，看着优优沿楼梯自下而上，他的面部不由微微抖动，小嘴也已张开，但没有哭出声音。优优怀着一丝侥幸，继续走上楼梯，当她抱起孩子时她可以感觉到孩子的全身都在抽搐，她极尽温和地抱着他，刚想再说两句温和的话，还没开口就听到孩子胸腔里的一股热气，冲破痉挛不止的喉咙，以井喷似的气量，喷薄而出，紧接着优优的耳鼓被一种令人呕吐的尖叫冲撞攻击，那尖叫声比刚才花盆打碎的声音还要突然，甚至惊悚百倍！

楼下的人也都听到了花盆倒地的声音，少时又都听到了楼梯上孩子的尖叫。那尖叫声延绵不断地持续，让每个人的神经都变得不堪一击！凌信诚最先熬不住了，离席向二楼冲去，他看见他的儿子脸上没有一点血色，正在优优手里拼命挣扎，他的叫声已经完全嘶哑，只剩下阵阵干号和垂死的悸动。而优优站在一地碎瓷当中，进退无据，好像已被孩子吓傻。

有几位与会者也跟上来了，其中有总经理和李秘书。凌信诚可能觉得他在众人面前丢了脸面，一把夺过哭号不止的儿子，同时冲优优吼叫一声："他不让你抱你为什么非抱，你非让他哭出病来是吗！"

这是优优第一次，看到凌信诚如此气急败坏的脸色；第一次，被他如此粗暴地训斥，而且是当着众人。这些人优优全都认识，此时全都面无表情，冷眼旁观。那些眼神一下刺中优优那根最不敢碰的神经，让她立即明白自己无论享受了多少衣食富贵，接受了多少阿谀谄媚，但在众人眼里，她仍然是个下等之人，是被摆在大理石台面上的一只花瓶，是供人看的，看腻了完全可以随手一摔！

优优觉得自己受了屈辱，屈辱使她的自尊心反而强过百倍。她推开挤在楼梯口的那堵无动于衷的人墙，挤出一条逃路跑下楼梯。她没有顾及客厅长桌边上投来的那些诧异的目光，拉开屋门冲了出去。她冲出屋门的那一刻心里大声地叩问自己，她为什么要整天陪着这个恶魔似的小孩子！她为什么非要承受这份罪！

她一直冲到大街上，才觉得胸口透出了气。可那孩子的尖叫声，似乎还留在耳朵里。仿佛那声音是从耳朵里面往外叫……她不知道自己该躲到哪里去，躲到哪里才听不见这声音。

她麻木不仁地朝前走去，不知不觉走上了一条熟悉的路途。这条路激活了她心中即将磨灭的印象，让她隐隐听到了灵魂的暗示，让她鬼使神差地，走到了那座梦中的大门。

那座门是她梦中永远的风景，那座门和梦中的样子极其相似。门口有个小屋，里边有个老头，那老头神态依然没变，依然在屋里慢慢悠悠地分着报纸。

优优走进了那间小屋，那个老头随即抬头开口："找谁呀？哎，你来过吧，我见过你，你上次是找谁来着？"

"我找周月。"

"周月？啊，我想起来了，你是周月的老乡！"

那老头热情起来，还给优优让座，在他拨打电话为她寻找周月的时候，一辆汽车恰从门前开过。优优记得她第一次找到这里，也是有辆汽车正要出门，那辆车后来拉着她一起到公安医院去看周月……此情此景，恍然如旧，就像电影中一段黑白梦境的慢速回放。

汽车绝尘而去，老头电话打完，他的声音唤醒了沉于幻觉的优优：

"周月在呢，他马上出来。"

优优彻底醒过来了，心中自问究竟来此做甚，是来寻找梦中的爱情，还是自愿请缨要当那个奸细？

二十

优优从浙东天童湖回到北京之后，再没给我打过电话，所以我一直认为，她与信诚一切都好，两人正沉醉于甜蜜的爱情生活。那时我正在设计小说的结尾，那结尾便是有情人终成眷属。写出这样团圆美满的结尾对我来说，早就心仪已久，在此之前我的多部小说皆因结尾不让读者舒心痛快而屡遭诟病。无论《一场风花雪月的事》还是《永不瞑目》，还是《死于青春》，主人公均在缠绵相爱之后，死于非命。而《拿什么拯救你，我的爱人》和《玉观音》之类，虽然人物苟活在世，也是有情男女，天各一方。最好的结局要算《你的生命如此多情》和《便衣警察》了，但男女主人公虽然破镜重圆，心里也是各怀恩怨情仇，读者大多也能看出，那种美满似难持久。所以我一直憋着要写一部真正的团圆喜剧，以免读者对我盖棺论定。优优与信诚的故事给了我这个机会，让我能在祝福他们的同时，也写下他们的幸福供读者分享。我甚至想象万一哪位电视剧投资商被“海岩”二字冲昏头脑，冒险拍下此片，那结尾一定是优优和信诚带着他们的孩子乖乖，徜徉嬉戏于蓝天碧水的海边，而此片最后光明的结尾，就定格于他们脸上灿烂无忧的笑容。

但在这个结尾尚未完成之前，我半夜三更接到了凌信诚的电话。他在电话里的声音非常焦急，焦急中还带了些少见的愤怒，愤怒中又包含了情不自禁的沮丧……他沮丧地告诉我优优跑了，时至深夜还未回家。他详细地说了优优离家出走的过程，自我辩解的同时又夹杂了对优优的批评。他说他没想到优优的个性如此之强，脾气如此之大，一言不合，摔门就走，这日子长了可怎么过呢。凌信诚的这个电话，再次把我对爱情能够持久的幻想，无情打破，让我深感男女之间性格冲撞，日久生厌，甚至柴米油盐，经济纠纷，这些才更加真实，更加永恒。

凌信诚诉说完了，抱怨完了，还是希望我能帮他找到优优，劝她回来。我说优优并没打电话给我，我也不知她的下落，她会不会去医院她大姐那里了？会不会去她姐夫那里了？她姐夫不是开了一个店吗。凌信诚说这些地方他都找过，也打电话问过，他们都说没有见到优优。

于是我一边答应他明天尽量去找，一边站在优优的立场，做些缓解矛盾的工作。我说据我观察，优优对你有很深的感情，但你也要为她想想，一个二十岁的女孩，守着一个一见她就发神经的孩子，她究竟有多少耐性，究竟能承受多长时间，总不能对她要求过高。另外，你们两人相处，你是强势，她是弱势，她经济上要依赖于你，你又是男的，她在你面前唯一剩下的，唯一敏感的，只有自尊。她因为自尊受伤而离家出走，你应当理解，应当宽容。我的劝说让凌信诚在电话里沉默下来，没再为自己辩解理论，在结束通话前他向我表示，优优回家以后，他可以向她赔礼道歉。

第二天我是通过阿菊找到优优的。阿菊已经不在医院陪护优优的大姐，因为优优大姐已经出院，住到优优姐夫开的店里去了。优优姐夫拿了凌信诚给的二十万元投资，本来雄心勃勃，要重演志富火锅尚未实现的神话，但自从他倒了几次手机，间或还做了几次“倒卖人口”的“脏活儿”——为一个在北京开酒吧的仙泉老乡从仙泉招了几名坐台小姐，赚了几笔“不赚白不赚”的小钱之后，已经彻底蜕变成一个典型的“机会主义分子”了。我对优优说到“机会主义”这个词时优优居然没有听懂，这是老词，已经多年不用，源自毛泽东在井冈山打游击时期的著作。毛主席说：机会主义就是这里有利就到这里去，那里有利就到那里去，无一定原则，无一定方向。我对优优说，你的姐夫就是这样的“机会主义”分子。他看到北京的网吧生意很火，便立即放弃了他的火锅理想，在酒仙桥那边开了一家网吧，做起了少年儿童的生意。那网吧也起名叫志富网吧，刚刚营业，生意挺火。钱志富就住在网吧后面的一间平房里，优优大姐出院后也住在那里。凌信诚还把公司里一辆八成新的奥拓汽车，让姐夫开着，又单给了大姐三万块钱，让大姐把个家安得像模像样。

大姐出了院，阿菊却没失业。优优本来想再求凌信诚也帮阿菊找份工作的，但阿菊自己有本事，在医院就地取材找了个挺美的差事。这差事并不是留在医院，而是到一家装修公司去当秘书。装修公司的老板是个工头出身的江苏人，那一阵割阑尾住在大姐隔壁，和阿菊互相对眼交了朋友，没出三天便亲口许愿，并且一出院就说话算话地将阿菊带走。

我先在那间“志富网吧”里找到了优优的大姐，从她那里得到了阿菊的电话。我就在那间网吧里和阿菊通了电话，阿菊没听我说完就打断我说：“对，她是在我这里，你要不要和她说话?”

于是我和优优就说上话了，不是在电话里，而是见了面。见面的地点就在阿菊住的地方，离“志富网吧”很近很近，就在大山子附近的一幢居民楼里，两房一厅的一个单元，家具灯具都是新的。阿菊新交的那位开装修公司的男朋友名叫老六，平时业务很忙，时常不能回家，他不回家时阿菊就一个人住在这里，她那个公司秘书的头衔只是虚设。

看来阿菊对她的新生活感到相当满意，我赶到阿菊家时优优刚刚睡醒，正在卫生间里匆匆洗漱，阿菊便带我看了她的这套房子，不无自豪地一一细数这房子的种种好处：三气齐全，全新家具，连空调都是新的，还是松下原装的机子……一直数到她的老六。对老六阿菊也挺得意，说老六对她很好，真心实意想要娶她，只是现在公司里业务太忙，顾不上这等家庭俗事，再加上德子倒霉不久，她马上披红挂彩也显得有些不义。总之就先这么过着，看看再说，反正总比优优强吧。见我略露疑惑，她看看卫生间那边，悄声解释：“凌信诚漂亮是漂亮，可那方面的事特别不行，优优陪着他不就像陪个木头似的，有钱又有啥用！像我这位，尽管年龄大了一点，可大一点就知道心疼人啊。不像凌信诚，自己还是个孩子呢，动不动就发个小脾气。他儿子跟他一样凶，见着优优就乱叫唤，你说优优苦不苦，他凌家大的小的谁不痛快了都敢冲她吼几声，所以优优压抑啊！我昨天晚上带她出去上上网，有个声讯网站可以上去骂人的，反正大家互相骂，什么话难听骂什么。什么口音的骂人话全都有，哎呀，可逗呢。优优开始还不好意思骂，后来看我骂，也就跟着骂开了。骂完了心里也就痛快了。”

我不知道网络还有这样的功能，深感世上真是无奇不有。我问："这是什么网站，还有专门骂人的网站？"

阿菊说："有啊，那网站就叫'聊聊'，也叫'九聊'，你一上去就能骂的。"

我问："都骂些什么？"

阿菊说："什么都骂，什么王八蛋、操你妈……昨天有个小姑娘，北京口音，听声音还是学生呢，骂得太花了，男人都脸红的话她都不打结巴。什么操你妈操你妈操你妈三百六十度，难度一百八，哎呀可花呢。优优开始张不开口，我就替她起了一个网名，叫'操你们全体'，把网上的人都骂了，所以大家一下子集中火力全骂我们，优优也就跟我一块骂了。现在心里压抑的人多了，所以有这么个'聊聊'挺好。心里烦的时候，就上'聊聊'骂一通去，出完了气也就平衡了，然后回家回单位回学校该干吗干吗。"

这时优优从卫生间里洗完出来，阿菊便把话头收拢住了，从沙发上站起来说："你们聊吧，我出去买点菜去，回来给你们做饭吃。"

阿菊走了，优优才冲我抱歉地说道："昨天一夜没睡，今天起得晚了。"又问，"是信诚叫你来的？"

我说："对呀。"

优优顾自低头沉默，我也没有急于发言。仔细端详优优一眼，感觉这女孩长得确实动人，只是因为一夜未眠或者心情压抑，才在眼圈底下，留下些疲倦和伤感的痕迹。少顷优优抬头看我，目中隐隐含怨，脸上却笑了一下，出乎我的意料，她竟首先开口。

"昨天，我去找了周月。"

话的内容也让我意外。我愣了半天才说："噢，是吗？"

"我和信诚吵了架，突然有点想他了，所以我就去找了他。其实平时早就不怎么想他了。想也没有用，他是他我是我，我们俩早就算完了。"停了一下，优优看我，又是自嘲地一笑，"其实我和周月从来就没有开始过。"

我也笑了一下，作为呼应。然后我问："那干吗又去找他？"

优优移开目光，不想与我对视，她说："谁知道呢，我也说不清楚，就是有点想他。"

"你去找他，"我问，"说些什么？"

优优似乎想了一会儿，开口却有些答非所问："我看他比前一阵子瘦了，就问他怎么瘦了。他说忙，说这一段特别辛苦。我说你不是在这里实习的吗，实习也是这么辛苦？他说，都一样的，实习和实战其实一样。我说对了，去年你刚来实习的时候，不就是参加什么任务受的伤吗。他说你怎么知道的，又说噢，我想起来了，后来我们处请你当的陪护。我说你还不错，还记得我是陪护。他说，是他们告诉我的。我说，他们还告诉你什么，关于我？他说，说你工作挺负责的。我说，还有呢？他说，没了。我说，没了？他说，没了。"

我静静地看着优优，听着她喃喃自语的叙述。话到此处她停了下来，似乎和刚才的结尾一样，没了。于是我插话进去，问道："你见周月，就为了问他这些？"

优优又笑，似乎在笑她自己，她说："他也是这么问的。他问我还有别的事吗，他说他现在很忙，以后有空，一定找我，让我谈谈他治病时的事情，他说他挺想知道他住院的三个多月，都是什么样子。一个没有记忆的人，一个像小孩那样什么都不懂的人，会是什么样子。他说那时候的情况别人也跟他学过，但他还想听听，听听挺好玩的。”

“你们就谈了这些？”

“没有。后来他要走，我就告诉他，我找他不是闲聊来的，我有正事。是为了一件正事专门来的。他听了就又站下了，问什么正事，我说，是关于信诚公司的那事。周月马上就有了兴趣，他说你考虑好了吗？你了解到什么情况了吗？我说，对，我了解到了。他一听，马上让我上里边去谈。他带我进去，进到一间办公室里，让我坐下，还叫来那位王科长，他们一起来听。”

优优说到这里，让我心下暗惊，看来她与周月密晤，并非纯为旧情，而是另有目的。我当然赞成任何公民，都应积极主动配合公安机关调查取证，甚至以国家社稷为重，大义灭亲。但优优此番忽然去见周月，忽然谈到信诚公司，却让我非常惊疑。我惊疑的不是优优来见周月的目的，而是她要举报的动机。如果仅仅因为和凌信诚发生了几句口角，如果仅仅为了讨得周月的欢心，似乎就有些令人不齿，于是我不无担忧地问道：

“你和他们谈了什么？”

“我告诉他们，凌信诚已经把公司卖掉了，他不懂得怎么经商办公司，也没兴趣经商办公司，行贿受贿的事他都做不来的。他爸爸在世的时候他就从来不到公司去，他爸爸不在了他也只去过一两次。他不去我也就不去了，实际上我已经不是公司的人。所以我想来和你们说一声，你们别再查他了，信诚公司马上就和他没关系了。我不是成心不帮忙，而是我已经帮不了这个忙。”

优优找到周月对他们说的这番话，让我前后左右细想了很久，我不知道她这样说究竟为了信诚还是为了周月，还是仅仅为她自己。总之这番话表现出我未曾预料的一种智慧：表面上是替信诚说话，实际上她讲的情况对周月他们也很有价值。优优看得出来，凌信诚要出卖公司的事情公安方面并不掌握，他们脸上的表情既吃惊又有些茫然，王科长还不相信地盯着问她：“把公司卖了？卖给谁了？”优优摇头表示不知。她说公司业务方面的事情她从不打听。

王科长咂摸了好几秒钟，眼神疑惑地看着优优：“刚才你说他不去公司你也就不去了，我怎么没太听明白。你说你已经不是信诚公司的人了，你是不是跳槽不在信诚干了？”

这个问题是优优没想到的，也是她自己捅出来的，如果她不愿意在周月面前说出她与信诚的关系，前面就不该那样露出端倪。从这一点来评估优优的智慧，似乎又大大的不够精明。

优优一下子脸红起来，她几乎不敢去看周月，但她能注意到周月正在看她，且听她如何做出解答。

她说：“我，我在凌信诚家，帮……帮些忙。他有病，要人照顾。另外他家有个小孩子，一个保姆顾不过来。”

王科长看她，周月也在看她。她看不出他们看她的眼神里，是不是把她的意思全听懂了。

好在王科长没有继续多问，看了手表之后便做了结束的表示：“好，那今天感谢你专门过来一趟，你提供的情况我们还要核实，有需要找你协助的地方，我们还会麻烦你的。不过有个要求我们得跟你讲清，你现在去凌信诚家帮忙我们也不反对，但我们和你接触的情况，务必不要对外去讲，更不能对凌信诚本人泄露，你明白吗?”

优优点头答应。

我问优优:“公安调查信诚公司的事情，你肯定不会告诉凌信诚吗? 凌信诚也许很快就会成为你的丈夫。”

优优在沙发里坐正了身子，扬扬头把刚刚洗过的头发向后一甩，她的声音和她的动作同样干脆:“当然不会。我既然不会出卖信诚，那就更不会出卖周月。”

我这才介入正题，问优优:“你昨天和信诚是怎么回事，好好的为什么突然吵嘴?”

优优不语，少顷她说:“我不知道信诚是不是真的爱我。”

我惊讶:“你怀疑他不爱你吗?”

优优说:“他要爱我，他要真想和我一起好好生活，他就应该把那个孩子还给那个女人。那孩子怎么对待我他都看见了，可他不怨孩子总是怨我!”

“孩子太小，他怎么怨孩子? 他只能怨你，因为你是个大人!”

“可我在他家里就像做贼似的，他们抱着孩子哪个屋子都去，孩子到哪里我就要赶快躲开，我要弄哭了他信诚就会生气。我是大人我就该过这样的生活? 就该受这样的活罪?”

我一时无言以对，我不得不承认优优的这种生活，一般女孩都很难忍受。改变这种状况的责任应在信诚，可信诚又是个不成熟的少年，他的人生经验，使他处理这种事情的能力，必定捉襟见肘。在这种无奈的现实面前，我只能尽力做好优优的工作，因为我相信凌信诚确实爱着优优，而优优之于信诚，虽然谈不上爱有多深，但相处这么久了，总会日久生情。

于是我说:“优优，感情是一种共同的建设，彼此都要做出牺牲。信诚也为你牺牲了很多，比如，他总归牺牲了一些金钱。我并不是说他是用金钱来买你的爱情，来买你的容忍，金钱并不一定就是交易的工具，他花钱治你大姐的病，花钱给你姐夫开网吧，都是因为爱你。他当初想要给你一张卡，也是因为爱你。因为他看你受苦他就怜悯，看你无助他就心疼，他是真心实意想要帮你，他花这些钱并不需要你具体偿还什么，只是表达，或者说只是宣泄他的爱心。你是不是觉得他反正那么有钱，一掷千金是他活该?”

优优摇头低声:“没有。”

我说:“而你现在要牺牲的又是什么? 不过是一点点耐心。那孩子总会长大，过去受到的惊吓总会慢慢淡化，慢慢消失。所以你必须要有耐心，要通过时间慢慢和孩子沟通。那孩子只要是一个正常的生命，就一定会有情感反应。只要你对他好，他一定有回报的，这既是人的生物本能，也是人的社会本能，只是需要时间。如果你真爱信诚，你真的愿意为他做出一些牺牲，你就一定会有这个耐心。你别问信诚到底爱不爱你，你应该问问自己，你到底爱不爱信诚!”

优优沉默下来，没有马上回应，思想良久，才道出几句自言自语的心声:“我知道，我欠了信诚，我必须回报，必须偿还。所以我就要受苦。我知道那孩子就是我命中注定要经受的一个考验。”

我愣了一会儿，不知该如何理解和接应优优的这段心灵独白，对这段独白我未做评论，我似乎更适合继续我的说教:

“很多人为了爱情可以牺牲一切，却惟独牺牲不了自己的孩子。爱护自己的孩子，也是基本的人性！优优你虽然从小就没了父母，但如果今后你有了自己的孩子你就会知道，父母对儿女的关爱，是最天性的、最无私的。所以你应该理解信诚。”

这些话虽然都是简单道理，确实属于说教一类，但优优还是一声不响地听了。而她那张心事重重的面孔，却透露不出她到底在想什么——是心悦诚服地接受，还是另外有所保留……

我在阿菊家当着优优的面给凌信诚打了电话，告诉他我已找到优优，告诉他优优现在已经回心转意，愿意回家。半小时后凌信诚开车赶过来了，他在阿菊的客厅里拥抱了优优。优优虽然略显被动，但也用双臂攀上信诚的肩背，向他敞开了自己的怀抱。我站在一边默默地看着这一对金童玉女重归于好，看着凌信诚满脸微笑，和优优手拉手地走出门去，不由不衷心地发出感叹，感叹人间的感情总要经过磨砺波折，风平浪静难显坚固本色；感叹这世上确实存在着如此动人的青春年华，存在着爱意无限的美丽人生！

二十一

优优跟着信诚回家以后，以后很久，一直没再发生这类离家出走的事件。这期间我和优优通过几次电话，知道信诚这一阵没再冲她发火，也知道他们现在的生活，总的来说还算平静。

优优说通过这次吵架，她感觉信诚对她比过去更好。因为优优愤然一走，他才知道自己离不开优优。从阿菊家回来的那天晚上，信诚就再次要跟优优上床云雨，这是他们自火车上的“初试”之后，第二次肌肤之亲。这个次数，于他们这种狂热的年龄，已属非常节制，但优优还是特别害怕，她说这次凌信诚似乎喘得特别厉害，她在下面几乎度秒如年。优优在电话里对我说道：海大哥你可要为我做个证明，一旦信诚为这事毁了，你可要证明不是我让他干的，是他非要干的，我是拗不过他。不然信诚一旦出事，外面的人非说我是狐狸精不可。

我一面答应优优，一面又想，你们俩床上干的事情，让我怎么证明？

好在凌信诚并没因此出事，而且那一段他似乎心情不错。他的公司已经成功脱手，虽然七个亿的评估资产最后只卖了七八千万，但现在生意那么难做，能把七八千万现金拿在手上，真是强于拿着一大堆光操心不赚钱的公司工厂。虽然凌家在制药界的一世辉煌就此终结，但凌信诚拿了钱轻松引退，总比他体力不济经验不足兴趣不大最终让父辈家业一点点败坏了强。

凌信诚拿了这笔钱准备干些什么优优也说不大清。她只知这一阵总有不少大大小小的公司和形形色色的人等，蜂拥上来与信诚套瓷，不过每次谈判都有信诚的律师参加，信诚多数时间只是听着，照例一言不发。

优优那一阵主要是跟凌家的司机学习开车，同时也在琢磨出去找个工作，那工作最好是离家近不太忙早八晚五，既让优优有事可做不至于闷死，又让她一早一晚有足够的时间照顾信诚。信诚已经吃惯了优优做的饭菜，一说要到外面吃或者保姆做便是一脸痛苦。而且保姆要带孩子，也抽不出身来给信诚做饭。

关于孩子的话题在我和优优的闲聊中总是占据了重要的位置，因为只有这个孩子，才是优优与信诚之间的最大障碍。看来我上次在阿菊客厅里的那番说教多少起了一些正面作用，优优说她这一段一直尽量忍耐，尽量避开孩子，或者一见到孩子就马上冲他远远地微笑，甜甜蜜蜜地叫他乖乖。信诚也常常有意替她拉拢孩子，常常抱着孩子一点一点让他靠近优优。甚至在孩子高兴时总问孩子要不要让优优抱抱，优优也配合地冲孩子笑着，做出要抱的动作，虽然孩子总是摇头不肯，不过从面部表情上看，他对优优的恐惧显然略有缓解，只要她不直直地冲他走来，只要她不伸手硬要抱他，只要她在屋里时旁边还有信诚和保姆，他就一般不再发出惊声尖叫或号啕大哭。

我马上表扬优优，也为我的观点非常科学而自我表扬："我说得没错吧，只要你对他表示友善，他也一定能慢慢改变。这就叫做真情互动，其实也是人之常情。"

我进一步指导优优，不妨试着寻找适当方式，寻找适当机会，循序渐进地接近那个孩子，比如给他买玩具，买好吃的，做游戏逗他玩儿，他有一岁多了吧，他都爱玩什么？

优优说这些方法她都试过，没用。她买了玩具递给孩子，孩子躲着不敢来接，只能让信诚和保姆转交给他。他从他们手上接过的玩具，恩德不会记在优优头上。优优买的那些好吃的也是一样，吃完喝完，见着优优照样紧张。优优说：真没见过这么泡不开的孩子，不知是不是随他老娘。

但优优还在继续尝试。最近的一次尝试就在一周之前，优优出人意料地接近了那个孩子，她甚至已经把他抱在了怀里，但可惜的是，这次亲密接触非常短暂，而且最后的结局也让人意外。

那一天凌信诚跟着律师出门谈事，时至中午也没有回来。吃过午饭后孩子睡了，保姆也乘机歪在一边打盹儿。优优饭后百无聊赖，楼上楼下信步转转，整个公寓安静极了，静得让人心中焦烦。优优路过楼下保姆的房间，看到屋门半开便随意往里探看，她看到孩子睡在床上，保姆蜷在一边，全都睡态香甜。优优站在门口凝视半晌，蹑手蹑脚走进屋子。尽管孩子已经睡熟，但她近身俯看，心中依然惴惴，生怕他突然醒来惊叫哭号。优优对那歇斯底里的惊叫哭号，已经格外心惊胆战，有好几次孩子叫得发狂的时候，优优觉得自己也快疯了。

但此时此刻，万籁俱寂，万物无声，孩子和保姆也睡得毫无声息。优优从未如此近切俯视这个孩子。她和孩子之间，只有半尺之隔。她不能不承认这孩子确实很像信诚，那白白净净的肌肤，和信诚一样透明如水。她甚至禁不住伸出手来，好奇地摸摸孩子的脸蛋，那脸上细软的弹性，滑嫩的手感，让她心中酸甜苦辣，五味俱全。孩子再好，不是她的。这样一张单纯可爱的面孔，竟生自那样一个工于心计的母亲。优优想象这孩子的母亲，个性一定特别执著，才使得这个孩子，血统中继承了如此不肯妥协的脾气。

不过优优的心酸，更多的还在自己。想到自己此生，就算荣华富贵，但也许一辈子都做不了一个真正的母亲，没有真正属于自己的孩子。她和大姐一样，注定没有天伦之命，他们丁家恐怕也就到此为止，不会再有血脉传承。

心酸之外，还有忌恨。这种忌恨女人一般都有。虽然优优得到了信诚的万千宠爱，虽然她有着更加美丽的容颜，而她从这个孩子的脸上，还是看出自己其实不如他的母亲，不如那个身陷囹圄的罪犯。

但这个并非己出的孩子，这个睡熟后便一脸憨态的孩子，还是激起了优优母性的本能。她控制着自己激跳的心律，缓缓地将一只手伸进孩子的身下，将他轻轻抱起。这是优优第一次抱起乖乖，大概也是她从小到大，第一次抱起一个婴孩。孩子在她的怀里，酣睡依然，这让优优满心欢喜，激动万分，那一瞬间奇妙的感觉，仿佛自己也做了母亲，仿佛这个始终视她为敌的孩子，早就和她冰释前嫌。

在这样兴奋的心情推动之下，她居然抱着孩子离开了房间。她从光线暗淡的那间小屋，一直走到了阳光充足的客厅，为了避免惊醒孩子，她在进入客厅之前甚至脱掉了脚上的拖鞋，以免拖鞋在客厅的木地板上发出声响，破坏了这份宝贵的宁静。她在宽大的客厅里慢步徜徉，享受着正午阳光的温暖，享受着母子相亲的意象，也享受着，成功的喜悦——她终于成功地接近了这个孩子，并且让他在自己的怀里安睡。

事情的变化就发生在此时，优优在半小时后打电话向我叙述此事的时候，还心有余恨。她说她不知道自己为什么这样倒霉，也许她命中注定，与这孩子无缘。

事情的变化，就是有人重重地砸门。

砸门声刚刚响起时孩子悚然一惊，连优优都恍然听出那砸门声与当初的枪声非常相近。优优在抱紧孩子的同时下意识地过去开门，孩子发现自己置身于优优怀中便紧张得全身僵硬，在优优把门打开的同时他开始本能地反抗，手脚挣扎想要从优优手中逃脱，继而歇斯底里的哭号几乎喷薄而出，那一声哭号直击优优已成惊弓之鸟的心脏，让她在一刹那间差点把那乱踢乱抓的孩子脱手扔掉。

一秒钟之后优优自己也尖叫了一声，因为孩子的双手突然奋力攻击了她的面庞，她的脖子躲闪不及被抓出一条细细的血印，她和孩子的同声尖叫把门口的几位不速之客吓得蓦然止步。

叫声惊醒了保姆，她头发乱蓬蓬地冲到客厅，从优优手上接过已经近于疯狂的孩子，连哄带劝地抱他迅速离开优优。优优手足无措地站在原地，面色苍白，心跳过速，除了大口喘气之外已顾不得其他，甚至忘记了自己脖子上的刺痛和门口惊愕的来客。

优优也搞不清过了多久才惊魂稍定，才看清门口站着的数个男人，为首的一个优优认识，其他几位则面目陌生。

率先进屋的那个男人，就是久违的姜帆。

先是一惊，又是一怔，姜帆的不速而来，让优优觉得今日祸不单行。

姜帆甫一进屋，脸上就立即挂出义愤和指责："怎么回事啊，你怎么虐待小孩啊，不是你亲生的你怎么这样啊！真是最毒莫过妇人心！"

优优为自己争辩："我没有虐待他，他是让你们吓哭的。"优优因为争辩而忘记了质问这些人闯到这里所为何来，她因为内心极度败兴而变得声色俱厉！

"你们出去！你们都出去！"

姜帆凶狠地说道："我们不是来找你的，小姐，我们要找凌信诚，麻烦你叫他出来一下。你告诉他，欠债还钱天经地义，我们今天是找他要账来的！"

"他不在，你们出去！"

优优仍然厌恶地怒目而视，弄得姜帆不由不咬牙切齿："丁优，咱们俩的旧账还没结清，你别这么不识抬举，你赶紧把凌信诚给我叫出来，否则别怪我不给你面子。你怎么进的信诚公司你忘了吗？你拿了我的钱帮我办的事你跟凌信诚说了吗？要我替你说吗？"

愤怒和懊丧令优优的怒火无法按捺，她恨透了姜帆，恨透了那个孩子，恨透了自己！她不顾一切地哭着大喊："你出去，你出去！"

和姜帆一起来的那几个男人都傻傻地愣在那里，不知姜帆和优优之间，到底有何恩怨。姜帆见优优真的红了眼睛，见优优全身打抖，见优优声泪俱下，见她顺手抄起沙发旁边的一支立灯，那立灯的电线啪的一声崩断……他大概没有料到优优也会如此暴躁，他不由不收拢了刚进来时的一脸狂傲，带了他那班同道且战且退，狼狈不堪地退至门口。

“泼妇！年纪不大就这么没有教养，你好好等着，丁优，早晚有人会收拾你的。你别以为你傍上凌信诚就没人敢招惹你了，我告诉你北京这个地方卧虎藏龙，你叫凌信诚赶快把他欠的三百万拿出来，否则你跟他出门上街可都小心着点……”

优优也不答话，只铁青着面孔，用那根拖了半截电线的金属灯杆，连扫带捅，一个一个地把他们都捅了出去。那些男人躲闪着灯杆，嘴里也都随着姜帆，出言不逊：这女孩什么毛病！真他妈给她脸了！算了算了，好男不和女斗……

男人们终于都被扫地出门，优优重重地把门关上。在大门发出砰的一声巨响之后，屋里重新安静下来，静到一种反常的程度，静得优优怕得要命，静得她不敢由着自己的性子，放声大哭。

优优憋住哭声，三步并做两步，跑上楼去。她跑进卧室，趴在床上，可以哭时却哭不出声了。她心里说不出有多么混乱，多么沮丧，多么怨毒。当她的情绪刚刚安定片刻，就给我打了一个电话，说了刚才发生的事情。

她说她不想继续待在这个家里了，虽然这个家锦衣细食，堆金砌玉，可这些表面的浮华，于她已经没有意义。这套豪宅给她的压力只有越来越大，让她感到窒息。我问她凌信诚回来没有，她说没有。我说你别胡思乱想了，等信诚回来你们好好聊聊，实在不行你可以提出单独找个地方去住，信诚想你了就来找你，想儿子了就可以回去，让他两边跑跑。等你心情调整过来了再决定是不是大家仍旧住在一起。优优想了片刻，说：那样也好。

可隔了一会儿她再次打来电话，说信诚肯定不干的，我要提出搬出去住，他准以为我是在威胁他。上次我提过一次他还哭来着，我现在再提好不好？我一听优优说这话，知道她的气消了，便顺势规劝一番道：当然不好了，你最好还是别让信诚太为难，别逼他非在你和孩子当中选一个，他就是现在选了你，以后的效果也不好。

优优说：“那你说我该怎么办？”

我说：“你要太闷了可以出来，上街走走，或者去找阿菊聊聊天，你现在最需要的是赶快把心情调整好。”

优优沉默一会儿才呼应了我：“海哥你说得对，我是该调整调整心情了，我觉得再这样我都快疯了。”

我马上加以鼓励说：“其实没那么严重的，我相信你肯定能处理好。只要你相信自己有能力，天下没有办不成的事。”

优优说：“唔，让我想想吧。我也想找个办法把事情处理好，我也不想就这么死受活罪地过下去。”

挂了电话我心里依旧很茫然，琢磨优优最后的这两句话，我不知道我的苦口婆心是否见了效。是让优优做了正面理解呢，还是起了反作用。

我隐隐感觉到，自从优优被抓被关后，她的性格似乎发生一些变化了。特别是在她与凌信诚相好后，在她进入这个成员简单关系复杂的家庭后，她的举手投足，言语神色，都明显地变化了。没有了过去的开朗热情，没有了一向的心直口快，而是变得拘谨不安，心事重重，有时甚至和凌信诚一样，变得寡言内向，甚至有时，狂躁而易怒。

希望优优能与那个孩子和平共处，甚至日久生情，只是我的善良愿望，但仔细想想，又觉得实现起来有些渺茫。优优并不是一个成熟的智者，并无多少社会的经验，耐性也不是很好，即便拥有一些理智，但这个年龄的青年，尤其是女性，总是理智服从情感。情感上难以接受的事情，很难“克己复礼”，强求去做。而矛盾的另一方面——凌信诚自己，也是一个过于感性的男人。过于感性的人往往都是理性的弱者，很难想象他能在一场家庭危机中挺身而出，拿出办法，摆平各方。他和优优一样，几乎还是个爱幻想，凭感觉的幼稚少年。而且，比优优还多了一分脆弱。

而且，他还是个病人。

在我劝说优优之后，这个家庭的矛盾正如我所担忧的那样继续恶化。我不知优优到底干了什么，当天下午发生的一个事件对这种恶化产生了飞跃性的促动，在优优和我通话之后不久，凌信诚给优优打了一个电话，说他正在贵宾楼开会，晚上还有应酬，贵宾楼的空调太冷，所以他让优优给他找件外衣，他派司机来取。

优优和信诚共同生活以后，信诚一向很少在外应酬，偶尔不回家吃饭，必定提前知会优优。优优按照信诚吩咐，找了一件相对保暖也较正规的衣服，等司机把车开到楼下，就让保姆拿了送去。保姆下楼送完衣服，又顺便和楼下另一家的保姆在电梯门口闲聊了几句，上楼进家时听到乖乖正在啼哭。她看到优优正站在乖乖房间的门口，像是刚从屋里出来，忙问乖乖怎么哭了。优优说不知他怎么哭了，她也是刚刚听到哭声，刚刚下楼，但她没有进去，怕孩子见了她哭得更凶。

保姆进屋看到孩子把中午吃的东西，全都吐在嘴边，于是赶快替孩子清洁一番，回身看时，敞开的门口已不见优优。保姆见孩子不再啼哭，昏昏欲睡，便将被子替他盖好，自己也躺在一侧，不知不觉睡着。傍晚时突然醒来，见孩子全身抽搐，大口吸气，已哭不出声。保姆大惊失色，伸手抱起孩子，才发现孩子身上热得烫手。于是赶快跑到楼上，呼喊优优，告诉她孩子病了，恐怕要送到医院才行。优优跟着保姆下楼，这回她走进了屋子，伸头向孩子的床上探望了一眼，脸上的样子，看上去也似六神无主。

保姆再次表示应把孩子送到医院，优优这才跑出去打了电话，她打的是司机的手机，叫他赶快回来。这时保姆已经抱着孩子跑出来了，说孩子快不行了，索性叫辆出租车吧，不能再有耽搁。保姆跑到门口时优优在后面叫她，问她要不要也一起跟去，保姆说也行也行，要不到医院怎么看病我都不会。

于是优优跟她一起下楼，孩子由保姆抱着，优优在路边叫车。上车后保姆问司机哪个医院最近，司机说东直门医院最近，拐两个弯就到。这时优优提议还是去爱博医院，爱博是大医院，远是远点，但医疗水平较高。虽然孩子是保姆抱着，但碍于主仆关系，保姆不再坚持，就让司机驱车往爱博医院赶去。

在路上优优给信诚打了电话，那时信诚的宴会还没结束。优优告诉信诚孩子病了，她和保姆正在赶往医院的途中。信诚问孩子生了什么病了，优优表达不清，说好像是发烧，而且呕吐过。这个电话让凌信诚有喜有忧，忧的是孩子突然发病，且病源不清；喜的是优优对孩子发病，口气上显得非常焦急和尽责，简直视如己出。凌信诚因此在放下电话之后并未立即离座，坚持到客人酒足饭饱散席分手，才让司机拉上他匆匆赶往爱博医院来了。

从贵宾楼饭店赶到爱博医院，途中用了二十分钟。到达医院后又用了将近十分钟才在急救室外找到优优和保姆。又过了三十分钟孩子从急救室被推出来了，面目依然苍白，而且昏睡不醒。护士们将孩子直接推进观察室里，医生则问谁是家长。凌信诚说我是。医生打量信诚，似乎认为他的岁数过于稚嫩，于是疑问："你是孩子的什么人啊？"凌信诚说："我是他的父亲。"医生又看优优，优优样子虽然也很年轻，但与凌信诚看去比较般配，便想当然地问道："你是母亲？"还未等优优表示什么，医生便开始加以指责：

"你们今天晚上都没在家吧，这么小的孩子身边不能没有人。今天要是再晚到三五分钟，这个孩子肯定早没命了。"

凌信诚怔怔地，看看优优，又看看保姆，说："家里一直有人呀。"

医生说："那孩子发病以前吃了什么？"

凌信诚又看保姆又看优优。优优不语。保姆摇头。保姆有点慌了：

"没，没吃什么呀。"

医生追问："到底吃了什么？"

凌信诚没等保姆回答，反过来追问医生："孩子到底什么病？"

医生屏了一下呼吸，然后才像吐气似的，缓缓开口宣布病情，他说："根据我们检查，初步可以断定，你儿子不是生病，而是中毒！"

中毒？

凌信诚再次看看保姆，保姆则看优优。他们每个人的脸上，都像中毒一样，目光惊呆，表情狰狞……

二十二

我是在“中毒事件”发生四天后打电话给优优时，才知道乖乖出了事。我打电话本来是想问问优优这两天的心情怎么样，信诚的态度又如何，以及她和孩子的关系有无缓解等等情况，但我还未及开口，优优便先说了乖乖住院的事情。她说乖乖现已脱离危险，医生说今天可以出院，她过会儿就要和信诚到医院去接孩子，不知我什么时候有空，她有点问题想向我咨询。我说：那我也到医院去吧，到了医院见面再谈。

那时我正为小说的结尾大伤脑筋。如果单从人物经历的完整性和故事的圆满性考虑，把小说收尾于信诚和优优以及他们的乖乖在海边徜徉嬉闹，定格于他们一家三口在阳光下灿烂微笑，似乎并无不可。但自从知道优优与乖乖的冲突隔膜不但未有缓解，反而愈演愈烈之后，我便迟迟不肯如此收笔，敷衍了事。可我又不太情愿按真实的事态发展，继续跟踪深入。因为按我的分析判断，在乖乖懂事之前，优优与其彻底改善关系，变得亲如母子，恐怕比较困难。按照小说的基本情节要求和原定的出版计划，既不能以他们这种剑拔弩张互不相容的现状作为结尾，又不能先将此节按下不表，耐心等待乖乖长大成人，再续完这个故事。正在左右为难进退失据之时，我听到了“中毒事件”，顿觉头脑发蒙，对未来事态发展，亦生无数想象。见优优有事相约，便立即关闭电脑，出门打车，直奔爱博医院而来。

到达医院后我按照优优在电话里告诉我的病房房号，很快找到了乖乖的病房，推门进去看到的景象，令我茫然不知进退。乖乖的床边，有一对陌生男女，女的抱着床上的乖乖，伤心啜泣，男的面孔严肃，默然立在一边。最奇怪的是在他们旁边，稍远的地方，还站着一男一女两位民警，正在低声交谈，见我进来，立即用目光盘问。我以为走错房间，连忙用抱歉的表情，客气相问：

“哎哟，对不起，这是乖乖的病房吧，请问凌信诚来了吗？”

男警察马上用职业性的警惕，反问一句：“请问您是……”

“啊，我是凌信诚的朋友。他们待会儿过来接孩子出院，我是过来帮忙的，请问你们是……”

男警察并未通报自己的身份，只用目光向床边一指，说道：“这是小孩的母亲。”

母亲？

我看看那女人伤心哭泣的模样，再看看那一男一女两位着装的警察，心里大致明白了眼前的情况——那两位民警显然是两位狱警，押解着正在服刑的仇慧敏前来探望她刚刚转危为安的儿子。而床边的另一位便装男子，我猜想那八成便是姜帆。

床上的乖乖，脸上已经恢复了血色，神态也显得比较自然。对他亲生母亲的几颗泪珠，似乎觉得好玩，用白白胖胖的小手，好奇地一一触摸。那动作在母亲眼里，犹如替她擦去眼泪，让那位身陷囹圄与世隔绝的女人，越发泪如泉涌。这时，凌家的保姆走了进来，手里端着一只保温罐，打开盖子，先给姜帆去看，姜帆用手试试罐口的温度，然后递给孩子的母亲。母亲用匙盛了罐里的汤水，先在自己的唇边碰碰，确认不烫，才一匙一匙地，喂给自己的儿子。

我不知道乖乖喝的那罐汤汁究竟是什么补品，但猜想那必是姜帆做好带过来的。同时我猜那必定是些甜味的东西，因为乖乖吃得十分用心。连手上一只显然也是刚刚由姜帆替他母亲带来的布袋老虎，也顾不得摆弄玩耍。

这场面让我感慨万端，心想这女人在枯燥冷寂的牢狱之中，怎能不念自己的乖乖儿子？她的这个儿子，从怀胎十月，到阵痛分娩，一粥一粟，养至周年，竟然为了金钱，为了三百万巨款，而一朝割舍，让人不免对她此时的眼泪，和那一匙一匙送出的亲子之爱，不知该给几分同情，几分责备。不知她是咎由自取，还是被逼无奈。

细看仇慧敏的模样，大约二十多岁年龄，五官脸盘虽不及优优青春朝气，但眉目神态，也还比较秀丽。在她施予母爱享受天伦的时候，姜帆把凌家保姆叫到一边，面目严厉，声音低回，嘀嘀咕咕地问着什么。保姆忽而摇头忽而摆手，不断地解释。我抬腕看表，心里纳闷，不知凌信诚与优优，何故一直未到。

其实在我已经到达医院的时候，信诚与优优尚未离开家门，或者说，他们是在出门之际，被两位不速而来的警察，拦在了屋里。警察向他们出示了证件，客气地表示有点事情需要占用他们一点时间。

于是二位差人被请进客厅落座，他们坐下后看看还站着的信诚和优优，便露出淡淡的微笑，反客为主地招呼他们一起坐下，然后开门见山。对他们要谈的事情，从表情上看，信诚和优优都有些意外。

警察说："我们来，是为了你们那个小孩的事。那孩子叫乖乖对吧？"

凌信诚说："对。"

"你是孩子的父亲？"警察先问信诚。

"对。"信诚说，"我们做过 DNA 的。"

警察又转向优优："你不是孩子的母亲，对吧？"

优优点头。

凌信诚有点紧张，迫不及待地反问警察："孩子又出什么事了？"

两位警察对视一眼，其中一位半笑不笑地问道："出什么事你们不是早就知道。"

凌信诚语塞片刻，似乎一时未能明了警察的意思，他愣了一会儿再问："中毒那事？"

警察说："中毒？中什么毒呀？"

警察的表情凌信诚看得出来，那是明知故问。但他还是照实答道："那几天他不知吃了什么，呕吐、发烧，不过现在已经没事了。"

警察问："吃了什么？"

凌信诚说："医生说孩子血液里乙二醇的含量过高，乙二醇是什么东西我们也搞不大懂，医生说具体原因还没有查清。"

警察说:“唔,我们就是为这事来的,因为孩子中的这个毒,就是你刚才说的那个乙二醇吧,确实比较少见。所以我们想了解了解到底怎么回事。”

从警察进屋优优就一声不吭,始终由凌信诚与他们对话交谈。凌信诚说:“乙二醇也是我们听化验的医生私下里说的,怎么回事我们也不清楚。”

警察说:“孩子中毒时你在吗?”

凌信诚说:“不在。我和几个人在贵宾楼饭店吃饭,是她给我打的电话,我直接赶到医院去的。开始我还以为孩子只是一般闹闹肚子,没想到问题那么严重。”

这时警察再次把目光移向优优:“孩子发病的时候都谁在家?”

优优一直在听,冷不防突然被问,一时有些措手不及:“啊? 呃——保姆在,呃,我也在。”

“谁最先发现孩子有中毒症状的?”

“……是我吧。”

“你当时和孩子在一起吗?”

“没有。孩子在楼下,我在楼上,我正好下楼想去厨房一趟,听到孩子在哭,哭得声音和往常不太一样,我就喊保姆。可保姆没在。我就站在孩子的门口往里看,可屋里没人。孩子自己躺在床上哼哼。我就想孩子可能是病了,可我又不敢进去……”

“你为什么不敢进去?”

警察打断优优,表示疑问。优优犹豫了一下,说:“孩子有点怕我,见我就闹。所以……所以我也有点怕他。”

“孩子为什么怕你?”

警察似乎跑了题,别有兴味地穷追不舍。优优十分尴尬,求救似的去看信诚。信诚一下也不知该从何说起,只好笼统地解释:“我那小孩不是她生的,所以,可能不太认她,有点见生。”

警察继续执著于这个话题,还是盯问优优:“你觉得,孩子为什么不认你呢?”

优优对警察执意纠缠这个话题似乎有些反感,这是一个最令她难堪和不快的话题,但她还是忍着,她说:“小孩子的想法,我哪儿知道。”

“是不是你打过他,或者平时对他较凶?”

优优还未答话,凌信诚抢先解答:“没有,她对小孩从来不凶。”

“那为什么孩子怕她。孩子嘛,只懂简单的情绪反应。是不是你不喜欢这个孩子,孩子看出来了,所以……”

“不是的,”凌信诚再次接过警察的疑问,替优优回答,“不是的,我那小孩以前受过刺激的,可能有点条件反射。”

“才一两岁的孩子,受过什么刺激?”

凌信诚和优优,都沉默下来,谁也不愿启口似的,但警察疑问的目光停在他们脸上,始终不肯移去,逼得凌信诚不得不往事重提:“半年前我的父母出了事。他们被人打死的时候,这小孩在场。”停了一下,他又说了句,“她也在场。”

这两位警察大概不知道凌家的这段痛史,怔了一下,表示歉意:“啊,对不起。”不过他们还是接着问下去,“孩子见你就闹,你也怕这孩子,那你们在一起怎么生活呢?”

优优低头不答。

凌信诚说:“让他们尽量少接触吧,我想,也许孩子大一点以后,慢慢会好。”

警察边问边记,问到此处总算合上了本子。凌信诚以为他们调查完了,但其实没完。

警察说:“能不能让我们看看孩子的房间?”

凌信诚说:“可以。”

于是大家起座,由凌信诚带着,去了孩子的房间。尽管屋里没人,但优优仍和平时一样,只是站在门口,不肯进去。警察们在屋里东看西看,随手表面地翻翻。没翻到什么。出来后又问:“其他房间可以看吗?”

凌信诚看看优优,优优板着面孔,不发一言。于是凌信诚对警察说道:“小孩就住在这间房里,保姆也住这里,其他地方孩子很少去的。”他看到警察的目光顺着楼梯往二楼瞟去,又说,“楼上是我们自己住的,孩子很少上去。”

警察看看信诚和优优,信诚和优优也看他们,彼此僵持了片刻,为首的那位警察淡淡一笑,把气氛缓和下来。

“那好,那就不勉强了。”

警察告辞走了,走的时候跟优优要了一张白纸,留下一个电话号码和一个人名。警察把这张写了电话和人名的纸条,绕过优优,直接给了信诚,嘱咐他有什么情况可与他们直接联系。

警察走后,信诚和优优也随后出门,乘车前往医院。一路上两人心情沉闷,彼此并无多言。凌信诚问了句:乖乖生病的事公安局怎么知道的?不知是问优优还是问自己。这个疑问直到很久以后凌信诚才慢慢弄清,当时公安局是从两个方面得到了举报,一个方面来自爱博医院,因为孩子的症状过于蹊跷,送到医院时已陷于昏迷,经化验血尿及嘴边的呕吐物,发现其中含有大量足以致死的乙二醇毒素。说明这不是一般性食物中毒,很可能系人为投毒所致。因此值班医生事后向医院的保卫部门做了报告,保卫部即与公安机关进行了联系。

中毒事件的另一个举报人就是姜帆。姜帆在乖乖入院的第二天上午再次来到凌信诚家,讨要凌家答应付给仇慧敏的三百万现金。以前他多次打电话找凌信诚交涉此事,但凌信诚把这类事通通推给了律师。律师表示钱只能交给仇慧敏本人,而且之前还需与仇再签一份协议。姜帆前一天带了仇慧敏的亲笔授权书来到凌家,还带来一帮朋友和一位律师前来助阵,结果与优优冲突起来,被赶出门去。第二天他再次带人来到凌家,本想大闹一场,结果凌信诚与优优双双不在,家里只有保姆一人。保姆也是刚从医院回家,来取乖乖的东西。姜帆从保姆口中,得知乖乖中毒的消息,遂到医院打听。从医院出来之后,他拉上昨天与他一同目睹孩子在优优怀中挣扎哭闹的几个“证人”,直接前往公安分局进行举报,矛头所向,直指优优。两方举报双管齐下,于是就有了警察突然造访凌家的一幕。

其实警察在造访凌家之前,早已进行了一天的调查,访问了医院的医生和化验师,还向姜帆再次取证。在前往凌家之前,又在医院对凌家的保姆进行了询问,将孩子发病前前后后的详细过程,一一问清。最后,才去凌家,与“主要犯罪嫌疑人”优优及中毒儿童的父亲凌信诚进行接触。而这一天,通过姜帆而得知乖乖病情的监狱当局,特别批准仇慧敏前往医院，探望儿子。

因为警察的造访，延误了凌信诚前往医院的时间，让仇慧敏与自己的儿子，多亲热了半个小时。虽然那两位狱警给母子相会的时间不会少于半天，但当优优和凌信诚一同走进那间病房的时候，母子温情的场面便立即被你死我活的冲突取代。

首先发难的就是孩子的母亲，她情绪激愤地扑向优优，重重地一掌扇去，优优猝不及防，被其击中面部。那一掌来得非常突然，不仅凌信诚和两位狱警都吓了一跳，连我都感到格外震惊。因为我深知优优的个性，我预想到很快将有一场疯狂的打斗，在这间屋里爆发，而那位首先动手的女人，必定不是优优的对手。但我猜错了，优优站在屋子当中，一动没动，连被那重重一掌扇歪的头部，都侧向一边，一动不动。屋里所有人都在刹那间惊住，只听见仇慧敏的破口大骂：

"你这个杀人犯！你想杀我的儿子！你别做梦了！你以为你毒死我的儿子就能达到你的目的吗，你别做梦了！我不会让你的阴谋得逞的！我的儿子会看着你死！你别想再走近我儿子一步！你也不看看你是个什么东西，你还想碰他，你配吗！"

仇慧敏在大声叫骂的同时，还想继续施以拳脚，但被凌信诚及时挡住，两位狱警也上来拉她。他们一齐抱住仇慧敏前冲的身子，拉住她挥舞的臂膀，把她向后拖去。仇慧敏用足力气，还想挣扎出来扑向优优，同时哭叫的矛头又向凌信诚移去：

"凌信诚！孩子是你儿子！是你儿子！你就让她把你儿子害死吗！你为这么个女人你连儿子都不要了吗！"

凌信诚也嘶声大喊："你发疯了吗！你怎么血口喷人！你发疯了吗！"

我从来没有听见过凌信诚如此声嘶力竭地喊叫，我甚至担心他脆弱的心脏能否承受这样的喊叫。狱警的声音也冲撞进我的被各种喊叫灌满的耳鼓，对仇慧敏的冲动进行制止和警告。

"仇慧敏，你冷静一点，不要再叫了。这是医院，你再这样我们要带你回去了。"

这时，传来孩子的哭声，不见号啕，却很委屈。仇慧敏这才不再挣扎，转身回去抱起床上的儿子，她跟着她的儿子，一起伤心痛哭。

整个房间里似乎只有我，呆呆地没有出声，没有参加进那搅成一团的叫喊和哀恸。我呆呆地看着这个让人百感交集的场面，看着脸色铁青、咬牙不语的优优，不知自己此时此刻，该上前说些什么，做些什么。

当然，还有一个人和我同样沉默，就是那位始终面带冷笑的姜帆。

仇慧敏哭了一会儿，趁众人刚刚松懈，突然抱着她的儿子，想要夺门而出，幸被两位狱警拦住。凌信诚追上来叫道："你把孩子放下！"并且上来争夺那个孩子。孩子在父母争夺的手中，无助地哭着，说不清那哭声是在求助其父，还是难舍亲母。

在这个混乱的争夺之中，保姆也冲上去了，显然她是要助凌信诚的一臂之力。医生和护士也闻声推门进来，一通的规劝、批评、制止；警察也对仇慧敏加重了威胁的语气，仇慧敏不得不松手放了孩子，孩子终被父亲夺到手里。仇慧敏失了孩子，只有哀声痛哭，望着被众人隔开的孩子，边哭边叫着孩子原来的小名：

"强强！强强！妈妈爱你！"

在这场混乱的争夺当中，只有我看到优优黯然离去。我只身追出那间病房，在病房外的走廊里追上优优。我问她要去哪里，优优没有回答，她只是停下来看我一眼，喃喃说道：

“他们把我当做恶魔，不光那个孩子，他们每一个人，都把我当做恶魔！”

她说完，继续沿着这条走廊，独自走去。这条漫长的走廊过于空旷，也过于安静，安静得与刚才那间吵闹的病房，形成强烈对比。仿佛我们刚刚穿越时光隧道，进入一种未来的幻境，一扇扇等距而列的宽大的窗子，透进等距而列的宽大的阳光，阳光把走廊一尘不染的地面，铺成等距而列的宽大的方块。优优踩着那些方块缓缓走去，飘忽的身影在我的视觉中一明一暗，渐渐模糊……

二十三

那天晚上优优没有返回凌信诚那套华丽的公寓，从她走出爱博医院的大门之后，她就决定不再回到那里。

她去了她大姐住处。她大姐的住处也就是酒仙桥那间挤满了逃学孩子的志富网吧。

优优在志富网吧只住了一夜。她没跟大姐说明她缘何不回凌家。大姐问她是不是又和凌信诚吵架了，到底为什么吵架？优优无论大姐怎样刨根问底，就是一言不发。

大姐说："凌信诚是不是对你不好？他过去不是很喜欢你吗，是不是现在对你腻了？男人一般都是这样！"

优优说："没有。"又说，"不是他腻了，是我腻了。"

"你腻了，为什么？"

"不为什么。"

大姐认真了，拉着优优，仔细看她表情，仿佛她表情上写着答案。优优皱着眉头把脸躲开："你看什么呀。"她说。

那天晚上优优和大姐睡在一起，就睡在那间网吧的后屋。大姐拉着她的双手满脸忧虑地念叨，她说优优你千万不能任性啊，现在你姐夫这间网吧，还有我的病，全都要靠信诚，咱们在人屋檐下，哪能不低头。你就算为了你大姐，为了你姐夫，你就忍忍吧。

优优蜷在大姐的怀里，大姐怀里有一股子中药的味道。她没有说话，也睡不着觉。

大姐又说到了姐夫，说到了这间惨淡经营的网吧，说着说着掉眼泪了。大姐说姐夫很不容易，网吧的生意不好他回来总发脾气。这一段时间他搞了搞促销，对小学生进来也不管了，生意才渐渐好些。可生意一好挣钱一多他又寻欢作乐去找小姐，这事还是网吧的一个伙计悄悄告诉大姐的，可大姐觉得还不如不告诉她呢。她连着几天睡不好觉，不知道是该大闹一场索性说破，还是忍气吞声佯做不知。大姐说这些话时优优始终似听未听双目发直，她在想她自己的心事。那一夜大姐连睡着之后都长吁短叹，姐妹俩同床异梦谁也没有畅言。

第二天晚上优优没再睡在这里，因为这一天的中午突然来了一帮缉查，缉查们不由分说便将网吧的电脑全部没收拉走，同时宣布网吧已被查封，在缉查们到来之前优优正百无聊赖上网乱看，还登陆"聊聊"听一帮网虫用口音各异的脏话互相对骂。她一直默默地听到中午，几次想参加进去大骂一通，用从这里学到的各种污言秽语逢人便破口大骂，可郁闷的心情让她始终张不开口。直到大姐喊她吃饭她才最后抢骂了几句，她冲着话筒喊道："你们都是浑蛋！都是浑蛋，你们没一个好人，都是浑蛋！"只为发泄，没有目标，自己也不知道是在骂谁。

她的骂声刚落,缉查们便破门而入,接下来优优便亲历亲见了网吧被封的那个乱哄哄的场面,她看到缉查们轰走了正在上网的那些年轻的孩子,然后把电脑一个个粗暴地拔线抬走。大姐从后面闻声出来,看到整个家当被一扫而空,看到姐夫脸色晦暗站在门口,她一下支撑不住自己虚弱的身体,一屁股坐在了地上。

网吧被封的原因只有一个,就是姐夫没把经营证照办全,但背后的原因听说是有很多家长举报,说志富网吧是毒害青少年的一个据点。

其实网吧谁不这样,都是孩子的天堂,家长的地狱。

大姐姐夫遭此飞来横祸,按理优优应该留下安慰陪伴,但优优还是决定暂时离开。她对大姐说她心里很乱,很想一个人独自待着。

其实优优离开大姐后并没独自待着,她也没有一个可以让她独自待着的地方。她还是去了阿菊那里。阿菊的男朋友老六一直出门在外,阿菊那一阵正过得寂寞万分,所以乐得优优过来陪她,让她以自己的丰富心得开导优优。开导优优对阿菊来说几乎成了一种炫耀——她与那位小老板尽管总是牛郎织女,但毕竟互相忠贞,而且时聚时散也不失为保持长久的一种方式。像优优和信诚那样整天缠在一起,中间再加上个神经兮兮的孩子,能不烦吗。优优已经第二次离家出走,便是证明。

但阿菊也隐隐看得出来,优优这一次出来,与上次大有不同,上次优优还怀着一腔积怨,急于向人倾诉。而这一次,优优却异常沉默,关于她与信诚之间究竟发生了什么纠葛,一句不愿多说。阿菊问她准备住几天回去,她也始终默默不语,到夜里上床的时候才突然冒出一句,她说阿菊,我不想在北京待了,我想到南方找工作去。

阿菊不知她是真有此意,还是一时心烦胡言乱语。但这句话无论如何难以置信:"去南方?找工作?你和信诚说了吗?"

优优说:"干吗要和他说,我和他又没什么关系。我想我也不小了,总该找份工作,总要自食其力。"

阿菊笑笑。

她想,优优也不过就是说说,说说而已。

她想,也许今天晚上,也许明天清晨,凌信诚就会过来,就和上次一样,抱着优优亲一通嘴,然后用他那辆乌黑锃亮的大奔,把优优接回家去。

但是,不知为什么那天晚上大奔没来。

第二天也没来。

阿菊当然不知道那几天都发生了什么。优优也不知道,但她肯定有些预感。事实上后来事情进展的速度之快显然超出了优优的想象,她没想到在她从医院走掉的当天傍晚,凌信诚家突然来了大批警察,他们向凌信诚出示了正规的搜查证件,然后详细地搜查了上午被凌信诚拒绝查看的所有地方。他们甚至搜查了优优和凌信诚共同居住的卧室,并且从一间与屋外走廊相通的储物间里,搜到了一桶还剩了一半的丰田汽车防冻液。

警察们在贴于防冻液桶外的产品性能书上,看到了下面一段说明,这段说明用中英两种文字书写,大约均由日文转译,所以标点语法欠缺准确,好在含意大体明白,叙述也算简洁:

丰田防锈防冻液/耐久冷却液是一种含有主要成分乙二醇的新一代高性能发动机冷却液。具有卓越的防锈效果适合于丰田任何车种的发动机冷却系统而设计的。在寒冷的气候里有卓越的防冻效果(可在－37℃防冻)以及抑制过热的功能。

在这篇说明的底部,丰田汽车公司用粗大的黑体字写着:**警告:本品含有对人体有害物质,不可饮用。若误食时,应立即请医师作适当处置。必须放置在幼童不容易拿到的地方妥善保管。**

警察们带走了这桶丰田汽车防冻液。

第二天一早,警察给凌信诚打来电话,让他到公安分局来有事要谈。凌信诚嘱咐保姆看好孩子,因为司机还未过来,他便自己开车去了分局。

到了分局后和他谈话的,除了前一天上午去他家的那两位民警之外,还有一位是他父母遇害时曾找过他的姓吴的队长。吴队长态度非常和善,语言却较直接,等凌信诚刚一落座,便率先开口发问:

"你女朋友昨天是不是一直没有回来,她去哪儿了你知道吗?"

凌信诚说:"不知道,估计不是在她大姐那里,就是在她朋友那里,她以前也跑出去过。"

"昨天你们从医院分开以后,她给你打过电话没有?"

"没有。"凌信诚看看警察的神情,有些放心不下,他问,"怎么了,她出什么事了吗?"

吴队长没有回答他的担忧,但他拿出一份检测报告给凌信诚过目。凌信诚也顾不上详细去看,他急着追问:"我女朋友出什么事了?"

那位姓吴的队长答道:"根据我们化验,你儿子的病是乙二醇中毒,而毒源我们初步认定就是昨天在你家卧室储物间里找到的那桶丰田汽车防冻液。"

凌信诚目光惊呆半晌,喉头蠕动半晌,才万分不解地说出话来:"可那桶防冻液是放在二楼的,我儿子是在一楼,而且他那天根本没去二楼……"

另一位年轻些的警察把凌信诚的迷惑不解一语道破:"我们初步断定,这是一起人为投毒的案件,你的女朋友丁优,不能排除作案嫌疑。"

"优优?"

凌信诚惊得几乎不能言语:"这不可能,优优虽然脾气大些,但人很善良,而且她是喜欢小孩的,而且她……"

凌信诚被吴队长再次打断:"她喜欢你的小孩吗?"

凌信诚哑然无语,但他对于优优要毒杀他的乖乖,无论如何不肯相信:"我那小孩是有些怪的,我还背着优优去问过心理医生。医生说孩子小时候受了惊吓,可能会有一些神经反应一时纠正不了,慢慢长大,配合一些心理治疗就会好的。我把这些道理都跟优优说了,她都知道。而且我们俩人关系很好,她也知道我喜欢乖乖,她不可能下这种毒手!你们这样怀疑她,你们又有什么根据?"

几个警察对视一眼,年轻些的说:"要是证据已经充分,我们早把她抓了。"

吴队长接着说道:"现在只是怀疑,我们之所以要把这个怀疑通报给你,不是因为你是丁优的男友,而是因为,你是孩子的父亲,你有责任保护你的孩子。我们的怀疑你可以不马上接受，但为了慎重起见，你应当采取一些措施，在我们找到证据之前，避免让丁优接触孩子。我们干公安工作这么多年，我们既然怀疑，就有我们的道理。你现在可以不信，但你作为孩子的父亲，在孩子母亲不能照管孩子的时候，你要负起全部责任，千万不能掉以轻心！”

警察的话让信诚无法开口继续为优优辩解。其实他为优优辩解只是对自己心理上一个宽慰。他在离开分局后开车开到半途就把车子停在路边，用手持电话呼司机过来。因为他的手脚控制不住地发冷发抖，心里慌得特别难受。他不相信老天竟会一而再再而三地对他施予惩罚，让各种闻所未闻的人间悲剧不断在他身边发生。自从父母遭遇不幸，他一度消沉至极，是优优和乖乖，成为他最亲的亲人，成为他生活中的阳光，成为支撑他忘掉悲痛，重获新生的精神支柱。如果，这两个他深深爱着的亲人真的发生了这样的残杀，他不敢想象，自己会不会也像儿子一样，从此将永远生活在一个恐怖的噩梦之中，怀疑透明的蓝天也藏着阴谋，鲜艳的花朵也涂满血迹，对他身边的每一张笑脸，都会觉得暗含杀机！

所以，他才要那么大声地向警察疾呼：不是优优！不是优优！不是优优！他并不是为优优疾呼，而是为他自己，为了他能避开这个他不能承受的噩梦。

但是警察回避了和他的争论，他们的告诫无懈可击。他们让他考虑一下孩子，假使一旦真有杀机，孩子本身无能为力。孩子只有靠他，他是父亲，他必须让孩子万无一失。所以他在离开公安局时不得不向警察们做出承诺，他会负起父亲的责任，在事实真相没有搞清之前，他暂时不把优优接回家住。

按照他和警察商妥的方案，他在街边等待司机的时候，就给住在上海的一个远房姑妈打了电话。这是他在手机里惟独还存了电话号码的一个亲戚。那姑妈在他几年前和父母一起去上海玩时见过一面，知道她的丈夫死了儿女大了，生活有些寂寞。寂寞的人好不容易见了亲朋，说起话来难免有些絮烦，但凌信诚父母下葬时再见姑妈，姑妈除了与他抱头痛哭别无他言。

凌信诚拨了上海的电话，接电话的果然就是姑妈。凌信诚说姑妈我是信诚，您还记得我吗？姑妈说信诚你是我侄子我怎么不记得呢，你在北京呢还是来上海了？信诚说姑妈我有件事想求您帮忙，我的儿子，我的儿子……凌信诚说到儿子突然泪如雨下，哽咽得一时不知自己要说什么。

姑妈的声音在电话那边焦急起来：“哟，小诚你怎么了？你慢慢说，不要着急，儿子怎么了？”

凌信诚泣不成声，他不知道他想起了什么，是想起死去的爸爸妈妈，还是想起自己说不定什么时候也就死了，那时候凌家就只有乖乖一人，他那么小那么可怜那么孤苦伶仃，他说什么也要把他养大成人，才能到另一个世界去见父母。那一刻他把自己的生前身后，全都想到了，他的悲伤通过呜咽冲口而出：

“姑妈，我，我爱我的儿子，我要把他养大，我爸爸妈妈让我把他养大……他们让我把他养大……”

“对！”姑妈大声地鼓励，“你一定要把他养大。”但马上又不放心地试探，“现在乖乖怎么样啊，他还好吧？”

凌信诚喘了半天气，让自己的心潮慢慢落下，他说：“姑妈，您能来北京吗，您能帮我带带乖乖吗？”

“当然能，我现在就可以过去。”姑妈的热情让凌信诚心里备觉温暖。他说了好多感谢姑妈的话，两人说好姑妈来京的日期，快说完的时候，司机赶过来了，在外面咣咣敲着汽车的玻璃。

凌信诚擦了眼泪，躲开司机疑惑的目光，他挂掉了电话，打开车门和司机换了座位。司机重新发动了车子，回头问他：

“回家？”

凌信诚说：“回家。”

凌信诚在回家的路上，给我打了一个电话，他希望我能去他家一趟，说有件事想和我商量。

我从凌信诚的口气中听出昨天凌家围绕孩子而发生的那些事情，肯定有了新的进展，于是马上答应，随即出门，赶到凌家。到凌家后被凌信诚避开保姆，带到楼上，在楼上灯光昏暗的起居室里，他向我通报了公安机关对优优的怀疑。他说他心里很乱，让我帮他分析分析，给他出出主意。

我和凌信诚一样，对公安的怀疑，感到格外震惊。四面环顾这间与楼梯、卧室和储物间步步相连的起居室，顿感危机四伏。在惊魂稍定之后，我和信诚将优优的历史与现在，个性与经历，掰开揉碎，细细分析，感觉为区区一点不快而下手毒杀儿童，非优优所能为也。在我的演绎推理之下，信诚似也相信，优优因与孩子怄气，故而杀人取命的说法，过于离奇，不合情理。但当信诚完全相信优优无辜之后，我又提出一个悖论——世上很多祸端，都起于一时之念，一念之差。所谓人心隔肚皮，表象掩盖本质的例证，俯拾皆是。现实的世界要比理论的世界和理想的世界，丰富百倍，难以认知，以致很多不合逻辑违反常规悖离愿望的事情，屡屡发生。从这一点看，不要说优优杀人，就是优优大姐那种手无缚鸡之力的女子，忽然一朝动刀杀人，亦未可知。何况优优年仅二十，性格思想，均未定型，其性格的激烈直白，也是易于突变和走向极端的一个心理支点。总之一切难说，应以现在的证据和未来的事实为重，因此不妨慢下最后结论，少做空泛分析。既然公安都说证据不足，那我们作为优优最亲密的朋友，更不能宁信其有，将她看死；而既然公安又有怀疑，我们也不宜只信其无，不加防范。

对我的这番左右逢源的分析，信诚先是频频点头，后又一脸沉重。他的理智分明同意我的论断，感情却又过于软弱，软弱得对现实世界的真实之重，真实人生的复杂之重，确实有点承受不起。

有了这样周全的分析，下一步应采取的对策，也就自然有了。我建议信诚在外面租套公寓，给优优单住。孩子在这边由信诚姑妈和保姆带着，量无大碍。信诚则两边轮流住住走走，兼顾孩子和优优两方面的感情，先这样维持一时，待孩子长大一点再说。

对这样的安排，信诚表示同意，表示今天下午就带李秘书出去找房。并再次委托我找到优优，做些说服劝导工作。

于是我就在信诚的家里，立即给阿菊拨了电话，家里没有人接，手机也不在服务区。又拨优优大姐那里的电话，也是无人接听。和优优有关的人全都联系不上，让我和信诚更加狐疑，忧心忡忡。

第二天中午我亲自前往酒仙桥地区，找到了那间志富网吧，发现果然出了意外，网吧不知何时已经关门。我在门上敲了半天，才有人出来把门打开。开门的正是优优的大姐，优优大姐是见过我的，便把我让进门去。我看到网吧里除了横七竖八的桌椅板凳，电脑屏幕已不见一个，我惊问何故，优优大姐遂将工商查封的事情说了，并说查封时优优也在，查封后她去了阿菊那里，刚才忽又回来，说过两天要去南方看看，让她姐夫开车带她，不知去哪里办什么事情，刚走不到半个小时。

优优大姐说这话时，我并未意识到由于这半个小时与优优失之交臂，对后来事态的发展，究竟意味着什么。我还在那间被抄得七零八乱的电脑屋里，陪优优的大姐闲聊了一会儿，关心一下网吧被封后他们下步的生活打算，同时问问优优昨天走前的思想情绪。在彼此你来我往的对话之中，我发现优优大姐不仅依然体质虚弱，而且头脑口齿明显迟钝。也许是由于命运屡遭打击而精神委靡，并非外人同情几句所能振奋，所以我草草坐坐，聊不多时便站起身来，向优优大姐要了钱志富的手机号码，便告辞出门。

走出被查封的志富网吧，我站在街边，打通了钱志富的电话，先通报自己姓甚名谁，后打听优优是否就在一侧。钱志富先是有些支吾，后又勉强承认优优在侧。少时优优终于接了电话，正如她大姐描述的一样，情绪异常低落沉闷。我问她现在正在哪里，她说正在车上。我问她现在要去哪里，她说要到铁路售票处去。我问她要去南方干吗，她说也许找份工作，也许换换心情，反正她离了谁也不会饿死。我说凌信诚委托我和你谈谈，谈过之后你再买票不迟。她说不想谈了，也许她和信诚，彼此并不合适，与其勉强凑合，不如好说好散。我说对呀，既要好说好散，好散之前总要好好说一说嘛。优优沉默良久，说好吧，我待会儿去哪儿，我打电话给你。

那天我等了很久也没有等到优优的电话，回家吃完晚饭又看完新闻联播，电话还是没来。我关了电视，坐在灯下，打开电脑，看着那部不知该如何收尾的小说发呆。呆了半晌，找出阿菊家的电话号码，拨了阿菊的电话。

阿菊在家，让我多少有些意外的是，优优也在，而且她接了我的电话。我问她下午不是说好给我打电话吗，为什么没打？优优说没心情打。我说信诚委托我找你谈谈，你总要让我完成任务，你对信诚有什么话要说，我也可以替你转达。你今天没心情可以明天，明天我们见面谈谈。你们的关系怎么发展你们自己决定，我只是负责互相转达。优优想了想，说：好吧，我已经买了明天的车票，你愿意到车站送送我吗？见了面我们就谈一会儿吧。

我有些意外："明天你就要走？去哪里？"

"仙泉。"优优说，"我想回仙泉看看。"

我茫然不知自己的心情，心里却分明叹了一声，但我用顺应附和的口气，表示了某种赞同："也好，你出来快两年了吧，回去看看也好。明天我来送你，你是几点的火车？"

优优说了她的车次，我们约了见面的地点。放下电话我想了很久，不知仙泉还有什么能够召唤优优，是她那些早不来往的同学老师，还是她家那间业已典让的老房老屋？还是仙泉体校，那幢象征初恋的拳击馆，和那里传出的呐喊声？

我若有所思地打开电视，电视里正在播放一台晚会，我的视线停滞于光芒刺眼的电视屏幕，心绪却不知在哪里游移。这时电话铃自己响了，来电话的当然不是优优，听筒中传来的是信诚的声音，那声音显得异常疲惫。信诚告诉我他现在正在爱博医院，乖乖下午又发病了，已经送到这里进行抢救。他问我是否找到了优优，我说没有。凌信诚说：听保姆说优优下午回过一趟家的，说是来取东西，待了不到二十分钟就又走了。她后来给你打过电话没有？

我刚刚说了一句没有，电话好像就被另一个人接过去了，那人先自我介绍，说他是公安局的，姓吴。他问我现在在什么地方，我说在家。他说，现在有些情况想向你了解一下，希望你能配合。你现在能到爱博医院来一下吗？我说可以。姓吴的警察说：那就谢谢您啦。

那天晚上我十点二十从家中出来，到达爱博医院并见到吴警察时恰好十一点整。我乘坐的出租车刚一停在爱博医院的急诊楼前，早已等在这里的吴警察立即从大门里走出，拉开车门向我询问：

"请问你是海岩吗？"

我钻出出租车，点头承认。

"我姓吴。咱们刚刚通过电话的，不好意思麻烦你跑一趟。"吴警察边说边在前面引路，他没把我带往急救室的方向，而是沿着另一条走廊急步前行，很快把我带进了一间宽敞的会客室中。

一进这间屋子我不免疑惑，我看到屋里或坐或站至少有六七个人，全都不像医生护士而更像是公安局的便衣，只有一个中年男人经吴警察介绍我知道是医院夜间值班的干部，但惟独不见刚才和我通过电话的信诚。

我问吴警察："凌信诚呢，他不是也在医院？"

吴警察说："啊，刚才他心脏出了些毛病，医生们还在抢救……"

"抢救？"我吓了一跳，"怎么赶这时候他也发病？"

"因为，"吴警察看了一眼医院的那位干部，说道，"因为他的儿子死了。"

二十四

我虽然不是乖乖的父亲，但乖乖死亡的消息给我的震惊之大，也许完全可比凌信诚此时的悲伤之深。当吴警察口出“死”字之后，我有半分钟时间瞠目结舌，心撞咽喉。

医院的那位值班主任——吴警察称他杨主任的——向我做了简短解释：“孩子送来时已经处于休克状态，我们抢救了两个小时，这次仍然和上次一样，诊断为乙二醇中毒。但这次毒量比上次明显要大。在孩子心脏停跳后我们又对血液做了一次化验，孩子血液里的毒液大概还有，还有……怎么说呢，大概还有将近半汤勺吧，成年人都未必受得了，更不要说这么小的孩子。”

吴警察见杨主任的解释告一段落，适时地插话进来：“现在我们初步确认，凌信诚的女朋友丁优涉嫌杀人，现在我们必须尽快找到丁优。据我们掌握，她在北京有个姐姐，开了一个什么网吧，丁优现在很可能藏在她姐姐那里。那个网吧在什么地方你知道吗？当然丁优也不一定就在那里，她下午去凌信诚家作案后可能就已经跑了，已经出北京了……”

吴警官对优优的怀疑我已有预感，但他把这种怀疑说得如此果断还是让我心里咯噔一声，太阳穴也不受控制地怦怦直跳，一句话也不受控制地跳出口来：

“她没走，她还在北京。”

“在哪儿？你知道她现在在哪儿？”

吴警察的问话把屋里其他警察的目光全都拉到我的身上，我木讷片刻才像回答审问似的老实交待：“知道，她在她朋友阿菊那里。”

我说不清我这时对优优是何感觉，除了震惊和百思不解之外，还有没有同情，还有没有惋惜，还是仅仅剩下理所当然的义愤。但那天我无论怀了何种心情，还是义无反顾地带着吴警察和他的同伴，分乘两辆警车，像两只尖锐的箭矢，穿刺了昏暗的城市之夜，从爱博医院一直刺向阿菊的新家。我甚至还做了警方的一个诱饵，敲开阿菊的屋门。阿菊显然已经睡了，敲了半天才起床来问，听出我的声音之后，才衣冠不整地开灯开门，嘴里还奇怪地抱怨：“你不是约好明天去车站的吗，这么晚还过来干吗……”

在转开屋门的刹那，我看到客厅的大灯刚刚打开，优优已经披衣起来，手里还攥着一根灯绳。警察们随即果断地把我挤开，一鼓作气冲进屋里。我耳中听到阿菊的惊声尖叫，听到警察的大声呐喊，听到不知什么东西被什么人撞翻……但我没有听到优优的声音。和上次警察抓她时完全不同，她好像没有挣扎，没有反抗，没有质辩，没有拳打脚踢，她几乎是一声不响地，束手就擒。

警察们把优优押出屋门时我和优优打了照面，互相注视但彼此无言。阿菊也被警察带下楼去，披头散发狼狈不堪。她在走出楼门时才惊魂略定，才想起向警察大声抗辩。

“你们凭什么抓人！我犯了什么法啦！抓人啦，抓人啦，警察乱抓人啦！”

阿菊的喊声在宁静的夜里格外刺耳，但整个楼区似乎都已睡熟，这疯狂的叫喊即便有所惊扰，四邻街坊也无人理会。阿菊的声音很快便连同她的身体，一起被塞进后面的警车。而前面一辆警车早已拉着优优，鸣着警笛开上了来时的大路。

警察们把阿菊优优拉到分局，对她们分别进行了审问。当夜两位民警加一位女警又带着阿菊返回家中，对阿菊的几间屋子进行了仔细搜查，大概是想搜到优优投毒的确切物证。

警察第二天早晨又搜查了那间已被查封的“志富网吧”，还搜查了网吧后面优优大姐居住的那间平房。警察同时传讯了优优的姐夫，让他交待前一天他用汽车载着优优去凌家的情形。

根据优优姐夫的交待，前一天的中午优优来到网吧，告诉他们她要回仙泉看看。她来这里是想向姐夫借一点路费，说好三月之内肯定偿还。姐夫说你看我现在这个样子，吃饭都成问题，哪还有钱借人。优优大姐说我准备买药的钱还没买呢，你要出门就先拿去。优优说不用了，她摘下自己腕上的手表，问姐夫能否帮她押些现金。这表是劳力士的镶钻腕表，是凌信诚花八万八给优优买的。大姐见优优竟要押掉这块“信物”般的手表，硬逼优优说出她和信诚之间到底发生了什么。优优只简单笼统地表示他们又吵架了，除此再无更多解释。大姐说我看信诚那人脾气很好，对你也一直不错，是不是你自己太不懂事得罪了信诚？优优则气恨地说信诚对我确实不错，可那小孩实在太狠，他肯定是他亲妈派来整治我的，他们就是想把我赶出凌家。我不用他们这样赶我，我自己走，还不行吗！

大姐还苦口婆心，百般规劝——在人屋檐下，哪能不低头，任性使气固然痛快，可最后又能为你带来什么？姐夫在她们姐妹说话的时候，仔细检查了那只手表，断定不像假货，除了上面的钻粒银光闪闪，更重要的是，这是凌信诚特地给优优买的，还能有假？

于是他开车拉上优优，去找他的一个朋友。他的朋友也是仙泉来的，在北京发财开了酒吧。姐夫以前还回仙泉替他招过坐台小姐，所以彼此有些交情。那人的酒吧开在大红门附近，姐夫便开了他那辆奥拓绕行四环，接近酒仙桥路口时，优优提出要先回家一趟，说有些衣服用品要拿，以备明天上路之用。

于是钱志富就拉着优优，把车子开到了凌家公寓楼下。他看着优优快步上楼，二十分钟后又快步下来，下来后她手里多了一个皮箱，里边大概全是出门的行装。

然后，他们又去了大红门那边，把那只手表押了一万块钱。优优和那位酒吧老板商量好了，押期两个月，两个月后优优不来拿表，表就归了老板。

然后他们又到铁路售票处去，买了第二天去仙泉的一张硬卧。然后钱志富又按优优的要求，送她去了一个胡同。那时天色已晚，他看到优优走进那胡同里的一个院子，和传达室的一个老头不知在交涉什么，半天无果，落落寡欢地又走出来，上了汽车，让姐夫把她直接送回到阿菊的家里。

整整一个下午，他们车行一路，钱志富一直在叨叨不停地规劝优优，让她千万别和信诚闹崩。他一再晓以利害，陈明利弊——不光是你，连你大姐和我全都一样，以后还靠信诚维持生活，拔他一毛而利咱终生，何乐而不为也，你就是装也要装着爱他，小不忍则乱大谋。现在网吧关了，你大姐的病还要打针吃药，要彻底治愈不知猴年马月，所以你万万不能只顾任性，回仙泉看看同学散散心，然后早点回来找信诚认错服输。

这些既啰嗦又市侩的规劝公安是不要听的，钱志富说得嘴角都堆起了白沫，有用的其实只有几句，那就是他谈到昨天下午，大约两点多钟，他亲自开车拉着优优去了凌信诚的公寓，他亲眼看见优优下车上楼去了，二十分钟后又亲眼看见她匆匆下来，而且手里拿着从凌家带出的一只皮箱。

根据对钱志富的讯问结果，可以证实，案发前犯罪嫌疑人丁优确实回过凌家，并在凌家实际逗留了大约二十分钟。

在讯问钱志富之前，警察们还询问了凌家保姆，保姆是江苏农村来的，已在凌家工作将近十年，为人老实，忠诚可靠，与凌信诚一家早就形同亲属。保姆也证实了昨天下午大约两点多钟，优优突然回来，当时凌信诚和李秘书一起，到外面去看公寓，家里只有保姆和乖乖两人。乖乖午睡未醒，保姆正在卫生间方便，她隐约听见大门响动，仿佛有人进来，脚步似有似无，声音若远若近。等保姆仓促完事走出卫生间时，看见优优正从乖乖房间那边快步走出，与保姆迎面相遇，脸上明显不太自然。保姆在回答警察询问时非常肯定这点，她说优优看见她走出卫生间，就主动冲她笑来着，但张开了嘴却不知说什么。警察问：是想说什么又没想好说什么？保姆说：反正是张口结舌的。后来还是保姆先开口，问她啥时回来的。优优回答说她刚回来，刚进屋，随即岔开话头问保姆能否帮她找个箱子来。保姆这时听见孩子在屋里哭，于是先跑回屋里去看孩子。孩子当时的样子好像没全醒，哭声断断续续的，嗓子半哑不哑的，两只眼睛都闭着。保姆当时没发觉明显异常，上去一通拍拍哄哄，让孩子渐渐趋于平静，但她能感觉到孩子呼吸有些沉重，鼻子也好像不大通气，嘴角还残留了少量水迹。那水迹保姆记得很清楚，她当时以为是孩子睡眠中流出的口水，她还用手绢替他轻轻擦了。她再返身出门时，优优已经杳然不见。保姆跑到储藏间找到皮箱，送到楼上，看到优优正在行色匆匆地收拾东西，接了保姆手上的皮箱，即把从衣柜里取出的几件衣服，还有她日常用的零碎物品，还有从卫生间拿出来的洗漱用具及化妆品，全都塞进箱内。优优刚来凌家时从不用什么化妆品的，后来凌信诚总给她买总给她买，也就用了，而且渐渐有些上瘾——保姆这样向警察形容优优。尽管优优平时在家对她还算客气，尽管优优从不劳驾保姆伺候，从不对保姆吆三喝四，但保姆还是比较排斥优优，这一点连警察都看出来了。一个办案警察还明知故问：你们平时关系怎样？保姆回答：关系可以的，但我不喜欢这个女孩。警察又问：为什么，她得罪过你？得罪？保姆有些不忿：我在凌家十多年了，她才来了几天，她能把我怎样。我是看不惯她对孩子，所以孩子才见她就闹。另外她年纪小小，脾气却大，一不高兴就冲信诚板脸，说她一句摔门就走。我在凌家十多年了，信诚是我从小带大，十多年我对信诚从来没有大声呵斥，从来没有板过一次面孔，不信你们去问信诚。这女孩刚来几天，凭啥这样厉害！

保姆的愤愤不平，除了因为优优在凌家的资历太浅，更重要的，大概缘于优优的出身。看优优来时穿戴的样子，说不定家境比她还要寒微。这样一个一无所有的女孩，仅仅凭着一张脸盘，就能如此轻易地登堂入室，和她这个早来十年的前辈，竟有主仆尊卑之分，所以保姆心里始终看她不起。孩子不要优优，保姆不但不急，还高兴呢。

那天下午保姆没有多言，站在屋外冷眼相看。她看着优优匆匆关了皮箱，一刻也不在房间耽搁，急急地下楼去了。保姆跟在她的身后走到一楼。在优优出门的时候，保姆淡淡问道："你要走吗，小诚回来要问，我怎么说呢？"

优优站在门口，已经把门拉开，她一脚在里一脚在外，跨着门坎想了片刻，然后回头简短说道："你跟他说，我心里很乱，我想一个人生活一阵，他要想知道我在哪里，可以去找我的大姐。"

根据保姆的叙述，优优做了如上告别，就关上了公寓的大门走了。优优走后，保姆回到二楼，收拾房间时看到优优在凌信诚的床头，留下一纸别书，内容和她刚才说的，相差不多。到了下午三点左右，也就是优优走后半小时左右，孩子又哭醒了，保姆哄了一阵才又昏昏睡去。保姆至此有些疑惑，感觉孩子精神不佳，昏睡时间过长，便摇晃孩子让他醒来。孩子醒后突然呕吐，保姆这才慌了，打电话至信诚手机，说孩子又有些病症。信诚问孩子发烧不发，因为孩子上次发病的一个重要症状，就是发烧。保姆给孩子试了体温，体温 36.8 度，基本正常。信诚说你再观察观察，我现在马上回去。

因为路上堵车，凌信诚回到家时已是傍晚五点，到家时孩子还在昏睡。保姆向信诚说了优优来而复去的情形，信诚听了面色阴沉，先去看了看孩子，然后就跑到楼上去打电话。这期间保姆上楼给他送过开水，听到他在电话里和人谈的还是优优。那电话按保姆判断，是打给优优大姐的，他在向优优大姐解释前一天在爱博医院发生的事情，也就是优优被仇慧敏打了一下的具体过程。保姆自然不便在旁多听，放下水下了楼就把孩子弄醒喂他吃饭，孩子吃完饭不到十分钟，就把吃下的东西全部吐出来了。

接下来孩子开始不停啼哭，保姆再次给孩子试了体温，体温竟已升至 38 度。这时信诚和保姆都知道孩子又发病了，打了电话叫司机开车过来，等了五分钟后感觉不能再等，于是便抱着孩子急急下楼，上街喊了出租车去了爱博医院，路上堵了将近四十分钟，送到医院的急救室时孩子已经陷入昏迷，两小时以后，医生宣布孩子死亡。

事情已经非常清楚，孩子死于中毒，死亡前两次发病，除了保姆之外，只有优优在场。从优优卧室相连的储物间里搜出的那桶汽车防冻液，对孩子中毒的毒源，提供了有力的物证。在接下来的一段时间里，警察们又询问了凌信诚的秘书、司机和医生，根据证人众口一词的证言，证实优优与死者之间，关系极度异常；证实优优能否入主凌家，孩子是一个最大的障碍；证实优优因与孩子冲突，导致与信诚不睦，曾经两次负气出走，两人关系出现裂痕。几乎所有证人的证言，矛头全都指向同一方向——在可以接触孩子的所有人中，唯有优优具备作案动机。另外，原承办凌信诚父母被杀案的分局民警全都知道，优优性格暴烈，刚强易折，在凌家血案当夜及次日凌晨，先是打伤一名男性案犯王德江，后又踢伤一名参与抓捕的分局民警，作为一个二十出头的纤纤少女，如此敢于动手动脚，亦属少见。综合各方信息及证据，优优投毒杀人的主客观条件都完全具备，个性依据也十分清晰，因此在对优优实行刑事拘留的第二天中午，警察们在分局拘留所的一个房间里，对优优宣布了经检察院正式批准的逮捕令。

在优优被批准逮捕之后，警察也找我做了一次调查。那次调查的主题，按我分析，也是在进一步补充优优作案动机方面的证据。在与警察的交谈当中，我不得不承认优优对那个孩子，确实有些反感甚至仇恨；我不得不承认，以优优的个性，她是有可能因一时冲动，一时愤怒，一时糊涂，而采取极端的方法，简单地解决她与孩子之间这场彼此都很无辜，而且旷日持久的矛盾。正如我原来已经分析到的那样，世上许多祸端，都起于一时之念，一念之差。而优优的年轻、优优的个性，确实构成她一失足成千古恨的心理支点。

优优杀人被捕给我的震撼，与当初我听到乖乖不治身亡，几乎同等量级，让我一连数日思想迷茫，六神无主。优优那张单纯美好的面容，时时浮在眼前，很多场面，会不断跳出——优优对她的大姐，对自小的朋友阿菊，是那样富于爱心，那样慷慨相助，宁愿自己受苦，也要热情他人；对一见钟情的周月，也能数年一日，保持恒久不变的执著向往；对身体患病的信诚，也仅仅单纯是想以德报德，对凌家财富，并无多少觊觎之心，这说明她有着年轻人那种最最纯朴的心灵。这是多么人性的优优！多么善良的优优！多么浪漫的优优！可我也能想起，在那间名叫平淡生活的小酒吧里，我们第一次见面的情形。优优用她的故事，与我讨价还价地争执着几张钞票；也能想起，同样为了几张钞票，她情愿以自己宝贵的少女之身，来博取侯局长这种人的一时快意；也能想起她对乖乖已失去耐性的痛恨和厌烦如何愈演愈烈，如何溢于言表；想起她在警察拘捕她时，随兴而来地大打出手……这又是多么现实的优优！多么粗野的优优！多么无知无畏，不重贞洁，缺乏自制，任性而为的优优！

也正应验了我原来与凌信诚所做的分析，现实的世界永远比理论的世界和理想的世界，复杂百倍，复杂得有时会让人陷入一种不可知的迷茫。

就这样一连数日，思潮难平，之后自然联系到我的电脑中，那篇尚未完成的爱情小说。优优的人生结局，对于展现一个走进繁华都市的打工少女成长道路上的正常与反常，起伏荣辱中的幸与不幸，个性与现实的和谐与碰撞，命运进程的必然与偶然，人性发展的规律性与不确定性，等等，均有大书特书之处。但我同时又不得不担忧假若如此描写展现，对作品的商业性将产生致命伤害，因为尽管写出人物表象与其人生归宿的关联与无关，写出逻辑性与非理性的并存不悖，对小说的深刻程度与真实程度，大有帮助，但对于那位翘首以盼的电视投资商来说，却不是好兆头。电视剧毕竟是大众艺术，大众艺术需要简单直白，过于复杂难辨的人物心理，远离规则的人物命运，会让观众如坠云雾，好人坏人头绪不清，爱谁恨谁无从选择，拍得好也只能是一部“小众作品”，只能供少数知音慢慢玩味，细品个中深奥，但播出后的收视率统计，则肯定是一塌糊涂。

在重新对小说的定位进行推敲之前，我出于大哥和朋友的义务，去医院看了经抢救再次复苏的信诚。我看着他更加消瘦苍白的面容，心中备感怜悯。这样一颗先天不足的心脏，却偏要承受多重打击，丧父丧母之后，又尝丧子之痛，仿佛命中注定，要孤独一生，而且命中注定，要与自己相爱的女人形同水火，不能相容。我能感到，他那颗伤痕累累的心脏，虽经医生努力救治得以恢复活力，但从他的面容及眼神当中似可发觉，这颗还在有气无力跳动着的心，实际上已经死了。

在我看望凌信诚的那天，仇慧敏也到了医院。她被两位警察带着，来与儿子的遗体告别。我作为优优和信诚的朋友，并且作为他们爱情的月老和证人，按先入为主的感情，当然不太喜欢这位姓仇的女人，以及她的男友姜帆。但我可以想象这位戴罪服刑的女人，当看到从医院太平间的冷柜里拉出那具亲子遗骸，心中该是怎样一种伤痛。人非草木，骨肉有情，何况她是一个母亲。据当时在场的一位分局民警事后叙述，仇慧敏看到孩子时没有放声号啕，她只是抱着她的儿子，抚摩他的全身，连每个小小的手指脚趾，都一一摩挲遍了，其情其景，让在场旁观之人，无不动容。

在和儿子告别之后，仇慧敏坐在太平间外的走廊里，压着声音哭了很久，很久以后她才恢复平静，提出要去看看孩子父亲。警察出于同情马上同意，将她领到凌信诚的病房。仇慧敏走进病房后便扑在凌信诚的身上放声大哭，那时我也恰巧在场，我记得四周除了那凄厉的哭声之外，万籁俱静。

凌信诚半躺在病床上，木然地让她抱着，眼中含泪，口中无声。仇慧敏痛哭之后，突然起身，用尽全力，在凌信诚瘦弱的脸上，狠狠抽了一掌。那一掌将凌信诚抽得双目紧闭，口角出血，脸上也现出了几道红红的指印，脸孔歪在一边，几乎窒息。警察们这才一拥而上，连劝带喝，拉走了这位全身瘫软的母亲。

仇慧敏被拉出了病房，没再回来，显然已被警察带离。屋里只剩下床上索索颤抖的凌信诚，和在床边木然而立的我。我慢慢地坐在床边，轻轻抽出床边的纸巾，想替信诚擦擦眼泪，不料眼泪越擦越多。凌信诚细弱发抖的声音，断断续续，从痉挛的胸腔隐约透出。那是一种非人的哭号，一种压抑的泣吃，一种接近于崩溃的哀鸣。

“是我害了……我的儿子，是我……害了优优，是我把他们，全都害了……”

二十五

优优被捕之后，最先来找我的，是优优的大姐。

她是让阿菊陪着来的，在优优被抓的第二天中午敲开我的家门。人还没有进屋，优优大姐就屈膝跪在了门外的地上。

我和阿菊一道，扶起这个病弱不堪的女人，把她扶进屋子。我给她们倒了热水和饮料，但没人去喝。优优的大姐再次要跪，被我及时拉住。阿菊也在一旁不停劝慰，让她坚强一点，有话快说。

她们来此的目的，当然是为了优优。她们不相信优优会那样伤天害理，但又提不出任何有力的证据。面对这位只会以泪洗面的大姐，我也只能正面安慰：相信政府，相信法律，公安机关自会调查甄别，不会放过一个坏人，也不会冤枉一个好人。我甚至以我浅薄的法律知识，向她们进行了如下讲解：即便公安机关有所疏漏，还有人民检察院认真把关。即便检察院认定优优犯罪，还要经过人民法院审理确认。法院审案子也不是一个人说了算的，还要组织合议庭一起商量。再说就算法院判了，也还可以上诉。上诉就有可能改判减刑，最多维持原判，加刑是不可以的。再说还有律师。律师都是最懂法律的人，会帮助优优据理申辩。

在我如此这般的开导劝慰之下，优优大姐渐渐平静下来。在我把这位半信半疑的女人送出家门的时候，我悄悄问了阿菊："为什么优优姐夫没来，他难道不关心优优？"

阿菊也同样悄悄地，用最微小的动作，点了点头，说道："她姐夫躲起来了。"

"躲起来了？"我表示惊疑，"难道他也牵涉进去了？"

阿菊摆手："不是躲公安局，他是在躲凌信诚。他怕凌信诚派人找他还钱，要他那辆车子。原来凌信诚见了面也叫他姐夫的，现在优优干了这事，那还不成了仇人。"

我想也是，亲仇之间，常常只是一夕之隔。

关于优优的案子，我也通过分局的熟人，设法打听过侦查进展的内情。据一位办案民警透露，因为这个案子情节简单，证据充分，方向明确，没有第二个嫌疑人，所以很快就会侦查终结，提请起诉。估计检察院同意起诉，应不成问题。

果然，半个月后，我听说公安机关已将优优的案子移送了检察机关，检察机关审查起诉的工作，也在紧锣密鼓抓紧进行。据公安分局的熟人透露，此案因是针对儿童，且情节特别恶劣，所以惊动政府上层，已有领导同志专门批示，要求司法机关从重从快，尽早审决，及时宣判，以安定社会，安定民心。

就在优优被公安机关提请起诉不久，凌信诚从医院回到家里，仇慧敏也刑满到期释放出监。乖乖的葬礼一直在等他的母亲，等她恢复自由之后，才在西郊万安公墓举行。参加乖乖下葬仪式的，除了凌信诚与仇慧敏外，只有照顾乖乖的保姆，和专程从上海赶来的姑妈。

姑妈在北京住了一周，天天陪在信诚左右。在姑妈返回上海的第二天仇慧敏打来电话，提出想来信诚家里，看看乖乖住的地方，和孩子生前的遗物。

仇慧敏是独自一人来的，她在乖乖住的那间屋里，看了儿子的小床，儿子用过的被褥，和儿子的每一样玩具。那些玩具有些还是新的，刚刚买来未及拆封。那些被褥用手摸摸，尚能感到些许余温。看着她将孩子的遗物遗像抱在怀里，一一摩挲，那位一直陪伴乖乖的江苏保姆，禁不住失声痛哭。凌信诚也同她一样，泪流满面，哀伤已使他的面色枯槁，眼大如灯。

仇慧敏也掉了眼泪，但只是唏嘘几下，没有放声。比起保姆和信诚，她已有了更多的镇定。那天她和凌信诚坐在宽大的客厅里，进行了久违的长谈。从孩子的音容笑貌日常起居谈起，那些彼此会心的回忆，伴随着哽咽与叹息，将两人的关系重新拉近。毕竟，他们过去曾有一段共同的快乐，现在又有共同的悲伤，他们都深爱着同一个孩子，那孩子是他们的见证和结晶。

长谈之后，在分手告别的时候，凌信诚不忘提到：他父亲生前承诺过的那笔三百万元的钱款，他会马上兑现。他让仇慧敏给他一份现成的存折，他好把这笔巨款直接存到里面，免得彼此现金授受，还要费时一一清点。

而仇慧敏对这笔钱款，似乎并未表现出应有的热衷。她告诉信诚，当初她想用孩子换钱，是为拯救舅舅的工厂，舅舅从小养她成人，她既受深恩就该反哺。可现在舅舅的企业已将破产，那钱投进去也是白投，顶多便宜了那帮如狼似虎的债权人。仇慧敏说她现在关心的只是信诚，她很想为他做点什么，只要能让他开心，只要能让他的身体和精神，尽快复原。

凌信诚对仇慧敏的关心表示了感谢，也希望她好好保重，不要被忧伤纠缠。分别时他起身把她送到门口，在开门前这位初恋情人突然拥抱了他。

凌信诚一动没动，任凭她抱着自己细瘦的身躯，任凭她亲吻了自己的脸颊和脖子，他听到她轻柔如丝的耳语："你想让我再给你生一个吗，再生一个和乖乖一样的儿子？"

凌信诚没有回答，但他抬起双手，轻轻地抱了一下仇慧敏。他用这样的动作，表达了他的感谢。只是感谢而已。

凌信诚在与仇慧敏见面的次日，便派人为她办理了三百万现金的入户手续。那天晚上他给我打了一个电话，说了与仇慧敏见面的事情，然后说到了优优。

他问我是否知道优优的案子有何进展，优优是否已经承认作案。他同时表示相信公安机关会进行细致的调查，因为到了法庭一切要凭证据说话。但他并未对我掩藏他的心情，他说他不知为什么心里总有个念头作怪，总让他满心希望公安机关经过调查，最终证实凶手不是优优，他说虽然乖乖人死不能复生，但如果此事与优优无涉，他的内心会好过许多。

我理解信诚的心情，我明白他还爱着优优，所以他的直觉到目前为止，依然被这种感情控制，他不相信优优会杀他的儿子，他不相信优优会干这事。

我毕竟不是公安人员，我毕竟不是办案民警，对他的直觉我无法呼应或者反驳，无法表示是与不是。我只能冠冕堂皇笼而统之地劝他相信法律，以证据为准。我告诉他案子已经送到检察院去了，法院不日就要开庭。这种案件按规定一律公开审理，到时一切证据都会公之于众，一切真相，都会随之大白。

在与凌信诚通话的翌日上午，我突然接到了检察院打来的一个电话，他们说有件事情，是关于优优的案子，希望我能过去一趟。我放下电话之后没有耽搁，立刻按对方在电话中留下的地址，找到了检察院办公的地方。在一间相当正规的接待室里，我受到了检察院一位官员的接待。尽管我一路上预想了多种可能，但那位官员话一出口，还是大大出乎了我的意料。

"请问您与凌健安被杀案的犯罪嫌疑人丁优是什么关系?"

那位官员这样问我，我想了一下才镇定回答："我们算是朋友关系吧，普通朋友的关系。"

官员提出希望看一下我的身份证，我同意了。他看完身份证后向我问道："您就是那位作家海岩吗?"

我说："对。我因为要写一部小说，描写外地青年在北京打工的成长和遭遇，所以经人介绍，认识了丁优，对她进行过几次采访……"

我这样说明我和优优认识的过程，意在让对方了解我们彼此的关系，但在这位检察官听来，我也许犯了怕被连累的嫌疑。

检察官的脸上没有太多表情，腔调也是例行公事，他说："凌健安被杀案经北京市公安局侦查终结，现已移送本院审查起诉。根据《中华人民共和国刑事诉讼法》的有关规定，犯罪嫌疑人有权为自己指定辩护人。现在，本案犯罪嫌疑人丁优委托你担当她的辩护人，你同意接受这个委托吗?"

我咣地一下愣了，愣了半天不知该如何表态。我知道为犯罪嫌疑人依法进行辩护，早已不算什么丑事，但我还是万分踌躇，因为这样一个差事实在非我所长。

但我对优优，确实交往已久，已经真的成了朋友。作为朋友，特别是她一直以来以兄长事之的朋友，我也不便一推了之。

那位检察干部，继续不动声色地发问："你接受吗?"

我在慌乱中下意识地点头，却又提出一个要求："我没干过这种事情，所以，我想在我决定接受之前，能否当面见见丁优?"

检察人员马上回答："可以。你回去等我电话，我安排好了马上找你。"

我没想到现在检察机关的效率竟然快得出奇，当天下午，其实也就是一个多小时之后，我接到检察官的通知，同意我下午到分局看守所去，会见优优。

我和优优的会见安排在一间看上去是专门为会见而用的小房间里，优优被带进来时我吓了一跳，她比我上次见她，至少瘦了十斤，身子突然变得异常娇小单薄，只是脸上气色比我想象的要好，进屋见我在座甚至还咧开嘴高兴地笑了。

她主动开口："大哥你来啦。"

我站起来答应："啊。"然后说，"坐吧。"

我们隔桌而坐，优优又笑，像见了亲人似的。她说："谢谢你来，海大哥。"

我也笑笑，说："你还好吗？"

她说："啊，还好。北京的警察，总归又不打骂人的。"

我不再闲聊，介入正题，我说："你请我当辩护人的事，检察院和我说了。我是觉得，我不是个专业律师，我对法律……"

优优打断了我的推辞："海大哥，我不是请你当律师，我只是想见见你。"见我愣了，她又说，"我是想求你帮我找个人，让他来为我做辩护。"

我很是意外，怔怔地问道："你想找什么人，为你做辩护？"

"我想找周月，我想让他给我做辩护。我怕通过检察院的人去请他，他肯定肯定不来的，所以我就想起了您。我想请您替我找找他，替我好好求求他，我想他也许会来的。你是个大作家，说话能说到点子上。"

我有些不解地问："可周月也不是个律师呀，你为什么不请个专业的律师呢。如果你没钱请不起，法院是可以为你请个免费律师的。咱们国家的法律有规定，像你这种……"我刚想说"像你这种要判死刑的人"，可话没出口又收住了，支吾了一下改口说，"像你这种情况的，法院必须要请法律援助机构的律师为你义务辩护的。"

优优低了头，说："可我就想让周月来辩护。我想了好久好久了，我想也许是我欠了信诚父母的两条命，所以老天爷非要罚我死，让我到阴间给他们当牛做马去。如果真是那样的话，我就想请周月来，不管他辩得成辩不成，至少我还能见他的面。"

尽管我面对的是一个杀人犯，尽管这个人已不是我心目中那个善良耿直的小女孩，但当她说到她的偶像时，那种闪闪发光的眼神里，还是有许多令人感动的东西的。我想优优的故事再一次证明这个世界上，很多已被我们认识的东西其实都是虚幻的、表象的、暂时的和易变的，就像我看到的优优和想象的优优，与真实的优优，竟有多么不同。

但我毫不怀疑优优对周月的情感确实出自真心实意，那情感的动人之处，恰是在于精神之恋的那份纯洁，在于那份纯洁竟然保持得如此持久。也许正因为优优对周月只是一种精神爱慕，所以这种爱慕和追求，才始终美丽如初。

我答应了优优的请求，答应替她去找周月。但在会见结束的时候，我突然向优优问道：

"难道，你不想见见信诚？"

优优思索了一会儿，最终摇了摇头。

"信诚一定恨死我了。"她说，"我是他的一颗灾星！而且平时又对他那么任性，我们……也许命中注定，没有缘分。"

我从看守所出来，按照优优说的地址，直接去了公安局××处。在传达室值班的那人，果然是个矮矮的老头。听说我要找周月，没打磕巴便说周月不在。我留了我的电话，请那位老同志代为转告，就说是有个名叫丁优的人要找。

当天傍晚我接到了周月的电话，他说他下午外出办事刚刚回来，问我是谁，是不是找他。我说我是丁优的朋友，丁优有话托我向你转达，你能不能出来，我们见面谈谈。

周月没有犹豫，当即一口答应，这态度多少让我出乎意料。我们约了见面的地点，我不知有意无意，依然约了那家名叫"平淡生活"的酒吧，依然相约在吧台见面，我说我手里拿着一份北京晚报，那就是彼此识别的标志。

那天晚上我用两年前和优优第一次见面的接头方式，见到了周月。周月身穿一身便衣，高挑的个子，略黑的皮肤，头发短短的，还用发胶微微喷过。他的样子让我和优优的感觉非常接近，觉得他像个韩国或日本的偶像歌星。我想也难怪优优在十四岁那年第一次见到这小子时便爱上他了。周月这样子走在街上，确实能让每个少女回头动心。

我们依然选了我和优优第一次见面时那个僻静的座位，要完饮料后我先做了自我介绍。在周月介绍自己之前我便开口问他：你还在××处实习吗？周月略显惊讶并用警察特有的警觉反问：你怎么知道我在那儿实习？当然，毫无疑问，我回答他是听优优说的。周月先是点头继而摇头，说道：我已经毕业了，刚刚分到那里。

与周月的交谈让我明白了他为什么那么痛快就同意和我见面，周月是从王科长那里知道了优优被捕的消息。昨天下午他受王科长指派，前往分局了解优优的案情，目的是想看看能否从优优口中再挖出些有关信诚药业公司秘密账簿的线索。分局的一位同志简单介绍了基本案情之后，就抱出一堆案卷材料让周月自己翻翻。那些案卷材料记载了优优涉嫌毒杀幼儿的全部侦查过程及相关结论，从现场斟查和搜查记录到物证清单到证人证言到医院的化验证明，还有优优自己写的交待，交待她在案发当天的活动及行踪及接触的人物，整个卷宗材料齐备完整，目录分类让人一目了然。

厚厚的卷宗，庞杂的材料，大多与周月他们受托侦查的受贿案无甚关联，因此俱是草草浏览，一翻而过。但最后翻到优优亲笔所写的交待材料时，周月的手指却突然慢下来了。引人注目的并不是那些有关一天行程的重复杂芜的叙述，而是优优娟秀流利的字体。那字体是那么亲近，似曾相识，跃于眼前满目详熟，少年往事呼之欲出。

他把其他文件如数交还分局民警，只把优优这份亲笔材料复印一份，说要借走看看。但他当晚并未把那份材料带回处里，而是悄悄带回了他的单身宿舍。他反锁房门，从床下拖出自己的皮箱，从箱底翻出一个牛皮纸袋，从纸袋里倒出一大堆厚薄不一的信封。他从一个信封中取出一封信来，将上面的字迹与他从分局带回的那份材料在灯下对比。接下来他又一连打开好几个信封，把那些用不同纸张书写的旧信一一展阅，目光中的惊疑慢慢凝固，优优的来龙去脉渐渐清晰，他至此方知她为何素不相识却要自告奋勇到公安医院护理一个生活不能自理的病人；怎会想起带他去拳击馆激活记忆；为什么一次次跑到他的单位来找他看他，她看他的眼神何以总是欲言又止……

在我和周月这次的见面中，他并没有告诉我他一直保留着优优寄给他的那些情书。除了第一封约他去观瀑亭见面的信被洪教练发现将他斥骂一顿，搞得他不得不当众将信撕碎之外，后来的信他都悄悄读了，然后悄悄地收藏起来。他在仙泉没有家人，没有亲戚，他的生活只有拳击，只有洪教练，只有拳击队里那些同性的伙伴。这个给他写信的女孩，是第一个走进他内心的异性，是第一个让他对爱情产生憧憬的人。

第一次和我见面的时候，周月没有提到这些隐秘的少年往事，但他整个晚上都显得情绪伤感。我们坐在“平淡生活”的那个角落，守着与两年前并无二致的烛光，我告诉周月，优优就是在这里向我讲述了那个十四岁的黄昏；我告诉周月，六年之前，他曾放弃过和一个女孩的观瀑亭之约，那女孩为此伤心了很久；我告诉周月，优优当年离家出走，来到北京，实际上是一次为了爱情的私奔，因为她所爱的那个男孩就在北京，那个男孩就是你，你就是优优心中的爱人！我还告诉周月，优优三个多月在公安医院日夜陪护，身心关怀,你的记忆最终复原,你最终能够重返工作岗位,重返社会,优优功不可没,其中细节,有那位身在异国他乡的洪教练可以证明;我还告诉周月,优优不能忍受那个孩子,有一个本质的原因,那就是她对深爱她的凌信诚,始终无法全心深爱,而这其中最大的障碍,是你在她的心中始终割舍不开。当然,她走上犯罪道路有多方面原因,她的特殊的经历,思想和个性的弱点,都是导致她毁灭的原因。但无论如何,这种畸形的爱情——对你的和对凌信诚的爱情——在一定程度上造成了她畸形的心态,畸形的人生。

周月沉默地听着,脸上没有表情。只是一声不响地喝着啤酒。这让我无从判断他的内心——他对优优,爱与不爱,是否惋惜,是否同情。在长久的冷场之后,我忍不住打断他自始至终的沉默,严肃地问他是否接受优优的委托,为她出庭辩护。

周月没有答复。

他说:“让我想想吧。我需要想想。”

我有点失望,但我不能勉强。

而且,设身处地地考虑,一切又都可以理解。周月毕竟是个警察,法律规定除律师之外,只有被告人所在单位推荐的人和被告人的监护人及亲友,才有充当辩护人的资格。而周月算优优的什么人呢?如果说,他们是朋友,那又是什么性质的朋友?是普通朋友还是男女朋友?周月一旦站到法庭的辩护席上,他就要对他的上级,对他的组织,对所有人,把这个关系说清。

两天之后,我没想到的,周月竟然真的去了看守所,还是在那间专门用于会见的房间里,会见了犯罪嫌疑人丁优。

二十六

周月为什么突然想要见见优优我不知原委，他们在狱中相会的情形我也未亲见，因而我无法想象优优的心情究竟是激动还是欣喜，是悲伤还是悔恨——当她身临绝境时梦中的白马王子突然驾风而至，赶来解救她于缧绁倒悬……我知道优优是一个最易被幻想蒙蔽的女孩，她也许真会把周月的出现当成一场现实的童话，从而像吸了毒似的，让濒死的身心麻醉在一个海市蜃楼式的乐土中间。

也许幻想真是一剂精神鸦片，足以带领那些渴望的灵魂抵达非凡境界。优优因为幻想而持久了那场无望的爱，很可能，也因为幻想，荒唐地杀了乖乖。所以，幻想对那些年轻幼稚的DD、MM来说，是一把福祸莫测的双刃剑！

根据我的猜想，优优和周月的见面，谅无多少激情可言，至少他们彼此的身份，使那些即便会有的回忆和感动，都只能藏于内心。他们不再是青梅竹马的年龄，不再是两小无猜的少年，他们在铁窗之下隔案而坐，一个是正气凛然的人民警察，一个是引颈待斩的重罪嫌犯。

那天会见现场的实际情形对周月来说，更没有多少含情脉脉的空间，因为他并非一人独往，他到看守所会见优优，是经了检察机关的批准，而且是两人同行。

而且，与他同行的是一个年轻的女人。

那个女人就是周月为优优请到的律师。

直到优优的案子开庭那天我才知道，这位律师在我那部小说的前半部分曾经露过一面，她就是以前常到公安医院看望周月的那个大名叫梅肖英的小梅。小梅已经从中国政法大学毕业，并且已经在司法局当上了一名国家干部。周月后来对我说过，小梅是他认识的唯一一位考过律师证书的人，也是他心目中最优秀最敬业的一名公务员。

那天去法庭旁听的人并不算多，延目可及的都是相熟面孔。我最先看到的是优优的大姐，她让阿菊扶着来得最早。来得早的还有死者年轻的母亲仇慧敏，她带了一副很大的宽边墨镜，身边陪了两个同龄的女伴，挑了个不前不后的座位就座。就座后她摘了墨镜四下巡睃，一下就盯住了坐在不远的优优的大姐。我注意到她的目光充满仇恨和鄙夷，可以看出她显然知道大姐和阿菊的身份。

在法院开庭的前一天傍晚，凌信诚给我打了电话，就他要不要去旁听审判一事，征求我的意见。他说医生坚决不让他去，但他想去。我毫不犹豫地附和了医生的告诫，反对他去经受这场神经考验。我说信诚你也是个大人了，而且是个男人，该忘掉的事情要坚决忘掉，要有能力从过去的回忆中拔出脚来。信诚说：我恨杀我儿子的罪犯，但我就是不相信优优就是这个罪犯。我想去听听她到底是怎么回事，就算是她干的，我想问问她到底为了什么！

我沉默半晌，依然反对他去旁听。但我答应在审判结束之后，会将审判的详细过程及优优的答辩，原汁原味地向他转述。我说，这样对你的身体可能好些。

信诚终于没来。

但周月来了。

周月几乎是在开庭前的最后一分钟内才匆匆赶来，我招手示意他坐到前边，他摇头表示就坐后面，然后就近在后面一个最不引人注目的角落，悄悄地坐了下来。

检察官和律师分别入场，书记员等人也各就各位，接下来三位法官鱼贯而入，穿着刚刚改装的深色长袍。我没有听到有谁发布口令，但见大家纷纷自动站起，就像看见老师走进课堂的学生。我也跟着站了起来，直到法官庄严入座，我等听众才跟着重新坐下。

审判长是位形象干练的中年女士，两位审判员则都是男的。开庭后最先进行的程序俱是出自律定，虽然繁琐却不能稍稍省略——带被告人到庭、宣布案由、宣读合议庭组成人员和书记员和公诉人和辩护人等等一大堆名单、告之被告人享有的权利等等，程序漫长，无甚新鲜。

只是在开庭后优优被法警带进大厅的时候，旁听席上曾发生过短暂的骚乱。那时听众都在侧目注视优优进场，谁也没有提防身边突然有人尖声叫喊：

“杀人犯！你还我儿子！你这个恶魔！判她死刑，判她千刀万剐！千刀万剐！”

谁都听得出来，叫喊的是死难儿童的母亲。对这种心碎的嘶声泣喊，人人面色凝重，无人阻止，连法官都容忍了片刻，才出声打断：

“肃静！请肃静！”

喊声停了，仇慧敏被她同来的女伴劝回座位，那座位上很久很久都断断续续地响着压抑的啜泣。

庭审进入正式程序，第一项是由检察官宣读起诉书全文。起诉书这类文体显然要求言简意赅，字字铿锵，用非常凝练的语言，非常有力的论据，将被告人残忍的罪行，统括描述出来。在我听完这篇义正辞严的起诉书后，我想也许在座的所有旁听者都已预见到了那个不难预见的宣判。

连我在内，谁也没有想到这场原以为不过是程序性的审判，会在后面出现一个好莱坞式的逆转，使这个本来注定平淡无奇、毫无悬念的上午，变得高潮迭现。我也没有料到在这场高潮中力挽狂澜的角色，会是那位文文静静，并不显山露水的律师小梅。

那确实是一场艰难的挽救，公诉人提出的证据相当充足，有公安机关勘查和搜查的记录；有医院的血液化验证明；在公诉人的要求下还当庭出示了从凌信诚家搜出的那桶汽车防冻液；被召至法庭的证人也有一堆，有凌信诚的保姆、司机、医生和秘书，还有姜帆，还有那天姜帆带到凌家的同事，他们的证词都在重复一件事情，那就是优优与孩子剑拔弩张的关系。

在宣读医院出具的血液化验证明和死亡诊断书时，旁听席上的仇慧敏再度情绪失控，哭喊声惊动全场：“处死她！把她千刀万剐，给孩子报仇！”审判长一再劝阻无效，示意法警请其出场。法警与仇慧敏的两个同伴交涉少时，那两个年轻女人便连扶带劝，把泪流满面的仇慧敏搀出了大厅。

当仇慧敏的哭声在审判厅门外消失之后，法庭传唤凌信诚的保姆第二次出庭，保姆第一次出庭是为了叙述优优与孩子的紧张关系，而这一次则是作证孩子两次发病时优优在场的情形。证明优优确实进入过案发现场的还有钱志富的一篇证词，因为开庭前公诉方没有找到钱志富本人，无法通知其到庭，所以他的证词只好由法庭工作人员代为宣读。那篇证词实际上是公安机关找其谈话的一篇笔录。

被梅肖英抓住不放的，就是这位保姆的发言，还有钱志富的那篇笔录。

保姆的证词照例先由检察官予以提问，他的提问意在指引作证时口齿不甚清楚的保姆进一步强调出证言中的某些细节。

检察官问："证人，孩子第一次中毒发病那天，你是否一直在家?"

保姆说："我一直在家。"

检察官问："你一直看着孩子吗?"

保姆说："是的，那天小诚，啊，就是孩子的爸爸，不在家里，孩子只能是我看着。"

检察官问："你刚才说那天你下楼去给凌信诚送过衣服，是谁让你去的?"

保姆指指被告席上的优优："是她让我去的。当时司机老杨打电话上来，说他就在楼下，因为楼下不让停车，所以让我们赶快把小诚的衣服送下去。她就让我去了。"

"你刚才说孩子只能你带，而被告人又不能接近孩子，那照理应该由被告人去送衣服，让你留下来看着孩子，你当时没有提出来你走不开吗?"

"我，我提没用的，我是给人家做工的，人家要我做什么我就要做什么，我没有办法的。"

"你下楼去送衣服以后，家里还有谁在?"

"只有她在。哦，还有乖乖。"

"你下楼前孩子的情况怎么样？有没有生病的样子?"

"没有，我下楼前孩子很好的，他还在睡觉嘛。"

"你下楼去了多长时间，大约。"

"大约，十分钟有吧，因为电梯要等啊，后来我在电梯口又碰上一个老乡，非要拉着和我说话。"

"你回来以后孩子正在哭吗？那时候你看见被告人在什么地方?"

"她正好从孩子的屋子里走出来，我看到她时她正从那边走出来。"

"她当时跟你说了什么?"

"我问她孩子睡得好好的怎么哭了。她说不知道怎么哭了。我跑进去一看孩子，啊呀吐了一身，而且人也昏昏沉沉很不精神，哭都没力气的样子。我回身出来还想问问她怎么回事，一看，她不在了，她自己上楼去了。"

"你是什么时候发觉孩子中毒了?"

"那是天快黑的时候，孩子全身一抽一抽的，又吐又哭，哭也哭不出来的。我一摸孩子发起烧来了，就赶快到楼上叫她，告诉她孩子病了要送医院的。她让我打电话叫司机回来，我说来不及了，就坐出租车吧。后来我们就坐出租车，我问司机哪个医院近，司机说东直门医院最近，可丁优非让司机绕远带我们到爱博医院去，结果第一次中毒就差点把孩子耽误了，医生讲再晚五分钟孩子就没命了。”

检察官满意地顿了一顿，接下又问：“孩子第二次中毒之前只有你一个人在家吗？当时家里还有没有别人。”

保姆回答：“没有，就是我一个人在家，后来丁优就回来了。”

“她回家的时候你在什么地方？那时候大约是几点钟？”

“我在卫生间。我听到她开门进来，听到她的脚步声，很轻很轻的。后来我从卫生间出来，看见她从孩子那边走过来。那时候大概是下午两三点钟吧。”

“被告人进屋后，多长时间你才从卫生间里出来的？”

“大概……五六分钟总有的，那天我肚子不适宜。”

“你从卫生间出来看到被告人，被告人的表情怎么样？”

“很尴尬的，跟我打了个招呼就急急忙忙上楼了。后来我听到孩子又哭了，本来睡得好好的，可她一回来孩子又哭了。我过去一看，又在吐。到了傍晚又是发起烧来了，送到医院就没救了。”

检察官转脸面向法官，踌躇满志地微微颔首，表示：“我提问完了。”

法官的目光移向梅肖英，问道：“辩护人要求提问吗？”

梅肖英举了一下右手，表示有话要问。她的问话在我最初听来，并无任何惊人之处，也无多少奥妙可言。

“证人，”梅肖英问，“孩子第一次中毒前，当时你送完衣服从楼下回来，你第一眼看到被告人时，你在什么位置？”

“我一进家门就看见她了，因为孩子在哭，所以我一回家就往孩子的房间那边看，就看见她了。”

“你第一眼看见被告人时，被告人在什么位置？”

“她好像是刚从孩子屋里出来嘛，我看见她的时候她就在孩子的屋门口。”

“孩子第二次中毒前，你第一眼看见被告人时，被告人在什么位置？”

“也是在那边，在孩子房间那边。”

“具体是在哪里，是在孩子屋里，还是屋外？”

“好像在门口吧，刚刚从屋里走出来的样子。”

“证人，你说她好像是刚刚从孩子屋里出来，好像，是什么意思？”

保姆一下愣了，接不上话。梅肖英接下去问：

“好像，是不是说她从孩子屋里走出来，只是你的感觉，是你的推断。你感觉她是刚刚从孩子的屋里走出来的，对吗？”

“她就是从孩子屋里出来嘛，要不她站在那里做什么。你去我们家里看了就晓得了，孩子住的屋子外面就是一个空走廊，旁边没有其他房间的，她要不去孩子屋里面，站在那里做什么！”

梅肖英马上接了她的话：“对，你说得没错。孩子的屋外是一条空着的走廊，这条走廊约一米宽，二点一米长。走廊的出口与整套公寓的大门成十五度角，在大门的位置根本看不见孩子的屋门，只有穿过四分之三的客厅，也就是说，要从大门朝那条走廊的方向走五至六米远，才能看到孩子房间右侧的门框。我向这幢公寓的开发商索要了这套房子的平面图纸，我还去这幢公寓相同户型的一套待租的房子实地测量了一下，我手里这份房屋平面图请证人看一下，是不是和你家的户型完全一样。”

经审判长许可，法庭工作人员从梅肖英手中接过图纸，递到保姆手上。保姆对图纸这种东西显然有些陌生，端详半天似乎找不着方向。审判长连问了两遍，她才含糊地点头。

“差不多吧，和我们家差不多。”

梅肖英接下来替那保姆做了结论：“证人，你刚才说孩子第一次中毒前你到楼下送衣服，回来后刚一进门就看见被告人了。你又说被告人当时站在孩子房间的门口，而你当时的位置，即便是你那时已经走到了客厅的中央，你都不可能看到孩子的屋门。孩子第二次中毒之前，你是从卫生间一出来就看到被告人了，而在这套公寓一层卫生间的门口，你就更不可能直接看到孩子的屋门。也就是说，你认为被告人是从孩子屋里走出来的，只是你的感觉，只是你的推断，或者说，只是一种猜测，是不是？”

保姆结巴了一下，似乎被这种文字游戏弄得有些乱了，以为有什么陷阱，不免出语踌躇。但她最后还是答道：“啊，我就是感觉她刚从屋里出来嘛，不然孩子怎么会哭。她不碰孩子孩子很少很少哭的。”

保姆的声音虽大，但气势已露出些勉强，露出色厉内荏的败相。梅肖英机智地并不恋战，并未穷追猛打，甚至没有给保姆继续说下去的半点缝隙，便用斩钉截铁的语调向法官示意：“辩护人的问题问完了。”使保姆意犹未尽的争辩戛然而止。

梅肖英的提问显然让两位出庭支持公诉的检察官发觉自己也有一根软肋，我看到他们神色凝重地交头接耳，紧张地讨论应变的对策。接下来又有几项证据和鉴定呈堂公示，但公诉人和辩护人均未多加置评，在法庭进入辩论程序之前，一切都进行得波澜不惊。

法庭辩论照例先由检察官做出支持公诉的发言，口气虽慷慨激昂，但内容多属重复。主要强调被告人因为自己的个人利益而残忍地杀害儿童，并且一次不成又来二次，可见毫无人性，社会影响恶劣，主观恶性极大，要求法庭依法从重惩处，以保护儿童，伸张正义。在公诉人发言之后，辩护人梅肖英做了辩护发言，同样咄咄不让，列举公诉人提供的人证物证，逐一加以分析评判，认为所有这些证词和鉴定，均无法绝对证明被告人肯定犯有起诉书中所指控的罪名，因此，依据无罪推定和疑罪从无之法律原则，要求法庭依法宣布被告人无罪。

梅肖英为自己的分析排列了如下顺序：第一，公安机关在被告人丁优的住处搜出的丰田汽车防冻液，因被告人确有正常用途而不能作为被告人用其毒杀儿童的定案物证。被告人那一阵正在学习汽车驾驶，使用的正是一辆丰田汽车。那桶防冻液原来放置于汽车的后备箱中，因汽车刹车和转弯时总是发出晃动，因而被被告人取出，存放于储物间内。公诉人没有提出任何证据可以证明，被害儿童血液里的乙二醇毒素，肯定源自这桶防冻液中。第二，被告人自我描述的关于被害人两次中毒发病前的情形，情节合理，逻辑畅通，公诉方的证据无法得出其不能成立的结论。按照被告人的说法，被害人第一次中毒发作前，保姆下楼去送衣服，被告人在楼上听到被害人不停啼哭，遂下楼前去察看。看到被害人的屋门大敞，被害人独自躺在床上，被告人因担心引发被害人对她的恐惧反应，故而未敢进屋。控方证人的证词中说被告人好像从屋里走出，应属个人主观的猜测，并非亲眼所见的事实。被害人第二次中毒发作之前，被告人回到住处，因为想请证人帮她找出她用的一只皮箱，故而去被害人房间门口探望，见证人不在屋内随即退回，并未进屋。而现场的房屋平面结构也证明证人两次见到被告人的位置，均无法看到被告人是否从被害人屋内走出。第三，公安机关在对证人钱志富的询问笔录中，钱志富只说了他在何年何月何日何时用自己的汽车载被告人去了案发现场，并没有看到被告人在案发现场做了什么。而被告人在接受公安机关审讯时，已经说明自己因与凌信诚的关系发生一些问题而准备回老家仙泉，走前回到凌信诚家来取自己的东西，可见，被告人是有正当理由进入案发现场的。对钱志富的询问笔录只能证明被告人曾经进入案发现场，不能证明其确有投毒行为。第四，爱博医院提供的血液化验证明只能证明被害人死于血液中乙二醇类有毒物质过量，也不能证明就是被告人有意投毒致死。第五，姜帆等若干证人关于被告人与被害人关系紧张，被害人不能接受被告人的证词，可以证明被告人存在犯罪动机，但不能证明被告人已经犯罪的事实。

综上所述，尽管被告人具备了犯罪的时间，具备了犯罪的动机，具备了犯罪的工具，但没有任何一项证据，足以证明被告人确实实施了起诉书中所指明的犯罪。因此对被告人的指控是不能认定的，是不能成立的。

梅肖英的辩护发言，洋洋洒洒，滔滔不绝，让旁听席上的听众，全都鸦雀无声。

辩护发言结束之后，检察官再次要求发言，进行辩论。但检察官的二次发言并未提出新的观点和新的证据，只是强调虽然没有被告人投毒的直接证据，但间接证据客观真实，非常充分，互相印证，来源合法，已然形成了一条连续完整的证据锁链，完全可以据此认定被告人犯下十恶不赦的滔天罪行，法庭应予采信。而且公安机关在调查中，未发现除被告人之外的任何人，具备全部犯案条件，所以真正的罪犯非被告人莫属。针对公诉人的坚定抗辩，梅肖英的回答极其简洁：没错，你们的证据非常充分，来源也很合法，可惜没有一条确凿！

审判长见双方辩论的内容已无新意，适时地宣布辩论结束。宣判前的最后一道程序，是被告人自己的最后陈述。

当审判长把优优的这项法定权利告之她时，优优很长时间没有出声，以致审判长再三发问："被告人丁优，根据法律规定，你有最后陈述的权利，你要陈述吗？"直到审判长问出"被告人丁优，我最后问你一遍，你是否放弃最后陈述的权利"时，丁优的嗓子才沙哑地发出声音。

"我，我不知道说什么。我没有害那个孩子。但我对不起信诚，我对不起他的父母，如果是老天爷让我这样来赎罪，那你们，你们怎么判我……都行。"

优优说到这里，声音有些哽咽，审判长以为她陈述完了，刚要开口说话，不料优优哽咽的声音接着响起：

"我唯一舍不得的，是我的大姐，还有……还有我爱的人！"

审判长不知是否出于恻隐之心，沉默了很长时间，让全部听众，都在寂静中听到了优优压抑的啜泣。

也听到了旁听席上，优优大姐的啜泣。

然后，审判长宣布休庭。

审判长和公诉人、辩护人等一一退场，优优也被带下去了。大部分听众没有离座，似乎还沉浸在刚才的气氛中，沉浸在不知所措的矛盾的心情中。无论心情还是气氛，都表现在一片低声的议论和争执中……

半小时后，法庭再次开庭。台上台下，所有人都按原位依次入席，庄严就坐。最后一个登堂入室的仍然是审判长和她的助手，当审判大厅安静下来之后，审判长起立，别无啰嗦，当庭宣布：

根据人民检察院刚刚提出的建议，因本案证据不全，需要补充侦查，因此经合议庭研究决定，本案延期审理，暂时休庭！

二十七

在法庭宣布暂时休庭的当天下午，我从周月口中得知，检察院已将此案发回公安机关，要求公安机关做出补充侦查。当天晚上周月依我请求，带上梅肖英一起，与凌信诚见了一面。因为需要回避本案的控方证人——凌信诚的保姆和司机老杨，所以见面不便安排在凌家进行。又因为涉及优优及乖乖的生死之事，话题沉重也不宜到酒吧餐馆这类地方被周围的热闹干扰。所以凌信诚依我的建议，在长城饭店租下一间套房，作为此次会晤的地点。

这次会晤在我心中的感觉难免有种宿命的味道，令人感叹命运真大而天下太小。优优生活中两个最重要的男人，竟不知不觉，走进同一个房间，促膝于同一个夜晚。一个是优优深爱的人，一个是深爱优优的人，为了优优的真相与生死，坐在同一盏灯下，经历同一种心情。尽管，他们谁也不解优优对他们的真情实感。

会晤的主谈者并不是这两个男人，而是优优的辩护律师，这个晚上唯一的女性小梅。她向凌信诚大意叙述了庭审的过程，包括检察官的发言和她的发言，包括在法庭上出示的种种物证、宣读的鉴定和证词，以及证人现场的证言。这些在法庭上激烈交锋质证了整整一上午的纷繁内容，在梅肖英的口中，被梳理得井井有条简明扼要，既无啰嗦重复，也无半点遗漏。庭审各方的观点以及最后的结果，说得清晰了然。在凌信诚的要求下，她连续两次完整复述了优优的"最后陈述"，我又做了少许补充和形容。我们的介绍让凌信诚双目含泪，呼吸起伏，但不知他的难以自持，有多少是为了儿子，有几分是为了优优。

我说："信诚，情况就是这样了。今天梅律师的辩护非常成功，也非常客观。既没有肯定优优并未犯罪，也指出公诉方的证据并不足以认定犯罪。按法律规定，证据不足就不能凭分析猜测定人罪名。所以检察院主动建议补充侦查延期审理，无论对死去的孩子还是对活着的优优，这样安排都是好事。为了孩子不致死不瞑目，也为了优优不致蒙受不白之冤，这事由公安机关重新慎重调查一下，是件好事。"

凌信诚低头不语，默默听着。良久他才抬头，目视小梅。他问："梅律师，你能如实告诉我吗，按你的判断，杀我儿子的，到底是不是优优？"

梅肖英面有难色，犹疑片刻，似是无法确言。她说："作为她的律师，我希望不是优优。"

凌信诚说："我想知道的，不光是你的希望……"

梅肖英善解其意地接着说道："以我主观的感觉，不像是优优。可我不能拿主观感觉当做客观的判断。既然目前的证据不能认定优优，那么按照法律的原则，不能认定的罪名，应以无罪对待。”

我看到了，梅肖英的“无罪”二字，让凌信诚聆听的目光，投射出瞬间的希望。但梅肖英接着说道：“当然，目前的证据也远远不能断定丁优无罪。”这一句客观的分析，又令他的双眼，蒙上一层迷茫。他茫然地听完了梅肖英完整的解释：

“我们要求判定丁优无罪，只是要求法庭尊重疑罪从无和无罪推定的法理原则，如此而已。”

凌信诚的表情，似懂未懂，他继续问道：“那，我该怎么办呢？”见我们谁也回答不出，他不由喃喃自语，“如果优优真的杀了我的乖乖，真的和我有灭子之仇，那就是命运在罚我，是上帝不想让我好好活着……”

梅肖英看看坐在身边的周月，又看了看我，目光最后落到凌信诚脸上。她用律师特有的理智，循循善诱地劝道：“如果公诉方找不到确凿的证据，那么法院只能判她无罪。如果法院判她无罪，你就应该相信法律，相信丁优。”

那天晚上的会晤，就在这样的结论中结束。在送走周月和小梅之后，凌信诚向我问道：“这位律师为优优辩护，费用是由谁出的？她和优优是早就认识的吗？”

我做了简单解释：“她是周月帮优优请的。优优以前在医院照顾周月，他们又是仙泉同乡，所以周月自愿帮忙。”

凌信诚疑问：“那就是说，律师费是那个周月出的？他只是一个民警，会有那么多钱吗？”

我摊开两手，表示对这场官司的费用收付，不甚清楚：“也许吧，也许梅肖英是看在周月的面上，免费对优优提供法律援助。钱的事我没问太多。”

凌信诚马上表示：“那你去告诉律师，让她多用点心思，她的辩护费用，全部由我来出。多少都行，由我来出。”

我略想一下，婉言劝道：“我看，既然小梅已经承担了辩护，钱的事索性以后再说。因为这个案子的被害人是你儿子，你是原告，如果为被告出钱，恐怕会遭人议论。不如等优优被判无罪以后，你再给小梅周月一点补偿，这样对外比较好讲。”

凌信诚听了，不再坚持出钱。在这最后的话题谈完之后，我们也互相告别分手。也许正是因为有了这次会晤，有了梅肖英的那些话语，才使得后面事态的进程，有了不同的走向。在我和凌信诚于长城饭店门口各奔东西的时候，凌信诚并不知道他家客厅的灯下，有人正在等他。

凌信诚那天回到家已近晚上十点，保姆帮他开门时他就看到客厅里的灯全都开着。还没容保姆轻声禀报他已经看到依然是一身丧服的仇慧敏，从正对大门的一只沙发上站起来。

仇慧敏的来意他早就料到，上次她已经流露出明显意向，要与信诚重修旧好。因为在仇慧敏看来，她和凌信诚拥有共同的悲伤，共同的仇人，这使两人的感情，有可能重新找到支点和共鸣。

所以，凌信诚刚一走进客厅仇慧敏就主动上前将他抱住。她在他怀里悲恸失声。她哭着说孩子死得这样悲惨，而凶手却未遭报应，我们是孩子的父母，应当让孩子死得瞑目！

凌信诚那一刻想到了孩子，想到孩子在这屋里的哭声笑声，他的双目也和孩子的母亲一样，泪如泉涌。但他很快擦掉脸上的眼泪，很快推开怀中的女人。他让她别哭，他让她坐下，然后，他也坐下。他没再谈论孩子的事情。

他说："你最近还好吗，还在你舅舅那里帮忙？"

仇慧敏也止了眼泪，但鼻子还有些哝哝，她说："我舅舅的厂子倒了，想帮也无忙可帮。"

凌信诚说："我欠你的三百万元，已经付了，能管点用吗？"

仇慧敏从皮包里取出一张支票，正是那三百万元现金。她把那张现金支票放在凌信诚面前，然后轻轻长叹一声，声音黯然失神："幸亏这钱你给得晚了，不然当初投了进去，也是杯水车薪，白白扔了。现在他那公司既然已经没救，我也用不着这笔钱了。本来还想能不能找你换回孩子，可现在你就是同意也已经晚了。"

凌信诚沉默半晌，看着茶几上那张薄薄的支票，那支票就像是儿子的身契。他的鼻子不由有些发酸，视线不由有些模糊。他把支票推了回去，他说："这钱你把它收好，咱们也算好过一段，不管怎么说，咱们曾经有过一个共同的小孩。所以，你有困难我也应该帮你，更何况这笔钱咱们早有协定。而且我还得向你道歉，我没把咱们的儿子……没把他养好……"

凌信诚放慢声音，用以遮掩胸中的呜咽。但他的话却把仇慧敏的泪水，再次决放出来。她扑在凌信诚的膝下，抱住他的双腿。她说信诚，你别这么说了，你这么说我心里受不了的。我是心疼孩子，可我也心疼你啊。你父母已经不在了，你没有一个亲人了，以后谁来关心你照顾你啊？

仇慧敏说这话时，眼泪已经止住，她的声音因而变得客观冷静。但凌信诚却悲从中来，双目湿润。他说："我，我这辈子……"

这辈子该怎么过下去呢，他也说不清楚。

仇慧敏说："信诚，你再给我一次机会，让我来照顾你吧，我一直真心爱你，和姜帆那是以前的事了。如果你还能原谅我一次，那就让我们重新开始，我们一定会再有一个儿子！现在我来照顾你，以后让儿子照顾你，你一定会得到最幸福的生活，你愿意的话我们现在就重新开始！"

凌信诚的眼泪终于没有流下，他摇头说："小敏，我谢谢你。你说的对，我真的想再有一个孩子的，无论他是男是女。我真的想有人能爱我，陪我，因为我……我太孤单了。可我已经爱上一个人了。如果法律最后能够证明她无辜，证明她没做对不起孩子的事，那我还是要和她一起生活下去的，这是我已经发过的誓。我发过誓要和她永远在一起，一直到老，一直到死。"

凌信诚的话让仇慧敏咬牙切齿："小诚，你到底是爱咱们的儿子，还是爱那个女人？那个女人杀了你的儿子，你还要原谅她吗？你连我的那一点陈年旧账都不肯原谅，却能原谅一个杀人的凶手，难道你真的中了魔吗？"

凌信诚也咬牙切齿："她是不是凶手，要由法律来定。我相信法律，我相信证据！"

凌信诚把证据二字，抬高了声音。仇慧敏也随之对抗地抬高了声音。她几乎是在嘶声怒喊："如果一时找不到证据，难道就让孩子这样白死？难道你就能和杀你儿子的凶手一起寻欢作乐！难道你就听不见咱们的儿子，在地底下哭吗！你看不见他在满身流血地哭吗！你听不到他在叫你爸爸，让你为他报仇吗！”

仇慧敏说到一半凌信诚就站了起来，就离开沙发不知想要躲往哪里。当仇慧敏声嘶力竭的话音刚落，他也突然哭喊着爆发出来：“我是要为他报仇的！你别再提我的儿子！我的儿子在我的心里，我不会让他哭的，我不会让他流血的！我爱我的儿子！”

仇慧敏从地上浑身发抖地站起，她从沙发上捡起她的皮包，离开了凌家的客厅。也许是凌信诚惨白的面庞，嘶声的喊叫，预示着他的心脏已到了危险的临界，她不敢再与他争吵。但她在离开凌家时流着泪说：“信诚，我知道你爱儿子。我也爱。但我和你不一样，我不会仅仅把儿子放在心里，我还要让他指挥我，出去为他报仇！我绝对要让害死他的凶手，到地狱去为他偿命！”

仇慧敏没等信诚回答什么，就转身出了屋门。她把她的毒誓留在了这间空旷的客厅，留在了这幢寂静的公寓。一同留下来的，还有茶几上那张三百万元的现金支票。

幸亏仇慧敏走了，凌信诚的心率确实发生了危险动荡，吃了药也压不住整个晚上心痛心慌。他挨到第二天早上叫保姆和司机扶他去了医院，并且在医院里住了整整一周。

这一周不知是让他享受了清静之福，还是煎熬了孤单之苦。他让自己的私人秘书将支票送还到仇慧敏处，他想把他和仇慧敏的关系，就这样一笔了清。往事不堪回首，前途迷茫无定。他的生活兴趣，和对未来的信心，似乎都在一个纠缠不清的关节，被郁闷的心情锁住。他的胸口，不知是心脏本体原有的毛病，还是被这心情压抑了功能，总是被什么东西死死地堵着，透不出半口长足的气息。

这一周对优优的生死存亡，也是最为关键的一个时期。在这一周结束之后，法院发出公告，通知再次开庭。我和梅肖英及时通了电话，探问她对这次开庭的前景展望。根据梅肖英的分析，或者公诉方拿出新的证据被法庭确认，或者没有新的证据法庭宣告丁优无罪，总之这可能是丁优案一审的最后一次开庭。梅肖英大概从周月那边打听到一些消息，说公安局三天前拘留了优优的姐夫，但在拘留的当天又将他释放出去，具体详情周月也不太清楚，也许他完全清楚但碍于纪律不肯透露。梅肖英说，法庭这么快就重新开庭，肯定是公诉方拿到了新的证据，不然何不再拖些时光，犯不上这样匆匆忙忙。

我从梅肖英的话中隐隐猜到，这个新的证据，八成与优优的姐夫有关。

开庭那天凌信诚还未出院，我和小梅经过商量，没有将开庭一事告之于他。我又和周月约好一同前往法庭旁听，彼此都预感到此役凶多吉少。

开庭后发生的事情和我们猜想的完全一样，和梅肖英暗示的也完全一样。公诉人在二次开庭时并未重复上次那些被梅肖英刁难过的原有证据，他们掣出的杀手锏，正是优优的姐夫钱志富。钱志富在检察机关的安排下现身法庭，充当控方抛出的最大王牌。

钱志富当庭作证：案发当天中午丁优匆匆来到已被查封的志富网吧，求钱志富开车带她去买离京外逃的车票。两人行至城东三元桥附近，丁优突然让他开车拐向桥西，桥西有一家汽车维修中心，丁优让汽车在那里停靠。她下车进去买了一桶汽车防冻液，出来后让钱志富打开汽车的后备箱盖，将新买的防冻液当即启封，从中倒出少量，装进一只倒空的矿泉水瓶。余下的大部分防冻液连同那只原装桶，就留在了钱志富汽车的后备箱中，说是送给姐夫随便使用。而那只盛了少量防冻液的矿泉水瓶，则放进她自己的挎包中，然后就让钱志富驱车带她直接去了凌信诚家。

钱志富提供的这段情况在控方迄今为止的全部证据当中，是最有力量的一项举证。它几乎直接说明了被害人体内的乙二醇毒素，来源何处；直接证实了丁优购毒并携毒在案发前进入现场的完整过程。

除了钱志富的证词之外，公诉人还请出公安机关主持此案侦办的刑警队长出庭作证。陈述了他们在取得钱志富的如上证词之后，对三元桥西的那家汽车维修中心的调查结果。结果证明：在案发当天，该汽车维修中心确实对外出售过汽车防冻液。而钱志富的那辆由凌信诚借其使用的奥拓轿车，在公安机关对钱志富实施拘留措施之后的搜查中，确实从后备箱中搜出一桶已经开封的防冻液来。

证据的条线渐渐收拢，渐渐形成一片清晰的网络，将丁优网在其中，将她投毒杀人的事实，勾勒得条块清楚。这场审判让我几乎失去呼吸地经历着整个繁复而又残酷的举证进程，它的残酷不是由各种证据链条牵引起来的罪恶之轮，不是由这些人证物证临摹出来的犯罪实景，而是，这个进程让一个美丽纯洁的女孩子，在人们的脑海中，一点一点地，幻化成一个食人血肉的白骨精；而是，它让我们确认了这不是一个不实的误会，不是一场假设的游戏，而是一个能够让人相信，却不能让人理喻的既成事实。

尽管，梅肖英出于律师的义务，在质证和辩论中做了最大的努力。她义正辞严地追问钱志富是出于什么原因，事隔多日才说出丁优购买防冻液这样一个关键情节，隐隐道出对公安机关有逼供行为的怀疑。但钱志富的回答基本合理，至少连我都这么认为：他说丁优是他妻子的妹妹，是亲情关系使他当初三缄其口。但在公安机关将他拘留并在他车中搜出那桶防冻液之后，他再不交待便自身难保，再不交待便会被警察指控同谋，至少要被指控包庇。包庇也是犯罪，也要判刑。既然妻子的妹妹如此不仁向小孩投毒，也就怪不得他大义灭亲揭发检举。梅肖英对钱志富的解释无力反诘，但在法庭的最后辩论中她还是质疑了丁优投毒的现实可能——被告人根本接近不了孩子她是怎么将难喝的防冻液喂孩子吃下？就算有证据显示那桶防冻液是被告人买的，却没有证据能直接证明防冻液就是被告人亲手喂孩子吃的。但梅肖英的质疑我相信在绝大多数旁听者的感觉中，都不免有些强词夺理。

法庭确认了我的感觉，在让优优再次进行最后陈述之后，就用果断的口气宣布休庭合议。优优似乎没有信心再为自己辩护，她几乎是自动放弃了最后陈述的机会。她只是哽咽着断断续续说了两句：“我没想到……我没想到……他们是我的亲人，我那么爱他们……”之后，便泣不成声。场面十分沉重，大厅寂静无声，谁都听得出来，她在诅咒她的姐夫！

法庭很快恢复开庭，至高无上的法官重新归位，审判长起立宣判：被告人丁优犯故意杀人罪，事实清楚，证据确凿，罪名成立。依法判处死刑，剥夺政治权利终身！

旁听席上响起了欢呼声，那是陪同仇慧敏来的那些旁听者，他们簇拥着这位不幸的母亲，庆祝着他们最终获胜。仇慧敏和她身边的一位女友抱在一起，为她的孩子喜极而泣，同时也能看出她无比感伤。这时我注意到被告席上的优优，她满脸泪痕被法警带走，在走出审判大厅的一瞬蓦然回头，目光向我身边的周月，投来无尽遗憾的一瞥。

优优的大姐那天没来法庭旁听，听阿菊说她根本不知道法庭今天开庭。这一天她和往常一样在家煮药服药，还上街买了些新鲜菜果，给丈夫做了一顿常规的午饭。大约就在她买菜做饭的时候，她的丈夫钱志富把她亲爱的小妹，送上了死路。

二十八

我的小说终于找到了一个戏剧性的结尾。

这个结尾使我不得不重新思考这部作品的主题立意和整体基础——我究竟写了一个什么样的人物，这个人物的喜怒哀乐及最后的命运，究竟要向读者说明什么，昭示什么？

我倾力描摹的这个女孩，曾以她健康阳光的外表感动过我；曾以她爽朗倔犟的个性感动过我；曾以她艰难困苦的经历感动过我；曾以她善良热情的天性感动过我。最深刻的是，她的那场令人难以置信的精神之恋，她把对一个男孩的暗恋如此长久地深藏于心，确确实实，感动过我！

我曾为她始终不能实现她的向往而感到惋惜；为她生活中的种种变故和逆境感到焦虑；为她最终选择极端手段，寻求简单解脱，感到震惊。在两次庭审之后我不得不相信这是一个真实的不幸。我愈发感到像优优这样年轻的男孩女孩，内心都有一块我们永远无法探明的隐秘，他们的真实思想，他们的行为方式，我们永远无法做出真切判断。他们下一分钟将会做出什么惊世骇俗的事情，我们永远无法先知先觉。

我把优优的结局，告诉了那位一直催我尽快完稿的电视剧制作商。他在啧啧叹惜的同时，压不住欣喜若狂。他说你好好写，快点写完，这片子拍出来肯定好卖！少女杀人，无论其心路历程还是案件的侦破过程，都天生具备了充分的可看性，足以和广大观众的好奇心强烈互动。

他进而提出了一个新的策划，以若干年前曾经热播的一部电视系列剧《命案十三宗》为例，主张我的这部作品，一旦改编成剧，不妨也照猫画虎，渲染些纪实风格，甚至索性向观众挑明该剧以真人真事作为背景，是一部名副其实的"情感实录"！因此当务之急，是趁故事的人物原型还活着的时候，抢拍一些真人镜头，以备今后片头片尾之用。

制片商的这个策划并未等我同意，便迅速着手实施。那一天他把电话打到我的家里，说已经用某电视台的名义，商得监狱管理部门同意，明天就要到看守所去拍摄与优优谈话的实景。谈话的内容有两个策划，一个是请律师出面和她谈上诉的事情，话题必须涉及案情。另一个是请编剧——也就是我——对其进行狱中采访，以"临终关怀"的名义，让她谈些内心隐秘，最好能谈出点"千古恨"那一类的感慨，和当初"一失足"的思想动机。

我不知出于什么心理，不想再次面对优优，不想再次面对这样一个将不久于人世的青春女孩，不想再次面对一个因毒杀幼儿而在我心中变得极其陌生的人物。我预想到这种面对将会令我的内心，逃不开无处发散的心寒和别扭，所以我做了推辞，建议制作商去找律师。但当天晚上制作商又打来电话，说律师对这个角色表示了拒绝，理由是上诉早已上诉，而且非常不巧，今天最高法院刚刚将上诉驳回，裁定维持原判。估计早则今晚，迟则明晨，原审法院便会将最高法院的终审裁定，送达本人。律师不愿在当事人自知死期已定的情况下，再与其真戏假做，将上诉一节重新表演一遍。所以制作商只好又来恳求于我，希望我明天亲自出马，在摄影机前与优优谈谈，他说这时候与优优交谈，唯我是最佳人选。

我只好答应。

一来，我为了稿费必须服从这个商业计划；二来，我去也是为了优优。

我想，无论如何，优优曾经向我袒露过心扉，将她从不告人的隐秘，与我交流。她最爱周月，但不能与他交流；她最亲大姐，但很少与大姐交流；她曾与凌信诚形同夫妻，但心中的这一块隐秘，也无法与之交流。所以制片商说的也确实没错，在优优死到临头之际，与她做最后交流的那个人，也许只能是我。最适合给予她一点感情安慰的人，最适合聆听她临终忏悔的人，也许只能是我。

第二天一早，临时组建的一支摄制小组便开车来到我家，接我一起去了关押优优的监所。一审判决下达之后，优优从分局看守所移至了位于北京南城的一个更大的看守所中。由于经过事前联系，监管干部比较配合，特地为我们在监区内安排了一个较大的屋子，在我们布好灯光，架好机器之后，民警便把优优带过来了。

优优目光憔悴，容貌却依然年轻。身上穿的囚服尺寸有些小了，身材的线条却无意间被勾勒得起伏动人。她在我的对面，隔了桌子坐下。当民警将她的一只脚腕，用铁链固于椅腿之时，她偷眼看了一下我身后的镜头，脸上露出些难为情的样子。这细微的动作让我心中一震，想到人之将死，还这样顾及面子，可见羞耻之心，乃人之本性。

谈话开始之前，我先做寒暄："优优，你还好吗？"我的神态故显轻松，声调也处理得尽量随意，"身体好吗？这两天心情还行吗？"问完之后我才发觉这类寒暄与此时的优优，实际上是多么不够厚道的一个提问，大有哪把壶不开提哪把的傻气。

好在优优仿佛比我坦然，言语表情并不上挂下连，她用颇为事务性的口吻答道："这些天睡得不好，所以总觉得恶心，一恶心就吃不下东西。"

"有没有去看看医生？"我问。

"没有。"她说，"前两天没心情看。现在，看不看也无所谓了。"

我停顿少顷，开始介入正式话题："优优，今天有几个电视台的记者跟我一块儿过来看你，他们听了你对我说过的那些经历，都觉得很有意思。他们，也包括我在内，都对你和那个小孩之间后来发生的事情……很不理解，甚至很不相信。所以，我们今天来，是想跟你随便聊聊，听听你的想法。我想，我和你，咱们之间也谈过好多次了。你把你的家庭、历史、你内心喜欢谁不喜欢谁，都毫无保留地告诉过我，我应当有义务再听听你最后的想法，对你的一生，做一个完整真实的记录，你说好吗？"

优优点点头，并且，还微微笑了一下，但那笑容如同昙花一现，短促得接近于无。她在点头之后，又精神枯萎地摇了摇头，声音也显得毫无生气。

"昨天这里的队长跟我说了，其实我真的不想再谈什么了。大家都是听他们的，我说什么，又有谁听。现在我再说，又有什么用。我说我没杀乖乖，你们信吗？”

我语迟片刻，难以回答。信与不信似乎都不宜讨论。我换个问法，把差点走僵的场面，调转开去。

“你现在最想什么，想你大姐吗，想不想信诚？想不想对他们说些什么？”

“不想了。”优优还是摇头，但接着又说，“前些天我托这里的民警给我大姐带话，让我大姐过来看我，我很想她。可民警说我押在这里已经用电话通知我姐夫了，我姐夫说我大姐已经不认我了。那天晚上我哭了一夜，第二天想想又有点不信，也不知道我姐夫告我，我大姐晓不晓得。她就我这么一个小妹，从小带我就像我妈，难道她真舍得我吗？”

优优的表情，几乎像是自问，随后，又像自答，“不过大姐也没办法，她身体不好，现在和我姐夫一起，全得靠他，她也只能全听他的。她也没有办法。”

我说：“你认为你姐夫向公安局交待的事情，是诬告呢，还是说了实情？”

优优看我，那样子是这还用问吗！“你知道的，我姐夫那人，只认钱的。准是谁又给他钱了，他才这样说我。要不然就是公安局逼他了，他没办法，就这样说我，这样说我人家就可以把他放了。两种可能都有。”

“你希望是哪一种可能？”我继续问，也不知为何要这样问。

“当然是第一种，第一种至少他会得到钱的。他得到钱了，至少能拿出一些给我大姐看病。”

“那你岂不是太无辜了？”

优优歪头看窗外，未即回答，良久才说：“我也没有办法，连小梅都说不服法官，我又能怎么样呢。这些天我想来想去……我心都死了。这是老天对我的报应。”

我不知该再问些什么，我被优优木然的神态弄得心中难过。我身后一位摄制组的头头见场面冷了，便越过我插嘴提问。

“你对那个死去的小孩子，和他亲生的父母，有什么要说的吗，你想不想对他们说一声抱歉？”

优优的目光摆正，越过我投向那位提问的先生，她很明确地摇了摇头，毫不犹豫地答道：“我为什么要向他们抱歉？”停了一下，优优放低了声音，“不过我也想了，他们也挺不幸，要是我亲生的孩子死了，可能我也要发疯的。”

提问的人抓住这话，继续逼问：“你既然能理解他们的心情，为什么不肯说一声抱歉？”

优优看着那人，眼睛有些茫然，神色若有所思，她突然喃喃说道：“我想，我想对信诚说一声抱歉。这些天我一直在想，信诚对我真的不错，可我特别不懂事，总是任性发急，动不动就跑出去。我明明知道他身体有病，我不该冲他发脾气的。现在想想后悔也没用了，你们就替我向他道个歉吧。信诚是个好人，我知道我这辈子欠了他的，可老天这样罚我，罚我去死，这样来说我也算不欠他了。”

我不忍再让身后那位老兄漫无节制地发挥，用那些谴责性的提问来折磨优优的神经。杀人者固然可杀，但我还是希望能给这位行将上路的女孩一个死前的宁静。于是我把话题接过，同时换了一种关怀的口吻，向优优提问：

“优优，这也许是我最后一次和你见面了，你要不要和你的大姐，还有阿菊他们，说些告别的话呢？你要的话，我们正好有摄像机可以拍下来，可以给他们看的。”

优优马上表示要的，然后还坐正了身子，目视摄像机的镜头，问我："我就看着它说吗，还是看你？"

我说："你要直接向她们告别的话就看镜头，这样她们就能感觉你是冲她们在说。"

优优就冲着镜头，开始一丝不苟地和她的亲人及朋友，一一告别。她的声音始而平静，继而哽咽，继而哭泣，继而又被压住，直到把话说完。

先说的当然是她大姐。

"大姐，我要走了……现在，我真想你。我真想还像小时候那样，你带着我玩，回家给我包饺子，晚上搂着我睡觉，睡觉前咱们聊天……大姐我真的想你……"这时优优的眼泪开始忍不住了，她的告别也被强烈的抽泣打乱，变得词句不清，断断续续，"……大姐你多保重吧，我在阴间地府，会一直保佑你的。你好好治病，早点治好，平时千万别生气，也别想我……想我没用……还伤身体。姐夫万一有一天不管你了，你就去找阿菊，也许阿菊还能帮你……我会求阿菊帮你的。"

最后一句，优优咽下抽噎，声音的节奏，也强制着复原。接下来，她开始面对阿菊。

"阿菊，我要走了。我挺羡慕你的，你找了一个爱你疼你的男人，你的命好。我祝你今后一帆风顺，生个大胖小子，好好跟人家过日子吧。万一我大姐有什么难处，你能帮千万要帮。我知道你会帮的，凭咱们俩人的交情，你肯定会帮的，拜托你了阿菊，拜托你了阿菊！"

优优停顿下来，面对自己多年的好友，她似乎又有点想哭。我以为她说完了，刚要开口，不料优优又说起来。让我大感意外的是，她下一个告别的对象，竟然是将她置于死地的姐夫。

"我再和我姐夫说两句吧？"她说完看我，似是在征求我的意见。我马上点头："可以，你说吧。"

优优重新目视镜头，说道："姐夫，我也跟你告个别吧。我不怨你，但你必须答应我一件事，就是你一定要把我大姐的病治好。一定要好好待我大姐。如果你真得了钱的话，你一定要带着我大姐生活，千万别把她甩了。你要把她甩了，我半夜三更会来找你！我烧成了灰也会来找你，我非让你一世也不得安宁，你信吗！"

优优说到此处，再次转头看我，那意思是她说完了。我指指镜头，提醒她说："要不要再和信诚也告个别呢？"

优优想了一下，终于转脸对着镜头，迟疑着开口："信诚，我现在才知道，你对我特别好。这些天我把咱们认识以后相处的那些事情，都重新想了一遍，我觉得你对我真好。其实我也想好好对你。就算按姜帆说的，这世上人与人，事与事，都是交易，那我也应该对你好，也应该一报还一报。可我做得不够，你能原谅我吗？我现在想改也没机会了，和你也没这个缘分了。我在这里最后祝你保重身体，我祝你还能找到一个能照顾你，关心你，真心爱你，不图你钱的女人，然后你们换个新的地方去住，好忘掉过去所有不好的事情，重新过上幸福快乐的生活。呃，我还祝你……就祝这么多吧。"

优优说到最后，眼圈再次发红，但没有落泪。这与凌信诚的表现很不相同。事后我把优优对他这段临终告别做成录像带给他看时，他看到一半便泣不成声。他哭着说无论有多少证据摆在那里，他怎么也相信不了优优会杀乖乖，会那样残酷无情。

优优与信诚告别之后，原定的采访时间差不多了，电视台的几个人也冲我点头颔首，暗示所拍镜头已经够用。我不知哪根神经动了一下，在最后时刻突然提到了周月。

“优优，你还想不想……对周月再说点什么，或者和他也告个别呢？”

出乎我意料的是，优优马上摇头，果断表示不了。但她拒绝的理由却让我心中一动，让我意识到她在自己人生的终点，心中的爱人依然还是周月。

“我现在这个样子，太难看了。”她说，“这头发是看守所的人给我剪的，太难看了。这衣服也很不合身。再说你看我现在多瘦，我太瘦了不好看的。”

优优说着，用带着手铐的双手，从桌子下面的不知哪个衣兜里，掏出一张叠得整整齐齐的纸块来，往我眼前一递，说道：“我给周月写了一封信的，本来想托这里的民警给他带去，今天正好你来，就托你带吧。”见我犹疑着没接，她又说，“我都跟这里的民警说了，这信他们看过，他们都同意的。”

我抬眼看看优优身后的一位女警察，那女警察不但点头并且出声认可：“可以，这是给她一个朋友的信，你愿意替她带可以带。”

于是我便把那纸块接了。

这是一封没有信封的信件，在交给周月之前，我自然有幸目睹。也许是为了照顾周月公安人员的身份，所以优优在这封信中，用词及语气，都比较节制，比较平静，比较含蓄。

信的全文如下：

周月：你好！

在我十四岁那年，就开始给你写信。我这辈子写的第一封信，就是写给你的。我一共给你写了多少封信，我也记不清了。现在，给你写最后一封。

我第一次见你是在仙泉体校。你那时留的头发，很像韩国一个演唱组合里的男孩，我有那个男孩的一张照片，和你长得很像很像，所以我那时就喜欢你了。从那时开始，我一直把你当做我最好的朋友，当做最疼我的兄弟，什么都想跟你说说，说完心里就痛快了。后来，有一天晚上你救了我，你和洪教练一起把欺负我的坏人给治住了，可我去感谢你时你已经走了，要不是后来老天给了一个好机会，让我到医院去照顾你，也许咱俩就从此无缘了。在公安医院的那一段，是我一生中最幸福的生活了，我每天都能和你在一起，你什么都要听我的。你那时大脑坏掉了，傻得像个小孩子，还是一个听话的小孩呢。而我就像你的家长，照顾你保护你带你出去玩，有时还骂你！你都不记得了吧。我那时天天都盼着你快点治好病，快点认出我，认出我就是那个总去看你打拳的小女孩。可那时我也想，你的病就是治不好也没关系，治不好我就把你接出医院去，我就养你一辈子。我什么苦都能吃，什么活都能干，我还学过会计呢，我不会找不到工作的，我一定有能力养着你，让你过上无忧无虑的好日子。这些我都想了很多遍，一切我都想好了。可惜，我的梦想没实现。

但我还是幸福的，在我出了这件大事后，你还是肯来帮助我，请人来为我做辩护。我真是感激不尽的。而且我知道你是一个干公安的人，你来帮我是很难的。可你还是来帮我。所以我现在也不怪我命不好，我身边有你这样的好心人，我是知足的。

我一直不敢对你说“爱”字，我也没有资格对你说“爱”字，但我现在想通了，爱其实是有很多种。这世上的人与人，事与事，爱是最可宝贵的。因为爱别人就必须是无私的，就不能什么事都是为自己，就不是和被爱的那个人做交易。所以我想我也有资格去爱别人。我知道你不愿意，但我恳求你，在我快要在人间消失的这一刻，让我说一声：我爱你！

当你看到这封信，当你看到这句话，如果你能在心里默默点个头，点个头表示知道了，我就是死了也安心了。

我真想再见见你，真想再见见你。如果我今生见不到你，那你千万要相信，我不是他们说的那种坏女孩！我不管别人怎么想，只要你还相信我，我就死得安心了。

你知道我在流泪吗？你知道我在哭你吗？这里是监狱，我不能大声哭。

再见吧，周月，我的爱人！

一个爱你的小女孩

我将这一纸别书交给了周月，周月当即在我面前默然展读，读后没有任何激动的表示，但我从他紧锁的眉头可以看出，他已被字里行间的真情感动。毕竟他是一名现役民警，而那个修书传情者却是一位将死的罪囚，他的身份令他不能把内心的情感形之于色，尤其当我这个陌生人在侧的时候。

但他用简短的语言，不露形迹地表达了对优优的关心，他问我："最高法院的执行命令已经下达了吗？"见我点头，他又问，"她的时间……已经定了吗？"

我说："我今天离开看守所的时候问过了，具体时间他们没说，大概不会拖过这个星期吧。据说法律上有明文规定，命令一下谁也不敢再拖。"

"七天。"周月说，"法律规定最长不能超过七天的。"

然后，我们都沉默。

我们都知道，优优"斩立决"的命令既已下达，她的寿命还有多少天，恐怕用一个巴掌就能数了。

周月沉闷地说："我希望她能知道，她的信我看过了，她所有的信我都看过了。我会把这些信都留着。我希望她下辈子好好地去做人，希望她对一切人都能有颗善良的心。"

我点头，我能从周月这番送行的祝愿中，听出叹惜和谴责来。我点头之后随即说："你的希望如果优优能听到，我想她的灵魂会得到超度的，她下辈子一定会脱胎换骨做个好人的。可惜她已经听不到了，她已经听不到她想要听到的这份关怀了。"

周月直直地看着我，突然说："也许我可以想办法，在执行以前去看看她。"

二十九

周月说到做到。

他不知通过什么关系，什么途径，很快征得了市局看守所的同意，以老乡和朋友的名义，以优优亲人代表的名义，获准在执行枪决之前，去见优优。

去之前周月给我打了电话，希望我能同往。

我们在这天下午两点半钟动身，路上花了一个小时堵车，到达看守所后，又花了半个小时等候，见到优优时太阳已经西沉。也许因为周月也是一位民警，是自己人，所以监所方面安排会见的地点，在我看来似乎像是一间内部的办公室。在进入办公室时我有意止步，示意周月一人进去。周月说咱们一起进吧。我说不了，你进去吧，她要见的是你。

周月迟疑了一下，没再和我争执，一个人走进屋里。

我们心照不宣，我们专程到此的目的，只是为了满足优优的一个心愿，让她此生最后一次，见到她一直暗恋的男人。我们都知道优优当然希望与她心上的男人，拥有最后一段独处的时光。

看守所的那位民警虽然不知道这段隐情，但他几乎和我一样，跟进之后很快又自动退出，站在办公室外和我抽烟闲聊。他这种松弛的态度可能因为周月毕竟是他的同行，也可能因为被见的犯人反正已是结案待决的死囚，不怕她自杀，也不怕串供。

二十分钟之后那位狱警抽完第三根香烟，踩灭烟头又进去了。五分钟后周月一人出来，面色凝重。我用目光询问，他只说了一句："咱们走吧。"

我们走出监区，走出看守所那扇巨型的铁门，上了周月开来的汽车。上车后周月发动了车子，却没有立即踩下油门，他若有所思地看着前方，车窗外一群在街边站牌下等车的少年，正为什么事情争论得眉飞色舞，使得群楼一角的那片晚霞，也因此显得生气勃勃。

但周月的神色却异常暗淡，这让我不得不开口探问："谈得怎么样呢，你们？"

周月缓缓吐气，答非所问："她生病了。脸色不好，身上发冷。我摸了摸她的额头，她就哭了。"

"为什么？"

"她说她没想到我会摸她的额头。"

是的，优优没有想到周月还会到狱中看她，更没有想到周月还会伸出手来摸她的额头。我从与我聊天的狱警口中，得知优优的死刑将在明天执行。也就是说，这是她的最后一个黄昏。我敢肯定优优在押回牢房的路上，和我们一样目睹了晚霞的绚烂，但我不能想见她此时的心情，是充溢着心满意足的宁静，还是更加伤感悲恸。

“我刚才和看守所的民警说了，他们答应马上带优优去卫生所看病。”周月说，“就算她明天就要执行，可她今天还是一个活人，还要实行人道主义。”

我看着周月那张年轻的面庞，那面庞使我对警察这样一个职业有了美好的想象。这个想象并非正统概念中的英勇无畏，以及传说中的辛苦刻板，而是一种人性的亲切和柔软，非常动人。

这个美好的感觉让我对警察以及周月都产生了兴趣，我问周月明天是否休息，明天是个星期天，周月应该和今天一样，不用上班。我想约他和那个为优优辩护的律师小梅一道，聚聚聊聊。我说和他们聊过之后我的那部关于优优的小说，也许就可以写出结尾了。

周月问我：“你打算怎么写她？怎么让她结尾？”

我知道，周月说的这个她，不是小说，而是优优。

我说：“我想我应该写一个真实的人，但我不知道怎么写才算真实。我想请你们也帮我分析一下，优优怎么就走上了这条绝路。”

周月定定地看着我。眨着黑白分明的大眼睛，突然他把一句意外的话，不假犹豫地说出口：

“我不相信优优真的杀了那个小孩！”

这句话从周月口中说出来，给人的感觉很特殊。不知因为他是公安的人，还是因为他是优优爱着的人；也不知他这样说是出于深思熟虑的理智，还是出于一时冲动的情感。

我没有点头呼应，也没有摇头反驳，我只提示了一句客观的形势：“真假已经不重要了，明天无论如何，就是优优的大限。明天咱们见面再谈到她的时候，她大概已经不在人世了。”

周月无言对答，沉默片刻，却执著了自己的情绪：“我想这事不该这样算完，我想帮优优好好调查调查。就算她已经死了，如果能搞清这事不是她做的，也要还她一个清白。优优曾经给过我一次生命，我也应该为她做点什么。”

周月的这个态度，我无由反对，我还建议他明天可以再听听小梅的看法。小梅作为优优的律师，曾经深入研究过这个案子，应该听听她的感觉。我这样说其实并不代表我赞成周月的判断，说实在的我就是有半点翻案的信心，也知道为时已晚。

第二天上午我们约在我家附近的一间茶馆。我来做东，请周月和小梅品一壶当年新下的明前绿茶。我们刚刚聊到这个案子，刚刚产生分歧，小梅便接到了一个电话。那电话是从法院打过来的，要小梅到法院来谈点事情。事情当然是关于优优，因为小梅是优优的律师。

于是我们浪费了那壶刚刚泡开的好茶，和小梅一起前往法院。到法院后小梅进去谈事，我和周月在门外的街边等她。在等她的时候我们又聊起这个案子，周月已经成了少数分子。因为小梅刚才的态度和我相近，认为控方证据阵容强大密不透风，而且案发时间距今已远时过境迁，要想推翻更是难上加难。周月在理论上虽然处于劣势，但始终固执己见，口风不改。好在我们没有过多争论下去，想想此时，优优恐怕已经押赴刑场，刑场上枪响的余音大约也已散尽，我们的争论因此愈发缺乏现实的热情，也愈发显得沉重和无谓。

我们在街边争论少时，沉默良久，终于看到小梅从法院大门走出，脸上的表情难以揣测。周月闷闷地问道："是关于丁优的事吗，他们找你谈了什么？"

小梅喘了口气，语出惊人："优优本来今天上午执行枪决。但今天早上，枪决的命令已被暂停。"

"暂停？"我和周月几乎同声惊讶，"时间又往后拖了？"

"不是拖，而是要向最高法院申报取消这个命令。"

"取消？因为什么？"

"因为优优昨天被送到医院看病，得到了一份医生的证明，证明她已经怀有身孕。根据法律规定，怀孕的人不适用死刑！"

我和周月半天都没有发出一点声音，我们似乎还不能立即适应这个生死一瞬的变动。当我们都以为优优因为一个孩子的生命而成枪下之鬼的时候，她其实已经因为另一个孩子的生命而重获新生。

那天中午我和周月与小梅共进午餐。我们三人都喝了一点啤酒。我们在杯觞之间继续了早上的争论，所不同的是争论的对象已不是一具尸骨而是一个活人，争论所追求的目的已不是能否还其名誉的清白而是能否还其自由之身。我和小梅仍然对彻底翻案持悲观态度，周月虽然也不乐观，但他直到桌上杯盘狼藉之后依然坚持表示要为优优尽些绵薄之力。死马当做活马医吧，何况，这匹马已经肯定不会再死。

小梅作为优优的律师，饭后要去看守所会见自己侥幸不死的当事人，告诉她有关犯人怀孕的一些法律规定。然后还要再去法院，了解法院依据优优怀孕的情况，依法改判的大致时间。周月因为下午处里有事，最先告辞离去。我和小梅随后走出那家街边餐馆，简短握手各奔东西。

我第一个要去的地方，就是凌信诚的家里。

在路上我先给凌信诚家打了一个电话，保姆说信诚正在午睡现在不能接听。我让保姆二十分钟之后将他叫醒，我说我有重要事情要向他通报。

我到达凌家时凌信诚已经起了，坐在客厅里正在等我。虽已睡了少时但他的面色依然不好，两颊无光也无半点红润。

保姆为我开了屋门，信诚见我进来，忙着起身相迎，并喊保姆去给我倒茶。保姆刚一转身我便开门见山。

"不好意思把你叫起来了……"

我刚一开口便被信诚急切地打断："是不是优优那边又有什么消息啊？你又见到她了吗，是她又有什么话让你告诉我吗？"

我说："我没有再见到她，根据最高人民法院的命令，她今天上午执行枪决……"

"什么？"凌信诚甚至忘了让我坐下，他低头喃喃自语，"这两天我一直托人去找法院，去找公安，我说我要去看一眼优优，我要给她送行。她怎么今天就执行了呢，他们没人告诉过我……"

我知道信诚身边的那些人，医生和保姆，秘书或司机，都不愿信诚再去看望优优，每一个人都因为怀念乖乖而痛恨优优；每一个人也都清楚地了解信诚患病的心脏，都不想为了一个罪恶的女人，而冒险让它受伤。

我看见信诚的脸色越来越白，马上用爽朗的声音道出佳讯，我说："信诚你不用着急，我保证你会见到优优。今天一早最高法院的命令已经停止执行。而且我今天是特地来恭喜你的，你很快就会再有一个亲生的孩子！"

凌信诚表情茫然，瞪着我不知所云。

我说："昨天看守所送优优去了医院，证实她已经怀上了一个孩子。我认为，她怀的这个孩子，肯定就是你的。律师说咱们国家的法律有明文规定，怀孕的人不判死刑，已经判的也要改判。所以这个孩子是肯定要被生下来的，用不了多久，你又要做一个父亲大人了。"

信诚站在我的面前依旧茫然发怔，怔了片刻忽然上前一把将我抱住，他在我的肩头出声地啜泣起来，他说谢谢你，谢谢你，我真的谢谢你大哥！

我拍拍他瘦骨伶仃的肩背，声音尽量放得快乐，我说你们凌家天不绝后，后继有人。你应该感到高兴才对，应该为你父母高兴才对。优优总说和你没有缘分，我看你们今生今世，不管是恩恩相报还是冤冤相报，都是最有缘分的一对！

我把这个消息的利好表达得面面俱到，同时用兄长的友爱拥抱信诚，我不知道他是因为自己又有了一个传宗接代的孩子，还是因为优优得以不死，才这样泣不成声。我没有告诉他周月意欲暗查此案的那份决心，生怕信诚因此而抱有不切实际的幻想。

当天晚上经我安排，周月与小梅和我一起，在凌家与信诚碰面，一方面沟通情况，一方面对优优一案做了初步的分析展望。根据小梅判断，最高法院很快就会将优优的刑罚，由死刑改判为无期。我国刑法、刑诉法和监狱法都有规定，怀孕或正在哺乳自己婴儿的女犯，可以暂不收监，申请监外执行。监外执行按规定由居住地的公安派出所和街道组织负责管理监督，而居住地通常应是优优的户口所在地或直系亲属的户口所在地。可优优的户口在仙泉，仙泉对优优一家来说，早已上无片瓦下无立锥。所以小梅建议由优优大姐出面，向为其办理留京暂住证的派出所，申请接纳优优居住。大家都说这样甚好。于是当晚决定此事委托小梅来办。凌信诚还表示，小梅因为替优优辩护而请假误工的损失及车马通讯费用，一律由他承担，除此另有重酬容后再议。小梅一通客气，说不用不用。周月也跟着推辞，说当初他生病住院优优也曾辛劳破费，小梅的花费理应由他来出。我见大家相让不下，便出头做主，说律师的费用由信诚承担比较合适，他不为优优，也要为了他未及出世的孩子。众人遂不再做声。

第二天我带着小梅去找优优的大姐，到了酒仙桥才发觉那间被封的志富网吧复又开门，不过已经开成了一家餐馆，老板也另换其人，优优大姐夫妇居住的后屋，已经改做厨房之用。细一打听才知道因为钱志富欠租两月，房东已将此地另租他人。钱志富和优优的大姐早已不知去向，开饭馆的人甚至听说他们已经离开了北京。

我又带梅肖英到大山子附近去找阿菊。阿菊还和以前一样，一人独守空门。她说前几天优优的大姐给她打过一个电话，说他们去了西山，住在一个寺庙。她告诉阿菊那寺庙环境特好，白天有些游人，一到晚上五点以后，除了少数品茗小聚，品尝素斋的预定客人之外，整个山林庙宇，都沉入清静。优优大姐说她现在也开始念佛吃素了，心里觉得特别安宁。

优优大姐的下落让我感到非常意外，这意外更多是对于优优那位见钱眼开的姐夫，不知怎么突然排除尘念，归隐山林，立地成佛去了？如果他们不是出家当了和尚尼姑，在那种偏僻古刹，又靠什么维持生活？

他们去的那座庙宇，阿菊也没记住名称，恍惚记得有个“觉”字当头，方位大致西山一带。具体路线地址，供奉何方神圣，阿菊就全都一问三不知了。

优优大姐行踪不明，意味着优优监外执行将无处落脚。但这一情况后来并没有影响什么，因为半月之后优优还是从看守所被押往监狱。虽然法院将刑罚改判无期，但没有同意立即监外执行，依据是《中华人民共和国监狱法》第十七条关于“对监外执行有社会危险性的，应当收监”的规定，认为优优谋杀幼儿，罪行昭著，主观恶性极大，且其身孕离分娩尚早，所以应当先行收监，待腹中胎儿足月待产之前，再考虑监外执行。

在优优收监之后，凌信诚立即前往监狱探望。他给优优带去了一些营养食品，和一些健康补药。那些食品和补药经过监狱当局的检查，被允许留下部分，还有部分不知出于什么原因，让凌信诚原封带回。

凌信诚与优优的这次会面，被允许持续了三十分钟。凌信诚有意没有提起优优改判留命的任何话题，只表示了对她身体的关心问候。他更多的时间只是沉默地看着优优，看她慢慢地吃着他带来的那些水果。

优优吃着水果，和凌信诚也没有太多的话语。她似乎对自己捡回性命，并不那么激动庆幸，对她肚子里那个拯救了她的孩子，也没表现出多少幸福和欣喜。

优优漫长的刑期从此开始，除了在分娩前后和哺乳期内，她可以短暂地走出这座深深的牢门，除此之外，她将在铁窗之内，度过全部余生。也许四十年，也许五十年，也许六十年……也许她更期望一死了之，早点投胎转世，再去为别人，为她真正爱的人，怀上一个爱情的结晶。

从这天开始，凌信诚总是定期来看优优。他作为优优腹中孩子的父亲，似乎在探视的次数限制方面受到了监狱当局的宽待。同样从这一天开始，周月着手了对优优一案的秘密调查。这个调查当然属于个人行为，不能使用公安名义，所以只能利用业余时间，全凭自己操劳辛苦。

他开展调查的第一个目标，就选定了本案公诉方的制胜暗器，也就是优优的那位姐夫，那位突然“归隐山林”的关键证人！

三十

从钱志富入手在我看来是唯一正确的选择，因为正是他在第二次开庭时所做的证词，才导致优优被判有罪。把钱志富作为突破口所要做的第一件事是摸清他的行踪，而关于其行踪的唯一线索就是西山的那个寺庙。

周月利用一个周末自己乘公共汽车去了位于西山的大觉寺。那是他在一本北京的旅游指南上找到的地址。阿菊在说到这家寺庙时提到过一个"觉"字，从旅游地图上看西山地区只有这个大觉寺。

他倒了四次车才到达这座不大的古刹。进去后先至佛前双手合十。敬完佛后他走出大殿四下查看，还问扫地看香的和尚有无一对夫妇住于此处。被问的和尚无论是谁，还未等他说出钱志富的名字，就千人一面地摇头否认。

周月在大觉寺里盘桓半日，反复查看四处探问，连殿后院外那些堆放杂物的小屋，都一一探窗扒门偷窥一番。整个周末就这样无果而终，没能发现半点蛛丝马迹。

从西山返回城里的次日周月又去了改换门庭的志富网吧，费了牛劲才找到网吧那位倒霉的房东。房东一脸的怨气正好无处发泄，拉着周月说你找他我还找他呢，他欠了我俩月房租一声不响溜之乎也，你要找着他可千万告我一声。

周末与周日都在劳而无功的奔波中度过。接下来的周末和周日周月因为加班不能出来。第三个周末周月还是加班，但周日的下午他有了半天的自由。他跑到图书馆去查阅北京所有寺庙的资料，在电脑中搜索到一本名叫《中国佛教寺庙概览》的旧版图书。中国佛教寺庙概览肯定有北京的寺庙，于是他连忙借出当场查阅，果然在北京一节中查到了好几个名称中有"觉"字的寺庙。其中位于北京西山一带的，除他已经去过的大觉寺外，还有一个正觉寺。他抄下了所有带"觉"字的寺庙地址，准备择期前往逐一踏勘。

又过了一周，周末恰巧有空。周月起个大早，直奔那家正觉寺而去。途中也是倒了好几趟车，比大觉寺更加曲折难寻。绕了好些冤枉的弯路，到中午终于找到一条依山傍水的小道，步行很久才见寺门巍峨。门旁一侧的石墙，挂了正楷大书的匾额，"正觉寺"三个饱满的大字，敦厚庄严，意象凝重。门内门外，照例古木参天，寺前寺后，藤萝盘根错节。但看此处香火，比起更有名气的大觉寺来，远远不及。门前虽然也有几部沾满泥土草叶的汽车，也有三五贩香贩水的村民，但寺院里面，却是肃静异常；宝殿之内，也似无人瞻仰。周月信步穿过前殿，行至后院。后院种花种草，成垄成畦，树木掩映之下，可见垂花小门。初看疑是僧人起居出入之处，推门再看，原来繁花似锦，曲径通幽。周月踏幽而入，竟然别有洞天。一条紫竹小径，将他带入一处飞檐四合的院落，院中竹木成趣，桃李互映。更有两位红衣少女，闻声迎来，操着外地口音，开口笑问：

“先生，你是喝茶还是用餐?”

周月有些不摸头脑，蒙然问道：“这是什么地方?”

女孩说：“你是从庙里过来的吧。这是养性斋餐厅，喝茶也行，用餐也行，我们这里是卖茶餐和素斋。您要不要尝尝?”

周月这才发觉这院子原来另有正门，正门就开在正觉寺的山门一侧。时至中午，他的肚子早就空了，想到佛家净地，素就素吧。于是随服务小姐进了茶舍，拣通风透亮的窗前坐下，从菜单上点了一个拍黄瓜，点了一碗素菜面。小姐问他要不要沏壶山泉茶，周月摇头说不要了。

这间茶舍装饰还算雅静，座位之间都用透光的竹席间隔。此时没有什么客人，只在最里的一个角落，有两个男人低声交谈。周月的目光被竹席遮挡，但仍能看清那两人的大致轮廓。其中一人背部朝外，只闻其声，不见其面；另一人则与周月迎面而坐，从垂挂的竹席边缘露出半个面孔。周月歪头去看，心中一叫，一眼认出那半个面孔正是他要找的那人！

钱志富虽然面对周月，毕竟隔得较远，所以目光言语，都未留心。他和那个背影正在谈论这家餐厅，在抱怨这里地处偏僻生意难做。而那个背影则另讲一套，指责他管理不善推销不利，听上去是一副股东老板的腔调口气。两人你来我往说了十来分钟，说来说去话不投机，背影抬腕看表说还有事，站起来夹着皮包就要告辞。钱志富客套地留他吃饭，他说不吃了，素的我也不爱吃。于是钱志富便也起身，恭送背影出门，途中背影有瞬间侧脸晃过周月视线，周月只觉得那人有些面熟，姓甚名谁却一时回忆不出。

周月透过窗户，看到钱志富将背影送出院子的正门，返身回来未进茶舍，冲茶舍门口的服务小姐吩咐一声：“哎，你叫厨房给我炒一盘京酱肉丝，再来碗米饭，给我送到后边去。”

服务小姐连声答应，钱志富走了几步又问：“哎，我老婆要的面你们送去没有?”见服务员点头说早就送了，才又低头朝通往后院的过道走去。

这时，一位服务小姐把周月要的拍黄瓜送上来了，周月看都没看即快步起身，出了茶舍，尾随钱志富向那条狭长的过道追去。

他在过道里追上钱志富，在他身后叫了一声：“请等一下。”他看出钱志富吓了一跳，停下脚步回头看他。

周月和颜悦色地说道：“啊，对不起，您是钱志富吧，我叫周月，我是你小妹的朋友。”

“我小妹?”钱志富疑惑地皱起眉头。

“就是丁优。”周月说，“麻烦您能不能给点时间，我有些事情想找您聊聊。”

钱志富一听丁优二字，脸上有些发白，神态也警觉起来：“聊什么，我不认识你。”

“关于你小妹的事。”周月说，“咱们随便聊聊。”

钱志富扭身想走：“聊什么，没什么好聊的，你找错人了。”

周月追上去拦住他，这夹道窄得让钱志富难以脱逃。周月说：“你不关心你的小妹，那你让我见见她大姐吧。她有些话让我带给她大姐的。”

钱志富使劲推开他，还是企图挤过去：“你搞什么，你认错人了，什么大姐，这里没有什么大姐的！你干什么？你要干什么！”

但他紧接着“哎哟”了一声，因为周月突然发力，用一只胳膊狠狠把他顶在墙上，然后掏出了自己的证件：“我是警察！”钱志富脸色骤然一变，身体也一下子僵硬住了。

凭借警察证的威力，钱志富不敢再跑。但他也没有跟着周月回到茶舍，而是带他穿过这条夹道，进入了后面的一个院落。这个院落里有一组古迹般的石桌石凳，周月就在这里开始了他的盘问。

他先问了钱志富在这家素斋餐厅里做什么工作，钱志富说他是做经理的。周月问他怎么想起到这么远的地方来开餐厅，他说是人家请他来的。周月随后言归正传让他把优优最后一次去凌信诚家的过程再说一遍，他说已经向分局的同志说过，他们也全都听过了。周月说：他们听了我没听。钱志富说：我在法院不是也说过了吗。周月冲他瞪了眼：现在我让你再说一遍！钱志富低头闷了片刻，才很不情愿地开口说了起来。

他说得极其简单，周月却问得尽量详细：优优在哪儿下的车，在哪儿买的防冻液，优优买防冻液时他的车停在哪儿了，以及优优走进凌家之前和离开凌家之后与他之间的每一句对话，都不厌其烦地一一问过。

最后周月问道：“你到法庭作证，你老婆知不知道？她对你去作证，是个什么态度？”

钱志富沉默了一会儿，突然出人意料地诚实：“她不知道我去作证，我没告诉她实情。”

“为什么？”周月问。

“她一个家庭妇女，哪有这么高的觉悟，我怕她不能大义灭亲。她和她小妹感情不错，她小妹杀的又不是她的孩子，告诉她她也恨不起来，弄不好还会恨我。”

“那你是怎么跟她说的？”周月说，“她小妹到现在生不见人死不见尸，你是怎么跟她交待的？”

“我说你小妹干了这种事情，也太残忍了，弄得咱们都跟着她没脸见人。你要还认她做你小妹，我就不认你了。我老婆开始总劝我托人去给她说情，可她也知道，现在托人说情都要花钱，我们又没多少钱的。”

“你为什么不告诉她，她的小妹已经出不来了，为什么？”

“我老婆那人，神经太脆弱，身体又不好，告诉她不是让她再犯病吗，她再犯病还是得我花钱……”

周月打断他：“你不怕她早晚有一天知道是你把她小妹送上死路的，跟你拼命吗？”

钱志富冷冷一笑，淡淡说道：“其实我告诉她也没啥，公安局检察院要我作证，我能不作证吗，不作证我自己就犯罪了。犯什么……包庇罪了。我坐牢了谁来养她！我老婆现在这身体，什么都不能干，全靠我养着。只要我不把她甩了另找别的女人结婚，她什么都无所谓的。”

钱志富既理直气壮又微微自得的笑意，让周月一时哑然无语。他从正觉寺回城的路上，一直在可怜那个疾病缠身不能自理的弱女。周月后来对我说起他当时的感想，他说也许这世界上的每个人都没做错什么，他或她之所以这样或那样是因为无可选择。生存法则让饥饿的人只选择吃，让干渴的人只选择喝，让随时可能被遗弃而死的人，自然而然地放弃亲情、道义和对他人的关怀，只选择忍气吞声的苟活。

周月问我，此时此刻，他应该选择什么？

我也回答不出。

后来我看到，周月又选择了一个周日，让梅肖英带他去大山子找了一次阿菊。他借了一辆汽车，和梅肖英一起，带阿菊去了西山的正觉寺。这一次周月把车子停在正觉寺山门外的树林里，他和梅肖英都没有下车，他们让阿菊独自一人，走进正觉寺的大门。他们带阿菊来的目的是让阿菊去见优优的大姐，把优优的真实情况告诉她唯一的亲人。他们让阿菊尽量说服优优大姐，让她跟他们进城，去监狱探望一下优优。

阿菊这一阵恰巧信了佛教，一下子变得特别虔诚。家里门厅供了佛祖，客厅请了观音，每日晨昏三香五拜，还要做到日行一善。所以她跟周月小梅前往西山，确实属于自觉自愿，既是帮助优优，也可顺道拜佛；既是“普度众生”，又是“独善其身”，大乘小乘全都占了，可谓一举两得。

周月和小梅没去拜佛，他们就在车里静等。等了大约半小时，等得小梅都紧张了，才看见阿菊扶着优优大姐，瞻前顾后，像逃命似的从正觉寺的庙门走出，急急地，甚至是有些趺趺绊绊地，向小树林这边跑来。周月轰的一声发动了汽车，迎着她们开出了林子。

阿菊和优优大姐气喘吁吁上了汽车，周月和梅肖英一同回头与她简短寒暄。优优大姐脸上惊魂未定，病容明显，她连连点头向周月小梅表示谢意，阿菊则在一旁急声催促：“走吧走吧，我们出来她老公不知道的。”

周月挂挡松掣踩下油门，汽车刚刚开动，就听见有人高声叫喊：“拦住他！拦住他！站住！”紧接着他们都看到钱志富不知从什么地方斜侧里冲了出来，拦住了这辆汽车的车头。

周月只好把车紧急刹住，他看到钱志富叉腰站在车前，瞪着他和他身边的小梅，恶声恶气的腔调，却是投向坐在后排的女人：“你给我下来！我告诉你，你要不下来，就别再回来了！老子不伺候你了！你吃里扒外跟着人家跑，有本事你就别再回来！”

钱志富的叫喊和他们的这场对峙，吸引了四面围观。这一天正值周日假期，庙门前多少有些远来的游人和当地的小贩，好奇的目光游移在这辆汽车和这位拦车叫骂的汉子之间，他们之间究竟发生了什么，究竟孰是孰非，一时无人能辨。

围观的人壮了钱志富的恶胆，这里毕竟属于他的地盘。他甚至不再拦住这辆汽车的去路，转身边骂边向养性斋餐厅的大门走去：

“你们大家都看见了，不是我逼她走，是她不想跟我过了。她要跟车上的这个白脸跑，我让她回来她不回来，那她不仁我也就不义啦，她再回来我也不要啦！”

周月拉开车门跳下车去，揪住钱志富大声呵斥：“你胡说些什么，你说谁是小白脸。我们是带她看她妹妹去，你要去也一起去！”

钱志富一把推开周月，对周月的分辩不予理睬。他一边继续往回走一边回头指着汽车的后座，威胁的口气有增无减：

“你别回来，你他妈有本事别回来！回来我也不认了！”

后座上优优的大姐终于承受不住，自己开了车门，颤颤巍巍地下来，用手抹着眼泪，尾随着丈夫满不在乎的背影，低头走回了餐厅院门。梅肖英下车跟了上去，想拉着她再说点什么，她低着头摆摆手，脚步不敢停下，似乎不愿再听。

直到围观的人渐渐散开，阿菊才一声不吭下了汽车。她站在汽车半开的门前，默默看着束手无措的周月，和一脸茫然的小梅。

在回城的路上周月和小梅都沉默寡言，阿菊反倒表示理解："她也是没有办法，就是明知道是她老公毁了优优，她也不敢怎么样啊。刚才我一说优优没死，已经判刑关进了监狱，她哭得跟个泪人似的，恨不得马上能去见她妹妹。可她老公出来一吼，她还是得老老实实回去，她总要生存嘛，换上我我也只能这样。"

同样作为女人，梅肖英冷冷地来了一句："换上我我就不这样，让我去死可以，让我这样活着，我不愿意！"

阿菊虽被这样呛了一下，却是不急不恼笑一笑说："你也是饱汉不知饿汉饥，现在放在我身上我也不会这样的。刚才我拜佛的时候就求菩萨保佑我，千万别混到优优和她大姐这地步。可要是哪天我万一也和她大姐一样了，不回去就根本没活路，那我也只能回去了。别说是我小妹了，就是我亲爸亲妈出了事，我可能也管不了那么多。人都是这个德行的，让你马上选择活还是选择死，恐怕人人都想先活着。"

梅肖英没有再反驳，她只是愤愤不平地看周月。也许她不能理解阿菊这类生存至上的女人所持有的处世哲学，也许她也是没被生活逼到这个分上，所以她的现身说法必然显得空洞无力。周月始终没有说话，他只是把握着汽车的舵轮，严肃地目视着前方，脚下的油门在慢慢加大，仿佛要把刚才那个令人厌恶的场面，连同那份念佛食素的虚伪，通通抛在脑后，抛得越远越好！

三十一

那一阵周月表现出来的执著确实令我由衷感叹。他的工作性质使他的许多假日都要加班加点，但在长达半年的过程中，他还是把大部分难得的休息时间，都消耗在暗中调查的路途往返。他把乖乖死亡那天优优乘坐钱志富的汽车前往凌家沿途停靠逗留的每一个地点，全都逐一做了实地查访踏勘。他还和阿菊又做过一次深入细致的长谈……当然，他这样一个年轻精壮的小伙子和阿菊这种孤门寡女的少妇进行长谈，应是另外有人在场为好，所以，周月但凡去找阿菊，通常都要拉上小梅。

小梅也不算局外之人，她是优优的辩护律师。

阿菊与优优是自小相熟的朋友，所以对优优的遭遇一直抱有同情。但她的同情与周月的同情本质不同，她一直相信那个死去的孩子就是优优杀的，她同情优优是因为她们曾经情同手足，而且，在她和德子刚到北京的时候，优优没少帮过他们。

所以，尽管阿菊相信优优确实“犯了事”了，但她并不怎么憎恨优优。她认为优优也是没有办法，是让那孩子逼得急了，才出此下策。凌信诚那么有钱，模样也很不错，优优和信诚一起，如果没有那个一见了她就“发疯”的孩子，该是多么幸福。虽然信诚身体有病，不能干这干那，反正优优这人，也不需要干这干那。阿菊对周月小梅说道，你们别嫌我话说得难听，信诚那病对优优其实也不是坏事，万一哪天信诚真的找他老爸老妈去了，那万贯家财，还不全都归了优优。可那孩子如果还在，就得归了孩子。就算优优和信诚那时结婚，这男方婚前的财产优优是否有份，也很难说。这类男女财产的规定我以前就找人问过。

阿菊基于以上分析，再加上她也旁听了两次审判，因而对优优铤而走险，并没太多怀疑。

对优优杀人信与不信，并不妨碍阿菊与周月进行合作。她后来应了周月的请求，寻找到了一个机会，再次陪周月一起去了一趟西山，“潜入”正觉寺密晤优优的大姐。

那个机会起于优优大姐打给阿菊的一个电话，在电话里她向阿菊打听优优最近的消息。阿菊从她口中知道，这个电话是她趁老公外出进城，跑到餐厅悄悄打的。阿菊放下电话便呼了周月，虽然这天不是假日，但周月恰巧手中无事，于是便向王科长请了事假，还借出一辆车子，拉上阿菊就去了西山。他们从正觉寺正门进庙，沿周月第一次来时的路线深入后院，从后院那扇垂花小门迂回进入养性斋餐厅，乘餐厅服务人员未及注意，便拐进那条窄窄的夹道，一直走到优优大姐的住处。

阿菊上次来过这里，所以显得熟门熟户，穿过夹道便直接登堂入室。优优的大姐那时正在屋里焚香诵经，见周月和阿菊推门而入不免吃了一惊。

周月来此的目的十分明确，他想从优优大姐的口中了解案发那天优优都和她说过什么；他还想知道，这些天她的老公钱志富都和她说过什么；还想知道，为什么钱志富突然遁入山林，是谁聘他在这里当了经理；还想知道，为什么他不准她去探望妹妹，她是否真的相信她妹妹投毒杀人。在他一一提出这些问题之后，优优大姐的表现却让他异常失望，她几乎没有做出一句回答，始终拿着那卷佛经一言不发。

周月动之以情，晓之以理，他告诉优优大姐，优优至今还在不断申诉，至今否认她被控杀人。如果你妹妹真是被人冤枉，能救她的只有你这位大姐。优优是你唯一的亲人，难道你忍心让她坐一辈子监狱？她现在肚子里还怀了你们丁家的骨血，难道你忍心那孩子一辈子不能与母亲团圆？

周月把话说得这么动情，动情得连他自己都觉得残忍。他看到优优大姐紧闭着双眼，也挡不住眼缝中淌出的行行热泪，他知道这个病弱不堪的女人，精神上已经接近崩溃。

他甚至已经感觉到了那眼泪的热度，感觉到了这女人全身每个骨节都在疼痛地扭曲，他本来还想继续施以诱导，但那女人不堪一击的样子使他终于放弃。

他灰心丧气地走出那间低矮的平房，虽然说得口干舌燥，但对阿菊替他沏的那杯茶水一动没动，直到阿菊也说了告辞的话跟了出来，他也没从优优大姐口中听到一点伤心。也许那个女人的眼泪已经流净，却不让人听到一丝啜泣的心声。

周月和阿菊沿原路走出正觉寺隆重的山门，回到停于附近林中的车上。在周月将车子发动起来的同时，他们不约而同地看到了钱志富那辆小小的奥拓。那辆奥拓沿着山路缓缓驶来，驶进寺前的空场，停在养性斋的门边，钱志富从车上下来，锁好车门。另一位和他一起下车的汉子，周月很容易便一眼认出，就是上次与钱志富在餐厅里不欢而散的那个男人。

阿菊也认出那个男人，她说那人也在法庭作过证的，她记得那人姓姜名帆，曾在信诚公司干过人事总监。

钱志富陪着姜帆进了餐厅，周月估计他如果径去后院肯定能从老婆脸上看出异样。屋里阿菊刚刚沏的那两杯茶水，大概也还未及收去。钱志富显然能够看出在他回来之前，曾经有人造访，而且将将离去，还未走远。

但周月这时已顾不得琢磨钱志富生疑后将会做何分析，姜帆的出现让他突然兴奋不已，他的调查显然又多了一条重要线索，甚至也许会成为一个突破的契机。事实上几天后周月便从凌信诚那里知道了姜帆的来龙去脉，知道了姜帆与仇慧敏曾是情人关系，知道了他从信诚公司辞职后即加入了仇慧敏舅舅的制药公司，在那家制药公司破产倒闭后又不知去了哪里。这个人现在突然与素不相识的钱志富过从甚密，这情形让人不能不疑，让人不能不推测出一种可能，即仇慧敏与姜帆互相勾结，将钱志富用钱买通，让钱志富制造证据，将优优置于死地。

周月这一大胆推测的灵感，还来源于另外一场巧遇。他从西山回来的数日之后，因姜帆一事去询问信诚，恰巧看到仇慧敏也在信诚家里。她那天又给凌信诚带来了她亲手煲制的一罐好汤，据说滋阴的同时还能补阳。周月来前她已在凌家逗留有时，见有生客来访便怏怏告辞。在她告辞前凌信诚为她和周月二人互相做了简单介绍，他向周月介绍仇慧敏时，用了“以前的朋友”这样一个含混的称谓。

周月很敏感，他能从那罐好汤和仇慧敏脸上缠绵多情的笑容当中，看出她的别有用心。对凌信诚这样年轻的钻石王老五来说，每个女人的笑容都容易让人生疑。仇慧敏与凌信诚告辞的笑容在周月后来形成那个推测的时候，被一再援引。也出于同样原因，周月并没把这个仅仅是推测的推测，与信诚交流。

为了证实这个推测，周月后来托了在工商局工作的一位熟人，经他介绍，周月到主管的工商所核查了西山正觉寺养性斋餐厅工商注册登记的内容。从注册登记的文件上可以看出，整个餐厅注册资本三十万元，钱志富除了担任经理职务之外，也是股东之一。他占股百分之四十九，也就是说，他在这家餐厅投资了十四万七千元人民币。而另一位占股百分之五十一的大股东，则理所当然地挂了法人代表的名，在那纸工商执照的法人代表的字样下，赫然写着“仇慧敏”三个字。

从工商所回到单位后的第二天，也是一个刚刚上班的星期一，他不顾科里的头头有多忙，硬把科长拉到一边去，说了他暗自为优优调查的事。王科长马上严肃地说：正好，你不找我也得找你呢。人家分局的同志今天一早就来了电话，说你有好几次去骚扰他们的一位证人，人家证人到分局投诉你了，分局的同志很有意见。这是人家负责办的案子，你不能从旁乱插手的！

周月不服地说：这案子的侦查工作早就结了，我再怎么调查也谈不上插手他们工作呀。分局的人在法庭上说他们调查了那家汽车修理中心，证实优优那天确实在那儿买过防冻液了，我这次也去问了人家，人家说这种事只能查销售账目，账上确实记载了那天出售过防冻液，但没记载几点钟，更没记载购货人，更记不清那人是男的是女的。这种防冻液他们那里差不多天天都有售，你说这样的证据算什么？还有钱志富说丁优进去买防冻液，他把车子停在门口了，可我到现场看了看，门口根本停不了车。来买东西的车子都是停在院里的，那个院子特别大。还有钱志富的网吧关门后，他已经一贫如洗了，他从哪儿一下子搞到了十四万七，投资了那么大的一个养性斋！还有……

王科长听到一半就点头把周月打断了，他建议道：既然你认为这个案子有疑点，你应该去找分局的同志当面谈一下。这案子他们一直经手办，全面情况肯定更清楚。你怀疑什么应该去跟他们谈，到底有没有问题要由人家来判断。咱们办的案子人家事后乱调查乱发言，咱们也会有意见。

周月一下卡了壳，科长的建议很善意，也符合组织原则的，周月似乎没有理由不接受，没有说词能反驳。他看着科长主动热情地帮他打电话，找了分局的那位他认识的吴队长。吴队长在电话里的态度听上去还不错，表示欢迎周月过去谈。王科长挂了电话对周月说：你看，人家吴队长是那么老资格的刑警了，比我资格还老呢，人家态度很谦虚，很诚恳，你可以过去和他们谈一谈。你只把你了解的情况告诉他们就可以了，不能把自己的想法强迫人家去接受，好多事你可能只知其一不知其二，这案子要不要重新调查是人家决定的事，你听见没有！

周月低头没吭声，没说听见没听见。下午他按照科长的旨意到分局去，见到了那位吴队长。吴队长听完他的看法，留了他写的调查材料，答应认真研究研究，还答应有了想法会及时找他。

周月谈完看法，交了材料，回到处里，不知为什么心里一下空了，那一阵上班不免有些垂头丧气，少言寡语。王科长看在眼里，没有批评，但周月有一次听到他悄悄打电话问过那位老吴，问他周月提供的那些情况到底有无价值……

两周之后，分局来了电话，请周月过去一趟，说关于优优的案子，需要“一起研究研究”。

王科长准假，周月按时按点地去了。

那天研究下来的结果让周月十分失望。但他不能否认那次会议开得非常正规，正规得几乎让人无可挑剔。不仅此案当时的承办人员全部参加，连检察院两位主管的检察官也大驾光临。会上的讨论相当激烈，周月不能否认，激烈之外也不乏认真和诚恳。几种不同的观点互相交锋，分局内也有部分刑警支持周月的怀疑，但大多数人认为当时这案子办得还比较扎实，在前前后后多次反复的调查中，并未发现具备作案条件的其他人。从各方面汇集而来的证据基本上合法可靠，互相印证，疑点指向，惊人一致。至于本案证人及当事人之间后来合伙经商，证人不让妻子知道自己作证，不让其探视案犯，这些情况完全可以找到合理解释，行为本身也未违法，构不成推翻原案的法律理由。至于证人停车的位置与汽车维修中心现场情形不符，以及诸如此类的细枝末节，说服力明显不够充足，更是难以成为翻案的依据……

吴队长在整个讨论中一直处于主持者的角色，本身并未发表倾向明显的见解，在讨论进入各方论点重复争辩的僵持阶段，他适时地请两位检察官发表意见。他征求检察官意见时所用的口吻，能听出这个会议已到了归纳收尾的阶段。

检察官的表态表面上听来比较中性，实际上支持了多数刑警的观点，认为：根据《中华人民共和国刑事诉讼法》的规定，如果本案案犯的代理人或亲属发现本案确有新的重要证据，足以说明原判决在认定事实方面有误，或者量刑不当，或者原证明犯罪事实的主要证据之间存在明显矛盾，或者适用法律错误，或者侦查、审判人员有徇私舞弊、枉法裁判行为时，可以向检察院或更上一级检察院提出申诉，我们会按照审判监督程序依法处理。检察官的表态虽然几近背诵法律条文，但聪明人都听得出来，周月提出的这些论据，一样都够不上边。

会议就在这样的基调下结束。

结束前吴队长并没有忘记再最后征求一下周月的意见。他与其说是征求周月对这个案子的意见，不如说是征求周月对今天这个会议的意见。他说：“小周，感谢你对我们工作的支持和关心，你提的疑问分局领导也很重视，虽然大家手上都有别的案子，但今天还是把有关人员都集中起来，会上大家的意见你也都听了，你看你还有什么意见？”

周月没有说出他有什么意见，他似乎并不想让会议就此结束，他咳嗽一声严肃问道：“吴队长，有个情况我不知当不当问？”吴队长表情淡淡反问一句：“什么情况？”周月说：“你们当初怎么突然想起要拘留钱志富的，并且还搜查了他的汽车？你们是怎么猜到那辆汽车的后备箱里，藏着半桶没用完的防冻液呢？”

屋里一时静默，那静默让周月的胜利感油然而起。他把疑问的目光，直直地投向吴队长的眉心，坚定不移。

吴队长依然用淡淡的语气，淡淡地答道："因为有人举报。"

"是谁举报？姜帆，还是仇慧敏自己？"

见吴队长未即答言，周月不无挑衅地又问："保密吗？"

但周月这次没能成功，成功不如他想象的那样轻易。吴队长用轻松的回答，简单的理由，四两拨千斤地做了回应："那是一个匿名电话，举报人自称是钱志富的一个朋友，他说钱志富有一次喝醉了酒，酒后吐真言提到他的小妹，说他小妹杀了一个孩子，证据还藏在他的车里。举报人不肯透露身份姓名。但我们仍然决定对钱志富采取强制措施，结果证明举报完全属实。"

吴队长回答完了，在周月一时哑然之际突然转守为攻，咄咄反问："怎么，你有证据证明，举报人就是姜帆或者仇慧敏？或是他们指使的其他人？"

这回轮到周月沉默下来，沉默中含了几分理屈词穷。好在吴队长的表情还算中庸，并未穷追猛打地将周月继续逼入窘境，他用了一种事务性的口吻环顾四周，来结束会议的整个进程。

"看看，大家还有什么意见？"

无人应声。

"小周呢，"吴队长最后一次移目过来，"你还有什么意见？"

周月同样无法应声，他能听出吴队长道貌岸然的询问，潜伏着漫不经心的轻蔑。就像当初梅肖英反驳公诉人时说的一样，他的怀疑纵有千条万条，可偏偏没有一条足够确切！

他望着吴队长直直射来的目光，那目光同样坚定不移，他沉闷地低下头去，半晌才很不情愿地哑声说道："没有……没有。"

在分局参加完这个会议，有相当长一段时间周月的情绪比较低沉，他找我出来喝过一次酒，借酒发泄苦闷。他也知道他的调查对于推翻这个铁证如山的案子，实在是杯水车薪，可他心里就是不相信，越来越不相信优优有罪！他本来就怀疑，越来越怀疑钱志富和姜帆、仇慧敏，越来越怀疑钱志富那个定人生死的证词，是他们攒的一个猫儿腻！

那天晚上周月喝得酩酊大醉，我不得不打电话问梅肖英他住在哪里。梅肖英很快乘出租车赶过来了，她和我一起把周月架回了他的宿舍。在梅肖英打来热水替床上的周月擦脸擦手的时候，我无意中看到了周月桌上摊着的那些旧信，那是仙泉一个署名"喜欢你的女孩"在几年中向周月述说的绵绵情话，每一道笔画都流露着少年的稚嫩和动人的天真。

梅肖英给周月盖好被子，服侍他睡去。然后，她走近书桌，也注意到了那些过时的书信。

她一封一封地看着，直到我说："咱们走吧。"她都没有抬头。

我又说了一句："你要留下来吗？"

梅肖英这才蓦然惊醒，红着脸回答："哦，不。"

三十二

在秋天快要到来的时候，优优走出了监狱。

优优出狱是因为她的肚子越来越大，根据法律的规定，对她必须实行监外执行。

虽是法律的明文规定，但出监的手续依然繁琐。由于当初公安机关将优优关押的地点用电话通知她的亲属钱志富时，钱志富代表他的妻子当即做了表示，不再认这个丧尽天良的人是他们的小妹。虽然现在知道他们已在西山正觉寺落脚，但考虑到优优大姐目前的身体情况和精神状态，考虑到其夫钱志富在本案中担当过控方证人，所以律师梅肖英建议还是由凌信诚出面申请，安排优优监外执行的居住地为好。

凌信诚当然一百个答应。

虽然凌信诚与优优之间没有任何法律及血缘的关系，但法院还是批准了他的请求，因为优优监外执行的法定理由是怀了孩子，而那孩子的父亲就是凌信诚本人。

监外执行的执行机关，法定为优优居住地的公安派出所，而居住地的选择曾让凌信诚大伤脑筋。最后他跑来和我商量，商量的结果是在郊外山明水秀之处，租下一幢房子，既可让饱尝铁窗生活的优优感受自然的广大与鲜美，又可避开信诚的保姆和司机，他们也曾担当本案的控方证人，曾经当庭严词指证过优优，再与优优一起生活，显然不大现实。而且凌家那间公寓，因是本案案发地点，优优一旦回去居住，恐怕看到哪里都是触目惊心！

经过一番挑选，监外执行的地点就选在了京南六十里外的清水庄园，凌信诚在那里租下了一幢临湖别墅，并且联系了附近的公安机关。一切手续齐备之后，在优优出监的那个日子，他约上我和律师小梅，一起将优优从监狱接出，直接接到了这里。

别墅经过精心布置，处处显得舒适温馨，楼上宽大乳白的卧室，最适合承载母子温情；西班牙式的两米睡床，以及床上搭配明快的大小靠包，彰显着文明的传统与尊贵；婴儿的小床也早早备好，被褥玩具一应俱全。卫生间流行的米兰瓷砖上又铺了大块的长毛脚毯，不为奢侈与享乐，只为体现家庭的熨帖和温暖。魅力的焦点则是与卧室相连的挑空阳台，雪白的罗马围栏勾勒出阳台阔大无比的实用空间。微风之下凭栏远眺，清水湖景静静入怀。晚饭通常就安排在阳台上慢慢进行，细食美酒与落日金晖一同享用，湖面上耀眼的溶液，也沉着得波澜不兴，静静倾听着一家人的杯觥交错和笑语欢声。

凌信诚为优优和这幢别墅，另外配备了司机和保姆，还配备了护士和厨师。他还特地将那位远房的姑妈从上海接来，帮他陪伴照顾优优。他告诉姑妈，优优是蒙冤入狱，他和他的朋友——指我和周月小梅等人——绝不相信优优会干那种伤天害理之事。公安机关也在慢慢调查，相信终有一天会真相大白。姑妈人已半老，善良厚道，信诚这样说来，她当然这样相信，不仅把优优看做自己的子侄至亲，而且还额外加了一份同情怜悯，从早到晚，把优优照顾得服服帖帖，无微不至。

优优出狱以后，最先提出的要求，是想见一眼她的大姐。她说她在监狱里曾几次提出希望狱方能通知她大姐来看她一眼，但大姐始终没来。她为此和监狱里的干部闹过一次，就是那次，干部正式告之于她，她的大姐已经表示和她断绝关系。当时她虽然大哭一场，哭得不想活了，但对那位干部的话，始终半信半疑。她一被监外执行，第一个想见的就是大姐。她想证实一下那位监狱里的民警，说的是不是真的。

对于满足优优的这个要求，我们心里都不乐观。把她大姐从西山接来，难度较大；让优优前往西山，还要报告派出所批准，也很麻烦。凌信诚于是又来托我，求我亲往西山，游说优优大姐无论如何过来一趟。

我受托前往，去时还拉上了阿菊。在养性斋后院那间低矮的平房，顺利地见到优优的大姐。和优优大姐的交谈只进行了十多分钟，我和阿菊就尴尬得面面相觑。

谈话因为有优优的姐夫钱志富在座，所以进行得十分正规。我和阿菊坐在饭桌两旁，钱志富在我们侧面，坐于低矮的窗台沿上，优优大姐则坐在床边，头也不抬，手里不停地叠着几件洗净的衣裳。

我简单介绍了一下优优的近况，说她现在十分想念大姐，很想见她一面，她自己不方便出来，想请大姐过去一次。今天能过去最好了，我们正好有车来。今天不去以后去也可以，要去的话我们随时派车接。

我没想到的，优优的大姐竟然低声说道："你们回去吧，这个妹妹我不认了，她杀人家小孩子，她这样子我不认她了。"

我一路想好的很多话，很多能让我不辱使命的话，在这"不认"二字的前提下，全部骤然而废了。我张口结舌好半天，既不能说优优值得同情，又不能说优优实际冤屈。我只能软弱地讲到亲情，亲情是唯一可以超越一切的东西。

"不管怎么说，她是你的妹妹，你是她的大姐，她是你唯一的亲人，你总该去见个面吧。"

大姐听着我的劝说，眼睛却并不看我，她翻来覆去叠着那几件衣服。偶尔抬头瞟一眼窗前的丈夫，瞟完后再次回绝了我的拉拢：

"认都不认了，还去看她做啥。"

阿菊也跟着劝了几句，直劝得大姐哗哗地掉泪，直劝得大姐浑身打抖，大姐说："你们走吧，快走吧！你们告诉她，她没我这个大姐了，我也没她这个妹妹了，你们告诉她……告诉她下辈子……下辈子……做个好人！"

这一趟西山，无功而返。我和信诚经过商量，没将实情告诉优优。我和阿菊统一口径，只说优优大姐和她丈夫到外地开店去了，一时半会儿找不到他们。

优优问我："我大姐，她知道是姐夫害了我吗？"

我默然不答。

优优说："但愿她不知道，她知道了也不能把他怎么样，心里还会不好受，一起过日子也会别扭的，所以，她不知道才好。"

我说："优优，你先顾你自己吧。把身体养好了，让孩子健康地生下来，这才是最重要的。"

阿菊也劝优优："就是，你老想别人干什么，你好好让自己过好了，母子平安比什么都强。这世界我也想透了，只有自己爱自己，别人就算真爱你，也都是一时一阵的。"

阿菊那几天就住在清水别墅，陪优优聊天消磨，也听优优讲讲铁窗生活。在监狱里虽然有吃有喝，也不挨打挨骂，但是每天都得干活，吃喝也很不可口，而且最重要的是心情压抑，太不自由，同牢的犯人互相吵架甚至动手，也时有发生。在那种地方更要靠自己爱自己了，指望别人有多么爱你，那才叫痴心妄想。

优优也关心阿菊这一阵的生活，不知过得是否开心。她那位忙忙碌碌的老公，对她是否一如既往。问了三遍阿菊才吐露真情，她也是刚刚知道，她那位开建筑公司的老公，原来早就娶妻生子。他老婆带着孩子，就住在不远的顺义。阿菊说到此处，只是眼圈发红，为自己受骗上当，心中委屈。但她的言谈话语，也听不出太多愤怒。优优还以为阿菊肯定要和那男人大吵一通，愤而出走，从此一刀两断了呢。

阿菊却想得非常现实：德子靠不上了，再和老六一刀两断，我靠什么吃去？我不管，反正那套房子我得住着，每月还要给我三千块钱。少一分我就打个车到顺义闹去，反正我知道他家住址。

优优这才明白，阿菊现在安于现状的身份，就是人们常说的"二奶"。难怪阿菊认为，这世道只有自己才爱自己，别人就算真的爱你，也只是一时一阵。

阿菊在清水庄园住了几天，就告辞走了。她不敢在外流连不返，怕老六万一去大山子找她，看见人去屋空心里生疑。阿菊说：反正我不能让他找到借口抓到辫子，要想甩我也没那么容易。

阿菊于是走了，信诚也希望她早点离开，她住在这里，侵占了许多本来该由信诚与优优独处的时间。而且信诚看得出来，阿菊的唠唠叨叨，并未给优优带来多少快乐。每天傍晚，响彻阳台的那些欢笑，大都是阿菊和姑妈的插科打诨。优优从走出监狱那一天起，脸上就几乎很少笑意。在凌信诚百般呵护她时，她会对他露出感激的笑容，但笑得非常压抑，并不那么由衷。

优优的情绪我也看得清楚，我和信诚一样心照不宣，眼前的家庭温情和自由惬意，对优优只是暂时短促的一段欢愉，很快她就要告别一切，包括她的幼小的孩子，重新回到大墙之内，继续去过阴森刻板的铁窗生活，一直到老，一直到死。

如果说，优优的沉闷还另有原因，那么只有我才心知肚明，凌信诚当然是被蒙在鼓里。我在清水庄园唯一一次看到优优绽开激情的笑脸，就是因为周月的突然光临。

周月在优优出狱的三天之后来看优优。那照例是一个没有加班的周末。周月走上阳台时西沉的太阳恰与他的视线平行，温暖的光芒染红了他的全身。那时优优正独自审视着沉静的湖水，她也许并未想到周月会突然在此时现身。

在这个优美的背景下他们互相凝视。发自内心的欢笑在优优脸上慢慢绽开，两行清清的泪水为她的欢笑添了些惆怅和伤感，那泪水和笑容代替了一切语言，一切感激。

那天晚上我和周月以及和周月同来的小梅，一起参加了阳台上丰盛的晚宴。据说那是优优出狱后最为开心的一天，连生性沉默的信诚都为优优的快乐感到欣慰，那天还破例喝了一点红酒并讲了一个黄段。但只有我注意到优优快乐的眼神，总是眷顾着坐于她斜对面的周月，虽然刻意掩饰，但周月的一举一动，还是牵引着她的视线，如水如虹地流波飞转。

优优这晚的一颦一笑，大概只有我留意得到。

留意到的也许还有坐在周月身边的小梅。

周月没把他用大半年的时间为优优所做的艰苦调查讲给优优，特别是在这个调查已经陷入僵局的时候。那天和优优相比，周月的情绪反而难见欢颜。饭后他私下里对我诉苦，说他在分局那次开会以后又去爱博医院做了一次调查，结果让分局知道，反映给了他的领导，领导上周找他谈了一次，脸色已经十分不好……

虽然科长告诉他吴队长对上次会上讨论过的线索并未搁置，会后又专门派人去了正觉寺找钱志富做了调查，但没有查出什么问题。钱志富公开承认养性斋是仇慧敏投资搞起来的，他和姜帆仇慧敏也正是因为优优的案子在法庭相识。他甚至并不讳言他在养性斋餐厅的那点股份是姜帆同意给他的干股，以此请他去当经理负责赢利。给经营者干股以资鼓励的做法早已有之，并不是什么新鲜事物，虽然十四万七的干股数额似乎过大，但钱志富说他的一辆奥拓也值好几万呢，也包括进他的股份当中去了。这样算来，分局的人认为钱志富的说法还比较合理，基本可以相信。

但周月还是不信。他从自己接触钱志富的亲身感受上，就是不信。

在这个金色的秋天，人们只盼着收获，周月和我之间的窃窃私语和长吁短叹，都因期待的喜悦而被人忽略。这幢别墅的上上下下，男男女女，都在为一个生命的降生而忙忙碌碌，而做着充分准备。优优母以子贵，在这幢房子里成为尊宠的中心，而对这位母亲的未来，对涉及未来的一切话头，都被小心翼翼地加以回避。

在秋天最美的时辰，优优的孩子顺利出生。那是一个胖胖的女孩，响亮的哭声预示了她的性格开朗，而且身体健康。伺候这孩子下生的护士、保姆以及司机和厨师，所有人的眉宇间都是喜气洋洋，那几天的话题全在这个孩子身上。他们并不忌讳私下里谈论这个孩子的未来，都希望她拥有母亲那样健全而美丽的外表，又有父亲温和而善良的内心。

孩子父亲身体不好无可争议，而孩子的母亲心肠不好，虽然没人明说，但在大家对孩子的祝福中，似乎多少有些心照不宣的默契。

但大家也都看到，优优对她自己所生的孩子，心肠真是再好不过。在她没出医院的时候，护士每天给孩子洗澡，喂孩子吃饭，她都要求抱到她的床前，让她亲眼看着，这时她眼里流露出来的神色，竟是那么善良慈爱。每天黄昏，她总是要让保姆扶她来到医院的阳台，她怀里抱着她的孩子，迎着晚霞的辉煌，和孩子一起遐想，一起微笑。此情此景让医生护士无不私下感慨：所谓虎毒不食崽，心肠多么歹毒的女人，对自己的孩子都一样无比疼爱。可见母性是人的一种天性，不因犯罪作恶而一朝泯灭更改。

优优可以下床那天，信诚便将母女接出医院，孩子回到清水庄园以后，每天起居饮食，拉屎拉尿，全由优优亲手照顾。孩子除睡觉外的大部分时间，优优全都不离左右。那孩子就像她小时候拥有的第一个娃娃，让她迷恋得爱不释手。从孩子下生开始，一直到母女平安回家，凌信诚始终在用一架摄像机跟踪拍摄。他还把他拍摄的片子给我看过，那片子把孩子的憨态及鲜嫩，表现得淋漓尽致。我在录像中看到的优优，真是一个尽职的母亲，我看到她为孩子洗澡，扑粉，喂奶，更换尿布，还用电动推子给孩子推头，都做得无比享受。连孩子头上推下的茸毛，都要放在手上反复揉搓，放在鼻前轻轻嗅闻。那些画面都被信诚配了抒情激荡的交响音乐，让人看了感动不已。特别是当优优怀抱孩子，迎着夕阳坐在阳台，慈爱的眼神与孩子的憨笑彼此互动，脸上的霞光将整个画面映红，这时音乐也一并达到了高潮，如果这时有人在你耳边突然疾呼：这是一个亲手毒死婴儿的罪犯！画面上的一切都是刻意的伪装，你也许，肯定，会大吃一惊，会断然不信！

周月在孩子出生以后，又来看了优优一次，给孩子带来两样玩具。其实孩子的玩具在她出生之前，就已应有尽有。周月微薄的工资支撑了大半年的自费调查，本来就已捉襟见肘，那两样便宜的玩具放进孩子琳琅满目的屋里，立即被淹没得不见痕迹。

那两样玩具是一面拨浪鼓，还有一只巴掌大的布娃娃，除了优优，没人注意。

优优排斥了其他所有贵重的玩具，执意把那面拨浪鼓放进孩子的床里。而那个小布娃娃则被她自己带在身边，睡觉时便置于自己的耳畔。凌信诚以为优优是将那布偶当做女儿的象征，故而也时常加以爱抚，并不疑心。

除了那天与周月共进晚餐之外，我不知道优优后来每当再见周月，是何心情，是何眼神。她必须克制心中的爱意，必须强迫自己把那份压抑多年的感情，移向待她恩重如山的信诚。我真的希望不管优优见到周月如何激动，她都不应有所流露。她住在信诚为她精心打造的安乐窝里，哺育着她和信诚共同的孩子，她对信诚投以专注的情感，对信诚是理所当然的一份回报，也是优优自身应有的道义。

对优优这方面的表现我没有亲见，但从耳闻旁听的信息上判断，她确实是把那份自小的感情藏于内心。没人说起优优心有旁骛，都说她和信诚恩爱无比。

那一阵我没有再去清水庄园，那部将完未完的小说也放在了一边。那一阵我忙于在家装修房子，每天灰头土脸疲劳不堪。

后来我听说他们给孩子起了个名字，叫凌飞虹，大概是从清水湖雨后的黄昏汲取了灵感。这个名字在孩子小时叫起来很不亲切，所以根据孩子的形象又起了一个小名，叫做胖胖。据说胖胖长到半岁时非常可爱，脸上的表情和优优枕边的那只娃娃，竟然惊人地相似。

凌信诚给我打过几次电话，让我来清水湖看看他的孩子。言语间洋溢着由衷的骄傲和暗自的欢喜。我因为天天在家监工还要天天去跑建材市场，故而一直未去，直到有一天半夜三更我被凌信诚的一个电话叫醒。

凌信诚在电话里的声音骤然变了，他说了半天我才听出他是谁来。他说大哥你在睡觉吗？你能出来吗？我家胖胖出了点事，你能到清水湖医院来一下吗？

我迷迷糊糊，看看手表，时间已是凌晨三点。我本想在电话里问问到底什么情况，要不急的话我天亮再来。但听凌信诚的口气非同一般，让我迟疑片刻随即答应。

我按照凌信诚说的地址，搭乘出租车赶到六十公里之外的清水湖医院。那时已接近清晨五点，孩子已经出了急救室进入病房。信诚的姑妈和保姆也已匆匆赶回清水庄园去取孩子的东西，优优留在病房里帮护士照顾孩子。信诚刚刚办完孩子住院的手续，见我赶来便拉到一边悄悄交谈。

我先问孩子现在要紧不要紧，信诚惊魂未定地说不要紧，没事了。我问孩子患的什么病，问得信诚目光恐惧，气喘吁吁。

“我刚刚问过医院，医生说目前诊断是乙二醇中毒！”

我也惊呆得无法言声！

信诚的呼吸因为惊吓而显得急促：“这到底是怎么回事？”他的声音也因为恐惧而发出颤抖，他的脸色也因为张皇无措而变得惨白。我问：“优优知道了吗？”信诚摇摇头：“不知道。我还没有告诉她呢。”

我们在这两句话后就哑然不知再说什么，面对这样的事实我们全都难以置信。

那天上午姑妈和保姆回到医院，她们带来了孩子的必备用品，并且接替一夜未眠的信诚和优优，留在医院照顾孩子。我陪信诚和优优乘车回到别墅，下车后的情形让我们一个个全都目瞪口呆。

别墅的大门已被数辆警车封锁，楼上楼下都是面目严肃的警察，这使我马上想起我们刚刚离开医院的时候，也看到一辆警车开进了医院。当时我和凌信诚并不知道，在我们从医院返回庄园的行驶途中，另一批警察正在突击搜查这幢别墅。我们也不知道，这是那位昨天半夜才被从城里叫来帮忙的原来的司机老杨，在清晨时打电话报的警。我们不知道在我们回到别墅前，警察已在别墅的车库发现了半桶防冻液，还在这间凌乱的车库里，采集到优优一只沾了机油的鞋印和几枚指纹。我们只看到，优优刚一下车便被警察麻利地铐住，然后不由分辩将她塞进一辆警车迅速拉走，只一眨眼的工夫便走得无影无踪。

我们还看到，那位面孔熟悉的吴队长，从大门里面走了出来。

吴队长看看凌信诚，又转脸看我，目光停留片刻，复又移向信诚。他的面目平稳，语调庄严，平稳得几乎全无表情，庄严得几乎一板一眼：

“我们接到举报，你的女儿昨天夜里中毒住院，我们刚刚依法对这幢住宅进行了搜查，搜查证已经向你家里的工作人员和庄园的物业管理人员出示。根据搜查的情况判断，丁优涉嫌投毒杀人，所以我们现在要立即中止她的监外执行，予以收监。此案还要进一步调查，希望到时二位能够配合我们。”

搜查和勘查工作显然已经全部结束，警察们收拾勘查器具纷纷走出大门，各自上了门口的警车和勘查车。吴队长也走下台阶向他的车子走去，在这个乱哄哄的场面中，所有人都听到了凌信诚在别墅台阶上突然发出的嘶声大喊：

“那是她的女儿！是她的亲生女儿！她不会杀她，她不会杀她自己的孩子！”

屋里屋外，全都鸦雀无声。台阶下的警察们，别墅里的厨师和司机们，每个人的耳朵里都回响着这几声泣血撕心的哭喊，但没人应声，没人能够回答这个巨大的疑问！

只有吴队长，缓缓转身，他的声音平平常常，但在这个突然静下来的湖畔，却显得振聋发聩！

“也许，她想要证明自己无辜！”

三十三

这一天也许是优优真正的末日，我搞不清她算是被重新逮捕还是依法收监。新生的孩子已经八个月大，哺乳期至此不是不能结束。但公安方面显然认定优优又犯有新罪，幸亏胖胖经过抢救已安然无恙，否则她将注定被判死刑。

在优优被重新收监之后，公安的取证工作全面展开，在这幢别墅里与优优同居相处的每一个人，都接受了警方的严格调查。清水湖医院也提供了相应的诊断鉴定的文件，所有人证物证都对优优不利。当天下午我从事件中渐渐镇定下来，也在心里开始重新校正优优的印象。但凌信诚却始终无法镇定，他的生活信心几乎完全溃坍，整整一天都处于精神迷乱的状态。

在事件发生的第二天晚上，周月和小梅一起赶到别墅。恰恰是小梅的分析让凌信诚的神智得到了巨大支撑，并且在我们共同劝说勉励之下，开始渐渐意识到自己作为一个父亲的责任。

他意识到自己的孩子还在医院，还未痊愈。这孩子现在唯一可以依靠的，就是他这个父亲。他必须让自己镇定下来，把女儿养大成人。

按照小梅的分析，优优上一次被判毒杀乖乖，其主观动机方面的不利证据起了很大作用。而这一次中毒的，则是她的亲生女儿，母女之间感情很好，因此不存在作案动机。公安方面怀疑她为脱罪而毒杀亲女，仅仅是一种分析猜测，难以找到确凿证据。可以想见如果检方将胖胖中毒立案起诉，肯定面临证据方面的巨大难度，但辩方以胖胖中毒为例推翻前案，现实前景也不容乐观。由于胖胖并未死亡，所以优优最大可能是继续执行原判刑罚，那样的话，也还是要将牢底坐穿。关于下一步的动作，小梅建议，至少可以由她以律师的身份或由凌信诚以孩子父亲的身份，向法院提出申诉，这样先发制人，感觉比较主动。反正优优已经被判无期徒刑，下步无论怎样诉讼，只要孩子没死，都不会加至死刑，这一点几乎可以肯定。

小梅的意见大家都表示赞同，关于申诉一事，商量下来决定先由小梅去会见优优，征得优优同意之后再做决定。大家表面上意见虽然一致，但内心看法其实不同。信诚和周月这两位与优优有情感关系的男人，对优优的无辜依然深信不疑。一个深爱优优，一个被优优深爱，我不知这是否因为他们客观的理智，已在无意中屈从了感性的直觉。

而我和小梅则相对客观冷静，我们嘴上没说，其实心里并不排除任何可能。吴队长临上车前的那句话在我的耳际始终不能退去，小梅虽然表示那不过是一种推测分析，难以找到具体证据，但她显然并不否认这个分析不无道理。

后来我们知道公安和检察机关果然基于这一分析，已将胖胖中毒事件单独立案，并且加紧侦查，准备起诉。他们追求的目标，是指控优优杀人未遂，并以短期内两次以同样手法残杀幼儿，情节恶劣，构成累犯，要求从重处罚。如果法院考虑如上因素，判处优优死刑或者死缓，看来并非完全没有可能。

小梅在我们碰完头的第二天前往监狱，要求会见优优，但被告之优优已被重新逮捕，转押到了分局看守所内。她又赶到看守所要求会见，并且依据法律赋予律师的权利，向侦查办案人员了解了案由。那天直到傍晚她才在警察的监督之下与优优见面并做了短暂交谈，优优同意由她出面代为申诉。据小梅回来向我们学说，在不到二十分钟的会见中，优优大部分时间都在哭，都在问她的女儿现在怎么样了。她让小梅无论如何要告诉这个还不懂事的小孩子：她的妈妈是爱她的。她还让小梅无论如何要告诉信诚，让他一定照顾好保护好他们的女儿，因为她断定有人在谋害胖胖，那个人一定就是当初毒死乖乖的凶手！

不光是凌信诚自己，当我们从小梅口中听到优优的这个怀疑时，无不为之一惊。没错，如果我们相信优优没有毒杀孩子，那孩子血液中的防冻液，又是什么人灌下的？

凌信诚的神经又开始紊乱，他开始怀疑过去和现在他身边的每一个人，每一个能接触乖乖和胖胖的人：保姆、司机、厨师、护士和秘书……甚至连从上海来的那位老实厚道的姑妈，都让信诚疑心重重。我们不得不帮他一一做了分析排队，结论是没有一个人具备全部作案的动机和机会。原先一审法院之所以认定优优有罪，就包括除她之外无一人真正具备犯罪的全部条件这样一个重要原因。

在我们与信诚一起听取小梅通报情况并帮他分析各种可能的那个下午，凌信诚始终处于时断时续的哭泣之中。他苍白消瘦的面容越来越像一个受惊的孩子，我们无论摆出多少理智分析和逻辑推断，都不能让他稍稍安定。尽管他也知道没有理由怀疑他家的任何一位帮工，但神经已经极度衰弱的他还是在几天之后让秘书将他们全部解雇。在清水别墅因他女儿降生而请来的所有人，包括司机、保姆、园丁和厨师，宁可错疑一千，也不留一个隐患。连他的远亲姑妈和从医院请来的护士，见他如此疑神疑鬼，不免人人自危，也先后主动请辞。特别是他的姑妈，无论信诚口头怎样挽留，依然坚决回了上海。凌信诚甚至还用高额的报酬，把在城区公寓里那位从小把他带大的保姆，也送回了原籍。最后是那位一直为他父母开车，并且在胖胖中毒后主动报警的司机老杨，也被他多付了一年工资“清洗”掉了。他的这一系列狂躁反常的举动，在我和周月、小梅眼中，几乎接近一种精神的病态，这与信诚一向沉静宽厚的性格，完全判若二人。我甚至暗自庆幸自己在胖胖中毒前的相当一段时间里，没有接触这个孩子，否则恐也难避心嫌，与信诚难再来往。

那一阵孩子住在医院，信诚也陪在医院。我去医院看过一次信诚，见他拖着病弱的身体，为女儿喂奶灌药，大小活计，事必躬亲。孩子睡着之后，我和他在走廊里闲谈少时，言语之间，能感觉他万分疲惫，极度孤独。甚至也能隐隐感觉，他对优优，此时也并不全信；也能感觉，他此时唯一的精神寄托，就是他的女儿。

这时，和凌信诚的思维走向正好相反，对优优毒杀亲女的真实性日渐怀疑的，反而是原来半疑不疑的小梅。在检察院就胖胖中毒一案再次向法院起诉优优之后，梅肖英为辩护的需要又与优优见过几次。她从一个女性的感受当中，渐渐相信了优优对女儿的感情。第一次成为母亲的优优每次见到小梅的时候，最多的话题不再是周月和信诚，甚至不再是这个于她生死攸关的案件，而是那个比自身生命更加重要的宝贝女儿。

她问小梅胖胖病好了吗？胖胖吃饭怎么样？还要吃妈妈的奶吗？她还叫妈妈吗？她刚刚会叫妈妈的。胖胖是胖了还是瘦了？现在是谁管她，谁带她？那些护士会带吗……她问着问着就会哭出来，她不止一次地哭泣着喃喃自语：我的孩子，我的胖胖，我想她……

优优的悲伤是真实的，是再好的演员也表演不了的，小梅渐渐确信了这一点，母性的同感打动了她。她在控方强大的证据面前，否认不了自己的直觉。她把这个直觉倾诉给了周月，周月本来就从钱志富的种种行迹之中，一直坚信其中有鬼。

每次去见优优，梅肖英除了了解案情和商讨辩护方案之外，还要承担向优优汇报胖胖情况的任务，她不得不几次打电话向凌信诚询问孩子的病情。除了孩子，优优对任何事情似乎都已无动于衷。只有一次，在小梅与优优刚刚结束会见的时候，优优突然提出："你能告诉周月，让他来看看我吗？"小梅当即摇头："不能，你这案子还没开庭，你现在不能会见朋友。"见优优表情失望，小梅问："你有什么话要对他说吗？我可以转达。"优优说："没有，我是想……我是想托他去看看我的胖胖，告诉她，妈妈想着她呢。"

只有这一次，小梅心里不太高兴。但她还是把优优的委托，转达给了周月。"哎，"她说，"她让你去看看她的孩子，她指定你去，别人不行。"

周月听明白了小梅的话语，却没看明白她脸上的表情："为什么别人不行？"

小梅说："这我怎么知道，也许她觉得，只有你才能代表她吧，你去看孩子，就像她亲眼看了孩子一样。她可能觉得你是她最好的朋友，可能觉得你就像那孩子的父亲。"

"那孩子的父亲是凌信诚。"周月皱了眉头，"你胡说些什么。"

小梅笑笑，也知道自己说得过火，她问："那你到底去不去呢？"

周月想想，说："咱俩一起去吧。"

小梅半天没有表态，很久才点了下头："也行。"

于是找了一个晚上，下班之后，周月和小梅乘公交汽车，一起去了六十公里外的清水湖医院。这清水湖医院是家民营医院，据说还有外资投入，是家兼备医疗和休养功能的高消费的贵族医院。规模虽然不大，但因为周围傍着不少别墅庄园之类的高档社区，所以设备精良。又与市里几家大医院联合，请各科名医轮番坐堂会诊，日久生望，聚集了一些名气，所以胖胖自发病以后就一直住在这里，没有转往市内。

周月去看胖胖，明明知道以凌信诚的经济实力，胖胖的吃玩穿用，无所或缺，但出于礼规，还是和上次一样，给孩子带了一些东西，无非果珍奶粉之类，象征大于实用。

清水湖医院里的病房，设有大小多个种类，胖胖住的这间病房，就是一个朝南面湖的套间。装饰非常讲究，设施也很先进，窗外远山近水，一派郁郁葱葱，一看就知道是为富人疗养之用。凌信诚与胖胖一起住在里间，始终日夜陪护，很少离开一时。周月他们到达医院走进病房时，看到凌信诚正在护士的帮忙之下，亲手一粥一粟给胖胖喂饭。那饭也是由奶粉调了一点果泥，搅成糊状，不稀不糨，不冷不烫，胖胖吃得十分惬意。见他们进来，信诚从床边起身，脸上挂着无尽的疲倦，身体看去虚弱不堪。小梅赶忙接了他手上的小碗，替他给胖胖喂饭，周月和信诚寒暄两句，又去逗逗孩子。然后又接了小梅手中的小碗，替下小梅，因为这时信诚已经开始急切地要向小梅询问优优的案情了。

小梅于是与信诚到外间坐下，向他通报优优案件的进展，护士见他们有事要谈，便端着药盘匆匆离开。周月一人在里屋用玩具逗着孩子，边玩边喂，孩子居然十分配合。信诚在外屋与小梅说话，先是神色不专地惦记里屋的胖胖，后来听到里屋平静无事，才渐渐心安下来。

凌信诚与梅肖英在外屋谈了十多分钟，终于听到里屋传来胖胖的哭声，他连忙起身跑进屋里，看到周月坐在床边张皇无措。胖胖脸上挂了两行泪珠，一张胖脸哭得很丑，伸着双手要找父亲。信诚过去抱起女儿，哄了两下便不哭了。信诚看看那只小碗，碗里还有些许残羹，周月解释说："她不肯吃了。"信诚摸摸那碗，碗早凉了，于是说："不吃算了。"这时护士又进来了，要给胖胖测试体温。小梅便趁机表示时间已经不早，他们还得赶末班车回城。凌信诚说我刚又请了一位司机，让他开车送你们回去。

从城里到清水湖医院，乘公交车要走两个小时，他们坐凌信诚的奔驰回城，只用了五十分钟。路上小梅问周月：那孩子怎么哭了？周月说：我也不知道怎么哭了。小梅说：我开始看她对你很亲，还以为她真把你当成了亲爹。周月说：你什么意思？小梅说：没什么意思。

周月也没再继续斗嘴，那几天他为科里的一个案子加班加点，后天还要跟王科长到香港出差，没精神再去琢磨小梅的"意思"。他闭上双眼似睡非睡，小梅以为他生气，便也住嘴，一路上扭脸窗外，目光熟视无睹，将沿途夜色一扫而过。

车子进城以后，先送小梅回家，又送周月回了宿舍。这似乎是一个各怀心事的晚上，谁也不知道这个晚上他们各自睡前都想了些什么。我假想周月回到他那间十米见方的单身宿舍，在灯下再次展读了那一封封多年以前的"情书"。那些旧信让他回顾了自己单纯封闭的少年，少年的情怀总能打动人心。

我这个假想的依据来源于第二天发生的事变。第二天早上周月起床上班，他要做的第一件事是去机场接人，要接的人是广东省公安厅的一位同行。那时他们正与广东省厅合办一个案件，今天他接的这位老黎，明天将与他和王科长同去香港。

他开车把广东老黎从机场接回处里，一进院子就看见分局的那位吴队长带了他的几名手下，气势汹汹地开来一辆吉普。其中一位壮壮的分局民警最先看见周月从外面回来，用手碰碰他的上司，又用目光指指周月。周月一看就猜到他们八成又来告状，不由心怀怒火一脸敌意。吴队长看他一眼，并不寒暄，带着他的手下大步走进楼门。周月也板着脸跟了进去，他先把广东的同志带到科长的办公室里，但科长不在。他为广东同志泡了茶就出门去找科长，正巧在走廊上与科长迎面相遇。科长正带着分局吴队长他们往处长的屋里走去，见到周月先是一愣，表情看去有些异样。周月说："科长，老黎接来了。"科长没接下文，反问一句："周月，你昨天晚上干什么去了？"周月没答，突然怒气冲冲地冲向那位吴队长，揪住他吼了一声："你到底想干什么？！我还有没有自由！"

他也没想到自己用力会这么猛，一下子把吴队长撞到墙上了，旁边几个分局的民警全都冲上来，红脸龇牙地和周月撕扭。他们的个头体量都比周月壮大，想必都不知道一旦打架谁也不是周月的对手。

王科长也上来拉他，并且厉声训斥："周月，你放手，你怎么胡来呀！"

周月被拉开了，吴队长并不动怒，面无表情地看了周月一眼，转脸带着他的人马，继续往处长办公室那边走去。王科长冲怒气未消的周月低声说了一句：“我待会儿再找你。”便朝吴队长他们追过去了。

周月回到办公室没待多久，就有人过来让他到处长办公室去。周月一进处长办公室的屋门，就看到吴队长和他那班刑警正和处长叽叽咕咕，见他推门进来，全都抬头闭嘴收住声音。

周月闷声叫了一声刘处长，眼睛并不朝他们看。他知道他们无非是来告他的刁状，可恨的是这回居然小题大做来找处长。

处长的面孔果然铁板着，没有一点笑容的，他对周月说了句：“坐吧。”周月一坐他马上开口问，“周月，你昨天晚上去哪儿了？”

处长的质问与科长是一样的，口气却要强硬得多。周月理直气壮地回答道：“我去清水湖医院了。”

处长问：“你到那儿去干什么？”

周月说：“我是看我一个朋友去，他现在一个人照顾他女儿，我看他需要不需要帮帮忙。”

“你的朋友是谁呀？”

“凌信诚。”

“凌信诚和你又是什么关系？”

处长的口气既是质问，又是批评，其激烈的程度周月从未见过。他的态度不由软了下来，可又不知怎么解释才讲得清楚：

“凌信诚……是我一个老乡……是我一个老乡孩子的父亲。”

“你老乡叫什么？”

“叫丁优，”周月看一眼吴队长，又说，“上次到分局开会以后，我没有再去私自调查丁优的事了。我昨天是去看看能不能帮帮他们的忙，我们没谈一句案子的事！”

处长尖锐地问：“你是想帮谁的忙？凌信诚，还是丁优？”

周月说：“丁优在看守所押着，她女儿还没出院，我去看看小孩的爸爸，也去看看那个小孩……”

吴队长这时突然开口，冷冷打断周月的解释，他的声音装饰得沉稳平和，一点看不出是在争吵报复：

“那个小孩在你走后突然再次中毒，昨天夜里清水湖医院进行了整整四个小时的抢救，今天早上七点抢救无效，孩子已经死亡。”

周月全身像被电击了一下，从骨头缝里发出一种嗞嗞的声响，他的牙齿和舌头都有些不听指挥，口齿发僵哑声呆问：

“什么……已经死亡？”

无人回答。

处长、科长，和那些分局的刑警们，都用一种严厉不苟的目光、极端排斥的目光、神色异样的目光，一齐看他。

那目光让周月刹那间明白：他们不想向他证实更多细节，因为毫无疑问，这不是他管的案子！

但此刻的震惊已使周月不觉尴尬，他不敢相信地再次将目光盯住那位刑警队长，盯住他带来的那几位助手。他的声音已经变了腔调，说不清是疑惑还是质问：

“胖胖死了？胖胖死了？”

他甚至搞不清自己是否正昏迷于一场噩梦，耳朵里的那些声音，眼睛中的这一屋子人，会不会全都不是生活的实况！他为了证实自己是否清醒，鼓起底气再度出声发问：

“谁告诉你们胖胖死了？”

他听到自己的声音，发自身心肺腑。他发自身心肺腑地想到了信诚和优优，想到这对爱孩子都快疯了的父母。他用和他们一样破碎的心，想到十几小时之前，那个可爱的孩子还冲他憨笑，冲他啼哭……

“谁告诉你们她死了？！”

他们都看他，表情严肃。吴队长用洞明一切的平静，蔑视于他的暴跳，冷冷说道：“她死了，死于乙二醇中毒。”

周月觉得眼前一片黑暗，但同时又有一道强烈的亮光从黑暗中穿刺而出，让他突然抬高了声音，甚至带了一种悲壮的激越，大声地道出了他一直坚守至今的那个问号！

“可丁优还在监狱押着，孩子怎么会乙二醇中毒，啊？”他咄咄逼人地向那帮刑警喝问，“这一回谁是凶手！是她父亲？”

但奇怪的是，刑警们依然未即答言，他们依然严肃地看他，眼神中的异样，依然如故。

王科长最先打破双方敌意的僵持，他用一种尽量缓和的口气，把一个尖锐的问题点明：“周月，你刚才说，你昨天去了清水湖医院，根据在场护士和孩子父亲的回忆，在孩子中毒之前，只有你一个人曾经单独和孩子待在一起。所以，分局办案的同志认为，你有必要把那段时间你干了什么，交待清楚。”

虽然周月已经从场面上，从他们的神色中，猜到他们的怀疑了，但王科长当着处长的面，把这怀疑用明确的语言说出，还是让他感到震惊和愤怒。

“我？”

他瞪着吴队长，突然像个孩子似的哭出来了，眼泪还没流下，哭腔已经带出：“你们是疯了吧！这案子明明有这么多疑点你们不去调查，现在丁优押着，孩子又中毒了，你们应该好好想想啦，这说明了什么！你们现在居然连我都要怀疑，我不明白你们想干什么！”

吴队长马上针锋相对地予以回击：“我们的想法非常简单，在孩子中毒前只有你和孩子的父亲具备作案的时间。我们已经排除了孩子的父亲，现在，我们正在努力……并且也很希望，能够排除你。”

周月站起来大声叫喊：“我为什么要投毒，我为什么要杀那孩子，我为什么……”

吴队长依然坐着，却用同样强悍的声音毫不迟疑地狙击了周月的咆哮：“如果我们最终能够证实只有你一个人具备作案的全部条件，那找到你的作案动机并不困难——你和丁优是同乡，你一直认为她无罪，你曾经花了很多时间，用了很多方法，想要证明丁优无罪。也许，你突然找到了一个更加简单有效的方法……”吴队长的吼声到此突然顿了一下，然后放缓，“但如果你真的这么做了的话，那你就太傻了，那你就太傻了！”

三十四

好在分局刑警对周月的怀疑，仅仅出于一种分析，他们还没有充分证据，足以对周月采取刑事措施，或者以周月目前的嫌疑程度，他们所能采取的措施，只能是《人民警察法》中规定的“带回公安机关盘问”，或《刑事诉讼法》中规定的“拘留”。“盘问”最多不能超过四十八小时，拘留最多(包括上报检察院批捕的时间在内)不得超过七天，而在这两者相加的九天之内，要让证据的分量达到可以“批准逮捕”的刻度，对吴队长来说几乎是一件毫无把握完成的任务。法律规定“逮捕”的三个必备条件之一，就是“主要犯罪事实已经查清”，吴队长大概没有这样的信心，短短九天之内就能查清一切，然后让检察院顺利签发逮捕命令。何况，周月也是公安局的内部人，弄错了再放，很容易引起兄弟单位间的龃龉。所以，他们只是当着周月领导的面，也当着周月的面，宣布了他们的怀疑。也许这是他们的一个心理战术，看看周月是何反应。是惊骇还是消沉，是巧言诡辩，还是暴跳如雷。

虽然分局没有采取任何措施，但吴队长在处长科长面前故意张扬他们的怀疑，还是给周月带来了巨大的麻烦。当天他就被通知暂停职务，集中精力“配合”分局对这起命案进行调查，包括原定次日启程香港出差的计划，都改由王科长单独与广东省厅的老黎同行。

周月心里当然清楚，“配合调查”是一个比较好听的词语，比较确切的意思应该叫做停职审查，这一点在科里处里的同事中间，恐怕人人都已不言自明。

“配合调查”的第一件事情，是让周月同意分局刑警队进入他的单身宿舍“看看”。这是王科长在带周月离开处长办公室后宣布他暂停工作的同时提出来的，王科长见他一脸愠怒刚要做出反对的表示，便压着声音劝他顺从：“人家要申请一张搜查证是很容易的事情，这还是我向他们提的建议，不算搜查，改用去你宿舍看看这种方式，这是人家吴队长照顾你的面子，事情已经这样了，你得心里有数。”

于是周月只能顺从，他知道吴队长不是给他面子，而是在给王科长面子，他不能不识好歹，不识抬举。

于是他带着分局的人去了自己的宿舍，王科长也一直从旁跟着。吴队长和他的那帮弟兄“看”得十分仔细，在他的“同意”下几乎翻动了他的全部东西，和正规的搜查几乎没有两样。其实分局这次搜查的最大收获，就是他们刚进屋时第一眼看到的东西——在床边的一张小书桌上，那些缠绵的旧信尚未收起，那些经年累月的旧信如果仅从文字上加以分析，足以认定全是优优写给周月的“情书”。这也是我后来之所以假想周月前一天晚上从清水湖医院回到宿舍以后，曾将这些保存至今的“情书”在灯下彻夜展读的原因。

"情书"被分局刑警队客气地"借"去研究，还打了一张正正规规的"借条"，写明某年某月某日，借阅周月有关材料多少件共多少页张。"有关材料"这个词用得十分奥妙——和什么有关的材料呢？当然是和胖胖被杀一案有关的材料。周月也无权计较这类用词隐意妥否，既然"看看"实际上就是搜查，那么"借阅"实际上就是扣押，那张"借条"也毋庸置疑，实际上就是扣押物证的一个清单。

在我看来，周月面对这样一场前所未有的信任危机，面临自己事业前途乃至肉体性命的生死考验，他所表现出来的镇定心态，还是令人相当佩服。因为他只有二十二岁！因为他除了那场并没留下任何记忆的伤病之外，几乎是一帆风顺地成长起来。现在突然被停止工作，处于受审地位，这样的逆境他从未经历，对他几乎与生俱来的自尊是一次莫大打击。但他较好地保持了精神和生活的常态，不管分局是否对他部署了跟踪和监听，他照常喝水吃饭，照常和人说话，照常出门上街，照常使用电话。他最先打出的电话是给优优的律师小梅的，在电话中他知道小梅也在同一天受到了分局刑警的调查盘问，并且也是在她的工作单位公开进行，也给她造成了恶劣的影响和巨大的压力。小梅是个女的，她似乎有点承受不住。她在电话中表示既然她已成为警方的怀疑对象，那她需要做出相应的考虑，以决定是否退出为优优担当辩护的任务。

对小梅的回避意向，周月表示坚决反对，他说通过胖胖死亡的事实，更说明当初乖乖的死亡，肯定另有凶手，你不但不应就此退缩，反而更应坚定辩护的信心。他说现在对优优的指控其实面临着更加巨大的危机，如果分局不能迅速查清胖胖的确切死因，那么以前对乖乖被杀一案的所有判决和裁定，就必然产生了一个巨大的司法疑问——两个儿童因同样原因而死，而凶手竟然并非一人，这样的认定如果没有充足的证据支持，显然几近草率裁判。

不知是受到周月的鼓励还是出于职业的责任，小梅终于没有放弃为优优的辩护，继续紧锣密鼓地为开庭做着准备。让她最难面对的倒是优优的状态。在小梅与看守所及检察院商量之后，决定由她出面，在监所民警的陪同之下，向优优通报她的女儿死于非命的消息。

这次艰难的会见就安排在小梅和周月分别被分局调查的当天晚上。小梅在看守所的一间会见室里，见到了优优。小梅和优优面对面地坐着，她酝酿了很久始终说不出胖胖二字，她不知道优优是否已经预感到什么，因为她一直用不安的目光注视着从未在晚间探访的小梅，任其沉默并不提问。

良久沉默之后，小梅终于开口，她的声音缓慢，仿佛来自远处，她说："优优，今天这么晚来，是有件事情，要告诉你。你的女儿……今天早晨，在清水湖医院，又发病了。医院做了尽力抢救，但最后，最后不行……孩子，孩子……现在已经不在了。"

小梅说到此处，出于女性软弱的本能，甚至不敢正视优优的面容。优优在最初一刻似乎没有听懂，她甚至还问了句："你是说胖胖吗，她怎么了？"小梅不得不再次将这个悲惨的消息，残酷地重复一遍："孩子抢救无效，今天早上，她已经死了。死因是……乙二醇中毒。"

这句重复之后，小梅不能不抬起双眼去关切优优。她看到优优干枯的嘴唇，疑问地半张，整个面部，微微打抖，几秒钟之后她突然听到一种非人的声音："他们要杀我！要杀我的孩子！他们真的杀了我的孩子！"那声音由索索的细语渐渐转为凄厉的呼号，喊出压抑已久的悲恸，喊出刻骨的仇恨和无可控制的疯狂！

"……他们杀我还不够吗，还要杀我的孩子……那是我的孩子，我不要她死！我不要她死！我不要我不要我不要……"

优优的喊声很快被歇斯底里的哭泣淹没掉了，小梅没有加以任何劝慰，她在优优的哭声中站起身来，默无一语离开屋子。她的眼里也含着热泪，她本来想好要告诉优优，无论警方怎样分析，胖胖的死，必将无可置疑地，对她有利！

但优优的痛不欲生，优优的撕心裂肺，使她无法将胖胖的死难，说成一个利好的消息。

周月除了给小梅打过电话之外，还给信诚打过电话。信诚的手机关着，打到清水湖医院，才知道他已旧病复发，目前还躺在观察室里，尚未脱离危险，电话是肯定不能接的，探视更其不是时候。周月在知道了凌信诚的情况之后，又和我通了电话，我就是通过周月的电话，才知道了胖胖的死讯，以及分局搜查周月宿舍的情形，以及其他一切与此相关的事情。

开庭的日期由于胖胖死亡而被无限期推迟，这期间周月又被传唤到分局接受了几次讯问，并且在指纹提取仪上留下了自己的全部指纹。他的态度是积极配合的，表情是不卑不亢的，既不提问题，也不做解释，更不乱争执。他故意表现得镇定自若，以示自己无愧于心。

他整整两周没有上班，除了去分局接受讯问和在家写"交待材料"之外，几乎无所事事。

两周之后，他再次打电话到清水湖医院，得知凌信诚已经脱离危险，只是身体较弱，病状不稳。于是他向已从香港回来的科长请假，说要去医院看看信诚。科长请示了处长，处长说要问问分局。分局答复说周月现在没被采取任何强制措施，他要去哪里是他的自由。科长于是告知周月可以去，同时劝他不要去，现在此案正在侦查调查阶段，他去和当事人单独见面，岂非自找麻烦?!

但周月还是去了，路上他并没发现有人跟踪，但见到凌信诚后他发觉凌信诚病房里的两位护士，形迹不免有些可疑。特别是其中一位，在他与凌信诚交谈期间，始终未离病房一步，而且在帮另一位护士输液打针的时候，动作也明显有些生疏。

周月心想这女的八成就是分局的便衣，他故意使劲盯着那位"护士"看，直看得她目光欲避还不敢避，还得撑着样子故作轻松。周月暗暗冷笑，他心里本来坦然，所以言谈举止，自然没有慌张痕迹。他大大方方地问了问凌信诚的身体情况，大都是那位真正的护士替他回答。凌信诚果然如医生在电话里所说，身体极为虚弱，因而被禁示过多说话，只用表情对周月过来看他，表示感谢，并且眼圈发红。在真护士的干预之下，周月只在病房里逗留了五六分钟，就被从床前劝离。

周月出了病房，在走廊里他发现了另一位形迹可疑之人，抬头远远一看，走廊尽头的楼梯口处，也站着一个汉子，正假装浏览一本杂志。周月几乎不敢相信分局刑警队为了他的这次探视，竟然如此兴师动众。他站在病房门口想了一下，抬脚向楼梯口大步走去。他知道那位看杂志的便衣紧随其后也下了楼梯，却故意佯作不知。他在走出病房区后没有离开医院，而是向一位擦肩而过的医生打听了化验室的位置，然后便快步向医生指点的方向走去。

身后盯梢的便衣并没有硬行跟进化验室里，周月在化验室向一位医生出示了自己的警察证，然后开门见山问到乙二醇，他请医生向他讲解一下乙二醇究竟是种什么东西，以及关于这东西的有关常识。医生看上去正有事在忙，又不便完全拒绝推辞，便以普及式的语言，简短扼要地做了解释：乙二醇是一种对人体有害的物质，可以人工合成，主要用于工业和技术用途。周月又问：人体内发现乙二醇一定就是来自汽车防冻液吗？医生说那也不一定，很多工业用配料都含有乙二醇。国外还有资料记载，曾偶见人体内自然合成乙二醇，也可导致中毒症状，但国内临床实践中倒从未有过这种病例。

周月心里猛跳一下，急问："人体自然合成，国外什么资料有这个记载？"

医生说："我上大学时听老师说过，我没见过。"

周月迫不及待地再问："请问您上的什么大学？"

医生说："北京医科大学。".

周月又问："请问是哪位老师说过，您是否还能记得？"

医生想了一下，说："好像是听刘元青教授说过，刘教授是咱们国内权威的遗传学专家。"

周月说了声谢谢，转身就走。走了两步又转身回来，再问医生："麻烦您了，请问您有关于乙二醇的书吗？"

医生摇头："没有，关于乙二醇你还想了解什么？"

周月也说不清他还想了解什么，仓促中又问了一句："你知道人体内有多少乙二醇就会导致中毒？"

医生又摇头："这我马上说不清，我没有确切实验过，不过照我估计，超过十克含量可能就会出现中毒症状。"

周月又问："那么多少含量才会致人死亡，比如，半汤匙的乙二醇，会致人死亡吗？"

"这我也没有实验过，半汤匙大概有二十克了，我想，如果对一个婴儿来说，可能会有生命危险。婴儿的心脏耐受力和循环系统比较脆弱，一旦受损就会危及生命，成人可能好些，因为乙二醇的半衰期是一个小时，量小了人体还是可以与之对抗。"

"什么叫半衰期？"

"啊，就是药物的排出时间。就是说如果你的体内有二十克乙二醇的话，一小时后，会自动排出一半，每过一小时，都会再排出一半，这就叫半衰期。"

半衰期！

一小时！

周月凝眉不动，心跳却骤然加速，他隐隐地感到，他一直苦苦寻找的那个东西，似乎就在眼前缓缓浮出，虽未完全成形，但却伸手可触。那东西带着那种他已能切实感受到的重量，让他渴望已久。他的眼圈忽地一下红了，他不知怎么搞得声音也哽咽起来，他说："谢谢，医生，谢谢你……我听懂了……"

周月走出化验室，大步向前。他知道后面有人跟着，但已全然不顾，他心中的激动早把他们全都忽略。他大步地向前走着，眼泪突然像涌泉一样奔放出来，他无声地哭了一下，但马上忍住。他用一只手遮住自己流泪的眼睛，他不习惯让走廊上过往的行人看到他哭。他用那只手擦掉了喜极而泣的泪水，用一种胜利的豪迈来转换内心的颤动。

他走出清水湖医院，没有像来时那样去乘坐慢腾腾的公共汽车，而是乘上一辆出租车迅速回城。他没有回到他的宿舍和他那间去了也无所事事的办公室，而是直接去了爱博医院。在爱博医院他逗留了大约一个小时，然后从医院大门匆匆走出。他知道他的每个行程都被纳入跟踪的视线，他访问过的每个医生都会随后遭遇仔细的盘问，但他仍然目不旁视，义无反顾，继续乘上一辆出租汽车，让车子直接向北京医科大学的方向开去。

他在北京医科大学辗转询问，直到黄昏才探得刘元青教授下午在图书楼里有一个外事活动，不知现在是否结束。他赶到图书楼时得知外事活动已经结束，但刘教授没走，正在书库里和人谈事。周月向图书馆的工作人员出示了自己的证件，遂被顺利地予以放行。他穿过一排排巨型的书架，穿过图书馆内特有的安静，穿过书页和油墨浓厚的香味，一直走到书库的深处。工作人员带他走到一扇门前，示意他刘教授就在里面。周月推门进去，他看到里面也是一间满架书籍的大屋，只是不如外面那样井然有序，过于拥挤的书架上堆满中式的古籍善本和西式的羊皮封套，凌乱中弥漫着经年的尘土。黄昏的斜阳饱满地扑敷于浅色的窗帘，使整个屋子都沉染了老到的金色。

窗前的金色中有两个人的剪影正在谈着什么，他们因为聚精会神而均未听到周月的脚步。周月看到其中一个戴眼镜的老者，虽然面部背光发暗，但显然就是刘教授了，另一个人背对门口，手里正捧着一本硬皮厚书，正在认真聆听刘教授的侃侃之论：

"……这本书对美国的那个病例也做了记载，那个病人的症状最初也很奇怪。后来医生对他进行了外周血染色体检查，发现中毒症状的罪魁祸首，原来是染色体平衡易位造成的异常核型。这就是为什么很多人都把染色体比喻为携带密码的潜伏杀手，就是因为一旦它的数目和结构出现异常，就可能导致或者遗传给后代某些意想不到的疾病，包括血液疾病，美国的那位病人，最初也是被诊断为乙二醇中毒……"

在这句嗓音苍哑的"乙二醇中毒"之后，刘教授的讲述突然中止，因为他发现在门口书架的旁边，还另有一位青年，也在全神贯注地倾听。那位手捧厚书的男子注意到刘教授惊疑的目光，便也转过脸向身后端详。他看到了周月。周月的视线和那男子针锋相对，彼此对峙很久谁也没有避开。

那位男子终于首先开口，微笑着问道："周月，你不是早就从清水湖医院回来了吗，我还以为你会先到这儿来。我知道你这些天非常辛苦，怎么样，你都准备好了吗？"

周月语气强硬，目光凌厉，他傲然答道："我准备好了，吴队长，现在可以开庭！"

吴队长继续流露着一种前辈才有的宽厚笑容，慢条斯理地款款说道："开庭日期要由法院决定。不过，恐怕最近法院不会决定开庭。"

周月说："为什么不赶快开庭？是你们不敢开庭？"

吴队长再笑一下，答非所问："我明天和检察院的人又约了一个会议，在会上我可能要提出一个新的证据，这个证据是刘教授提供给我的。也就是上午清水湖医院那位化验师跟你说的，有资料记载美国一九九〇年曾发现由于罕见的遗传原因导致人体内自然合成过量乙二醇的病例，如果这个记载检察院能够认可的话，也许对你有利。甚至……甚至可能会促使法院重审丁优的案子。我不知道这个消息能否让你高兴？"

周月依然板着面孔，并不领情。他说："让我高兴的并不是这个消息，而是一个医学上的基本常识。乙二醇在人体内的半衰期是一个小时，每过一个小时就会有一半被排出体内。如果你不相信我，你正好可以问问刘教授，刘教授是这方面的专家权威。按照爱博医院在第一个孩子死亡时验血发现的乙二醇存量，丁优在那天下午投毒的时候，她必须当场给孩子灌下去不少于六公斤的防冻液！六公斤！你知道那是多少吗？啊！"

周月最后的问号，几乎是一声怒喊。他看到吴队长的一脸微笑，被突如其来的错愕横扫；他看到不明就里的那位教授，被他的喊声惊住。他带着复仇者的冷酷和胜利者的高傲，轻蔑地看一眼终于在他面前哑口无言的这位资深的刑警，又向好奇地看着他的那位资深的教授，表示了一下歉意，随后转身向门外走去。

"周月！"

吴队长在他拉开屋门时叫了一声，周月有片刻放慢脚步，却并不打算站住转身。他听到吴队长在他身后说道：

"周月，如果明天你也来和我们一起开会，可能我们会做出另一个决定，一个更好的决定！"

三十五

第二天上午周月没去参加吴队长诚心盛邀的那个会议，整个上午他都和小梅一起，往返于爱博医院和清水湖医院的辗转途中。午饭也是在途中一个小餐馆里吃的，吃得非常简单，每人只用一碗面条打点，但周月为自己和从不喝酒的小梅各要了一扎啤酒，以庆祝他们来之不易的大功告成。

因为此时此刻，在小梅的皮包里，已经有了两份正式的血检证明，证明两位幼儿死亡时血液中残余的乙二醇含量。这个含量如果从法庭认定的作案时间起以小时向后计算，两位幼儿死于食用汽车防冻液的推定将不攻自破。

饭后小梅要独自去医科大学拜访刘元青教授，以取得病例记载方面的那个证明，周月因为王科长呼他让他尽快回处不能陪同，两人走出饭馆后便愉快分手。小梅说只要今天能够见到刘教授，向法院的申诉材料最迟明天就可出笼。

周月匆匆乘坐公交车赶回处里，一进楼就碰上一脸轻松的王科长了，王科长直接把他带到一楼的会客室里，一进屋便看到处长也在，正和吴队长及一位检察院的同志谈笑风生。

检察院的那人周月不熟，只在审判优优时见过面的。所以处长为他们互相做了介绍，处长说："这就是周月。"口气颇像介绍一位麾下爱将。

那位检察官很隆重很热情地与周月握手，他声音爽朗地告诉周月："小周，这个案子谢谢你啦，我们今天上午研究了你提出的那些证据，我们已经正式决定：撤回对丁优的原有起诉，建议法院依法改判！"

这是周月一年来梦寐以求的时刻，他终于从一位主管检察官的口中，听到控方承认失败。吴队长也面含尴尬地上来和他握手，他说："周月，小伙子你还真棒！你可把我整苦了，我在刑侦这圈里的一世英名，就算毁在你的手里，回去我这检查还不知该怎么写呢。"

周月的手让他们轮流握着，不知自己此时应该表示些什么。成败似乎仅仅系于一朝一夕，一切都快得突如其来。还是王科长老到地出来替他圆场，王科长经历过文化大革命的洗礼，对这类化干戈为玉帛的场面见得太多。

"周月，你也得谢谢人家，老梁和老吴可都是老资格了，在咱们处头面前这么夸你，这可都是出以公心。"

周月按照科长的要求，向检察官和吴队长也表示了感谢。既然处长也在，这便是一个正规的场面，场面上的人就要说场面上的话，何况今后处里科里还要和分局和检察院密切合作，所以周月心里清楚，不能因为一个案子的是非恩怨，把关系搞僵。

不过周月后来和我说到这段，确实表现了一种宽大的气量。他说吴队长他们于丁优于他，都无私仇，他们也是为了工作。干公安办案子，谁也难保不出差错。何况这个案子又是那么蹊跷离奇，能做到知错即改，已是不错的职业道德。

周月也确实看到，检察院和吴队长在优优释放出监的手续方面，确实非常积极地加速办理。在法院改判之前，先与监狱管理部门协调，让小梅代为提出申请，为优优办理了保外就医。保外就医就安排在优优三年前来到北京时的第一个落脚点公安医院，住院的费用暂由分局垫付。谁也没有提起这笔医疗费用今后的出处，分局的人也许预想到优优被无辜错判，历经生死之劫，又陷牢狱之苦，今后很有可能提起行政诉讼，要求国家赔偿。如果法院判定公安或检察机关应予承担行政赔偿，医药费也自会算在其中。

优优也确实需要调理一下身体，她在知道胖胖死亡的噩耗之后，精神处于崩溃状态，一连三天水米未进。后经监狱民警耐心开导，生活关怀，才开始吃些东西。后来优优跟我说过这样的话：她的命差点让警察害了，她的命也是警察给的，监狱里管她的那几位民警，对她杀人无论信与不信，当她(他)们知道她的女儿死了之后，都给了她极大的关怀同情。那时她对人生已然绝望，心灰意冷，是这些民警让她还能触摸到人性的温暖，还能感受到人世的挽留。

再说，周月也是民警！

是周月救了她的性命！

周月也到公安医院来看优优。

周月来看优优，给优优带来了鲜花和水果，他注视着优优苍白虚弱的面庞微微含笑，而优优却禁不住两眼热泪奔流。她知道周月不会记起三年以前，同样是这家公安医院，同样是这样雪白的病房，阳光透过窗帘的过滤，同样明媚，同样把柔和的温情在每一个角落张扬。那时优优就和现在的周月一样，坐在床沿冲他微笑，所不同的是，那时病床上的周月，对那微笑的一切含义全都浑然不知。

周月把鲜花在优优的床头摆好，俯身问她休息得怎样，优优坐起身来想擦掉眼泪，结果却一下抱住周月放声大哭。

周围的病友和医生护士全都愣了，整个病房都感动地肃静下来。大家也听说了优优死去活来的这番劫难，面对她劫后重生的悲喜之情无不动容。

他们看到她和她的救命恩人抱在一起，他们并未意识到优优是在拥抱她的爱人，他们以为优优的眼泪和激情只是出于感谢，他们不可能听到她心中哭喊的话语。

她向周月呼喊："你抱抱我吧，抱抱我吧，我没有亲人了，我只有你！只有你是我的亲人！"

周月当然听不到优优泣血的心声，但他还是张开长长的双臂，拥抱了这位同乡小妹，拥抱了这位曾在这家医院照顾过他的美丽女孩。他用这样的拥抱，庆祝他们共同的胜利，并且欢迎优优，重新回到自由的天空。

优优知道，她的劫难皆由姐夫一手造成，她也知道大姐对此已经默认。她也知道大姐就在北京，在她狱中煎熬的一年多里，却始终没有露过一面。她开始相信大姐已经不认她了，即便她今后被判无罪，和姐夫也已形同仇人，大姐只要还需依赖姐夫，就不会为她放弃生存。大姐身体不好，没有文化，性格懦弱，多年来习惯于受姐夫控制，她想不到，也不明白，一旦离开姐夫还怎么生存。在优优大姐的心目中也许什么都没有了，只剩下了对自己生存安危永远的恐惧。

所以优优在抱紧周月的时候，不仅是抱住了自己多年追求的爱情，而且，她觉得，这个陪伴她度过少年心路的小伙儿，这个和她一样从仙泉来到北京的青年，现在是她唯一的亲人！

第二个来看优优的人，是我。

在关心了优优身体情况之后，我们之间最先冒出的话题，依然是关于周月。我把周月这么长时间以来为她所做的事情，所动的脑筋，所奔波的路途，所经受的委屈，都绘声绘色地告诉了优优，听得优优热泪滚滚。我特意谈到周月的目的，仅仅在于让优优了解她获得自由的过程及其原因，以便她日后能够知恩图报。我接下来谈到的正题，显然只能是另外一个人物，那个人物自然就是信诚。信诚是优优女儿的父亲，和优优的关系，几乎是未及办理手续的一对夫妻。

谈到信诚，优优没有更多话语，但她在结束保外就医，在法院改判无罪，在她可以自由活动的第一天，就在我的陪同下去了清水湖。她在清水湖医院一间宽大的病房里见到了尚且不能下床的信诚，她坐在信诚的床边，脸上露出怜悯的微笑，信诚则像优优见到周月一样，抱着她的身子失声啜泣。

从那一天起优优就住进了清水湖医院的这间病房，就像当年在公安医院照顾周月一样，照顾信诚的生活起居。信诚的身体和他一年多前在爱博医院住院期间已然今非昔比，按照医生的说法，信诚因为精神屡屡受创，除心脏更加虚弱之外，整个循环系统和内分泌系统，都需要好好加以调理。医生不希望再有什么新的刺激又来骚扰信诚，要设法让他的心情渐渐平静，他们希望优优能以乐观的情绪，帮助他度过这段悲伤，逐步弥合心里的伤口，尽快走出过去的阴影。

所以，优优格外尽心地照顾着信诚的饮食休息，对信诚的一切要求总是有求必应，从不忤逆他的任何意图。只有一件事她没有随了信诚的心意，那是一件大事，就是和信诚结婚。

结婚是信诚最常提到的话题，却被优优一再刻意回避。她说你现在身体这样怎么能结婚呢，反正我们生活在一起，结不结婚又有何意义？凌信诚的身体状况永远是优优的一个盾牌，让她能够抵挡爱情之矢。其实信诚也完全清楚他现在连这张病床都不能远离，结婚对他绝不是个现实的事情。他反复说到结婚二字，目的只是想听到优优的允诺，获得一种心理上的快意。

优优始终没有明确允诺，其实也是缘于一个心理上的关口，因为她心里始终没有彻底放下周月！

根据医生的说法，婚姻对信诚来说并非绝对禁忌。但在信诚面前，和乖乖、胖胖有关的一切话题，医生却不许优优只字提及。虽然优优是那么想念她可爱的女儿，她一想起胖胖便忍不住泪雨零丁，但无论如何，她的精神状态比信诚恢复得要好，所以还能有所控制，落泪也只可一人面壁，绝对需要避开信诚。

与乖乖胖胖死亡有关的案件，其实并未完全侦查终结。那一阵分局已经开始着手对钱志富展开调查，以追究他的伪证和诬告罪名，以及他背后的那只黑手。后来逐步揭露出来的事实让我们知道，当钱志富刚一听到优优被保外就医，即将宣告无罪的风声，就去找了姜帆。他向姜帆提了两个方案，一是赶紧设法摆平公安或者检察机关，让他们不再细究此事，二是给他五十万元让他一走了之。如若不然，他将在公安上门调查之时咬出姜帆，说姜帆才是诬告优优的主谋，而他自己则是因为要给老婆治病，万般无奈，为了筹钱才舍车保帅……

姜帆明知钱志富是趁机敲诈，但似乎只有此路一条。他连夜与真正的主谋仇慧敏商议，让仇慧敏拿出五十万元过这一关。仇慧敏别无良策，只好忍痛出血，为求不再重温牢狱之苦，花钱买个太平。凌信诚付给她的三百万元除去三十万投资养性斋外，还用八十万买了一处房子，还用三十万买了一辆车子，再拿出五十万堵住钱志富的嘴巴，再加上一年来的其他花销，也只剩下不足六十万了。

那封口的五十万依然由姜帆替仇慧敏取出现金，带到西山正觉寺去，在养性斋后院的一间小屋，向钱志富一五一十交割清楚。当天晚上钱志富便带着这笔“横财”，收拾细软以及餐厅现存的全部现金，扶着刚刚吃完药昏昏欲睡的老婆，走出养性斋的大门，乘上一辆出租车进城，又乘火车连夜逃到天津。他们在天津仅仅喘息了一天，便又继续南行。在火车上颠簸了两天两夜之后，在一个天色阴郁的清晨，优优的大姐从卧铺上一觉醒来，发现列车已经远远离开北京，抵达了中国的西部重镇贵阳。

在优优被正式改判，恢复自由，搬到清水湖医院开始服侍凌信诚的时候，在几千里外的贵阳郊外，一处山明水秀的小镇中央，一家火锅店新近开张。主人姓马，名叫得旺，据说是从中原来的，为人做事，阔绰豪爽。家里只有一个病病恹恹的妻子，终日躲在后房吃斋念佛。那火锅店开得好生气派，若论规模档次，在镇上的餐饮业中，可算唯我独尊。开业那天镇上的许多领导都光临捧场，对外埠投资以示鼓励。其中一位苗副镇长喝得猛了，酒后真言向同桌透露：这位马老板算是他的远亲表弟，以前姓钱，让算命公司算过之后，改了姓马。这表弟在北京是开大酒楼的，见过世面，也是因为算命公司指了方向，才迁到贵阳来投他这老兄。“别看我这小弟这么有钱，可他偏偏迷信这些算命掐字的巫婆神汉。”苗副镇长摇头苦笑，“我也拿他没辙！”

大姐和姐夫突然失踪的消息，优优是从分局吴队长的口中知道的。那天优优被护士悄悄叫出病房，来到医院二楼的观景阳台，在这里见到了专程来访的吴队长。吴队长来主要是向优优打听她大姐和姐夫有无亲朋好友，以及诸如此类的社会关系，大概是想分析判断他们的去向。优优只知道她们丁家早没什么亲戚朋友，要有大姐也不会这样依赖姐夫。她只能向吴队长提供了姐夫老家的地址，不过她知道姐夫多年前就因为金钱纠纷和父母打架翻脸，从此再也没有任何来往。

吴队长对优优的态度十分友好，笑容中处处带着明显的歉意。他告诉优优他们已经分别向仇慧敏和姜帆做过调查了，但没有找到他们勾结钱志富提供伪证诬告优优的确凿证据，所以现在的关键还是要找到钱志富本人，事情才有希望水落石出。

在和优优谈完正事之后，吴队长又关心地询问了优优的身体，当然他也问到了信诚。优优说信诚的身体还不稳定，所以这些事我都不能跟他多说，医生也不让我多说。

吴队长说：“那我也就不去看他了，免得他当面问我。方便的话你就替我问声好吧，不方便也就不用问了。”

优优说：“您的好意，我会告诉他的。”

吴队长带着他的助手走了，优优离开阳台回到病房。凌信诚躺在床上问她干什么去了，她撒谎说接电话去了。凌信诚问接谁的电话？优优便随口说了阿菊。

凌信诚问：“阿菊现在做什么呢，你出来以后见过她吗？”

优优说：“见过了，她去公安医院看过我的。她现在在家闲着没事，也报了个驾校学习开车。”

凌信诚说：“叫她有空过来坐坐，我也好久没见她了。”

优优说：“好吧，我正好过两天想进城看看她去。”

优优很想去看看阿菊，她知道阿菊生活并不快乐，为了得到每月的那份供养，她得像守活寡一样守着那个没有人气的小窝。优优自己刚刚脱离厄运，便为阿菊感到伤心，阿菊是她少年时代唯一的朋友，那份感情别人无法代替。

好在那些天她把信诚辞掉的保姆和司机都找回来了，她已可以分身去看阿菊。她选了一个晴朗无风的日子，坐着信诚的车子进城。那辆漆黑乌亮的奔驰轿车，已经不止一次，开进大山子那片普通的居民区里，停在那座普通的居民楼前。

优优下车，举目仰视，她已经很久没来这里，感觉这幢暗红的砖楼，不知又陈旧几许。但这陈旧也给这房子的印象，增添了几分亲切，这里曾是优优避难和疗伤的港湾，她似乎从每一块红砖表面的斑驳，都能依稀找到过去的记忆。

她放走了司机，然后上楼。她计划在这里与阿菊好好聊聊，中午请阿菊出去吃点东西，下午或傍晚，再回清水湖去。

优优上楼，来到阿菊门前，听到阿菊在屋里走动的声音，不由心中暗笑。她动手敲门，敲门声响过后，屋里的脚步突然停了，但没人过来给她开门。优优静息细听，仍能听到里边有些含混的响动，她继续又敲，敲了很久无人应声。她用手机拨通阿菊的电话，无论座机手机，都无人接听。优优把耳朵贴近门板，似乎听到有人在内轻声说话，又似乎什么都没听清。她满腹狐疑走下楼去，站在楼下向上张望了一阵，她也分不出哪扇窗户是阿菊家的，也想不出阿菊何故将她拒之门外。她甚至以小人之心猜想阿菊可能终于难耐寂寞，此时正在和人偷情。也许阿菊不知道前来搅局的是何许人也，因此不敢贸然开门。优优的手机已经不是以前的号码，所以阿菊也分辨不出来电的是谁。

优优怏怏离开这片楼区，走上大街，想打电话叫司机回来，又恐司机偷闲去办私事，叫他回来会不高兴。于是优优就打了一辆出租汽车，甚是无趣地，准备直接返回清水湖去。

出租车从大山子出来，上了四环，优优心怀侥幸，再次拨了阿菊家里的电话，电话响了几声，竟然有人接了。接电话的正是阿菊自己，不等优优疑问，她就急急地打听优优现在哪里，说有个事情想出来和她见面谈谈。

于是优优让司机转舵，同时和阿菊约了见面的地点。地点是阿菊说的，就在大山子附近的丽都公园。

二十分钟后她们在这家公园的桃花水榭如约碰面，公园虽小，却幽静无人。阿菊没有按照礼貌常规，先问优优近况，以及信诚的病情，她一见到优优便环顾四周，神态和语气，全都诡秘异常。

“优优，刚才是你敲的门吗？”她问。

“是啊，你在家吗？”

阿菊未答，又问：“刚才的电话，也是你打的吗？”

优优见她如此鬼鬼祟祟，不由倍加疑惑：“对呀，你怎么不接？”

阿菊喘了口气，说：“刚才我屋里，还有个人的。”

优优笑笑，看来果然如料，她说：“我就知道有人，谁呀？”

阿菊再喘了一口大气，她说出这个人来，吓了优优一跳！

“德子！”

“德子？”

优优没听明白似的，冲阿菊瞪大眼睛，阿菊补充一句：“就是王德江啊！”

“王德江！他不是还在监狱里吗，不是判了十五年吗？”

“对，他押在劳改农场，是自己跑出来的！”

“自己跑出来的？”

优优几乎不敢相信，不得不加重语气再次确认。其实阿菊脸上的惊恐，早已确认一切。优优又问：“他怎么找到你的？”

阿菊说：“他以前在夜总会里有个哥们儿，到我家里来过，估计他先找了他的哥们儿，就找到我了。”

优优不由有些后怕：“刚才我敲门的时候，德子就在屋里？”

“对呀，他拿菜刀顶着我，不让我去开门。”

优优的心跳略略快了一些，她没想到半小时之前，她和阿菊，其实都面临一场血光之险。

心跳稍定，优优又问：“他走了？”

问过之后她才发觉这是废话，德子不走，阿菊怎能出来。结果她万没想到，阿菊的回答竟然相反。

“没有，还在我家藏着呢。”

优优一愣，急急地问道：“他不怕你出来报警？”

阿菊也一愣，呆呆地答道：“他说我要报警，就把我以前参与抢凌信诚家的事，抖落出来。”

优优奇怪地又问：“你参与抢凌信诚家的事，法院不是早判了吗，你是没有责任的，咱们两个都是没有责任的！”

阿菊欲言又止，这副表情让优优无法明白。她在优优疑惑不解的目光下面，低头低声，似乎也不知自己能否说得明白：

“优优，你不知道，这事我有责任的，当初他们要抢凌信诚家，提前告诉过我，那辆富康车也是用我的身份证租的。可他们当时只说去抢，让我跟去多一个帮手，他们说抢完大家就一起离开北京，我当时不知道李文海要杀人的！”

优优几乎无法开口，她惊得几乎无法开口！

“原来……他们，他们去凌信诚家……你都知道？”

阿菊一脸焦急，六神无主，她甚至没有在意优优脸上巨大的震惊。她唠唠叨叨，忙于担忧着自己的前途，她知道她的前途已经大为不妙。

"德子说，当初李文海其实把我们两人通通供了。原来还以为他有多么大哥仗义，一切都是自己扛了。德子判刑后才听一个看过他材料的监狱管教说过，李文海根本就不仗义，把他和我全都供了。幸亏当时德子死不承认，我也没有承认，公安证据不足，才没往下追究。德子说他这次要再被抓回去，说不定得加刑判无期，所以他肯定就要把我也招出来，让我进去陪他做伴去。他说公安内部有个规定，叫做一人供听，二人供信，只要他和李文海都供出我了，公安就基本上可以相信了，就可以抓我了……"

阿菊滔滔不绝说到此处，优优刚刚缓过气来，她气急败坏打断阿菊，她愤恨交加欲哭无泪："阿菊，我没想到，我没想到……你怎么会和他们搅在一起，干这种事情！"

阿菊也同样一脸哭相："优优，我当时也没办法了，他们下了决心我又拦不住他们。优优咱们先别说这些，我知道凭咱们姐俩的关系，你不管怎么也会帮我，我现在真的走投无路，你赶快给我出个主意。"

优优真的快要哭了，她被这个突然看清的真相，弄得甚至比阿菊还要六神无主："你跟他们……你们干这种事情，你现在……现在要我怎么帮你！"

阿菊拉住优优的双手，她的手心全是发黏的冷汗，她那样子几乎要给优优下跪："优优，你救我一次吧，德子逼着我给他五万块钱，他让我找老六去要，可你知道，老六每月就给我那么一点，五万块钱我绝对要不出来。我手上原来还有几千块的，可上上个月报驾校全都交了。我现在能拿出来的只有不到两千。优优你现在不是又和信诚在一起了吗，你能不能先借出五万来。德子说他只要拿上这笔钱，立刻就到南方去。他说他保证再不回来了，我们俩的事就算扯平了，就算一笔勾销了！"

阿菊神色急切，万般乞求，可优优却丝毫没有半点动心。她此时只觉得胸臆起伏，怒气壅塞！她没想到阿菊居然这样无耻，这样自私——他们过去杀了凌信诚的父母，她也被这个案子搞得死去活来，可阿菊现在还敢让她从凌信诚那里骗出钱财，供他们遮掩真相，供他们亡命逃生，他们难道不明白这几乎就是白日做梦！

三十六

优优不能答应阿菊的求助，于法律于良心，无论于什么，她都不能帮助阿菊让德子逃生。

尽管阿菊双膝跪下，尽管阿菊哀求涕零。尽管她提起了她们的童年往事和自小的感情，她说优优你应该知道，这两年老六不许我出去认识别人，我现在只有你一个朋友。你不帮我，我只有去死，现在这事已逼得我没有活路。

阿菊的两行热泪让优优的心在某个瞬间也曾软了一下。但她依然怒目圆睁："阿菊你应该自首，阿菊你赶快自首去吧，自首可以从轻！"

看来"从轻"二字已经不能吸引阿菊，她使劲拉住优优的衣角，一脸新擦的脂粉被浊泪冲刷得七零八落……她说优优我和你不同，你从小就比别人厉害，你受得的苦我受不得的，你进监狱没人敢欺负你，我进去就是警察不整死我，我也得让那群犯人整死！

优优转身走开，她不想再看那张被眼泪弄脏的面孔，不想再让阿菊这么无耻地跪着。她已经看到远处有几个公园的保安，正把好奇的目光向这边投注。

她离开原地走进旁边的树林，躲开了保安的视线也躲开了阿菊的哀求。阿菊爬起来跟进树林，膝盖上还沾着草叶泥土。她跟在优优身后抽抽噎噎，极力想把两年前那桩血案的原由说清。她说她只知道李文海和德子原来计划要偷几家大户，第一个目标就选定了优优的老板。因为德子说优优的老板天天到高档饭店吃饭，还经常让优优陪着，有时还用大奔送优优回来，肯定腰缠万贯富得流油。于是他们就商量怎么让优优带他们先去一趟凌家，以商谈药品代理为由探探虚实。谁知那天听优优说到凌荣志刚刚提出三百万现金，并且在下班之前送回了家里，于是临时决定把暗偷改成明抢，并且决定当天动手机不可失。阿菊说她也曾劝过文海，说这样一来岂不把优优害了，以后她在那家公司还能干吗。李文海说就是要让她干不成才好，让她卷进这事也就断了她的后路，她就只能跟着我走。再说女人没有不爱钱的，有了钱还怕她不跟我吗？她不跟我也得跟我！阿菊说她也劝过德子，让德子不如别干这事。可德子好不容易找到的工作刚刚丢了，阿菊自己又找不到挣钱的事情，所以德子反问她我不干这事你吃什么？德子的想法是要干就索性干一单狠的，干完就往外地一跑，找个地方躲上几年，只要手里有钱，到处逛个十年八年也比现在要好。

阿菊说男人最是容易疯狂，一旦定下主意谁也劝阻不了。可德子后来也对她说过，他说他也没想到李文海会当场开枪。李文海开始只是用枪逼着凌老板把三百万现金全拿出来，凌老板先说去拿，转身又来夺枪，李文海这才开枪打死了他。男人一杀人就容易杀红眼，反正扯了龙袍也是死，杀了太子也是死，李文海索性连信诚的妈妈也给杀了！幸亏他还有点人性呢，要不非把那小孩也杀了不可。不过要真杀掉那孩子倒也好了，省得你后来坐了一年多的监狱。

优优说："他当时为什么不连我也一块儿杀了？他应该把我也杀了才好！"

阿菊说："李文海怎么会杀你呢，他到北京就是找你来的，他杀人第一是为了钱，第二就是为了你。所以他要让你卷进这件事，让你跳进黄河也洗不清，让你只能跟他走，他说他一直想着和你一起亡命天涯，那种感觉才让他觉得刺激。"

阿菊的话让优优再次被"真相"震惊，她耳边甚至依稀响起当年震耳的枪声。两年前仅仅感觉到那枪声的突然和果断，那场面的血腥和恐怖，并不知道那里面还藏着一个拖她下水的天大阴谋。

这个真相让优优感到后怕，后怕得她都不敢再与阿菊继续交谈，她带着最后规劝的坚定和冷漠，再次拒绝了阿菊的乞求。

"阿菊，过去的事，你们曾经算计的那些阴谋，我永远不想再听，凌信诚的钱就算我能拿得出来，我也不能去拿。我只有劝你到公安机关自首，才是真正为了你好。你当初没有亲手杀人，现在如果主动自首，如果主动检举德子，公安局肯定会从轻处理你的。"

阿菊双膝一软，又给优优跪下。她流着泪说："优优你再救我一次吧，优优你以前不是说你并不真爱凌信诚吗？你不是说你其实另有别的爱人吗？你既然不爱信诚，那他的钱你干吗不用？不用也是白不用。优优你替我想想，我不能让德子继续待在我那儿，老六说不定什么时候就过来看看，我不能让他看见德子。"

优优说："你以为德子拿了钱就能走吗，你以为他走了就不会再回来吗？"

阿菊说："他现在手里一分钱没有，一旦有钱他肯定会走。优优你也知道，我和德子不管怎么说也有过这么多年的感情，他不爱我我还爱他，你说让我去告他，我怎么能开得了这个口！"

阿菊说到了她和德子的那段历史，那段历史优优曾与他们共同亲历，她和他们一同长大成人，他们有过同样的欢乐和焦虑，他们无数次互相帮助过对方，他们在最孤独最困苦的时候总是彼此相思。

感情的武器对优优总是无往不胜。她设身处地又联想到周月，如果周月惹了官司，如果周月藏到她的家里，她会到警察那里去告发他吗？包括她并不爱的凌信诚，她会不顾他的深恩厚义去告发他吗？她也许，她也许，她也许同样不会！

她转过头，向公园门口的方向走，阿菊在她身后哭着说："优优，你真的要去告我吗？"

优优没有回答阿菊，但她知道，让她去告发这个从小最好的朋友，她也同样，张不开口。

优优没有停步，头也不回地把阿菊的哭声抛在脑后，她走出公园，刚刚拉开一辆出租汽车的车门，阿菊的电话追上来了。她在电话里依然哭着，依然是那句让人无法回答的追问："优优，你要去告发我吗？"

优优拿着手机，半晌不语。她听着阿菊的哭声，听着阿菊的呼唤："优优，优优……你怎么这么狠心……"终于，优优摇了摇头，她说："阿菊，这事……我做不了你的主，你还是赶快自己拿个主意。"

说完，她就把电话挂掉了。

优优的车子从丽都公园的门口开出，中途没做停留，直接开回了南郊的清水湖畔。整个下午她闷闷不语，凌信诚显然也察觉她满脸心事，但他想问未问，欲言又止。

那天晚上优优像往常一样，照顾信诚吃了晚饭，饭后信诚突然提出下床到二楼阳台透透风去。优优叫来保姆，两人一道扶着信诚出了病房，去了二楼的观景阳台。他们进了阳台之后优优发现阳台上已有一老一少两位西服男子，正坐在涂满天际的夕阳下默默抽烟，见信诚到来随即站起，与信诚互致简短寒暄，并且与信诚围着一张桌子重新落座。他们的动作和表情让优优感觉，这是一场事前安排的约会，于是优优便和保姆一起，悄悄退了出去，退到阳台入口时凌信诚却把她单独叫住。

"优优，你别走。"

优优服从地转身回来，信诚说："我给你介绍一下，这两位是我请来的中亚律师事务所的林律师和韩律师。"他又把优优介绍给两位律师，"这是我的未婚妻优优。"

这不是信诚以前的律师，优优与他们从未谋面，她和那两位律师互相握手，一时摸不清他们今天的来意。但接下来凌信诚的开场白让她吓了一跳，她没想到在这个清风拂面的黄昏，面对霞光绚丽的湖水，凌信诚薄而无色的双唇，会在一张一合之间，说出这样意想不到的话题。

凌信诚说："今天，我请林律师和韩律师来，是想请他们为我立下一份遗嘱，把一些事情，在我还能说话的时候，做个交待。"

优优满脸惊异地打断信诚："信诚你这是干吗，你还这么年轻……"

凌信诚复又打断优优："对，我很年轻，我今年刚刚二十三岁，我还没有结婚。我特别……特别想和我爱的女孩结婚。我还想再有一个孩子，因为我爸爸妈妈，一直盼我能有一个孩子……"

凌信诚脸上浮出些神往的微笑，声音却分明压着哽咽："可我现在身体不行，等我身体好了，我就结婚。我一定要结婚！一定要再生一个孩子！我一定会爱我的孩子，我不会让他再生那种怪病。可我想来想去，想来想去……我想我还是应该早点立下一个遗嘱，因为我的病，我的病……我也不知道哪一天早上，我就再也醒不过来了。也许明年，也许明天……我总是这样想，也许明天！"

凌信诚好像说累了似的，用一声深深的呼吸作为停顿。那深深的呼吸也像一声感叹，意欲将空气中的悲切就此收住，也就势收住他胸中将要带起的一腔唏嘘，强迫他的声音转向冷静，变得清醒。

"所以，我必须在今晚之前，把一切都做出安排，这样，我就是真的醒不了了，也会放心地安睡长眠。"

年纪大的那位林律师，用既温暖又严肃的目光，做出理解和赞同的表示。年轻些的那位韩律师，已打开从皮箱中取出的一台手提电脑，准备好了记录。优优捂住自己的嘴唇，不让自己哭出声来，她对信诚除了感恩之外，还有无限怜悯。她看着信诚苍白的脸庞，听着他气虚的声音，她心里不知怎样疼他。她每天照顾信诚吃饭，为他洗脸、洗澡、梳头、穿衣，陪伴他入睡，她对他无微不至，那感觉几乎像对自己的孩子。她一直在思想上把自己所做的一切理解为赎过，理解为报恩，但有时也会疑惑，她这种心疼与怜悯是否也算一种爱呢？她常常弄不清自己到底爱不爱信诚，弄不清爱情究竟能有几种，她不知道当她心中已有一个周月的时候，可不可以同时又疼爱另一个男人。

今天，凌信诚说的每句话语，都让优优心中感动，并非因为这份遗嘱将注定为她而立，而是因为她觉得信诚的心肠实在太好了，太善良了，她再一次感觉到信诚真的深深爱她。

信诚的口述在电脑键盘连贯不停的响声中显得流畅起来，或许这些话在他的心间早就酝酿已久。如果仅仅从他平静流畅的语调当中，你也许听不出其中必有的那份伤感，你也许不会以为，这是一个正在热恋的二十三岁的青年，为自己立下的临终遗言。

“我这一生，时间很短，但给很多人带来麻烦，特别是我的父母，他们把我养大成人，我却不能为他们养老送终。我希望能在另一个世界，和他们相遇，还做他们的儿子，让我能有机会孝敬他们。那时候我一定不惹他们生气了，不让他们为我操心了。我要用我的实际行动去爱他们，报答他们。可能这一天很快就要来了，所以我要早一点，向所有帮助过我的人鞠个躬，告个别，特别是我的亲人和我的爱人。

“我在这个世界上只有一个亲人和我还有来往，她就是我的姑妈。我的姑妈有她自己的儿女，他们可以照顾她。我要在我的遗产中拿出一百万元，留给我的姑妈，感谢她对我的帮助。其余的财产，全部留给我的未婚妻丁优。丁优是我一生中最爱的人，她也一直照顾我的生活，我死后……”

凌信诚说到这里，流畅的叙述突然中断，他的呼吸有些发紧，紧得几乎难以为继：“我死后……最放心不下的就是她，我死后……她在这个世界上，还有谁来关心她，谁来保护她，谁来照顾她……”

信诚说不下去了，他已泣不成声。

优优也泣不成声，她跪在凌信诚面前，抱住凌信诚的双膝，她说：“信诚你别这样说，你别这样说，你的病很快就会好的，好了以后我们还要结婚呢。你今天到底为什么，为什么要这样说呢。”

这是优优第一次，主动说出结婚两个字。她不这样说她的良心受不了，她这样说也并非仅仅为回报。信诚一只手搂着优优抽泣的肩，一只手擦着自己流泪的眼，他的声音和语气，比以往任何时候都更像一个男子汉。

“我想让你一辈子都不再受苦了，一辈子都不会为了钱去做你不愿意做的事。我不愿意让你像你大姐那个样，那样受男人的欺负都不敢说……”

优优也哭着说：“我不会像我大姐的，我不会受人欺负的。”她知道凌信诚大概在说侯局长的事。但她想，那样的事再也不会发生了。

打字的声音不知何时停下来，两位见广识多的律师全部默默无言地看他们，也许他们也被这样的爱情感动了——当一个少年行将离去，他为之惴惴不安的，不是自己风中之烛的生命，而是身后形单影只的爱人。

一位经过阳台门口的医生大概听到他们的哭泣，带着一个护士探头探脑走进阳台。他们走进阳台以后吓了一跳，因为他们看到本应绝对避免激动的病人泪流满面，医生本想立即上前阻止，但信诚的人生告别令他动容。他和护士默默地站在他们后面，直到信诚和优优的哭声压抑了彼此的倾吐，他们才得以上前安慰劝阻。

医生说："凌信诚，你没事吧？没事别哭了，别哭了，有事好好说。我不是告诉你什么事都别激动吗……"

医生又说优优："你好好劝劝他，你也别哭了。他总这样激动很危险的，你可要负起责任来。"

优优不再哭了，脸上还挂着透亮的泪珠，但她伸出双手，先把信诚的眼泪擦了。姓林的律师很配合地及时表示："这样吧凌先生，你的意思我们都听明白了，也都记下来了。我们先回去，为你起草一份正式的文本，等明天我们再来，再给你过目。如果你需要进行遗嘱公证的话，可以请一家公证处来，我们替你请也行。"

凌信诚眼睛红红的点头说道："我要公证，我一定要让这份遗嘱的效力，不出任何问题。"

这个伤感的黄昏，这个落泪的黄昏，连同这黄昏中绚烂多彩的晚霞，让优优终于改变，让她终于谴责自己，不该在精神上对信诚不忠。她情不自禁把信诚抱在怀里，她亲吻了他瘦削的面颊，她说信诚你原谅我吧，我需要你的原谅。

信诚说："你这么好，我原谅你什么？"

优优说："我不好，我不好，我有过很多过错……"

信诚用柔软的双臂和湿润的亲吻，回应了优优的拥抱，他说："我也有过很多过错，可只要我们相爱，过错就不重要了。真正爱上一个人的话，就可以原谅他的一切。"信诚顿了一下说，"我爱你优优。"

优优说："我也爱你。我爱你信诚！"

这或许是优优第一次发自内心，大声地对信诚说出爱字；她拥抱着信诚，第一次觉得是拥抱着自己的爱人。虽然信诚并未意识到优优内心的剧变，但优优此时对爱意的表达，还是令他把身体内残存的力气，全部释放出来，更紧地抱住优优。他的脉搏平时总是弱得难以摸到，而此时隔了衣服，优优还能听到他激烈的心跳。

这个激动人心的黄昏也让优优把上午与阿菊的会面暂时忘掉。自从她到清水湖陪伴信诚以后，信诚多次要求与她同床，但她每次都祭出医生的告诫躲闪推托。而那天晚上她却始终把信诚抱在怀里，直到他静静沉入梦乡。信诚在优优的怀里像个孤儿，需要的不是肌肤欲望，只是温暖的爱抚，只是不被大人遗弃。

这个晚上优优很久很久没有入睡，黑夜的宁静牵引她梦境般的回顾一生。她的回顾最先从父母和她家的老屋开始，但父母和老屋早已不复存在，印象不免模糊。所以她的思绪很快便被大姐牵走。想到大姐，优优暗暗流了眼泪，她流泪是因为她相信大姐一直在想着她呢。大姐如果一直想她，见不到她一定心中不宁。那种牵挂思念之苦，优优感同身受。她想她也许此生再也不能与大姐相见了，再也无缘一起生活，再也听不见大姐的唠叨，再也不能像信诚现在这样，蜷缩进大姐温热的怀抱。优优此时抱着信诚，就像抱着自己的弟弟，抱着自己的孩子，信诚睡梦中的每一声轻叹，每一个悸动，都让优优无比牵挂，无比心疼。那感觉就像大姐当年抱她，那份充满慈爱的心情，大概也是同样。

优优拥抱着熟睡的信诚，用心倾听着他均匀的呼吸，用身体爱抚着他细滑如缎的皮肤，用双手在他的脊背缓缓游走。她仔细感受着他的每一缕起伏的肌肉，每一根清晰的筋骨。她想这就是她的男人了，她将与之厮守一生。她想到信诚对自己表现出的种种依赖，让她意识到一种无形的责任，这种责任直到今夜为止，终于转化为爱的感觉。她的面孔沐浴着窗外的月光，终于露出微微的笑容。

和以往每个不眠之夜几乎一样，她不可避免地又想到了周月。不知为什么今夜的周月离她遥远了许多，似乎化做了冥冥星斗，向她眨着空灵的眼睛。那眼睛还是那么黑白分明，那头发还像那位韩国歌星，因此她心中的周月还是那么完美无缺，但是，确实离她远了，变成了她的回忆，变成了她的梦幻，变成了她的历史，他是她历史中最发光最浪漫的一个华美的篇章。当她就要把这个篇章翻过去的时候，心中还是依依不舍，有些叹息，有些惆怅。

我这样描写优优夜不成寐的浮想，既是基于对现代女孩浪漫空想的宽容，又是对母性光辉的赞美。直到皎洁的月色渐渐隐去光芒，整个病房沉入黎明之前的黑暗，优优的意识才真正随着这些浮想，无知无觉地飘向梦乡。

天将亮时优优被手机的震动惊起，她看到信诚还在床上没醒。她轻手轻脚走到病房的外屋，接听后她的心跳才被记忆引爆，清晨来电的不是别人，正是她欲避不及的阿菊。

阿菊在电话中依然神情焦虑，她急切地表示需要再见优优。优优这时已通过病房外间的一扇小门，直接下到二楼的观景阳台。宽大的阳台在清晨第一道阳光的照射下显得一尘不染，从这里眺望远山近水，整个清水湖如纱如烟，还沉睡在雾中。

优优说："我不见你了，你到底怎么办应该自己决定。我知道你和德子还有感情，但他当时毕竟参与了杀人，而且他杀的是信诚的父母，你不告他我早晚也要告的。我告不如你告，否则我告他等于告你。"

阿菊说："德子今天刚刚走了，他不敢总是待在这里，但他说他还要回来，他还要回来拿钱。优优我还有一点首饰，都是过去老六送的。我想把它们全都卖了，换成现钱交给德子。以前你姐夫不是带你去过一个人那里，把一只手表押了钱吗，你能不能带我去找找那人？"

优优想了一下，答应说："我可以带你去找那人，但你也要想想，你不去检举德子，还要给他钱帮他逃走，这对你来说，不是罪加一等了吗！"

阿菊说："我现在也只能这么办了。优优你昨天劝我的话我想了一夜，可我还是害怕去坐监狱。另外我也不想对不起德子，一日夫妻百日恩，而且我现在也信佛了，我要告他我以后会遭报应的。优优我一直跟你好就是因为你这人最讲情义，我求你无论如何也要帮我这次。你就带我去把首饰卖掉好吗，别的事我也不多找你。德子已经向我保证了，只要我能尽力给他找到些钱来，他以后就是再抓进去，也不会把我招出来的。反正我的事在他肚里已经藏了两年，李文海招了他都没有招，这说明德子还是很够意思。"

优优拿着电话沉默犹豫了半天，电话里只剩下阿菊的哭哭啼啼："优优你能来吗，优优我求求你……"优优终于长长地吐出一口气来，她说："好吧，你在哪里？"

打完电话优优回到病房，床上的信诚还在睡着，连睡的姿势都没有一点改变。她轻手轻脚将衣服穿戴整齐，又去楼下叫起睡得正香的保姆，说自己有事要出去一下，让她上楼去守信诚。

然后，优优行色匆匆，出了楼门。时间太早，她没有叫起司机，而且她要办的事情，似也不宜叫司机同去。凌信诚有两部车子停在医院的车场，除了她昨天坐的那辆奔驰，还有她以前练车用过的一辆丰田佳美。

优优走进停车场里，停车场里静无一人。停在这里过夜的车辆也寥寥无几。她打开那辆丰田佳美的车门，车子发动的声音在薄雾初起的早晨，显得特别清醒！

但此时，优优却不知自己是否足够清醒，她要帮助的德子和阿菊，既是情同手足的朋友，又是不共戴天的敌人。也许优优那时只顾回想历史，从而希望少年时期的好友，能够得到一条生路，从而忘记了楼上睡着的信诚；忘记了她与信诚已相许终身；忘记了她理所当然地应与信诚一样，对杀父杀母的罪犯视若仇人。

那辆丰田佳美，在空旷的停车场上，迟疑地空响着引擎，响了很久很久，终于犹犹豫豫，缓缓地开出了车位。

按照优优和阿菊在电话里的约定，阿菊现在肯定早已出门。她们约定会合的地方，是优优进城必经的莲花河大桥，从那里再去收货人的住处，相对比较近些。

莲花河大桥长约半里，桥面宽阔通衢，优优与阿菊不约而同，把它当做清水湖与北京城区之间，最易记忆的一个地点。二十分钟后优优的车子便到达桥头，寂静的桥头看不见阿菊的身影。她放缓车速向桥的纵深开去，终于看到阿菊独自立于桥心，看上去仿佛已经等候多时。

太阳在阿菊身后悄悄升高，火红的光芒把大桥照成一条金光大道，阿菊背光的身影如同一个黑色的叹号，一动不动地打在了优优视线的中央。

优优的车子驶近阿菊，靠边停住。接下来将要发生的情形却与她的预想完全不同，在阿菊拉开车门的刹那，事态出现了意想不到的变化。优优眼前恍惚一下，看到桥栏后面翻出一个黑影，紧接着那个黑影拉开了车的后门，和前门的阿菊几乎同时，一齐坐进了车子，一把冰凉尖利的匕首，随即顶住了优优的脖子。

三十七

这一切发生得如此突然，让优优一瞬间慌得未及叫喊。她最先是从身后那人的声音上判断，知道劫持自己的正是德子。

坚硬的刀片压在她的肩上，让她能感受到那把刀的重量和长短。但德子略带喘息的话语，却透出几分亲切热情。

“优优，你不认得我了吗？”

优优梗着脖子，躲避着刀尖的冰冷。她没有回头，只是怒目去看身侧的阿菊。

阿菊冲德子气急败坏：“德子你别伤着优优，你把刀放下来，优优是咱们从小的好妹妹，有话可以好好说，咱们都好好说。”

冰冷的刀尖果然退却下去，亲热的话音立即跟了上来：“对不起优优，我实在走投无路了，我知道你这人最讲情义，所以才让阿菊找你。”

优优表面强作镇定，其实心跳格外激烈，那心跳把她的牙齿撞得锵锵作响，那心跳让她的话语断断续续：

“你们，你们……你们杀了信诚的父母，你们害得我差点家破人亡！我没办法……没办法跟你们再讲情义……”

德子的刀尖又逼上来了，但他的声音依然充满恳求：“优优，是李文海杀了他们，他已经替他们偿命了。现在是我求你，是阿菊求你，你是我们的妹妹，是我从小看大的小妹妹，你就帮你哥这一次。阿菊跟我说了凌信诚跟你的关系了，你从他那里拿个十万八万的，应该算是毛毛雨。只要拿了钱我就走，我以后再也不会麻烦你，我就算以后栽进去，也绝对不会说见过你。我这人也是讲义气的，不信你现在问阿菊，阿菊的事我在里面一句都没说，不然阿菊也不会在外面这么舒心地过日子！”

阿菊拉住优优的胳膊肘，用哭腔继续哀求说：“优优，你相信我阿菊也是个讲义气的人，德子对得起我，我也要对得起他，所以我带他来找你。我那点首饰加起来也卖不了几千块，我们唯一的办法还是得求你，你看我昨天都给你下跪了，你总不能真的见死不救吧！”

“……我见死不救，我见死不救？”优优的眼泪涌出来了，为了信诚父母的死难，为了那个被枪声吓得神经兮兮的小孩，她几乎付出了自己的性命，难道她还算是见死不救？她还算是不讲情义？情义究竟是个什么东西？

她用力甩开阿菊乞求的双手，快速推开车门钻出汽车，他们都没想到优优会突然弃车而走，动作快得猝不及防。

德子的反应也非常迅速，拉开车门便追了出去。清晨的莲花大桥空空荡荡，看不到一个早起的路人，也没有一辆过往的车辆，通长笔直的大桥桥面，急剧地震动着一串狂奔的脚步……优优朝着她来时的方向，朝着清水湖医院那边，朝着火红的太阳投射的落点，奋力奔跑！她看不见德子离她究竟多远，但她听得见那死死追赶的脚步，脚步中还掺杂着丧心病狂的喘息，那节奏有力的喘息紧随其后，越来越近。

很快，她又听到了汽车马达的声音，她仓促地回头看去，她看到阿菊飞快地将那辆丰田轿车调转车头，开足马力向她追来。她转头继续向前奔跑，但大桥的尽头始终遥不可及。她下意识地跑向一边的桥栏，看到的却是桥下深深的河谷，河水已经干涸断流，只剩下三五错落的水洼……

她大口喘息着再次回首，汽车正在快速缩短着生死的间距，她看到德子招手让汽车停下，以便他上车一同追赶。优优与德子与汽车之间不过各距三四十米，这数十米距离按汽车的时速不过十秒之遥，这十秒之内能否生机忽现，对优优来说已接近绝望。因为刚才的冲刺耗尽了她的全部体力，剧烈的呼吸已使心跳窒息，她每跑一步都不知道下一步会不会一头栽倒，但她知道一旦栽倒她不会再有搏斗的力气。

突然她听到了奇怪的声音，回头举目，她几乎不敢相信地看到那辆丰田毫不减速地撞上了德子。德子被撞得飞了出去，优优逃生的步伐也到此终止，她喘得几乎挺不直身子。

但她的神经还是脱离了体力抵达极点的痛苦，被那辆丰田汽车和横在桥心的德子牢牢攫住。她惊恐地看到德子满脸血污，竟然歪歪扭扭地又站起来了，还歪歪扭扭地向前走了几步……她更加惊恐地看到，那辆丰田汽车中魔似的重新开动起来，开足马力，发出刺耳的轰鸣，再一次全速撞向德子……

德子就像一具松散的稻草人一样，腰部弯弯的被卷上车顶，四肢软软的像舞蹈似的划出一道弧线，在丰田车的车顶如同无骨地翻了一个圆滚，然后从车的右侧重重坠落。在落地之前优优就已下意识地断定，那具躯壳早已丧失了呼吸和脉动，只剩下残缺扭曲的一个血肉人形！

野兽般的丰田汽车终于停住，骤然熄火。桥面上，除了优优自己的喘息，她已听不见任何声音。她看看烂泥般瘫在地上的德子的尸体，那尸体竟显得那么单薄，一点也看不出那会是德子魁梧的七尺之躯。她再看看尸体的前方，前方不远的那辆汽车，似乎在几秒钟前那场你死我活的冲撞中与德子同归于尽，此时竟也同样没有了一点生息。

优优喘息稍定，心跳不止，她放大胆子，向德子走去。虽然，优优相信，德子，王德江，这个她少年时代的朋友，现在的逃犯，已经死了，但她在走近他时，还是有些心惊肉跳。风把德子的衣服吹得上下起伏，初看以为他还在苟延残喘。也许是救死扶伤的道德习惯令优优忍不住蹲了下来，用发抖的右手试探德子的鼻息。但真正让她确信德子已死的还是德子口鼻流血的模样，那已不可能是一个活人的样子。

死亡的气息刺激了优优恐惧的本能，她屏住呼吸站起身子，后退几步离开了那具残破的尸体。她步履踉跄，慢慢走近了那辆汽车，她看到了阿菊扑伏于方向盘上，正在无声地哭泣。她拉开车门看到阿菊血红着泪眼，惨白着面色，发抖的身躯剧烈地抽泣，她看上去已被恐惧折磨得不堪一击。优优也同样感到恐惧，她从头到脚，都被一股麻苏苏的凉气，一贯到底。

优优也不知道自己为什么要发出这样的惊疑，这样的质问："你……你撞死他了……你撞死他了！你为什么要撞死他？"

阿菊满脸是泪，还不能从刚才的疯狂中解脱出来。泪水把她早上刚刚描过的眼线，冲得垂挂下来，一张如花似玉的面孔，被弄得丑陋不堪。

"他，他要杀你，他……他要杀死咱们……"

阿菊断断续续，解释了她的杀机。她在这样回答之后似乎蓦然惊醒，急不可待地冲优优大叫："你快上车！你快上车！"

优优没有上车，她转身又向躺在桥心的德子走去，蹒跚的步伐伴随着喃喃的自语："得赶快把他送到医院……"她似乎忘了德子早已灵魂出窍！早已不可救药！

阿菊钻出车子，追过来抱住脚步发飘的优优，硬把她拖回到丰田车里。然后，她发动车子，急速打把，再次把车头对准朝霞炫目的东方，然后踩下油门。车子跳跃着向前一蹿，呼啸着从德子的尸体旁边掠风驶过，很快便驶出了这座无人的大桥。

这辆车头破损的丰田佳美，沿着清晨无人的公路疯狂奔逃，没有方向，没有目标。优优神形俱乱，放声大喊："你要去哪儿？"但阿菊只是一味抓住舵轮，盯着前方，对优优的喊叫充耳不闻。

优优大喊："你让我下车，我要下车！"

阿菊依然不予理睬，她疯了似的改变方向，将汽车拐进一条土堤。土堤的颠簸并没有让她减速慢行，汽车颠簸着扬起身后长龙般的尘雾。

直到优优几乎被颠散了身架，汽车才开出这条坑洼不平的乡村土堤。她们很快进入了一个刚刚苏醒的京郊小镇，阿菊未做片刻停留，便让蒙满灰土的汽车，快速从镇中穿过。汽车开出镇外不远，前方出现一座池塘，池塘一侧有条蜿蜒的小路，从汽车的右舷一闪而过。阿菊略一犹豫，将车突然刹停，又后退几步，然后猛然一拐，拐进了那条羊肠小路。

那条小路把她们带进了成片的芦苇，清晨的微风吹拂着一塘死水微澜。阿菊终于把车停在岸边，一路狂奔似乎释放了她刚才的惊骇，停车之后她显然已经镇定下来。她打开车门，下了汽车，望着这片摇摆不定的芦苇深深呼吸。

优优也下了汽车，她站在阿菊身后，她的呼吸却难以平定。她说："阿菊，你打算怎么办，这事你打算怎么解决？"

阿菊回过头来，优优意外地看到她疲惫的脸上挂着一丝不可思议的轻松，虽然她的声音依然是那么有气无力，但身上的紧张看来已经大大缓解。

"什么怎么解决？这不一下就都解决了吗。"

优优怔怔地，问道："怎么解决了？"

"德子已经不能再说什么了，他想威胁我也威胁不成了，你也不用再找信诚要钱了，一切就都这样过去了。"

"可德子……德子还躺在那个大桥上……"

"对，现在可能已经有路过的车子发现他了。交通警察会过去帮他收尸的，这种交通事故可能每天都有，交通警也都见怪不怪了。"

优优几乎被阿菊的如释重负搞蒙了："你不是说，你和德子还有感情吗，你不是说你要对得起他吗？你有感情怎么会下得去手？怎么会这样一下撞死他！"

阿菊长长地叹了一口气，叹完气她眼圈还是红了，她说："我和德子，以前是不错的，可能我们的缘分只能到此为止了，我这样做也是没有办法。他这回跑出来找我，还跟我说他有多么爱我，有多么想我。可我一说我拿不出钱来，他马上就能拉下脸来威胁我。所以这种事我早就想通了，这世上如果有人真爱你，也就是一时一阵的。德子也是个很现实的人，晚上刚搂着我心肝宝贝的亲热完，马上就说那种你死我活的话。他说我要是把他往死路上推，他也不让我好好活。我知道他这样说其实也是没办法。可我今天这样做，我也是没办法。任何人都是这样的，两个人当中要是只有一个能活着，恐怕谁都想让自己活！"

优优浑身冷得直冒凉气，她甚至还控制不住地打了一个寒战。她说："我不是这样的，我要真爱一个人，我会把活下去的机会留给他，我为他而死也会感到幸福的！"

阿菊的眼泪掉下了，她走过来抱住优优说："优优你别这么说，你这么说让我心里有多难受啊。我也爱德子，我也想对他好，我也知道我这样做太狠了，可我真的不想去坐监狱，那种日子我真的受不了。我想我死了以后要是见了德子的面，我就做他的奴隶去。到了阴间地府做什么都无所谓了，可只要还在阳间人世过一天，我就不想让自己太受罪。"

阿菊紧紧拥抱着优优，她似乎想从优优身上得到安慰，优优从阿菊的哽咽中能看到她的心已经破碎，但阿菊说出话却又是那么理智和完整。

"优优，你是我最好的朋友，最好的妹妹，我的秘密可以瞒着我的父母，但我没有瞒你。这件事咱们以后谁也别再提了好吗，咱们让它永远烂在肚里！我会一辈子谢谢你的。你的大姐没了，你要是不嫌弃我的话，我愿意认你做个亲妹妹。"

阿菊说到大姐，优优流了眼泪，她推开了阿菊转过身子，她真的哭起来了。她也说不清她为什么伤心，也许是为了她活到现在，已经众叛亲离！阿菊上来还想抱她，但被她再次躲开了。她说："阿菊，你让我想想吧，我脑子太乱了，这件事要烂在我的肚子里，可能会把我毒死的。你让我好好想想吧……"

阿菊也哭了，她抖着声音说："优优，你要去告我吗？可你想想吧，从仙泉出来的朋友和亲人，只剩下咱们两个了。你除了我，我除了你，咱们从小到大的朋友还剩谁？你蹲监狱那阵我一直帮着周月营救你，那时候我也不知道你杀人没杀人，你就是杀了人我也一样要救你，我知道你要是杀人也是被逼无奈的，可我不愿意失去你，我不愿意！"

阿菊这话终于打动优优了，阿菊那一阵陪周月去正觉寺搞调查，陪我去养性斋找大姐，我们都跟优优说过的。阿菊为了她一趟一趟的也不容易。我想最容易打动优优的就是让她知道她欠了你。来硬的优优绝对不怕的，她怕的就是你对她好，她无论如何也要报答你。

十分钟后，阿菊把优优那辆丰田车，缓缓开出了芦苇荡。她一手把握方向盘，一手始终拉着优优的手，用长久而有力的摩挲，传达着无尽的感激和生死相托的友情。

在开进城区后阿菊在一个路口下了车，嘱咐优优先找个修车的地方把撞掉漆的车头补一补，把撞碎的车灯换一个，这两天互相先别来往，没有急事也暂时别通电话了。她看着优优坐进了驾驶员的座位,她在替她关上车门之前,最后叫了她一声优优。

优优转头看她。

她用深情的目光,意味深长地注视了优优片刻,然后,她轻声说道:"好妹妹,我知道,这件事万一漏出去会让你丢命的,但你让我一辈子都感激你,是你给了我一条命。"停顿了一下,阿菊似有千言万语,但她只是再次伸出手来,抓住优优放在方向盘上的手,用力地握了一下,她说,"祝咱们好运!"

然后,车门砰的一声,关住。

阿菊走了。

优优看着阿菊过了街,招手叫了一辆出租车,往大山子的方向开去了。可她自己却坐在车里没有动,不晓得此刻该往哪里开。

太阳高高升起来,街上的车辆也渐渐多起来。直到她猛然听到身后一片汽车的喇叭高声吼叫,才如梦方醒发觉自己堵了路口。

她把车子开到了三环路边的一家维修站,在修车的师傅仔细检查一遍后,她才知道车子的损伤远远不止于车头。除了车头掉漆和车灯破碎外,车前的保险杠也明显变形了,车的顶部也划出了清晰的几条痕……修车师傅惊异地疑惑道:"这车顶是怎么划伤的,你到底撞到哪儿去了?"她支吾其词没回答,她怎么能告诉人家那是一个七尺男人在车顶翻滚时留下的尸印呢!

优优拿了修车师傅开出的维修单,走出这家满地油污的维修站。一辆出租车试探着在她眼前停下来,她懵懵懂懂地抬起了一只手。

她上了车子,并不言声,司机问道:"您去哪儿?"她充耳未闻。

司机又问了一句:"去哪儿啊?"她这才下意识地发出声音。

"去……清水湖医院。"

司机疑惑地回首反顾,见她神态还算正常才启程上路。十分钟后汽车开出了拥挤的三环,沿着大道奔四环前进。出四环后上了那条优优早已十分熟悉的京郊公路,而这一天沿途的风景却仿佛全都陌生起来。半小时后优优透过车前的挡风玻璃,远远地看到一座大桥,桥头挺立的石碑和大树,让她从短暂的失忆中蓦然苏醒,她没想到汽车这么快就开到此处!

几小时之前,当太阳刚刚升起的时候,这座大桥静无一人,而现在,不断有大小汽车从桥的深处迎面驶来,在她的身边擦肩而过。优优仿佛突然醒悟,她此刻正在步步走近的,恰是今天清晨她们刚刚逃离的杀人现场。

"停车!"

她惊叫一声,吓得司机打个激灵,匆忙把车停下,然后回头看她。

优优深深呼吸,镇定自己,她问:"去清水湖,还有别的路吗?"

"别的路?"司机思索,"那可就绕远了。"

"那就绕吧。"优优果断表态,"我反正付你钱的。"

于是司机打满舵轮,汽车又朝城里的方向回头,开到半途拐上一条绕行的公路。结果优优发现,她躲过了莲花大桥,却没躲过那片芦苇,那个被芦苇包围的绿色水塘,同样令人心有余悸。当出租车从那片随风摇曳的芦苇荡前缓缓驶过,优优不由不低下头来闭目塞听。

莲花河大桥，摇曳的芦苇，那一个个刚刚逃出的险域，绕了二圈复又重来，仿佛永远要在一个噩梦中盘桓，永远不能被梦魇释放。

“师傅，停车……我要进城！”

她突然对司机发令，她突然想到了一条出路，就像一个在地狱行走的孤魂，忽然发现了一道曙光。

司机再次调头，不知是报怨还是窃喜，嘴里不住念念叨叨。优优无心思量司机口中的闲言碎语，只顾得匆匆拨打自己的手机。

手机拨通了，三响之后被对方接起，她一听到那个磁性的声音，就压不住自己激动的心情。

“周月，我是优优，你在哪里，我现在想去找你！”

周月在电话里的声音似乎有些匆忙，优优能听到他的周围有人正在争吵。他压着声音对优优说道：“不行，我在开会。等我忙完了再和你联系。”

周月的声音就像优优抓住的一根救命稻草，她死死抓着不肯放弃。她甚至没有顾忌自己强硬的口吻，是否会让周月因此生厌，她因为生怕电话挂断而大叫起来。

“周月，我真有急事！我要见你！我现在就要见你！你请个假出来一下好吗，你出来一下好吗！”

周月那边为难了片刻，那片刻也代表了一种诧异。但优优终于听到他不太情愿的声音：“好吧。”他勉强问道，“你在哪里？”

三十八

这一天中午，大约一点多钟，优优在周月的机关大院门口，还是那间她来过数次的传达室里，见到了从里边匆匆出来的周月。他们交谈几句便一同走出大门，到了离机关不远的人大会堂西门广场。这里行人稀少，树影婆娑，符合优优的要求——优优要求周月在附近找个可以谈话的地方。他们在这个可以谈话的地方谈了半个小时，然后走到路边，叫上一辆出租汽车，两人一起上去，乘车快速驶离。

下午两点多钟，那辆出租汽车停在了分局机关的门口，优优和周月走下车子，并肩走进了分局的大门。

在分局的一间接待室里，优优当着周月的面，向两位分局民警详细叙述了今天清晨在莲花河大桥上发生的事情。两位民警听得十分仔细，虽然面无表情，却做了详尽记录。

优优谈完之后，面容疲惫，但如释重负。周月为她的这番检举，做了少许补充。他说杀人的人是优优最好的朋友，两人患难之交，形同姐妹。所以优优对是否检举阿菊，一直难于抉择。她现在没有亲人，精神上比较孤独，她不想将这个唯一仅存的密友，送进监狱，送上刑场。但让她瞒下此事，于她的良心和感情，也难以承受。因为阿菊当年参与入室抢劫的受害者，正是她爱人的父母双亲，所以按说朋友已经变成了仇人。优优在爱恨情仇之间徘徊不决，以致耽误数个小时没有举报，这是人之常情，可以理解。后来她来找我，找我也等于是找了公安机关。我做了一些思想工作，优优很快放下包袱，决定顾全大义，毅然决然，举报阿菊。

周月的解释并未在两位分局民警的面部表情上引起太多反响，他们只是轻微点头。其中一位起身对周月说了句："小周你先出来一下。"便率先走出接待室的屋门。

周月看看优优，随即起身，尾随那位分局民警，出了屋子。他被那位民警领到一间办公室里，在进门之前，他看到另外一男一女两位分局民警从他的身边走过，朝那间接待室的方向走去。

一进办公室分局民警马上对周月说道："小周同志，你坐，你再跟我说说，今天丁优是怎么跟你联系的，她找到你以后，都是怎么跟你说的？"

周月看那民警的言语表情，隐隐察觉有些异乎寻常，他还未及思索开口，就听见门外传来一阵喊叫。喊叫声恰是来自接待室那边，听得出那是优优愤怒的质问，分局民警没动声色，周月却着实吃了一惊。

"……为什么抓我！你们为什么抓我！我犯了什么罪了？"

优优的喊声随后变成了哭声，周月听到，优优在哭喊着自己的名字："周月！周月！

周月……”

周月忽然站了起来，他用惊疑的目光看一眼对面的民警，抬步想要出去看看究竟，但被分局民警用话语止住。

“小周，我正要告诉你，我们今天上午接到举报，丁优涉嫌杀人。根据我们初步调查，有证据显示举报属实。我们刚刚向各分县局发出协查通知，要求搜寻丁优的下落。既然她现在自己来了，经我们局领导批准，决定对丁优先行拘留。”

周月完全惊住。

“举报？谁举报丁优？”

分局民警沉默片刻，这片刻沉默让周月猛省：这是人家的案子，他无权过问。但分局民警出人意料，还是说了举报者的姓名。

“就是丁优举报的那个阿菊。”

周月事后才慢慢弄清，在优优找他之前，在他说服动员优优跟他一起前往分局说出真相之前，阿菊早已先行一步。她在上午十点左右就来到了分局，那时优优大概刚刚走出那家汽车维修站，刚刚在路边乘上一辆出租车。大概就在这辆车子刚刚开上那条京郊公路的同时，阿菊已在分局的接待室里，开始了“大义灭友”的检举。

根据阿菊的说法，丁优原来在仙泉就与李文海保持着恋爱关系，两年前李文海从南方流窜进京，就是为找丁优来的。他在找到丁优之后，两人随即密谋抢劫丁优的老板，因为丁优知道那天晚上，老板家里放着三百万现金。丁优也多次去过老板家里，几房几厅都是熟门熟路。为了万无一失他们又拉上了德子，德子刚刚丢了工作正无法面对阿菊，于是上了贼船铤而走险。在他们实施抢劫杀人的当晚德子被抓以后，出于老乡情义没有揭发丁优，但他这次逃出劳改农场，进京找到的第一个人也是丁优。他希望丁优以德报德，拿出十万元作为他南逃的资费。昨天上午丁优将德子带到阿菊家里，对阿菊谎称德子是经监狱同意保外就医的，此来北京是为了看病，顺便过来看看阿菊。阿菊因与德子曾经相好，出于情面留德子在家中过夜。第二天清晨丁优开来一辆丰田轿车，说接德子去清水湖取钱，还让阿菊陪着一同前往。路过莲花河大桥时丁优提出要下车在桥上照相，等德子先下车后，优优突然启动汽车，撞向德子，将德子当场撞死。丁优行凶后乞求阿菊隐瞒此事，并答应给阿菊五万元作为封口的报酬。阿菊告诉分局民警，丁优撞死德子一是为了灭口，因为她和凌信诚不久就要结婚，她不想让德子毁了她即将到手的荣华富贵。二来丁优声称也是为了阿菊，因为阿菊已经有了新的男友，德子以后无论如何，都会成为她的一个累赘。

阿菊说丁优撞死德子以后，带她仓皇逃离现场。回城途中，将车开至一处苇塘，在那里软硬兼施，逼阿菊与其订立攻守同盟。在阿菊答应之后，才开车送她回城。阿菊经过短暂的思想斗争，最后决定向公安机关检举丁优。

分局接到上述检举之后，立即兵分几路，展开调查。一路赶往莲花河大桥现场和大兴公安交通大队，一路通知全市各个交通枢纽及北京所有汽车维修点站，查“京C006925”号丰田轿车。还有一路人马同时赶往清水湖医院，核实优优近四十八小时的全部行踪。到中午从各个方面传回的情况，基本印证了阿菊举报的内容。

最先回来的信息，是在南三环的那家汽车维修中心查获了优优的丰田轿车。那辆车子被查获时，还未及做出任何维修，一切破损痕迹，均保留完整。这些痕迹与大兴公安交通大队对当日凌晨发生于莲花河大桥的“交通肇事逃逸案”的现场勘查及对死者的尸体检验结果完全一致，与阿菊检举的行凶过程也大体相同。而从清水湖方面传来的调查情况，也确认了优优在案发的前一天一早出门，中午才归。案发当日再次一反常态，黎明即起，叫醒保姆，匆匆出门，不带司机，自己开了那辆久已不开的丰田佳美，急急忙忙离开了医院。

根据上述情况，在周月带着优优来到分局报案的半小时前，分局主管领导就批下了对丁优实施刑事拘留的命令。刑警们立即临时组织力量，推测优优的行踪，正待四处张网将其缉拿归案。恰巧，此时，优优找上门来，自投罗网。

这一切与上次优优被控毒杀幼儿一样，如此不可思议，但这一次周月却几乎无由置疑。一来他对两年前瑞华花园别墅那桩血案的详情并不了解，二来优优所说与阿菊所说究竟孰真孰伪，难以辨清。如果根据分局调查的情况分析，优优的嫌疑显然大于阿菊，至少那辆杀人的车子，就是优优从清水湖医院开出来的。但如果仅凭对优优和阿菊两人不同的直觉感受，周月又相信优优而不信阿菊。然而如同周月不能不服从这样一个道理一样——主观的直觉也不能不服从理性的推断，也不能不服从客观的证据。

惊疑之际，周月不再听到优优的喊声持续下去，似乎有一些杂乱的脚步，从门外走廊上快速穿过。他知道这是优优被押走的声音，他甚至能分辨哪几声脚步属于优优，能听出优优的脚步有些蹒跚，但还算从容。

脚步声消失之后，周月转脸借问对面的刑警：“请问，你们吴队长现在在吗?”

“吴队长，”刑警说，“应该在吧。不过今天这案子一直是我们副队长老蔡在办，吴队长前天去抓丁优的姐夫，昨天刚从贵阳回来。今天中午他传了另一位嫌疑人过来问话，现在可能还在前边的谈话室里。”

周月低头思索一下，抬头又问：“麻烦你去问一下，我想见他。”

刑警马上点头：“行，我去帮你看看。”

但那一天周月并没有见到吴队长，去帮他“看看”的那位刑警看过之后回来说，吴队长刚刚结束对嫌疑人的讯问，就到局长那边汇报去了。他问周月要不要等，周月摇头表示不要了，实际上他也不知道自己要见这位吴队长，究竟想对他说什么。

出了分局的大门周月分别给小梅和我打了电话，他在电话里告诉我今天发生的这些事情。他建议我有空的话能否去清水湖医院看看信诚，但他也拿不准这事该怎么向信诚述说。

周月的这通电话让我万般感触，我早就隐隐预感两年前信诚父母的横死，将始终成为优优和信诚之间的芥蒂，哪怕他们最终白头到老，也说不定什么时候，就会由此反目。

这桩时过境迁的血案，对于一双激情热恋的男女，总之不是什么好兆。但我怎么也没能想到，在时过两年的一个下午，我在周月打给我的这则电话中，听到了另一个令人惊骇的版本——优优于信诚父母的惨死，不仅并非无辜，而且参与了策划，而且是一个主谋。她在两年前带着李文海和王德江去凌家登门拜访，炮制了那起惊悚惨案，两年后她为遮掩罪行，又蓄意撞死德子……这一切不禁让熟悉优优的所有人都瞠目结舌，感叹人心难测世事难料；也让熟悉信诚的所有人，都为他担忧捏汗，不知他能否承受命运的如此戏弄，能否度过这场雪上加霜的精神危机。

然而这一切似乎都已既成事实：德子确实死了。优优也确实为此被拘。

我和周月在电话中相约，一同前往凌信诚处，路上商议如何用缓和的甚至模棱两可的语式，来表述优优被捕一事。周月不知是否出于实用的目的，对我的口才大加鼓励，说我最善言辞，既能说清事实，又懂婉转迂回。而周月陪我一同前往的目的，主要是想找凌信诚和他周围的秘书保姆司机护士一干人等，了解一下优优这几日的言语表情。这使我隐隐觉得他对优优杀死德子，还是有所怀疑。

路上我们都未想到我们实际上已经来晚。当我们一出清水湖医院的电梯，就听到了医生护士以及秘书保姆抬高八度的声音，紧接着我们看到走廊里的一大堆人，围着晃晃悠悠的凌信诚大声劝阻，似乎都在竭力把他劝回病房，但凌信诚面色坚韧，坚持在保姆和另一个女人的扶持下，走向电梯。医生历数凌信诚此去可能发生的种种不测，但任何好言规劝和威胁恫吓均不见效，凌信诚仍以病弱之躯，执意前进，被我和周月迎面拦住。我们面色温和关切，问信诚要去哪里。

信诚见到我和周月，突然泪如泉涌，他突然摆脱身边的两个女人，抱住我失声痛哭。我搂住信诚瘦弱细软的身体，不知如何安慰这个不幸的后生。

“大哥，我要问问公安局去，我要问问阿菊去，他们说是优优杀了我爸爸妈妈，我要问问这是不是真的！”

我拥抱着凌信诚颤抖的哭泣，心中千言万语全都支离破碎。我抬眼注意到保姆右面的那个女人，竟然是久未谋面的仇慧敏。

仇慧敏的出现让我本能地感到，信诚如此不顾死活要去问个究竟，与这个女人的不速而来绝对有关。事实证明我的猜测完全正确，尽管当时我还搞不清仇慧敏对几个小时之前才发生的那些事情，何以如此消息灵通。

其实仇慧敏的消息来源只有一个，那就是她的情人姜帆。姜帆今天中午被分局依法传唤，以诬告罪嫌的身份接受讯问。这种讯问照理可由刑警队的两位普通民警完成，但由于以前错抓优优，所以吴队长执意亲自坐堂。包括远涉万水千山前往钱志富的老家仙泉等地连续追踪，包括最后前往贵阳对钱执行抓捕，吴队长全都亲历亲为。也许他这样做是出于一种赎过心理，用这样的方式对受冤者表达歉意。

无论是吴队长还是姜帆，都没有想到优优生生死死地转了一圈，宿命般地又回到原地。最先惊住的就是姜帆，他在聆讯时向窗外无意一瞥，竟看到优优双手带铐，被一男一女两位民警拽着，穿过院子往后面的看守所走去，这个镜头令他错愕得几乎忘记了吴队长正在厉声追问。

“喂，姜帆，你怎么不说话，我说话你听见没有？今天是公安机关对你依法讯问……你看什么呢？”

姜帆这才猛省似的转过头来，脸上的表情还滞留于刚才的震惊。他瞪着吴队长双眼发呆，不知道自己刚刚被问了什么。

吴队长见他突然张口结舌，张皇间似又面含思索，忍不住起身也向窗外张望，但那时优优已被押进后面小楼的楼门，院子里一时并无闲人走动。

吴队长重新落座之际，推门进来一位刑警，报告说××处的周月来了，想见你一面，见还是不见，怎么答复。吴队长有些疑惑：周月？他没说见我什么事吗？那位刑警显然没有见过姜帆，不知道姜帆和优优有何关系，所以毫无顾忌地说道：大概是为了丁优案子的事，今天有人过来检举两年前瑞华别墅那个杀人案，说实际上是丁优策划的，这案子蔡队长办着呢，周月今天是……

吴队长突然意识到姜帆也在侧耳倾听，马上打断了那位刑警："等等！"他起身和那位刑警一同出门。姜帆看到他们在屋外低声交谈，继续说着丁优的事情，虽然语焉不详，但姜帆对刚才自己的惊鸿一瞥，来龙去脉已大体清楚。

吴队长回屋之后，匆匆结束讯问，虽然姜帆一口否认钱志富的招供，但吴队长还是告诫他回去好好想想，不要错过主动坦白的良机。也许此时吴队长手上除了钱志富的供词之外，尚未搜集到其他证据，所以也不能马上对姜帆采取强制措施，告诫几句奉劝几句然后就让他先回去想想。姜帆心中没底，嘴硬一阵也不多言，低头垂脸跟着与吴队长一道讯问的那位民警走出门去。

姜帆让那位民警带出分局大门，走到门口不远自己的车前，未开车门先自抽烟，朝地上喷了一口烟气之后郁郁抬眼，恰巧看到阿菊从分局的大门低眉出来，站在路边招呼的士。姜帆毕竟聪明绝顶，他马上反应出那位举报丁优的证人，八成就是阿菊。

他扔掉刚刚抽了一口的香烟，走过去迎住阿菊主动寒暄。阿菊被他冷丁一叫，刹那间差点魂飞魄散，惊惶片刻才定下神来，才发觉拦路者面含笑意，而且看去煞是面熟。

姜帆一脸客气，先问阿菊："你是阿菊吧，你还认得我吗？"

阿菊疑惑地看他，此时的阿菊，比任何时候都更加惊弓之鸟，更加小心翼翼。她冲姜帆摇头，然后反问：

"请问您是……"

姜帆不愧是一位套瓷高手，他这样自报家门："我叫姜帆，和你一样，过去是丁优的朋友，后来把她告上了法庭。"

阿菊想起来了，她有好几次见过这个男人，这男人在优优毒杀乖乖一案中，曾经做过控方的证人。

阿菊做出恍然记起的样子，点头说道："啊，我知道你是谁了。"

不知是经历相同还是利益相投，两人站在路边一来一去，不过三言两语便如逢知己。阿菊很快上了姜帆的车子，车子载着这对新知好友急急地离去。

姜帆相遇阿菊，于他最大的收获，就是知道了两年之前与今日清晨，优优在瑞华别墅和莲花大桥的两起凶案当中，分别充当了何种角色。阿菊对姜帆以前指证优优虐婴的证词，因为真相早已大白，当然不会再信，而姜帆对阿菊的此番描述，却完全信以为真。

所以，在和阿菊分手之后，姜帆马上和仇慧敏通了电话，告诉她优优当年参与杀害信诚父母，现已东窗事发，她与信诚之间，因有杀父杀母之仇，已是不共戴天。他在喜形于色的同时并未忘记告诉仇慧敏，他们与钱志富串谋诬告一事，也同在今日东窗事发。他要仇慧敏赶紧拿出钱来，好让他尽快托人，大事化小，小事化无。

优优完蛋了！这是仇慧敏接到姜帆电话后兴奋难抑的第一个念头。她甚至因此而忽略了钱志富被捕和姜帆被传将给自己带来的危机和麻烦，她在兴奋情绪的支配下敷衍姜帆挂了电话，然后连妆都未细画便匆匆起程，乘车赶往清水湖医院。她要在凌信诚陷入孤独陷入仇恨的关键时刻，用温暖的旧情再夺失地，鸳梦重温。

仇慧敏果然赶在我和周月之前，成为优优被抓后第一个向凌信诚通报情况的人。在见到仇慧敏之前凌信诚已经预感到优优出了大事，因为他从上午醒来之后便一直询问优优去了哪里，保姆说优优天没全亮就有急事出门走了，他又从司机口中知道优优自己开走了那辆刚刚修好的丰田佳美。不到中午的时候他敏感地发觉保姆和护士的脸上，都在遮掩一种惴惴不安，他马上想到优优，以为她出了什么事情，比如车祸之类。他问护士，护士不答，问保姆，保姆支吾，她们的表情让他真以为优优出了不幸。他爱优优已经爱得过于敏感，过于脆弱，他脆弱的感情让他预想了失去优优的孤独，他像孩子似的叫着优优的名字哭了起来，他哭着说："优优你快回来，你没出事，你快回来吧……"这下保姆才背着护士悄悄告诉他说，刚才来了几个民警，找她找护士还找了司机，问优优这两天都干了什么……

凌信诚整个下午心率不安，面色发白满头虚汗，医生跑来做了检查，各项指标都有恶化。接下来仇慧敏到了，说是特地前来"看望和安慰"。信诚不明白她要"安慰"什么，仇慧敏便通情达理地劝他想开，她说信诚你对优优这么好，所以她才要瞒下这件事，换作我我也会这样的，这是人之常情，可以理解。

凌信诚越发听不明白：优优瞒下了什么？

仇慧敏说：你不知道吗，现在已经查清，当年杀害你的父母，优优也是主谋之一，她利用公安机关证据不足，侥幸逃脱制裁。现在有人出来指证，她便杀人灭口。可殊不知天网恢恢，疏而不漏……

仇慧敏预料她的通风报信会让凌信诚大吃一惊，会让凌信诚在大吃一惊后气愤填膺，会因气愤而大哭一场，会在大哭一场后接受她宽容而温柔的抚慰……

但凌信诚的表现和她预想的完全不同。

凌信诚听完之后脸色变白，他一声不响从床上爬起，向病房外面摇晃着走去。仇慧敏连忙过去扶他，被他推开，她再去扶他，凌信诚的力气已无法摆脱这个坚决粘住他的女人。仇慧敏说信诚你要去哪儿？凌信诚缄口不答。两人在病房门口的推拉当中信诚哭了出来，在外面的保姆护士才闻声进屋。

凌信诚对仇慧敏哭道："你总是想陷害她，我不相信你说的话！"

仇慧敏也眼含泪花，委屈地说道："这不是我说的话，她今天早上把要揭发她的人杀了，是她最好的朋友阿菊检举了她！"

于是就有了我和周月在电梯门口看的一幕。

凌信诚坚决要把事情立即问清，他情绪激动，无法控制。医生见我和周月也同样劝阻不成，便当即决定顺其自然，以免信诚气血攻心立生不测。医生调来了医院的一部急救车，车内备有药品，设施齐全。在医生的坚决要求下，凌信诚上车后在车内平躺，由医生护士在旁监控血压脉搏，并且用输液方式注射了一些药物。医生同意我和仇慧敏在车上陪着，但不许我们过多说话。

一同进城的还有周月和信诚的保姆，他们坐着信诚司机开的那辆奔驰在前面打头，从清水湖医院出发时天已经黑了，外面不知何时下起了小雨。两辆车一前一后相衔而行，车灯将公路上的雨幕映照得如丝如雾，急救车蓝色的顶灯缓缓转动，在京郊安静的雨夜格外触目。

医生可能用了少量镇定的药物，凌信诚上车不久便昏昏欲睡，但他的意识始终不肯退去，他甚至想要拔掉手上的针管，并且用含混不清的声音叫喊："我不要睡觉，我不要睡觉……"直到医生向他保证："你放心，我不会让你睡的。"才稍稍安静。

我知道，心脏不好的病人，医生会格外慎用麻醉药物。

我们先去了公安分局，到达后被告之办案民警已经下班，值班的人因不了解案情所以无法奉告。在凌信诚的坚决要求下我们又驶往阿菊的住处，阿菊的住处离分局已不算太远。

一路上仇慧敏没再说话，但我注意到她一直用温柔关切的目光和爱抚的动作，向信诚表示着她的存在，在我们到达大山子并且见到阿菊之后，仇慧敏也始终未发一言。那天晚上我们离开阿菊家时她没有再随急救车返回医院，她在阿菊楼下看到凌信诚被抬回急救车后便悄悄离开。我注意到不知什么人一直不停地叫响她的手机，她接通后总是捂着嘴低语几句便匆匆挂掉，她后来走得那样匆忙显然与那一连串来电不无关系。她走的时候已是晚上十点多钟，那时还没人知道姜帆正火急火燎地等在她家门前。

三十九

在阿菊那间小小的客厅里面，挤满我们这群不速之客，那天晚上简单明了的对话，连旁听者都为之惊心动魄。信诚与阿菊都保持了克制，但每一句问答都直抵人心。

凌信诚说："阿菊，我知道，你是优优最好的朋友，优优对我说过多次，她说她小时候的朋友，现在只有你了。她还说，等我病好了，她就出去工作。她想开个花店，还想开个美容店，她说那时候她一定要拉上你一起干，她说你一个人在家……太闷了。"

我看到，凌信诚的话让阿菊流泪了，让她的嘴唇不停地抖。但她只是流泪，只是抖，却不说一句应答的话。

凌信诚说："阿菊，你告诉我，你向公安局举报优优的话，是真的吗？"

我相信每一个人都和我一样，都不会责怪这话问得太傻。也许凌信诚也知道阿菊不会蠢到这样一问就承认自己说了假话，但他还是这样问她！他也只能这样问她！他带着最后一次的侥幸，用自己的真诚和感情，飞蛾投火般地去撞击阿菊的心灵。我们在场的每个人，都能感觉到阿菊的心被撞乱了，被撞碎了，她花了很大力气，才让自己面部的肌肉，恢复了做作的平静。

她就站在信诚的对面，站在我们这一群人的对面，隔了幽暗的灯光，隔了灯下的晕影，她的身体和声音，都显出了几分孤单。

"是真的，"阿菊说，"我对公安局说的事，都是真的。"

阿菊做出这样的回答之后，屋里呈现死一样的沉静。很久之后才又听到凌信诚沙哑的声音。

"那你以前为什么不说，为什么现在突然要说？"

"因为他们怎么商量抢你家的，我并不知道。这次德子跑出来了，他向优优要钱，他要十万块钱好去逃命。他说如果优优不拿出钱来他就揭发优优。优优昨天过来找我借钱，我也拿不出这么多钱来。所以今天早上，今天早上……她一早过来说要带德子去大兴取钱。在路上，在路上，她就把德子撞死了……德子不管怎么说，是我的男朋友……我不能亲眼看着他被人杀了，都一声不吭！"

凌信诚用接近于哭泣的颤栗，最后发问："阿菊，你敢对天发个誓吗？我知道你现在也信佛了。你敢对佛祖，对菩萨，发个誓吗？在佛祖面前说假话，肯定要遭报应的，你敢发誓你说的都是真话，你敢吗？"

阿菊沉默。

凌信诚说："你可以拒绝，阿菊你可以拒绝发誓。只要你发誓，或者明确告诉我你不想发誓，我马上就走。”

阿菊看看信诚，又看看我们，她说：“我发誓。”

凌信诚逼了一句：“你对佛祖发誓，对菩萨发誓，你说的都是真的！”

我真希望，也许除了仇慧敏，这个房间里的每个人都真的希望，阿菊能够突然改口，哪怕只是为了哄哄信诚，只是为了那颗因脆弱而变得格外简单格外可怜格外需要欺骗的心。但阿菊在快速思索后，面孔更加庄严不苟，虽然还有两行残泪挂在腮边，但并不妨碍她把誓言发得字正腔圆。

“我对佛祖发誓，我对菩萨发誓，我对大慈大悲的观世音大菩萨，我对我亲爹亲娘亲姥姥发誓，我说的话都是真的！说半句假话我不是人，我不是人，我不是人！行了吗！”

阿菊的庄严，很快演变为一种歇斯底里的泼悍。她还没有喊出最后一句，凌信诚已然默默转身。他实际上是被大家架着，走出门去，走下了楼梯，抬上了楼前闪着蓝灯的急救车里。幸亏有这部急救车，才使医生得以在返回医院的路上，用药物控制了恶化的病势。

仇慧敏在凌信诚被抬上汽车的混乱中，低声接了个电话便悄悄离去了。我和周月经过短暂商量，考虑到周月明天还要上班，所以只由我一人跟随急救车返回医院。我们虽然谁也没有明说，但彼此心中都有预感：也许今夜，就是凌信诚的人生大限。

也许依靠了药物的作用，凌信诚在途中比较安静，返回医院已是午夜凌晨，我帮司机和医生将信诚抬上楼去，抬入病房，这时他已昏昏睡去。一出病房我便向医生询问信诚的病势，我的问话直截了当，医生的回答却模棱两可，几乎是一套收放自如的外交辞令。

我问：“大夫，依你看信诚的病这一两天是不是会有大变？”

医生说：“这种病不好预测，我希望他能平安无事，可希望和现实往往并不一致。”

见我一脸茫然，医生好歹又跟了一句：“当然，今明两天，比较关键。”

于是我决定留在医院。时间已晚，信诚的秘书和医生帮我在这幢病房楼里，安排了一个空着的房间，过了半睡半醒的一夜。第二天一早我便起床来到信诚的病房，看到信诚已醒，正在就着早饭吃药，脸色虽然苍白依旧，但总的来看，似已渡过危险。

信诚见我站在病房门口，便抬手叫我进来。他让我坐在他的床边，问我小梅这一阵在做什么，我说小梅在上班吧，她有她的工作。信诚发呆片刻，再次开口，问我可否委托小梅或者其他律师，代表他再到公安局去打听打听，看看优优当年，是否真的参与谋财害命。他说如果这事真像阿菊说的那样，那他实在无颜去见冤死的父母。

我说，那就让小梅去吧，小梅对优优情况较熟，分局的人也认识几个，可以托她先去打听打听。我又劝了信诚几句，告诉他事已至此，急也没用，凡事大可想开，不必过于自责。

劝完之后我就给小梅拨了电话，向她转达信诚所托之事。小梅当天便去了分局，晚上便在周月陪同下赶到了清水湖医院。在见到信诚之前，先把我叫到二楼阳台，我们三人先做商议，琢磨如何向信诚述说。

小梅先把情况做了简单通报，她说她今天没能见到优优，因为优优今天在受审时与民警发生争吵，情绪失控，用头撞击门框，有明显自杀意向，现已送往公安医院救治，据说已经脱离危险。小梅今天以律师身份，听审案民警介绍了一下案情，从民警介绍的情况看，至少她昨天早上蓄意撞死德子一事，不像是假的。听到这里周月说："可优优说德子是阿菊撞死的。"小梅说："可那辆车子是优优开着的。"周月说："可优优和德子无冤无仇！"小梅说："可德子是阿菊相好那么多年的男朋友！"我插嘴打断他们："你们别再争了，分局的人最后到底怎么说的？"小梅和周月都住了声，闷了半晌，小梅才说："分局办案的几个民警，都倾向认为阿菊的举报基本属实。"

小梅话音未落，我突然注意到周月脸上的惊愕，这惊愕的表情显然不是为了分局民警的所谓倾向，因为他的目光已经越过小梅投向阳台的入口。我和小梅都在同一时间循着周月目光的落点向后转头，我们也在同一时间，看到了被保姆扶着的信诚。

信诚也许是恰巧要来阳台透风，他欲言又止的眼神与我们尴尬的目光灼然相碰，但他终于转头缄口，不再多问一声，吩咐保姆扶他回去，表情举动毫无疑问地告诉我们，小梅刚才的话语他已全部听清。

那位身强体壮的中年保姆怨恨地瞪了我们一眼，扶着信诚迅速转身，很快消失在阳台入口。阳台上重又剩下我们三人，彼此面面相觑，谁也没有言语。显然，关于如何向信诚妥为述说已无须再做任何商议，一切只看信诚自己的承受能力。

周月和小梅既然来了，还是跟我一起来到病房门口，换了轻松面容来看信诚。不料被信诚的保姆挡在门外，说信诚要睡觉了不想见人。

小梅和周月只好怏怏作别。我思忖很久，犹豫是否也该向信诚告辞回城。周月小梅都劝我再留两天，以免信诚觉得大家甩手都走，心里难受。周月说他最近一两天要去外地出差，小梅也有个事情要去外地处理，他本来和小梅商量让她拖些日子，等优优的拘留日期满了，公安方面或放或捕，有个着落再说，但看来不行。小梅说她只是到唐山去个几天，而优优的案子在几天之内，恐怕不会有什么新的进展。我默默听着，默默点头。

他们走了。

那天晚上除了医生护士及保姆之外，信诚始终没再让任何人走进病房，包括过来给他送文件的李秘书。李秘书送来的文件就是几天前信诚在二楼阳台面对律师和优优，含泪口述的那份遗嘱。

我又向李秘书征求意见，问他我是否还需留在医院。李秘书也是一番挽留，说我是信诚最信赖最尊敬之人，最好再留一夜，明天再看看他有什么话说。

于是，这一夜我仍在医院留宿。

这一夜我仍然似睡似醒。

第二天我起得晚了，起床洗漱后李秘书便来找我，问我吃早饭了没有。我说我多年的习惯是不吃早饭的，问他有什么事情。李秘书说：信诚今天早上一起来就让我来看看海大哥还在不在了，在的话他说他有些事情想请海大哥过去聊聊。

我马上点头，马上随李秘书来到病房。一进病房发现信诚床前，已有一位不速之客正襟危坐。我进屋时那人闻声回首，我们目光相碰，彼此都有些意外的表情，尤其是我，我想不到这位西服革履的男子竟是姜帆。

我们互相注目，彼此无言，似乎都有戒心。凌信诚用虚弱的声音招呼我近身坐下，并且先把姜帆介绍给我：

"这是原来我爸公司的，叫姜帆，今天过来看我。"

姜帆从床前的小凳上礼貌地欠身，和我握手，我们以前在爱博医院见过面的，彼此并不陌生。姜帆甚至老练地笑笑，未等信诚介绍便开口与我寒暄：

“啊，我知道你，你是作家，对吧。”

我笑笑，未置是否。作家一般不喜被人呼为作家，所以我的沉默，既非倨傲，也非自谦。

我在信诚床边，稍远些的一只小沙发上，坐了下来。与重新坐回凳子的姜帆，与半卧病床的信诚，恰成鼎足。信诚移目姜帆，继续了他们刚才的话题。

“没事，你接着说吧，海大哥是我最好的朋友，也是我最信任的一位大哥，我的任何秘密，都不瞒他。”

姜帆向我看看，不知认真还是调侃，感叹一句：“难得，凌少爷受了那么多人蒙骗，到现在还有胆量信任别人，实在难能可贵！”

我和信诚互相看看，似乎都不清楚这句“难能可贵”，是夸我们当中的谁。

姜帆傲然转脸，视线重新摆正，开始侃侃而谈：“凌老板……”但仅此一句便被凌信诚插嘴打断。

“你别叫我老板，我不是老板。”

姜帆面不改色，继续下去：“你父亲过去是我的老板，所以我也把你看做是我的老板，尽管论年龄咱们可能都不算一辈，但我今天叫你一声老板，就是把你当成一个商人。你别觉得我在贬低你的人格，现在是个商业社会，商人这个词在我眼里，非常高尚，正大光明！商人要讲信用，要讲公平，信用和公平，就是交易的原则。这个时代人与人、事与事、你来我往都是交易。我今天来是要告诉你一些你应该知道，需要知道，但你又不知道的事，所以我想问问你，如果你是一个商人，如果我们是在进行一场交易，你打算出个什么价格？”

在姜帆这套商人的理论面前，凌信诚有些不知所措，他只说了一句：“你需要我给你什么，钱吗？”

他说完，移目看我。我看出凌信诚在交易面前的那份局促，看我的眼神分明是一种求助，于是我身体略略前倾，从旁插嘴帮腔：

“对不起姜先生，我想信诚恐怕并不明白你究竟要告诉他什么。我赞成你说的交易原则，但如果交易的一方需要寻找一个买主，那至少应当先给对方看看货色。”

姜帆看我一眼，略加思索，然后对凌信诚说：“关于仇慧敏的事情，我想你应该有兴趣听吧。”

凌信诚问：“仇慧敏，她怎么了？关于她的什么事情？”

“关于她和你，她与你之间的一些事情，从她认识你的那天起就发生的事情，那些你不知道但肯定想知道的事情。”

凌信诚问：“我不知道什么事情？”

姜帆淡淡一笑：“凌老板，你还没有开价呢。”

凌信诚说：“你要多少？”

姜帆面目平静：“五十万。我现在有点难处，需要花钱摆平。五十万对你来讲，不过九牛一毛。”

姜帆如此血盆大口，逼得我不得不再次帮腔："对不起姜先生，这数我听着好像有点过分了。你仅仅凭着一点陈年旧账，就想换取这么大的一份报酬，你这就不大像是做生意了，怎么有点像是敲诈勒索。"

姜帆慢慢转头，轻蔑地看我，冷冷地说道："我是在和凌老板做生意呢。"

我不禁被他的态度激怒，毫不客气地予以反驳："不管和谁做生意都要有规有矩，你就算奇货可居，也不能这么漫天要价。"

姜帆目视信诚，并不把我看在眼里，他说："我的货值与不值，需要买主决定。"

我还要再予驳斥，不料信诚开口在先："好，你说吧，我买。"

也许姜帆已经做了讨价还价的思想准备，但凌信诚如此干脆利索地拍板成交，似乎让他也略感意外，以致他稍稍定了定神，才清清嗓子开口说道：

"好，按说咱们应该一手交钱，一手交货，但我相信你凌老板的为人，我相信你不会为了这笔区区小钱，坏了你的信誉。"

这也许是姜帆第一次在拿到买家的预付之前，就将自己的货物和盘托出。他此次来见信诚的目的，就是要在凌信诚与仇慧敏之间制造间离。他之所以要与凌信诚达成这项交易，是因为他与仇慧敏的那一场早在几年前双方就有约在先的漫长交易，在昨天夜里终以破裂告吹。

于是姜帆既是为了金钱，也是愤而报复。他为凌信诚带来一大包不可告人的阴谋，这些阴谋暗存数年之久，其中的机关算尽，其中的自私无情，让人不能相信竟是出自一位楚楚可怜的少妇之手。

话头需要追溯到数年前仇慧敏在大学里与凌信诚的那场邂逅，那场邂逅以及被其引发出来的短暂恋情，实际上全都蓄谋已久。最早的起端是在某日放学的时候，仇慧敏与到学校接她的姜帆一起，看到走出校门的少年信诚。当时他们的汽车从凌信诚的身边开过，要不是姜帆指指点点，她是不会想到这个满脸稚气，满脸病容，满脸女人相的男孩，竟是姜帆老板的公子，是一个亿万财富的继承者。于是这场阴谋便从其后不久的一次讲座开始，仇慧敏故意坐在信诚毗邻，主动搭讪的结果，竟是出乎意料地成功，那一场风花雪月的事从此展开。仇慧敏与姜帆精心策划，周密安排，对症下药，很快便让初闻女人香的信诚坠入情网。他们唯一疏忽的是他们自己的关系，在学校里的知情面其实已非常之大，以致凌信诚很快得知仇慧敏早就另有所爱而与之愤然分手。分手不久发生的事是仇慧敏怀孕，最初她和姜帆都没想到这会是凌信诚的种子，凌信诚病弱的外表让仇慧敏忽视了他作为一个男人的基本功能。怀孕后仇慧敏退学回家，休养待产，同时帮舅舅的工厂做些事情。比如，指使姜帆从信诚药业公司不断窃取机密，特别是舅舅垂涎已久的那个秘密账本。那秘密账本里记载的人物，也是舅舅公司主攻的目标。拿到这本账簿，不仅可以按图索骥，而且在一旦需要的时候，还可以成为挤压拉拢信诚公司的袖中暗器；在一旦需要的时候，还可以成为威胁收买这些目标的一个制胜法宝。

再以后发生的事情，是仇慧敏生下一个男孩，再以后，姜帆没说为了什么，他开始怀疑这个男孩并非己出。他与仇慧敏为此还吵过一架，并且真的去医院进行了 DNA 检测，他的怀疑果然被科学证实。再以后发生的事情是两个大人全都转怒为喜，因为仇慧敏非常肯定地告诉姜帆，如果这个孩子不是他的，那百分之百就是凌信诚的。

确认了孩子的血缘之后，姜帆马上终止了对信诚公司的破坏颠覆。仇慧敏也立即带上孩子，到凌信诚家上门认亲。她没想到凌家在斩钉截铁地否认之后，又突然决定认下孩子。她也没想到他们在认下孩子的同时，对她本人却坚不承认。尽管她最后与凌荣志签下了一张价格不菲的卖子文书，但三百万元的暴收却难挡母亲天然的失子之痛。神情恍惚之际她酿出车祸，紧接着又发生凌家遭抢夫妻双亡的惊天血案。在仇慧敏服刑期间她从姜帆口中知道，入主凌家成为她儿子"继母"的竟是一位小地方来的打工女孩，这使她不仅绝望而且愤恨。在她刑期过半时儿子中毒死亡，让她在悲伤欲绝的同时又看到一线曙光。她出狱后决定主动交还三百万巨款，梦想与凌信诚重拾旧情。不料优优因小梅的辩护而生机渐显，仇慧敏万不得已孤注一掷，让姜帆出面重金买证，利用钱志富编造虚假事实，一举将优优置于死地。谁知优优最终还是被周月救出，历经千波万折与信诚重新走到一起。在仇慧敏即将彻底心灰意冷之际，又爆出优优当年参与凌家血案现又杀人灭口的新闻，让她顿觉山重水复柳暗花明，最后的胜利遥遥在望。

也许她也是一个不太走运的女人，在这个关键时刻再次节外生枝，先是钱志富在贵阳落网，后是姜帆在北京被传。姜帆在被传讯的当天晚上，也就是在他此来清水湖医院面见凌信诚的十小时之前，他用一通轰炸式的呼叫，把仇慧敏从阿菊家的门口，从凌信诚的身边，叫回家里。两人在仇慧敏那间乔迁不久的新居客厅，发生了前所未有的一场争吵，姜帆要求仇慧敏赶快拿钱出来，让他托人摆平对诬告的追究，而仇慧敏这时已被获胜的预测冲昏头脑，断然不想继续卷进这件案子，不想让人察觉任何丑闻与她有染。她甚至主张姜帆一旦脱不了干系索性就去坐它几年大牢，男子汉大丈夫坐牢又怕什么，我也坐过牢的！当初我坐牢你去看我，以后你坐牢我也会去看你的。姜帆从她这句无情的摆脱中大概嗅出了味道，他追问她是不是真对凌信诚而不仅仅是对他的财富动心了。仇慧敏的回答很暧昧，她说一旦凌信诚接纳了她，她恐怕要暂时中断和姜帆的联系了。她希望姜帆能为她做出一些牺牲，如果他真如他一向声称的那样爱她。

对仇慧敏的自私冷酷姜帆早已深知，只是这种自私与冷酷从未冲他来过。仇慧敏的这个变化彻底激怒了姜帆，他威胁说如果仇慧敏不全力帮他渡过难关，如果不在感情上与凌信诚划清界限，如果她单方面撤出两人多年以来的攻守同盟，那他只好向公安机关招出仇慧敏来，他只能向公安告发，仇慧敏才是诬陷丁优的真正主谋。仇慧敏对此似乎早有准备，冷笑一声说我就知道你会来这一手，所以当初我始终坚持没见丁优的姐夫，我投资养性斋的钱也全是委托给你操作，我虽然挂了一个法人代表的虚名，但我可以说我对钱的使用毫不知情，我可以推得一干二净！

姜帆历来信奉的处世原则，一向是利益至上的相互交易，但如同仇慧敏最初对他一样，他对仇慧敏也一直未有戒心。他没想到仇慧敏早在诬告丁优的策划之时，就暗中为自己留了退路。姜帆第二天在清水湖医院对凌信诚如实坦白，他说他从不相信别人的感情，偶然相信一人，结果就被她害了。

他告诉凌信诚他已做好了坐牢的准备，所以没有必要再来无事生非。他把仇慧敏真实的面目用五十万元的价格出卖，不仅是和凌信诚达成的一笔交易，让凌信诚花钱买个觉醒，而且这笔交易同时也是和仇慧敏的，他要以其不仁，还其不义。姜帆平平常常地说道："一切公平合理，这是我和她最后的清算！"

四十

姜帆匆匆走了，仇慧敏匆匆来了。

仇慧敏赶来看望信诚所带来的表情并未出乎我的想象，我甚至提前猜到了她手中必定还拎着一罐浓汤。那罐汤是她已经用惯了的一个道具——为亲人和爱人亲手熬制营养丰富的汤水，已成为人们生活中和文艺作品中最俗套的抒情方式。

但这回，凌信诚没有见她，也没有喝下那罐浓情厚意。尽管仇慧敏一再请我转告信诚：那里面有精选的乌鸡和肘子，还有上好的干贝和甲鱼，她足足煲了一夜，营养全都化在汤里，喝掉它身体就会立竿见影地好转，抵抗力也能大大增强提高。

凌信诚躲避的不仅是仇慧敏一人，在姜帆走后的一整天里，他始终闭门不出沉默不语。包括我，包括秘书，甚至，也包括医生，通通都被保姆拦在外屋。保姆说信诚现在很困很困，他只想一个人好好休息。

我和秘书经过商量，决定全都暂时离开医院，回城各办各的事去。秘书要去银行为姜帆取钱，因为姜帆盯得很紧。我也需要回去取钱，因为给我家装修的装潢公司从前天开始，催款的电话几乎把我的手机打爆。

这一天我那只快爆的手机还挤进了周月的一个电话，他问我现在是否还在医院。他这样问我是因为他对优优蓄意杀死德子一事，始终百思不解。尽管连小梅都表示反对，但他还是想从旁做些调查，以甄别自己的怀疑。他在电话中说他今天因为紧急公务奉命出差，要到上海南京停留数日，如果我还在清水湖医院的话，他想请我帮忙做些调查，找找信诚身边的那些工作人员，把优优案发当日及前一日往返抵离清水湖医院的确切时间，做个详细了解，以免延搁久了，时过境迁，知情人会把许多细节逐渐淡忘，给以后取证带来困难。

我告诉周月我已回城，但我答应早则明天，晚则后天，就会回去，就可以按照他的要求，做些调查工作。周月千谢万谢，说大哥你真是好人。

第二天我没能回去，拖住我的还是我家那个装修工程。在付款前的验收中我发现多处假冒伪劣，于是找来工头口干舌焦地一通交涉，直到第二天傍晚才算达成妥协。我先交些钱，他们也返返工，互相做了并不情愿的让步。

和施工队的艰苦交涉使我差点对姜帆的观念点头称是，姜帆说得也许没错：这世上人与人，事与事，都是交易！施工队接活前热情洋溢的承诺余音未落，对我倍加优惠的关照言犹在耳，可在验收结账时，居然全像川剧变脸似的，甚至连个甩头吆喝的掩饰都无须再有，表情就瞬时一换。也许阿菊也说得没错，这年头谁要真爱你，也是一时一阵的，如果两个人当中只能活一个，那人人都想自己活！

我到第三天中午也没能把家里这一摊“烂尾”料理清楚，但我不得不扔下一切返回医院。我这样匆忙赶回清水湖的原因并非放心不下信诚的身体，也非急于完成周月交待的“任务”，而是因为午饭后我突然接到李秘书的一个电话，这位一向四平八稳的李秘书用从未有过的慌张，在电话中向我通报了一则让我也不能不慌的消息——凌信诚失踪了。今天上午李秘书到医院准备向他报告给姜帆付款一事的办理情况，不料病房里已是人去屋空。一同失踪的还有信诚的保姆，幸亏那个有力气也有主见的保姆也失踪了，这让人们的紧张多少有了一些缓解，猜测信诚至少目前尚且平安无恙，猜测他大概是让保姆陪着，去了什么地方。

至于信诚的去向，李秘书说已经有了一些线索，电话里说不清楚，希望我尽快过来一下。于是我没再多问，扔下家里的乱七八糟，就搭车赶过去了。

到达清水湖后我才知道事情并非如我所想的那么简单。我在李秘书手中吃惊地看到信诚留在枕下的决诀宣言，这一纸别书使我们放弃了一切侥幸，明确地意识到他真的走了。

附近派出所的警察上午就接到了报警，在我赶到医院时他们刚刚撤离。他们向医生、护士、医院的保安以及信诚的司机等有关人员详细了解了情况，分析信诚这样一个行动不便的病人是怎样在这个几乎与世隔绝的山麓湖边突然人间蒸发。直到收拾床铺的护士在枕下发现了那封短信，警察们才找到根据似的如释重负。看来这个早上在他们的管片里并未发生原来分析的绑票案件，这场虚惊的真相不过是一个年轻人的厌世出走。

警察们随即撤了，走前对李秘书和司机说道：“你们先自己找找他吧，这小伙子大概受了什么刺激，也许过几天冷静了他会自己回来。”

我从李秘书手上接过信时李秘书恰被医生叫走，医生们急着与他交涉信诚应付未付的住院费用。我在二楼空无一人的观景阳台静心阅读了信诚的手迹。这封信没有抬头，不知写给谁的。或许，他是写给所有人的。

我走了。我看见了我的爸爸妈妈。我想念他们。

现在我已经决定，在我去见父母之前，必须离开这里。我不知道我的心脏还能跳动多久，所以我要让自己最后过得清静。这里的所有人都让我害怕，他们都在撒谎，让我不敢相信，还有哪一个笑容，会是真的。

真正爱我的人，只有我的父母，我也爱他们，我特别想他们！我特别想他们！

凌信诚

这封短信，让我看到了凌信诚的滚滚热泪，也看得我自己心里阵阵发凉。

我，还有周月，还有小梅，还有医生和护士，还有秘书和司机，还有上海的姑妈，还有其他很多人，对信诚的笑容，都出自真心，出于善意，但信诚还是感到怀疑和恐惧。也许他短短的人生，确实经受了太多的谎言，太多的阴谋诡计，所以他陷入了一场严重的信任危机。他像他的孩子乖乖那样，对真情拥抱的双手，也产生了条件反射的惊恐。也许，他的不幸还源于他的财富，他太有钱了，所以他摆脱不了那些明争暗斗，那些卑鄙心机。难怪有些社会学家把一千五百元人均收入,作为中国城市家庭幸福与否的分界之一。金钱的过与不及,都易造成人际关系的失范与家庭的不幸。财富太少,生活过于窘迫;太多,又令人想入非非。金钱数额一旦超过生活必需,它的冷酷和兽性,便会显露无遗,它导致的丑恶与贪婪,就会层出不穷!

信诚究竟去了哪里?

我和李秘书,以及医生和护士,都把怀疑的线索,锁定同一个方向。因为我们从一位夜班护士的口中,得知昨天晚上有四个男人突然来访,并且在病房的里间,一直与信诚单独交谈。其间护士进去给信诚送药,行至外屋便被保姆阻拦。护士把药交到保姆手上的时候,隐约听到里屋的只言片语,护士据以猜测,那四位神秘客人全是信诚叫来的律师。

根据我们分析,信诚应是今天清晨脱身出走,而出走前夜密晤律师,想必不会不谈自身的动向。当天下午我与李秘书一道,去了位于复兴门附近的中亚律师事务所,找到了以前曾到清水湖来过的那两位律师。那两位律师一位姓林一位姓韩,一个人到中年,一个还是早上八九点钟的太阳,他们似乎早已猜到我们的来意,未多绕弯便介入正题。

"凌信诚昨天确实直接给我们打了电话,说有急事要我们赶到清水湖去。他也确实和我们谈到了他要离开医院的想法,但是,"姓林的律师说,"但是他什么时候走,走到哪里去,我们一概不知。"

我说:"他有没有说到他大概的去向,比如,他在上海还有一个姑妈,他会不会去她那里?"

林律师断然摇头:"这个我们并不知道。"停顿少顷,又缓缓说道,"他说……他很压抑,他很害怕,他不敢相信任何人,尤其是……女人。他说他想找个深山老林去当和尚,他说出家当和尚,也许是离开人世而又留在人世的最好方式。我们劝他把出家的念头暂时先放一放,因为他的身体,不能缺医少药,不能过太清苦的生活。我们劝他,如果他心情不好,可以到外地走走,看看山水,换换心情,但离城市、离条件好的医院,不能太远……"

李秘书插嘴:"这么说,是你们挑着他走的,你们作为律师,难道不知道他是一个病人,是一个没有社会经验的孩子?你们应该劝他留在医院,你们怎么能……他一旦有个三长两短,你们是要负责任的。"

林律师依然用从容不迫的语速,反驳了李秘书的指责:"他现在活得非常痛苦,他和我们谈到他现在的生活……哭得说不下去,我们不知道他生活中到底发生了什么,但我们能感觉到,他的精神已经差不多……已经差不多崩溃了。"

姓韩的律师打破沉默,加重语气对李秘书的指责再加反驳:"我们只是针对他要出家的念头,建议他先到一些空气清新的地方走走,换换心情。至于他走与不走,怎么走法,走到哪儿去,只能由他自己决定。你们作为他身边的人,他的帮手和朋友,他怎么活成了这个样子,你们应该更加清楚!"

我及时换了一个话题,以中断他们的对峙,我说:"凌信诚昨天叫你们过去,就是为了和你们谈谈心情?听说你们昨天去了四个人呢。"

林律师说:"凌信诚叫我们过去,是要更改他的遗嘱。昨天和我们一起过去的,还有北京昆仑公证处的两位公证员。"

我和李秘书面面相觑。

李秘书放缓口气，向律师提出："呃，我是凌信诚的秘书，我过去给他爸爸也当秘书，他爸爸去世后又给他当秘书，我跟着他们凌家很多年了。现在一时找不到凌信诚，我能不能看一下他的这份遗嘱，看看需要我们为他做些什么……"

年轻的韩律师也相应放缓了口气，但话中的内容依然是拒绝："凌信诚指定我们是遗嘱的保存者和执行人。您既不是凌信诚的亲属，也不是遗嘱涉及的主要权益人，所以非常抱歉，您不能看这份遗嘱。"

李秘书哑然无话，表情尴尬。

似乎仅仅是为了减轻他的尴尬，那位随和些的林律师还是向我们口述了遗嘱修改后的大致内容："这份遗嘱，主要涉及了财产方面的问题。凌信诚这次仅仅保留了上次遗嘱中关于他的姑妈所分配到的遗产份额，其余部分均做了变动。"

林律师的话语停顿下来，我们都以为他对遗嘱内容的透露到此为止，不料他突然又接着说道："凌信诚决定将他的财产，全部捐赠给中国的儿童福利机构。当然，他后来同意我们的建议，保留了足够他未来生活和治病的资金。"

这个修改，这个结果，并非我的意外，但李秘书还是惊讶地叫出声来："全部？捐赠？"

林律师点头，平缓答道："对，捐赠。它不同于遗赠。捐赠就是不必等待立嘱人死亡，就可以立即执行。我们受凌信诚的委托，作为此项捐赠的执行人，已经开始着手和有关部门联系，办理相应的手续了。"

韩律师冷冷的插话："当然，在捐赠之前，我们会按凌信诚的要求，给所有为他工作的人员，结清工资及相应的福利费用。凌信诚还要我们替几位为他工作时间较长的人，多支付一年的工资及福利，并且为他们办理终生的养老保险、医疗保险和失业保险。您姓李对吗，我想办理这三个险种的受益人当中，应该包括您的。"

李秘书呆呆地，沉默下去。我知道，他这么关心信诚的下落，是因为信诚的下落与他自己的着落息息相关。现在信诚依然没有下落，但他自己的着落，却有了起码的落实。

所以这时，只有我的话题还在执著于信诚的行踪，我问两位律师："既然你们被指定为遗嘱和捐赠的执行人，怎么会不知道委托人的下落呢。你们连他在哪里都不知道，那捐赠执行的情况，又怎么向他报告呢？如果他生病了，甚至，如果他不在了，你们怎么知道？"

林律师答道："凌信诚说他会主动和我们联系。如果他不在了，或出了什么事情，他的保姆会打电话通知我们。如果我们超过半年没有接到他和保姆打来的任何电话，就说明他已经不在了，可以按他死亡处理后事。"

我和李秘书一样，也沉默了下来，再也提不出新的问题。

我们走出了中亚律师事务所，走出了那座写字楼。这里是北京的金融街，这里高楼林立，人流拥挤。宽阔的西二环路上车水马龙，恣意张扬着都市的繁华与生机，而身边匆匆行走的每个路人，脸上却无不挂着彼此无视的刻板与漠然。在这个物质文明高度发达的地方，每一个停顿的脚步，每一句短促的交谈，想必都关乎金钱，关乎生意。

也包括我们刚刚和律师谈到的事情，包括我们刚刚谈到的那份遗嘱。

所谓遗嘱，无非是对财产的一种安排，讲的也是金钱，而非情感。在我们所处的这座城市，情感是一种少见的奢侈，在这里生活的大多数人，都不把情感当做生活必需。

也就是说，只有当一个人不再沉沦于对物质生存的终日焦虑，他才可以去寻找和享受情感。他才可以让情感这样一个高尚的东西，远离金钱而保持纯洁。尽管有时，像凌信诚这样衣食无忧的人也同样畏惧情感，因为情感有时也像秀水街的名牌一样，材料与做工完全可以乱真，但，不是真的。

假名牌固然廉价，也还是要花钱买的，不然姜帆就不会信奉那样一个座右铭了：这世上人与人，事与事，都是交易！或如阿菊的人生总结那样：这世界上要是真有人爱你，也是一时一阵的。就像喜欢名牌的人也都是追逐时尚的人，喜新厌旧便成了一种生活常规。

我和李秘书在马路的岔口分手，各自叫了一辆出租汽车，朝两个截然不同的方向，汇入这座城市的人流。李秘书要去寻找新的工作，新的东家，我要回到我那间充满油漆味的新修的书房，修改那部已被搁凉的小说。

在这部小说中出现并活跃着的绝大部分人物，我都为他们找到了必然的归宿：同流合污的姜帆、仇慧敏，以及被他们收买的证人钱志富，在机关算尽之后，“反误了卿卿性命”，他们在本书的终点，当然恶有恶报地走向牢狱。周月和小梅在各自的工作岗位努力工作，读者大可预料他们的未来前途光明。凌信诚的最终命运不外剃发为僧，或受戒入道，隐于五台山或三清山的庙庵之中，每日与经文素食为伴，无论对他人还是对自己，都已无所谓生死衰荣。他的保姆则继承了他余下的财产，回家安度晚年去了。而那位阿菊，我因为对她爱憎难辨，因此打算做一个开放式的结尾，让她与那位包养她的老六，某日无事生非，老六忍无可忍，终于拍案翻脸，甚至利刃相见。虽然没写最终结局，但我的倾向已然明显，读者或可得到暗示，判定阿菊断然不会拥有起码的幸福平安！

唯一让我下笔踌躇的就是优优和她的大姐。我不知优优的大姐在钱志富被抓后流落到哪里去了，也不知优优是否会被处以极刑，还是要在那座于她并不陌生的深牢大狱里，了此一生……

尾声

我的小说最后的收尾，按文学的基本法则要求，只能收于优优。因为优优是这个故事最初的讲述者，也是整部小说的头号主人公。

好在，和我的愿望恰巧相同，优优的厄运突然一日戛然而终。那是在凌信诚悄然出走的三天以后，我意外地接到了分局吴队长打来的电话。吴队长还是在当初侦办乖乖中毒案件的时候，留过我的手机号码，只是后来一直没再与我联系。

吴队长在电话里首先通报了一个惊人的消息，他说昨天他们已将涉嫌杀人的阿菊缉拿归案。今天清晨阿菊在审讯中终于全线崩溃，对参与抢劫凌家和后来杀人灭口的犯罪事实供认不讳。经检察院批准，阿菊已于今天上午被正式逮捕，而蒙冤入狱的优优也将于今日解除拘留。吴队长说他们给优优的律师梅肖英打了多次电话，但从今天一早直到现在，梅肖英的手机始终没开。打电话到她单位去问，单位说她去唐山出差还没回来。吴队长又把电话打到凌信诚那里，不料清水湖医院说凌信诚已经不在医院。可今天丁优马上就要释放，现在找不到她的亲友，释放后她住在哪里，谁管她饭吃，都是问题。吴队长问我可否以丁优朋友的身份，来分局看守所接她出去，暂时为她安顿一下食宿。如果丁优连同上次的错判，今后一同提起行政诉讼，要求国家进行赔偿，那么现在安置她食宿的有关费用，将来可从赔偿费中获得补偿。如果我不愿意过来接她，他们就打算先找个小旅店安排丁优住下，但希望我能出面见见丁优，做些精神安慰工作，免得她无亲无友，过于孤独。

我马上答应吴队长的要求，表示我可以到看守所去接优优，并且可以安排她的食宿。优优无罪获释的消息让我万分惊喜，不禁为好人终得好报的命理山呼万岁！也为我的小说和我的主人公终于有了一个顺乎人们善良愿望的圆满结局，而欢欣鼓舞！

我高兴得甚至忘记关掉电脑，就匆匆出门往分局看守所的方向赶去。到达看守所后不久，就看到优优在吴队长的陪伴下走出监区，来到会见室里与我见面。优优看上去有些清瘦，头上还缠着一条纱布，遮掩着数日前那道自残的伤口。除此之外俊朗依旧，脸上几乎没有留下多少磨难的痕迹，但上面的表情令人形容不出，至少她没有因为获释而露出太多欣喜，言语动作并不激动。她站在会见室门口镇定地看我，神色中淡淡露出些沧桑难尽的笑意，她说："海大哥，谢谢你来接我。"

我们并肩走出看守所的大门，彼此没有太多言语。这一天称得上是真正的响晴薄日，灿烂的太阳令人心旷神怡。我们共同对一直送我们出来的吴队长表示了谢意，优优这回能够重获自由，多亏了上次将她送入囹圄的这位老吴。是吴队长主动接过这个案子，从细小疑点出发顺藤摸瓜，短短几天之内，便为优优全面翻案。

我带优优去了我家附近的一个旅店，我在那里为她租了一个房间。优优此时并不知道凌信诚已经离家出走，但她见我只字未提信诚，也没带她回到清水湖医院，当然预感到在她被抓的这几天里，可能有某些事情发生。

但她显然没把问题想得太深，她在走进旅馆房间时还在不解地询问："是信诚让你来接我的吗，他是不是心脏又犯病了？"

我含糊其辞，支吾着说："咱们先吃饭去，信诚的情况我慢慢再跟你说。"

虽然我已拉开房门，但优优依然站着没动："我不饿，我不想吃饭，"她说，"我想早点见到信诚。"

我站在房间的门口，用故作轻松的微笑，软化着优优尖锐的疑问，我说："还是先吃饭吧，吃完了饭你先洗个澡睡个觉，好好养养精神。明天我带你找个医院检查一下身体，然后再跟你把信诚的情况详细说说。"

优优的声音变得焦急起来："信诚怎么了，他没出什么事吧？"见我语迟片刻，她似乎急于逼我说出答案。

"他出事了，对吗？"

我想了一下，把已经拉开的房门复又关上。

我说："信诚走了。"

"走了，去哪里了？"

我摇了摇头："我也不知道他去哪里了。没人知道他去哪里了。"

优优的眼里，渐渐含了眼泪，但没有落下；她的声音，隐隐有些发抖，但还算清晰；她的目光，明明有些困惑，但不敢质问，她的表情和语气，只能表达出一种侥幸的试探：

"他怎么会走呢，他是病人。"

但她很快从我的眼神中看出这绝非戏说，很快看到我从口袋里掏出信诚的留言，她接过那张字条后问道："是他留给我的信吗？"但很快又听到了我的轻声否认：

"这是他留给所有人的。"

优优低头，展开手上的字条，她长久地反复地看着那纸内容简短的告别，我想她应该从那些大而潦草的字迹上，看到了信诚恐慌而又愤怒的心境。

但我还是用宽容理解的话语，对信诚的出走做了注解："他真的走了，他经受不了那么多意外的打击。他想忘掉一切，抛弃一切，包括你，也包括我，也包括他的整个生活。也包括，他的财产。"

优优沉默地看我。我不知道她是否已经在我的这几句话中，意识到她失去了什么。我的这几句话语虽然简单平易，但却明白无误地告诉优优，她失去了她刚刚爱上的这个男人，失去了一个本应给她带来幸福的婚姻，失去了一个应有尽有的家庭，失去了数以千万计的财富。她现在和三年前从仙泉"私奔"到北京时几乎一样，孑然一身，身无分文。

优优没有落泪，没有一声伤心的抽噎，她用我没有料到的镇定，接受了这个不可挽回的现实。也许她在看守所的牢房里已经想了多遍，她一定想象得到，当凌信诚闻知她是杀害父母的凶手之时，即使心脏能够有幸挺住，精神也会骤然溃坍。

我一向认为，命运的挫折磨难，可以使人脆弱萎靡，也可使人坚强冷静。凌信诚已用避世的态度，证明他已彻底垮掉。现在，我只能希望优优属于后者。

“我一直以为，他会在外面等我，他会在我出来的时候，过来接我……”

优优用令人心悸的平静，压抑着本应发抖的话语。

我没做任何安慰，只在内心感叹一声——对于一向耽于幻想的优优来说，这点小小的期待，实在太普通了。

优优眼里的泪花，始终没有落下，这让人不禁为她的坚强感到欣慰。但她又刻意回避着我的视线，又让我察觉到她内心肯定会有的伤口。她几乎被伤得害怕一切交流，害怕任何安慰，这使她的每一句问话，都变得像是一种悄悄的耳语：

“他走的时候，给我留下过什么话吗？他……他说过还想着我，或者痛恨我的话了吗？”

我摇了摇头：“没有。他只是说想离开这个地方，离开所有熟悉的人，他说他要去尝试另一种生活。”

“那他知道我是被冤枉的吗，他知道我已经没事了吗，他知道我爱他，我也爱他的孩子和他的爸爸妈妈吗？”

我依然摇头：“他不知道。我们希望他能知道这些，可现在没人找得到他。他已经决定去过一种隐居的生活，去过一种四处漂泊的生活，让自己离开现实。在他的肉体消亡之前，他想提前放逐自己的灵魂，让它得到安歇。”

我用了这样美丽的辞藻，来形容凌信诚的精神失常。他显然相信了关于优优参与杀害他父母的那些指证，相信了阿菊向至尊无上的佛祖和大慈大悲的观音所发的誓言，所以他出走离世的动因，其实是要逃离优优。他不能再留恋于优优曾经带给他的人间欢乐，他必须彻底隔绝关于他们幸福相爱的所有记忆！

但愿优优能够明白，这就是命运。命运看起来出自偶然，其实也包含了本质的必然。

这个必然就是，在我们的周围，早已物欲横流。在金钱的旗帜之下，一切阴谋、一切黑幕、一切你死我活的争斗，都变得如此必然，如此自然而然！

优优和信诚的爱情，只是一个难得的例外。他们难得地坚守了自己的善良本性，与周围的污浊进行了艰苦的对抗，所以他们的失败不免有些悲壮。至少是信诚自己，无法相容于这些丑恶，自动选择了退却逃亡。而优优呢，在未来的生活中她将怎样对待自己，怎样对待他人，怎样对待精神的操守，怎样对待物质的欲求，至少目前，还没法看到一个谁胜谁负的结局。

这个中午，我们谁也没有吃饭。

当天晚上，优优终于被我拉进餐厅，在摆满杯盘的餐桌两侧，除了我叨叨不停的絮语，优优几乎一直沉默。饭后，她说想早些休息，我便送她回了旅馆，分手时她对我表示，她希望能一个人静静地休息几天，认真地想想从前，也想想自己的未来。

我说好吧，那我这几天就不来打扰你了。

我给优优留了些钱，便告辞离去。后来我听说优优第二天去了清水湖医院，取回了属于她个人的一些衣物用品。而属于凌信诚的那些东西，连同他的两部汽车，连同城里的别墅和公寓，都已被律师列入拍卖清单，入库封存，只等择期落槌，然后悉数捐献。总之那些财产，已与优优完全无关。

几天后优优给我打了一个电话，约我见面，见面的地点是她先提出来的，那个熟悉的名字让我不免有些久违的激动。那就是我和优优第一次见面的地点。我记得我们第一次见面是在一个寒冷的深秋，晚风萧瑟，心情寂寥。现在，同样时值深秋，见面的时间却变成了金色的黄昏，透过"平淡生活"酒吧沿街的小窗，还能看到满地落叶和一抹夕阳。

我先于优优看到了这片窗外的即景，黄昏时的酒吧一向没人。我独自要了一壶茉莉花茶，默默无言自斟自饮。十分钟后优优来了，穿了厚实保暖的衣服，不像三年前初见时那般瑟缩寒酸。她随身还带着一只旅行提包，看上去是一副整装上路的模样，这行色匆匆的样子让我不免深感诧然。

果然，优优就座后的第一句话就是告辞："我要走了，想跟你说声再见。另外，我还有一件东西，想请你替我还给周月。"

优优打开提包，从中取出一个用报纸包好的东西，放到我的面前。我用手摸摸，感觉很软，问她："什么?"她表情平静，动手将纸包打开。我心里忽地一热，映入眼中的，原来是那件火红的运动短衫。

优优把短衫摊开，用手摩挲着上面印着的字体，那"仙泉体校"四个大字，看去仍然色泽鲜明。我向那只手提包内无意一瞥，一只布娃娃令我赫然注目。我认出那是当初周月送给胖胖的礼物，此时放入优优的行囊，看来将要跟随优优远行，在优优心中，不知算是情牵胖胖还是情牵周月的一个念物。

后来我知道优优回到清水湖医院的那天，还去了离医院不远的清水庄园，她找到庄园的物业管理部门，打听到她坐月子时租住的那幢房子，空到现在无人再租。在她的要求下物业管理处派人打开了那幢封满灰尘的房子，让她得以旧地重游。她从楼下走到楼上，从卧房走到客厅，到处是凌乱的弃物，屋角还吊着蜘蛛。家具虽然尘封已久，但位置大体没动。时值黄昏，光线已暗，整幢房子就像一部胶片退色的老式电影，镜头缓慢，颜色模糊，但当初夕阳的明媚，仍可依稀回顾；信诚的轻声细语，胖胖的娇憨咿呀，仍在每一个角落，悄悄掠过，不知优优是否触景唏嘘。在二楼卧房的一角，那张胖胖睡过的小床，还在原处，床上的印花被褥，也保持着真实的凌乱。据我后来向陪同优优看房的一位管理人员打听，优优只是在看到胖胖的小床时，才掉了几滴眼泪。她在那个小床的面前，默立很久，离开这幢别墅时她唯一拿走的东西，就是小床里放着的那只布制娃娃。

那布娃娃的憨态，和胖胖相像极了。

从清水湖回来以后，优优去了周月的机关。她从传达室那位见她面熟的老头口中，知道周月去了南方出差，也从他的口中，知道了周月将在哪一天乘坐哪一班火车，从上海回来。

在周月回京的这天，优优贴身穿了那件红色短衫，在秋日已无多少热度的阳光之下，把一件保暖的外衣敞开胸怀，正面露出"仙泉体校"四个醒目大字，站在了北京火车站的旅客出口前边。她从广播中得知，上海抵京的火车已经到站，广播响过十分钟后，大批操着吴侬软语的旅客拥了出来。她终于在出站的人流中看到了周月！周月身着便装，头发直直短短，两眼黑白分明，乌黑有型的眉毛就如同画上的一样。优优那一瞬间的感觉，与十四岁那年竟如一天，她仿佛又回到了那个细雨蒙蒙的黄昏，一个酷似韩国歌星的翩翩少年，向她款款走来。

周月好像也看见她了，立即露出一张甜美的笑脸。她也笑了，但在举步向前的同时，却看到一个女孩从身后跑过，冲到前边，一把抱住了笑着的周月。优优定神看清，那个女孩就是小梅。周月脸上的笑容，原来也属于小梅。属于小梅的还有周月有力的拥抱和俏皮的一吻，然后两人挎着对方的胳膊，随着拥挤的人流，从优优的身边，几乎近得擦肩而过……

这是我后来经过了解并稍加想象而在头脑中形成的画面，在“平淡生活”的这个告别的黄昏，优优其实并未说到这些细节。但她说到了她穿上那件红色短衫的最初意图，是想给周月一个惊讶。我说：你现在也可以穿上去给他看呀。优优却摇头轻叹一声：算了。她说，他有了自己的生活，有了志同道合的爱人，我不想再去见他。但我会一直记着他的，他是我的一个梦想，也许到老了我还会想他！

“现在，”我问，“你要到哪里去呢？”

“我要去找我的大姐。”优优说，“我给贵阳郊区那个酒楼和那个镇的政府都打过电话。他们说酒楼已经关掉了，欠了职工的工资和供货商的钱都还不上，现在镇政府要把它拍卖掉，把拍卖的钱拿去还账。据说报名要买的人很少很少，还是苗副镇长帮忙找了他朋友，估计他肯出的钱也就将将够还账的，总之那酒楼很快就是别人的了。”

我猜想这里不知又有多少黑幕和阴谋，但优优似乎并不深究。她关心的大概只是她的大姐，因为人家在电话里告诉她，她大姐自从丈夫被抓后，当天夜里就疯掉了。现在瘦得只剩一把骨头了……电话里的人问优优：“你是她亲戚吗，你是她亲妹妹吗？你们家里最好来个人，把她赶快接回去，要不然她可活不了几天了！”

优优说她今天晚上就要乘火车赶到贵阳去，她说分局的吴队长给了她一点钱，上次我给的钱她也没花完呢。她准备接上大姐就去南方，随便在哪里找份工作。再苦再累也要把大姐养活，因为大姐从小养活了她。她说她一旦有了剩余的钱，会马上把钱寄过来还给我们。

我感动得真想落泪，但我脸上却温和地笑了：“不用了，至少我的钱你不用还了。钱这东西多了也没用，多了就会让人变坏的。”

时间到了，优优走了。我要到车站送她，她坚决不让。她甚至不让我送出“平淡生活”的门口。我问她为什么，她说别送了海大哥，那样我会哭的。

我按照优优的要求，坐在原地没动。那就是我们第一次讨价还价的时候，坐的那张小桌。我看着优优向酒吧外面走去，看着她拎着提包的背影消失在门口，看着玻璃门上夕阳的一道光芒，轻轻地闪亮了一下便悄悄地灭了，才慢慢收回视线，心里祝她一路顺风。

从此以后，我再也没有听到关于优优的任何消息。在优优离开北京的五个月后，我的这部小说开始在全国各地的大小书店里，销售发行。但优优却永远地消失了，也许她没有工夫和闲钱去逛书店，她本来就不相信小说里的浪漫爱情。

小说上市不久的某日，中亚律师事务所那位林律师来访。他拿来一本刚买的小说让我签名，说要送给他的夫人。“我夫人已经看过这本小说，有好几个地方都感动得哭了。”林律师不知是真话还是客套，用这样的说法向我恭维。但我仍为有这样的知音而深受鼓舞，表面自谦实则自得地为自己圆场：“啊，我的小说可能比较适合女性读者，女性读者一般感情脆弱……”林律师极有同感地马上呼应：“没错！不过我那夫人比较特殊，她看动画片都哭，我估计发展下去，看新闻联播都会哭的！”

我不禁哑然。

那位林律师并未发现我的尴尬，言归正传地说道：“我来你这儿还有个事情，你现在知道优优在哪里吗，她和你还有联系吗，怎么才能找到她呢？”

我笑笑，问：“你要找她，还是你夫人找她？”

林律师面目严肃，稳健地说道：“昨天凌信诚来了一个电话，这是他走后给我们来的第一个电话。再晚来几天，我们就可以按他死亡处理下一步的事宜了。”

我心里一震，不由抢问：“是他要找优优？”

“对。”林律师不假犹豫地点头确认，“他希望我们帮他找到优优，他希望我们告诉他优优的地址。”

我呆呆地，怔了半晌，然后缓缓摇头：“优优吗？恐怕，谁也找不到她了。”

我想，优优大概永远不会再回来了。也许她去了某个偏僻的城市，找到了一份辛苦的工作，每天早出晚归，挣钱养活她的大姐。她也许早就忘了过去的一切，一切痛苦，一切快乐，一切梦想，一切曾经有过的真情实感。

那天晚上我和那位电视剧投资商一起吃饭，商量策划电视剧的拍摄事宜。我把凌信诚终于来电寻找优优一事，作为饭后的谈资，听得投资商不停地啧啧感叹。他甚至忽发奇想，要求剧本的末尾一定要写上这段。他相信当这个电视剧播放之后，说不定能感动主人公自己，然后不约而同地站出来重新露面，美好的爱情于是破镜重圆。他进而把这个剧定位于主旋律作品，他相信广大观众看完后定会与他同感：这世上虽然坏人不少，但还是好人居多。虽然坏人也能一时得逞，但咱们自己，和咱们的孩子，还得像优优信诚那样，努力去做一个好人。还有周月和小梅，还有吴队长那帮刑警，也都是好人！所有这些好人，能让我们在这个不义的世界，也都活得彼此有情。

投资商对这部剧的感化作用颇为自信，走出餐馆时他已喝得半醉，他一边走向自己的汽车一边在风中冲我大喊：“你放心，没看过小说的人多了，可电视剧是大众艺术，优优一定会看！”

我说：“但愿。”

但我没有喝醉，所以我知道，优优看了这个剧也不会出来。我想她现在最想要的，大概只是平淡的生活。